Kerry McKilroy
Vollmondkind - Schutz suchen

KERRY MCKILROY

VOLLMOND KIND

SCHUTZ SUCHEN

Vollmondkind - Schutz suchen
Band 2

2. Auflage
© 2025 Kerry McKilroy

Lektorat & Korrektorat: Lektorat Heimathafen
Buchsatz: Juliana Fabula | Grafikdesign –
www.julianafabula.de/grafikdesign
© Cover- und Umschlaggestaltung: Juliana Fabula | Grafikdesign
Unter Verwendung folgender Stockdaten: shutterstock.com: HW Photowork,
nasti23033, ekosuwandono, Bourbon-88, lettett; freepik.com

Impressum
Verlag: BoD · Books on Demand GmbH, Überseering 33,
22297 Hamburg, bod@bod.de
Druck: Libri Plureos GmbH, Friedensallee 273, 22763 Hamburg

Bibliografische Information der Deutschen Nationalbibliothek:
Die Deutsche Nationalbibliothek verzeichnet diese Publikation in der Deutschen
Nationalbibliografie; detaillierte bibliografische Daten sind im Internet über
dnb.dnb.de abrufbar.

ISBN: 978-3-7693-1139-6

Mehr Infos zum Buch:
www.vollmondkind.de
www.instagram.com/kerry_mckilroy

WiDMUNG

Für lebenslange Freunde.
Ihr seid mein Fels in der Brandung.
Euch immer an meiner Seite zu wissen,
ist das wertvollste Geschenk.
Danke für einfach alles.

INHALTSWARNUNG

Liebe*r Leser*in,
vielen Dank, dass du dich für mein Buch entschieden hast. Damit du die Geschichte von Tristan und Lucy bestmöglich genießen kannst, gibt es hier eine Themenübersicht, was dich in meinem Roman erwartet. Entscheide bitte für dich selbst, ob du diese Inhaltswarnung liest, da sie auch ein Spoiler für die Geschichte ist.

„Vollmondkind – Schutz suchen" enthält Passagen zu Mord- und Selbstmord(-Gedanken), Drogenkonsum, Sexismus und Misogynie, Stalking und Verfolgung, Platzangst und Erwähnung von Depressionen.

Bitte gehe zu jeder Zeit achtsam mit dir um. Falls es dir nicht gut geht, finde jemanden, dem du vertrauen kannst. Suche Schutz und hole dir Hilfe.

Ich wünsche dir nun viel Spaß mit meiner Geschichte.

Alles Liebe
Deine Kerry

PROLOG

8. April 2020

„Fahren wir im Sommer ans Meer?", fragt Vivienne, meine jüngere Tochter. Es ist ihr Lieblingsthema der letzten Monate.

Ich atme tief durch, um meinen Ärger herunterzuschlucken, der wie eine schwarze, ölige Masse schon den ganzen Tag in mir brodelt. „Wie du weißt, ist es dieses Jahr nicht so einfach. Abgesehen von der Corona-Lage überall auf der Welt haben wir nicht das Geld für einen Sommerurlaub am Meer. Aber wir fahren im Herbst an die Ostsee."

„Immer diese Ostsee", sagt sie und rollt mit den Augen, obwohl sie weiß, dass sie mich damit fuchsteufelswild macht. „Ich will im Meer schwimmen. Das kann man im Oktober vergessen."

„Vielleicht können wir diesen Sommer darüber reden", antwortet mein Mann.

Der Vorschlag sorgt dafür, dass Viviennes Augen leuchten. Sie grinst breit und ignoriert die Verblüffung, die sich auf meinem Gesicht ausbreitet. „O ja, Papa, ich will nach Spanien, in die Karibik, auf die Malediven ... egal, Hauptsache Strand, Palmen und Meer." Sie klatscht in die Hände und ich könnte schwören, in Gedanken packt sie schon die Koffer.

Doch die Antwort ihres Vaters wischt die Glückseligkeit aus ihrem Gesicht.

„Ich dachte an England. Die Isle of Portland ist sehr idyllisch und bei gutem Wetter kann man im Atlantik schwimmen. Linda und Jeremy fragen seit Jahren, wann wir wieder zu Besuch kommen", fügt er in meine Richtung hinzu.

Während des Abendessens diskutiert Vivienne mit ihm, warum nach England und nicht ans Mittelmeer. Ich bin mit meinem Kopf in Maiden Castle bei Linda und Jeremy White. Wir haben ihnen eine Menge zu verdanken. Sie sind im Laufe der Jahre trotz der Entfernung enge Freunde geworden. Wir haben uns viel zu lange nicht mehr gesehen. Abgesehen davon ist mir bewusst, welche Hintergedanken meinen Mann zu seinem Vorschlag gebracht haben.

Entgegen seiner Hoffnung und ungeachtet aller guten Wünsche hat sich meine Lage in den letzten Wochen nicht verbessert. Im Gegenteil: Das dunkle, bedrohliche Schweigen umfängt mich immer mehr. Ich versinke darin. Zeitweise fehlt mir die Kraft, dagegen anzukämpfen, und manchmal der Wille. Ich mache die Sache so gut es geht mit mir allein aus. Wie soll ich auch beschreiben, was in mir vorgeht? Es gibt keine Worte, die diesem Monster ansatzweise gerecht werden. Ich will niemanden mit Aufgaben belasten, die von vorneherein unlösbar sind. Zudem ist das Risiko für alle anderen zu groß, zu Schaden zu kommen. Ich ziehe mich zurück, erzähle nur das Nötigste und vermeide Kontakt. Meine mentalen Verbindungen sind gekappt. Ich werde zur Einzelkämpferin.

In meinen dunkelsten Momenten weiß ich nicht mehr, gegen wen ich angehen soll. Denn meinem engsten Umfeld entgeht nichts. Sie suchen nach einer Lösung, einem Heilmittel oder irgendeiner Art von Ausweg. Es gibt einzelne Ideen, potenzielle Ansätze und viel blanke Theorie, was man ausprobieren könnte. Ich schwanke zwischen unbeugsamem Kampfgeist und verzweifelter Kapitulation. Meine Vertrauten sind entschlossen. Bislang können sie aber nur hilflos dabei zusehen, wie sich die Dinge verschlimmern.

Es gibt also mehrere Gründe für einen Urlaub auf Maiden Castle. Auch wenn es zu einfach wäre, so springt doch ein Hoffnungsfunke auf mich über. Für einen Moment erlaube ich mir den Gedanken, dass Jeremy und Linda uns helfen können.

Dafür müssen wir ihnen allerdings erklären, warum wir nach all den Jahren auftauchen. Wenn es überhaupt funktioniert. Schließlich sind die Grenzen auf der ganzen Welt dicht, im Bestreben, die globale, unsichtbare Bedrohung namens Corona-Virus einzudämmen. Was zählt da meine persönliche unsichtbare Bedrohung?

„Ich schreibe Jeremy eine Mail." Ich habe versprochen, nicht aufzugeben. Wenn es eine Möglichkeit gibt, dass man uns in Maiden Castle helfen kann, sollten wir diese nutzen. Fragen kostet nichts.

„Ja, mach das", antwortet mein Mann. „Zum Glück ist das heutzutage so einfach und schnell. Das hätten wir damals auch gebraucht."

„Stimmt, aber wir hatten unseren eigenen Nachrichtendienst." Ich zwinkere.

Die anderen räumen den Tisch ab und diskutieren weiter, ob sich England als Reiseziel qualifizieren kann. Ich jedoch denke an die Zeit zurück, als mein Schicksal schon einmal bei Linda und Jeremy in Maiden Castle entschieden wurde.

KAPiTEL 1

CLAIRE

„Ich bin enttäuscht, Claire, sehr enttäuscht."

Die kalte Stimme zerschneidet die Dunkelheit dieser Neumondnacht. Ich fahre herum. Was habe ich auch jetzt nach draußen gehen müssen?

Seit meiner Rückkehr von diesem spektakulären Ritual an Lughnasadh habe ich mich vor dem Zeitpunkt gefürchtet, wenn ich mich der Dunkelheit würde stellen müssen. Dass er mich ausgerechnet an Neumond aufsuchen würde, habe ich mir aber nicht träumen lassen. Vielleicht wäre ich besser nach Paris zu meiner Schwester geflüchtet. Zumindest für einige Wochen, bis sich die Aufregung und seine Wut gelegt hätten.

Für diese Überlegungen ist es zu spät. Trotzdem versuche ich, seine Umrisse in der Nacht ausfindig zu machen. Der Schalter für die Terrassenlampe ist drinnen angebracht. Ich habe keine Chance, für Licht zu sorgen oder ins Haus zu flüchten.

Hat er mir aufgelauert? Wie viele Nächte stand er dort schon, bis ich unvorsichtig wurde?

Vorhin habe ich nicht an die Gefahr gedacht und mitten in der Nacht mein sicheres Haus verlassen. Ich wollte kurz frische Luft schnappen, nachdem ich aus einem Alptraum aufgeschreckt bin. Hatte er etwas mit meinem Traum zu tun? Möglich wäre es.

„Hör auf, dein hübsches Köpfchen unnötig anzustrengen."

Fröstelnd verschränke ich die Arme, doch es hilft nichts. Die Kälte, seine Kälte, kriecht durch jede Faser meines Körpers.

„Claire, was zum Teufel war los? Es war deine Aufgabe, dieses Ritual zu verhindern. Lucy sollte nicht in den Kreis der Mondkinder aufgenommen werden. Was war daran so schwer?"

„Ich ... also ..." Ich zwinge mich, meine zitternden Glieder unter Kontrolle zu bekommen. „Das Ritual auf dem *Drywon-Beinn* an Lughnasadh war nicht für Lucy, sondern für Tristan. Lucy hatte ihres an Beltaine und war schon Teil des Kreises, als ich dort ankam."

„Unmöglich", ruft er, „du lügst! Tristan ist der kleine Neffe von Alexander. Warum sollte er ein Ritual bekommen?"

„Neffe hin oder her, er ist ein Mondkind. Ein Besonderes noch dazu." Ich klinge mutiger, als ich mich fühle.

Schon länger habe ich Angst, dass sich Vincent von Grafenstein gegen mich wenden könnte. In der Vergangenheit ist es vorgekommen, dass Weggefährten plötzlich verschwanden. Entweder, weil sie es wagten, seine Ansichten infrage zu stellen, oder ihm für seine dunklen Machenschaften nicht mehr nützlich waren.

Ich bin fest entschlossen, für meine Sicherheit zu sorgen. Niemals soll er an meiner Loyalität zweifeln. Auch wenn ich weiß, dass ich für ihn nur eine Handlangerin bin. Ein unbedeutendes Werkzeug verglichen mit seiner umfassenden Macht.

Genau jene Macht, die ich von Anfang an faszinierend fand. Ich würde alles tun, um zu seiner engen Gefolgschaft zu gehören. In den Tagen auf dem *Drywon-Beinn* habe ich versucht, als Teil einer anderen Art von Gemeinschaft zu erscheinen. Bislang ist es nützlich gewesen, die Fassade aufrechtzuerhalten. So kam ich stets an Informationen, die meinen Stellenwert bei Vincent sichern konnten. Doch nach meiner heimlichen Abreise mitten in der Nacht ist meine Deckung aufgeflogen. Mit meinem Diebstahl habe ich mir den Weg zurück in den Kreis der Hüter unwiderruflich verbaut.

Nun muss ich das Beste aus der Lage machen, in die ich mich manövriert habe. Ich brauche einen Plan, um Vincent meine

Nützlichkeit zu beweisen. Aber Überlegungen dieser Art sollten warten, bis ich die akute Gefahr abgewendet habe.

„Willst du mir sagen, dass Alexander zwei Mondkinder bei sich hat?"

„Ja, er hat Lucy und Tristan in seiner Obhut. Wir wissen, was Lucy ist, aber sein Neffe ist auch nicht zu unterschätzen. Er ist ein Seher."

„Das kann nicht sein. Ich wüsste es, gäbe es einen aktiven Seher. Du willst mich nur von deinem Scheitern ablenken. Ich habe dich mit einem klaren Auftrag dorthin geschickt: Es darf kein Ritual geben."

„Ich hatte keine Chance, das Ritual zu verhindern, glaub mir! Ich habe Lucys Vertrauen gewonnen und hatte sie fast so weit, dass sie sich von Alexander abwendet. Ich hätte nur ein oder zwei Tage mehr gebraucht und sie wäre mit mir nach Vix gereist. Ich werde es weiter versuchen. Ich habe schon einen Plan."

„Spar dir deine Pläne. Wenn ich das richtig sehe, stehst du mit leeren Händen vor mir."

Die Wut in seiner Stimme brodelt dermaßen, dass die undurchdringliche Schwärze eine Sekunde lang aufreißt. Er steht dicht vor mir. Unwillkürlich mache ich einen Schritt nach hinten. „Stopp! Bleib, wo du bist!"

Die Dunkelheit verdichtet sich wieder. Wie festgefroren verharre ich an Ort und Stelle.

„Konntest du überhaupt etwas ausrichten oder habe ich die falsche Wahl getroffen, als ich dachte, du wärst nützlich?"

„Ich habe ihre Unterlagen mitgenommen. Wenn du seine Zeichnungen siehst, wirst du mir glauben." Ich atme tief durch. „Du hattest recht mit Lucy und Alexander. Sie haben zu den Vollmondkindern recherchiert."

Auch ohne sein Gesicht zu sehen, kann ich mir sein siegessicheres Grinsen vorstellen. Ja, er lag richtig mit seinem Verdacht, Lucy könnte das nächste Vollmondkind sein. Doch er weiß nicht, dass sie das siebte Vollmondkind ist. Ich werde dieses Wissen zunächst für mich behalten. Diese Karte kann ich ausspielen, sollte es nötig werden. „Soll ich dir die Unterlagen holen?", frage ich. „Möchtest du hereinkommen? Kann ich dir etwas anbieten?"

„Ich nehme mir, was ich brauche."

Die Dunkelheit wird zu einer wabernden Masse. Ich bekomme keine Luft mehr. Es dauert nur Sekunden, bis ich das Bewusstsein verliere.

Als ich aus meiner Ohnmacht erwache, liege ich noch immer auf meiner Terrasse. Im Dämmerlicht erkenne ich die Umrisse des Gartens und die angelehnte Terrassentür. Auf allen vieren schleppe ich mich ins Haus und verriegele die Tür. Viel zu spät.

Ich hangele mich an der Couch entlang zu meinem großen Schreibtisch, auf dem alle Unterlagen durcheinanderliegen. Einige Bücher und lose Blätter sind auf den Boden gefallen. Mit zitternden Fingern durchsuche ich jeden Papierstapel. Bis zuletzt hoffe ich, dass er zumindest einen kleinen Schnipsel als Andenken dagelassen hat.

Vergeblich. Vincent von Grafenstein hat sich Lucys Unterlagen und Tristans Zeichnungen geholt.

KAPiTEL 2

LUCY

15. August 1999

Ich sitze auf meinem Bett und starre in die Schwärze um mich herum. Meine Knie habe ich an meinen Oberkörper gezogen und umschlinge sie mit den Armen. An meinem Bauch liegt ein Stapel mit Briefen.

Tristan ist seit knapp zwei Wochen in Maiden Castle bei Jeremy und Linda. Er fehlt mir unglaublich, seine Nähe, seine Wärme und seine Unterstützung. Die ersten Tage nach seiner Abreise fühlte es sich an, als sei ein Teil von mir abhandengekommen.

Wir hatten direkt nach Lughnasadh angefangen, unsere telepathische Verbindung zu trainieren und zu stärken. Haben uns immer länger über größere Entfernungen hin unterhalten und dennoch war ich unsicher, ob wir diese weite Strecke meistern würden. Nach ein paar Tagen mit kleineren Anlaufschwierigkeiten und einer Nacht, in der uns der Mond Hilfe in die Eulenanhänger geschickt hat, funktioniert es mittlerweile problemlos.

Trotzdem bekomme ich fast täglich Post von meinem Freund und hüte jede einzelne Seite wie meinen wertvollsten Schatz. Als tägliches Mantra wiederhole ich all die vernünftigen Argumente, warum er das Angebot seines englischen Hüters Jeremy annehmen musste. Doch manchmal gelingt es mir nicht, mich selbst zu überzeugen.

Heute Abend ist es besonders schlimm. Morgen beginnt das neue Schuljahr. Zu meiner Sehnsucht nach Tristan gesellt sich die Angst, wie mir Natascha gegenübertreten wird. Immerhin muss ich mir nicht auch noch wegen Noel Gedanken machen. Bei meiner Rückkehr vom *Drywon-Beinn* fand ich seinen Brief, in dem er mich über seinen Umzug nach London informierte. Ich bin froh, dass es mir erspart bleibt, ihm jeden Tag in der Schule zu begegnen.

Leider habe ich dieses Glück bei meiner ehemals besten Freundin Natascha nicht. Aber Sue und Ella werden an meiner Seite sein und mir den Rücken stärken, so wie sie es in den letzten Wochen vor den Sommerferien getan haben.

Bevor sich morgen mit dem ersten Schultag ein neues Buch öffnet, muss ich ein Kapitel zu Ende bringen, das mich seit unserem Ritual nicht loslässt. Ich richte mich auf, lehne den Rücken an die Wand und strecke die Beine vor mir aus. Ein letztes Mal streiche ich sanft über den Stapel, bevor ich die Briefe vorsichtig zur Seite lege. Meine linke Hand wandert instinktiv zu meinem Eulenanhänger.

„*Mond?*"

„*Ich bin hier, Lucy. Es ist an der Zeit, deine Fragen zu beantworten.*"

Ich hole tief Luft und stelle die erste Frage, die mir seit Lughnasadh auf der Seele brennt: „*Kannst du mir die Energie während des Rituals erklären? Du hast gesagt, sie kommt aus der Erde. Was meinst du damit?*"

„*Unter dem Ritualplatz verläuft eine Kraftader. Du hast sie gespürt, als du mit Urs nach dem richtigen Platz gesucht hast. Während eines großen Rituals schicke ich zwar das Mondlicht, aber die eigentliche Energie kommt aus dieser Kraftader. Die beiden bündeln sich und ergeben die Macht, die du in dir hattest.*"

„*Deshalb musste ich die Energie wieder an den Boden abgeben?*"

„*Genau. Es war zu viel für dich.*"

„*Warum konnte ich es nicht zu Urs, Rudi und Alexander schicken? Am Mittag kamen sie damit doch gut klar.*"

„Beim Schutz, den sie mittags gelegt haben, wurde schon eine große Menge Energie freigesetzt. Die drei waren an der Grenze dessen, was sie aufnehmen und weiterleiten können. Du darfst nicht vergessen, sie sind nur Hüter und keine Vollmondkinder."

„Und die anderen Hüter?"

„Jedes Mondkind hat neben seiner offensichtlichen Fähigkeit noch eine Verbindung zu einem der vier Elemente. Sie spielen während des Rituals eine maßgebliche Rolle, nicht nur in den Formulierungen. Mondkinder mit einer Affinität zu Erde und Feuer können Energien einer Kraftader spüren und leiten."

„Da ich sie leiten konnte, habe ich also Feuer oder Erde, richtig? Warum war es unmöglich, sie direkt wieder in die Kraftader zurückzulenken?"

„Du als Vollmondkind vereinst alle Elemente in dir. Deine Reaktion am Mittag war der Beweis, dass du bereits einen sehr starken Zugang zu unserer Kraftader hast. Daran lag es nicht. Ich gehe davon aus, dass du die Energie, zumindest zum jetzigen Zeitpunkt, nur in eine Richtung fließen lassen kannst. Da du das Licht von dir zu Tristan geleitet hast, konntest du auch den Überschuss nur von dir weg zu jemand anderem schicken, anstatt direkt wieder in die Erde zurück."

„Dafür brauchte ich jemanden mit Erde oder Feuer. Was ist mit den anderen? Luft und Wasser?"

„Die können die Energie zwar im Rahmen eines Rituals aufnehmen, aber nicht abgeben. Deshalb konntest du es nicht zu Claire, Alois und Jeremy schicken."

„Sam ist ..."

„Feuer."

Klar. Was auch sonst?

„Welches Element hat Tristan?"

„Sein Element ist Luft, wie bei fast allen Sehern."

„Das macht auf jeden Fall Sinn."

Wir sind von meiner eigentlichen Frage abgekommen. Deshalb nehme ich mir einen Augenblick Zeit, um die Informationen zu verdauen. „Sam konnte die Energie zurück in den Boden leiten, weil er als Element Feuer hat. Die anderen Hüter kamen aus verschiedenen Gründen nicht infrage. So weit, so gut. Aber warum konnte ich Sam hören? Woher kam die Verbindung, noch bevor er die Energie von mir bekommen hat?"

„Das ist eine gute Frage."

„Danke."

Der Mond lacht. Ich weiß, durch meine innere Anspannung mache ich es ihm gerade nicht leicht. Ironie ist mein Ausweg, um nicht zu verzweifeln.

„Ich habe drei Erklärungen dafür. Wie du weißt, fließt während eines Rituals so viel Mondenergie, dass ich zu diesen Anlässen mit den Hütern Kontakt aufnehmen kann."

„Wie mit Alexander an Beltaine?"

„Genau."

„Aber Sam war nicht Teil des Rituals. Er befand sich außerhalb unseres Kreises. Stand er zufällig ebenfalls auf der Kraftader?"

„Gut kombiniert. Zudem hatte er eine identische Elemente-Kette. Sie hat die Basis geschaffen, dass du zu ihm durchdringen konntest."

„Sam hat mit mir Kontakt aufgenommen. Er hat gesehen, dass es zu viel wurde, und seine Hilfe angeboten. Woher wusste er, dass er damit umgehen kann? Wie konnte er mich erreichen?"

„Erinnerst du dich an die äußerst seltene astronomische Konstellation am Tag deiner Geburt?"

„Natürlich. Damit hatte Alexander einen Hinweis, dass ich das gesuchte Mondkind bin."

„Genau. Sagt dir das Phänomen der Doppelsterne etwas?"

„Nein."

„Es gibt verschiedene Doppelsternsysteme an unserem Himmel. Sie liegen so eng beieinander, dass sie aus der Ferne oft als Einheit angesehen werden. Ihr eigenes Gravitationsfeld ist so stark, dass sie sich gegenseitig umkreisen."

„Lass mich raten. An Sams Geburtstag standen die gleichen Sterne in irgendeiner seltenen Konstellation zueinander?"

„Fast. Der dominierende Stern zum Tag deiner Geburt ist das Ge-genstück zur Konstellation an Sams Geburtstag."

„Wir hängen also aneinander, bedingt durch diese Sternbilder, ver-stehe ich das richtig? Das ist der Ursprung unserer Verbindung?"

Für mich ergibt das Sinn. Direkt beim ersten Kontakt mit Sam hatte ich das Gefühl, etwas in ihm zu erkennen. Lange bevor Mondenergie, Elemente-Ketten oder Kraftadern ins Spiel kamen. Das ist die Erklärung, nach der ich die ganze Zeit gesucht habe. Meine seltsame körperliche Reaktion. Mein in-tuitives Wissen, dass Sam mich retten kann. Diese instinktive seelische Verbindung ab der ersten Sekunde.

„Kommt so etwas öfter vor?"

„Nein."

Natürlich nicht.

„Jetzt muss ich nur noch Tristan beichten, dass Sam nicht mehr aus meinem Leben verschwindet."

„Wenn du es so nennen willst, ja. Aber vergiss nicht: Ohne Sam hätten weder Tristan noch du das Ritual überlebt."

Der Mond hat recht. Ich war am Ende meiner Kräfte und musste zusehen, wie auch Tristan unter der Unmenge an Ener-gie zu zerbersten drohte. Zumal ich jetzt weiß, dass er mit Luft als Element die Energie nicht hätte abgeben können. Sam hat uns beide gerettet. Dafür werde ich ihm immer dankbar sein. Aber kann ich ihm vertrauen?

Am Ende der ersten Schulwoche befinde ich mich in einer endlosen Doppelstunde meines Englisch-Leistungskurses und lasse meine Gedanken schweifen. Nur mit Unterstützung von Ella und Sue, ihrer Scherze und der vielen aufmunternden Worte habe ich den ersten Schultag überstanden.

Anschließend erzählte ich den beiden von Nataschas Blick, als ich in unserer ersten gemeinsamen Stunde einen Sitzplatz am entgegengesetzten Ende des Klassenraumes gewählt habe. Ihre anfängliche Verblüffung wich rasch einem zusammengekniffenen Mund. Ihre Augen schossen giftige Pfeile in meine Richtung, wann immer wir uns begegneten. Die folgenden Tage liefen ähnlich. Ich flüchte, wo immer möglich, ans andere Ende des Raumes und richte mir einen sicheren Abstand ein. Die Kurse, die wir getrennt voneinander haben, sind meine Erholungsphasen und geben mir Kraft. Ausgerechnet die beiden Leistungskurse waren nicht zu ändern, und so blieb am Ende eine Vielzahl Stunden, in denen wir uns in Zukunft nicht werden ausweichen können. Auch jetzt ignoriere ich den hasserfüllten Blick, den mir Natascha zuwirft, und bin in Gedanken schon im Wochenende.

Plötzlich landet ein kleiner Zettel auf meinem Heft. Ich unterdrücke einen Aufschrei. Ein Brief? Ich suche nach einem Namen, kann aber keinen Empfänger entdecken. Ratlos sehe ich mich um. Vielleicht gibt mir jemand einen Hinweis, an wen ich das Blatt weiterreichen soll. Tatsächlich trifft mein Blick auf Josh, einen Jungen, mit dem ich im letzten Schuljahr einen Kurs gemeinsam hatte. Wir haben kaum ein Dutzend Worte miteinander gewechselt. Daher gehe ich davon aus, dass ich den Zettel weitergeben soll. Ich schaue ihn fragend an, doch er gibt mir mit einem unauffälligen Fingerzeig auf mich zu verstehen, dass der Brief für mich ist.

Verwundert drehe ich das gefaltete Blatt in meinen Händen, bevor die Neugier siegt und ich unter der Tischkante langsam zu lesen beginne.

Warum sitzt du nicht neben Natascha? Was ist passiert?

Da ist sie, die Frage, mit der ich die ganze Woche gerechnet habe. Allerdings von einer Person, von der ich das definitiv nicht erwartet hätte. Es war mir nicht bewusst, dass jemand Außenstehendes merken würde, dass ich nicht mehr mit Natascha befreundet bin.

Kurz überlege ich, was ich ihm antworten soll. Dann schreibt meine Hand wie von selbst: *Sie hat einfach zu viele Tabus gebrochen, mich betrogen und hat es nicht mehr verdient, meine Freundin zu sein. Ich brauche Abstand und muss mich neu finden.* Behutsam schiebe ich den Zettel zurück und grinse in mich hinein. Das letzte Mal, als ich Briefchen durchs Klassenzimmer geschickt habe, war ich in der fünften oder sechsten Klasse. Plötzlich ist die Englisch-Stunde viel amüsanter und ich warte gespannt auf Joshs Antwort. Als ich sie lese, muss ich schlucken.

Ich freue mich darauf, zu sehen, wie aus Nataschas Anhängsel endlich Lucy wird. Bin echt neugierig auf die komplette Geschichte. Natürlich nur, wenn du sie mir erzählen möchtest.

Ob ich das möchte? Das weiß ich nicht. Sue und Ella haben viel davon mitbekommen, sie sind meine Freundinnen. Aber Josh ist jemand, mit dem ich nichts zu tun habe, zumindest bis eben nicht. Will ich ihm erzählen, was passiert ist? Komme ich damit zurecht, wenn er sagt, dass es meine Schuld war? Weil ich Noel nicht verdient hatte?

Entschlossen schüttele ich den Kopf. Noel ist die eine Sache. Ich bin mir mittlerweile sicher, dass wir nie zusammengepasst haben und es keine ernsthafte, lange Beziehung geworden wäre. Aber Natascha war meine beste Freundin. Es gibt Regeln in einer Freundschaft. Man vertraut sich und muss sicher sein können, dass dieses Vertrauen nicht missbraucht wird. Der Freund der Freundin ist tabu.

Bevor ich meinen trübseligen Gedanken weiter nachhängen kann, ist die Stunde vorbei und ich kann ins Wochenende starten.

Die Bücherei zu betreten ist, als würde ich einen sicheren Hafen erreichen. Kurz versetzt mir der Gedanke, dass Tristan nicht hier sein wird, einen Dämpfer. Aber Alexander erwartet mich mit einem breiten Lächeln und einer Tasse Tee. Stöhnend sinke ich in meinen Lieblingssessel und schließe die Augen.

„Na? Harte Woche?", fragt Alexander und setzt sich mir gegenüber.

Mit geschlossenen Augen nicke ich, reibe mir die Stirn und erzähle ihm von den letzten Tagen.

„Ich finde, du hast dich sehr gut geschlagen", sagt er und legt mir eine Hand auf die Schulter.

„Danke. Es fühlt sich eher so an, als wäre ich geschlagen worden."

Alexander lacht.

„Wann startet dein neuer Job bei uns in der Schulbibliothek?", frage ich.

„Nächsten Dienstag. Die zuständige Lehrerin meinte, in der ersten Woche sei Chaos mit der Lehrmittelausgabe und allem anderen, was so nach den Ferien anfällt. Da könne man mich nicht ordentlich einarbeiten."

„Das stimmt. Da geht es in den ersten Tagen immer hoch her."

„Na ja, so starte ich eben erst nächste Woche. Das wird auch noch reichen."

„Bestimmt."

Eine Weile hängen wir unseren Gedanken nach.

„Tristan fehlt mir."

„Ja, mir auch", sagt er und seufzt. „Wie klappt eure Verbindung?"

„Gut, aber es ist nicht dasselbe."

„Nein, natürlich nicht." Alexander richtet sich in seinem Sessel auf und fragt dann: „Irgendetwas von Vincent?"

Allein die Erwähnung dieses Namens reicht aus, um mein Adrenalin in die Höhe zu katapultieren. „Nein. Auch nichts von Claire."

„Nun, ich habe etwas von ihr gehört."

„Was?"

„Ja. Warte, ich zeige es dir." Alexander steht auf und holt einen kleinen weißen Umschlag aus seinem Sekretär, der im Laufe der Sommerferien aus dem ersten Stock nach unten gewandert ist. Da wir meistens im Erdgeschoss sitzen, braucht er nicht mehr wegen jeder Kleinigkeit nach oben laufen. Nach wie vor hält sich an den Nachmittagen, an denen ich hier bin, der Publikumsverkehr in Grenzen, aber es ist auch immer noch tolles Sommerwetter. Vielleicht wird das im Winter anders. Bis dahin genieße ich die Zeit, die ich mit Alexander allein habe.

Er reicht mir den Umschlag und meine Hände beginnen zu zittern. All meine widersprüchlichen Gefühle gegenüber Claire kommen mir in den Sinn. Unsere Gespräche, ihre Einladung nach Vix und der Diebstahl der Unterlagen. Am liebsten würde ich den Brief ungelesen zerreißen. Aber dafür hat ihn mir Alexander mit Sicherheit nicht gegeben. Also zwinge ich mich, tief ein- und auszuatmen, und nehme vorsichtig die Seiten aus dem feinen Umschlag.

Das Briefpapier fühlt sich rauer und fester an als normal und trägt ein Wappen, das sich auch auf dem Umschlag befand. Zwischen vielen kunstvollen Schnörkeln und Verzierungen erkenne das Symbol einer Eule.

„Das Siegel von Vix", erklärt mir Alexander. „Aber ohne mich loben zu wollen, finde ich deine Eule schöner."

Sie ziert das Deckblatt meiner Chronik, die Alexander für mich entworfen hat. Ich weiß nicht, wie oft ich schon das Bild auf mich habe wirken lassen. Noch immer bin ich fasziniert von der Eule, die majestätisch ihre Schwingen ausbreitet. Ihre Flügel symbolisieren Schutz, Kraft und Magie.

„Wenn ich jemals ein eigenes Siegel verdient haben sollte, wird es exakt so aussehen wie die Eule in meiner Chronik", sage ich.

Alexanders Wangen überzieht ein leichtes Rot. Nur zu gerne erwidere ich sein Lächeln. „Du wirst ganz sicher ein eigenes Siegel haben, Lucy."

„Hast du auch eines?"

„Ja, habe ich. Es ist die Zeichnung der Eule, die auch im Stempel der Bücherei zu sehen ist. Aber das ist natürlich nicht so ..."

„*Extraordinaire comme Claire.*"

Alexander lacht laut los und nach einigen Sekunden hat er mich angesteckt. Doch viel zu schnell werden wir wieder ernst und ich lese, was Claire in ihrer geschwungenen, akkuraten Handschrift geschrieben hat.

Claire Lacroix

An Alexander Wilhelm

17. August 1999

Cher Alexander,

du wunderst dich sicher, warum ich dir schreibe.
Zunächst möchte ich dir den Schlüssel für das Wohnmobil
zurückschicken. Ich hoffe, es gab keinen Ärger mit dem Verleih.
Falls doch, bin ich sicher, du wirst es geregelt haben, wie immer.
Du hast es perfekt organisiert, Lucy in unseren Kreis aufzunehmen. Auch dein Neffe ist ein fantastischer Junge. Beide
hatten ein Ritual wie das an Lughnasadh verdient, vor allem
Lucy. Ich habe ihre Gesellschaft genossen und bedaure es zutiefst, dass ich nach dem Ritual so eilig aufbrechen musste. Ich
hätte gerne mehr Zeit mit diesem außergewöhnlichen Mädchen
verbracht. Eure Erkenntnisse zu den Vollmondkindern sind beeindruckend, auch wenn sie nicht annähernd an meinen Wis-
senstand heranreichen. Hier werdet ihr meine Unterstützung
brauchen. Ich biete sie euch von Herzen gerne an.
Wer soll an ihrer Seite stehen, wenn die Dunkelheit kommt?
Ich kann für ihren Schutz garantieren. Dann kannst du dich
um deinen Neffen kümmern. Zwei Mondkinder auf einmal sind
eine kaum zu bewältigende Aufgabe für einen viel beschäftigten
Hüter wie dich.
Alexander, schick Lucy zu mir, sobald du die Formalitäten mit
ihren Eltern geregelt hast. Ich vertraue darauf, dass du für Lucy
die richtige Entscheidung triffst. Du wirst genug damit zu tun
haben, Tristan zu schützen, wenn die Dunkelheit erkennt, von
welchem Wert er und seine Gabe sind.

Ich freue mich, von dir zu hören, wann ich Lucy willkommen heißen darf. Bis dahin hoffe ich, dass du gut auf dich und die Kinder aufpasst. Es kommen dunkle Zeiten auf uns zu.

Cordialement
Claire

KAPiTEL 3

LUCY

Ich gebe Alexander den Brief zurück und stehe auf. „F-frische Luft." Ich stürze nach draußen und versuche, meinen rasenden Herzschlag, die zitternden Hände und das Gefühl, gleich durchzudrehen, in den Griff zu bekommen. Es dauert ein paar Minuten, dann komme ich langsam zur Ruhe.

„*Tristan?*"

Mir antwortet nur Stille.

Nach einiger Zeit gehe ich zurück zu Alexander, der in seinem Sessel sitzt und aufatmet, als ich den Raum betrete. Wortlos setze ich mich ihm gegenüber, nehme mir ein Glas Wasser und trinke bedächtig in kleinen Schlucken. „Ich weiß nicht, was ich sagen soll."

„Ich auch nicht."

„Wie haben die anderen reagiert?"

„Ich habe noch nicht mit ihnen gesprochen."

„Warum?"

„Der Brief betrifft zunächst nur dich und mich. Ich wollte erst dein Einverständnis dafür haben."

„Alexander, die anderen müssen davon erfahren!"

„Ja, du hast recht. Ich rufe nachher Urs und Rudi an. Nein, zuerst Jeremy. Er muss für Tristans Schutz sorgen."

„Immerhin scheint Claire nicht zu wissen, dass Tristan in England ist."

„Stimmt, das ist beruhigend."

„Und Alois? Weiß er von dem Diebstahl?"

„Nein, ich habe es ihm noch nicht gesagt."

„Meinst du nicht, er sollte es auch wissen?"

„Ich weiß nicht. An sich kann Alois gut auf sich aufpassen."

„Aber er muss auch auf Sam aufpassen, oder? Er ist ein Mondkind und hat unseren Schutz verdient. Gerade, weil er noch kein Ritual hatte."

„Richtig."

Eine Weile sitzen wir beieinander, bevor es Zeit für mich wird, nach Hause zu gehen. Meine Gedanken begleiten mich den Rest des Abends. Für jemand Außenstehendes klingt Claires Brief harmlos, aber ich bin sicher, ich habe mir die versteckten Drohungen nicht eingebildet.

Irgendwann fordert die anstrengende erste Schulwoche ihren Tribut und mir fallen die Augen zu.

„Lucy?"

Ich brauche einen Augenblick, bis ich die Stimme erkenne. Wir haben eine gedankliche Verbindung. Nicht nur während des Rituals, sondern auch jetzt.

„Sam?"

Sein Lachen sorgt dafür, dass ich schlagartig hellwach bin.

„Wie geht es dir, LucyLu?"

„Bei mir ist alles in Ordnung. Und bei dir?"

„Alois hatte vorhin einen Anruf von Alexander."

„Das ist gut."

„Du weißt Bescheid?"

„Was hat Alois dir erzählt?", frage ich.

„Nicht viel. Eine wilde Geschichte von Claire, dass sie euch bestohlen hat und dass ich Schutz brauche. Vielleicht will er mein Ritual vorziehen."

„Warum hattest du es nicht schon längst? Du bist viel weiter als Tristan und ich."

„Alois sagt, ich bin noch nicht so gut ausgebildet, wie er das möchte. Aber anscheinend hat er es sich anders überlegt."

„Sehr gut."

Sam fragt: *„Alles okay?"*

„Claire spielt ein falsches Spiel. Hast du schon mal von Vincent von Grafenstein gehört?"

„Nein."

„Von der Dunkelheit?"

„Nein."

„Okay, das ist eine lange Geschichte."

„Erzähl sie mir."

Ein stechender Kopfschmerz in meiner rechten Schläfe unterbricht kurz unsere Verbindung und ich stöhne.

„Lucy? Ist alles okay?"

„Mein Kopf ... Ich glaube, wir dürfen es nicht übertreiben. Unsere Verbindung ist nicht so stark."

„Du hast recht, ich bin auch erschöpft."

„Es sind sieben Tage bis Vollmond. Wenn es daran liegt, haben wir noch ein paar Abende, an denen wir uns unterhalten können."

„Morgen Abend, selbe Zeit?"

„Gerne. Gute Nacht."

„Gute Nacht, LucyLu. Pass auf dich auf."

Am nächsten Morgen werde ich von Tristans Stimme geweckt. Fast fühlt es sich an, als läge er neben mir. In Erinnerung an unsere gemeinsamen Morgen während des Camps kuschele ich mich tiefer in meine leichte Decke und erwidere seinen Gruß.

„Frau Lu, wie geht es dir?"

Ich erzähle Tristan vom Inhalt des Briefes.

„Was passiert jetzt?"

„Alexander hat die anderen kontaktiert und mit ihnen gesprochen."

„Das war längst fällig."

„Er hat auch Alois angerufen und ihm von Claires Diebstahl erzählt. Das wusste der noch gar nicht."

„Na dann."

„Ist alles okay? Du klingst so angespannt."

„Ne, alles gut."

„Ich kenne dich, Tristan."

„Ich fand nur die Aktion mit dem überhasteten Aufbruch von Alois seltsam. Und Sam war merkwürdig."

„Was meinst du damit?"

Mir gefällt die Richtung nicht, die dieses Gespräch nimmt. Dass Tristan so offen misstrauisch gegenüber Sam ist, verunsichert mich. Zwar weiß ich mittlerweile, was es mit unserer Verbindung auf sich hat. Trotzdem bin ich innerlich zerrissen, ob meine Dankbarkeit mir ein falsches Sicherheitsgefühl vorspielt. Will ich Sam partout vertrauen und ignoriere die Anzeichen, die andere deutlich sehen? Welche Gründe hat Tristan für seine Position gegen Sam?

„Ist egal, ob er merkwürdig ist", antworte ich. *„Die beiden haben mit dem Diebstahl nichts zu tun. Solange Sam sein Ritual nicht hatte, ist er in größerer Gefahr als wir."*

„Bist du dir da sicher?"

„Bei was?"

„Bei beidem. Vielleicht ist er ein normales Mondkind, dann hat die Dunkelheit kein Interesse an ihm. Oder Alois steckt ebenfalls mit Claire und Vincent unter einer Decke. Auch das bedeutet, Sam ist nicht in Gefahr."

„Wie kommst du darauf?", frage ich. *„Hast du etwas in diese Richtung gesehen? Oder gibt es Beweise dafür? Weißt du etwas, das ich ebenfalls wissen sollte?"*

Wo kommen bei meinem freundlichen, harmoniebedürftigen Tristan auf einmal solche Verdächtigungen her? Was haben Alois und Sam ihm getan?

Alexander hat meine rasenden Gedanken zum Glück unterbrochen. Mit seinem Vorschlag, spontan einen Ausflug auf den *Drywon-Beinn* zu machen, hat er ins Schwarze getroffen. Die

Erinnerungen an unsere gemeinsame Zeit sind allgegenwärtig. Ich habe es genossen, einige Stunden entspannt durch die Ausstellung zu schlendern. Gerade verlassen die letzten Besucher das Gelände. Eine friedliche Dämmerung legt sich über die weitläufigen Hügel. Das letzte Sonnenlicht hüllt mich in eine wohlige Umarmung. Schleierwolken und Kondensstreifen lassen orange und rote Schlieren dramatisch über den Himmel ziehen. Alexander ist noch in ein Gespräch vertieft. Mit einer knappen Geste signalisiere ich ihm, wo er mich finden kann. Er antwortet mir mit einem Nicken und einem Zeichen in Richtung der kleinen Küche. Dort wartet Sato sehnsüchtig auf Gesellschaft. Hunde sind auf dem Freigelände und in der Ausstellung offiziell nicht erlaubt, aber nun sind wir allein hier und sie kann mich begleiten.

Wir überqueren die weitläufige Terrasse. Sato springt um mich herum und bringt mich mit ihrem freudigen Bellen zum Lächeln. Ich wende mich in Richtung Ritualplatz.

Bei allem Trubel während der ersten Schultage ist mir die Erklärung des Mondes nicht aus dem Kopf gegangen. Was hat es mit der Kraftader auf sich? Den ganzen Nachmittag schon zieht es mich zu der kleinen, erdigen Fläche des Ritualplatzes. Als säße dort ein Magnet, der mich nicht loslassen will. Solange andere Menschen in meiner Nähe waren, habe ich deshalb einen weiten Bogen darum gemacht. Aber nun sind Alexander und ich allein. Darauf habe ich gewartet. Am Backhaus angekommen, binde ich Sato zur Sicherheit an, genau wie bei unserem Ritual an Lughnasadh. Ich knie mich neben sie und nutze eine kurze Streicheleinheit, um meine Nervosität in den Griff zu bekommen. „Warte hier auf mich, Sato. Ich bin gleich wieder da."

Mit diesen Worten gehe ich zum Ritualplatz. Ich bin etwa zehn Meter entfernt, als zuerst meine Fingerspitzen kribbeln. Obwohl kein Vollmond ist, spüre ich die Energie unter mir deutlich. Behutsam überbrücke ich die letzte Distanz. Mit jedem Schritt intensiviert sich das Gefühl tausender tanzender Ameisen unter meiner Haut. Ich darf es nicht übertreiben. Ich muss auf meine Kraft achten und ermahne mich innerlich: keine Experimente. Doch meine Beine gehen wie ferngesteuert weiter. Erst an meiner Position im Mondkreis halten sie inne. Unter meinen Sohlen pulsiert eine Macht, die ich kaum in Worte fassen kann. Ist Mondlicht ein stetiger, silberner Strahl, so fühlt sich die Kraftader an wie golden gefärbte, gleißende Lava.

Ich sinke auf die Knie. Eine Hand lege ich flach auf die Erde, die noch die Wärme des Sonnenlichts gespeichert hat. Darunter befindet sich eine Energie, wie ein lebendiges Wesen mit einem gleichmäßigen Herzschlag. Es kommt mir so vor, als würde sich dieser Puls beschleunigen. Ich kralle die Finger in den weichen Untergrund. Mein Herzschlag donnert in meinen Ohren und ich spüre ihn an meiner Hand. Die Kraftader und mein Herz, sie schlagen im Gleichklang.

„Sie hat dich erkannt."

Die Stimme des Mondes holt mich aus meiner Faszination. *„Was meinst du damit?"*

„Die besondere Verbindung zwischen Vollmondkind und Kraftader. Mondkinder mit Feuer und Erde als Element spüren die Energie auch. Aber meistens nur ganz leicht, an Vollmond und direkt auf einem Ritualplatz."

„Es ist zwar schwächer als an Lughnasadh, aber ich konnte sie schon aus einiger Entfernung wahrnehmen. Als hätte sie mich gerufen."

„Das ist durchaus möglich. Du als Vollmondkind wirst die Kraftader immer spüren können, egal in welcher Mondphase. Falls du es darauf anlegst, könntest du ihr folgen. Sogar, wenn sie nicht so dicht unter der Oberfläche verläuft wie hier auf den Ritualplatz, kannst du sie finden."

„Wie lerne ich, die Energie zu kontrollieren?"

Das ist der Punkt, an den ich immer wieder denken musste.

Kann es mir gelingen, die Macht der Kraftader so zu dosieren, dass keine Gefahr für mich besteht? Ist es möglich, dass ich Energie zeitgleich aufnehmen und direkt wieder zurückleiten kann? *„Es bedarf einer Menge Übung. Und es ist gefährlich. Du solltest auf jeden Fall jemanden in der Nähe haben, der im Notfall die Energie ableiten kann."*

„Dann ist es ja gut, dass Alexander das kann." Ich winke meinem Hüter zu, der in meinem Blickfeld erscheint.

„Was machst du hier?", fragt er und mustert mich mit zusammengezogenen Augenbrauen. Hinter ihm erhebt sich der Mond und verscheucht mit seinem silbernen Licht die letzten dunkelroten Streifen vom Himmel.

„Ich würde gerne etwas ausprobieren." Ich erkläre ihm meine Idee.

Alexander hört mir mit schief gelegtem Kopf zu und nickt immer wieder. „Hast du ihr diesen Floh ins Ohr gesetzt?", ruft er in Richtung Mond, obwohl er natürlich keine Antwort bekommt. Sato untermalt seine Frage mit einem kurzen Jaulen.

Ich muss lachen. „Nein, das habe ich mir ganz alleine überlegt. Also, was meinst du? Sollen wir es versuchen?"

„Es hört sich total verrückt an, aber das tut es ja öfter bei dir und dem Mond", antwortet Alexander. Er grinst. „Jetzt hast du mich neugierig gemacht. Also ja, probieren wir es aus."

Wir stellen uns gegenüber, etwa eine Armlänge voneinander entfernt. Nachdem es der Mond erwähnt hat, merke ich es auch: Ich sehe den Verlauf der Kraftader wie vor einem inneren Auge. Mit einem leichten Schubs korrigiere ich Alexanders Position, sodass wir beide auf der pulsierenden Energie stehen.

Mit meiner rechten Hand umfasse ich Alexanders linken Unterarm. Auf sein stummes Nicken hin fokussiere ich mich auf das Gefühl gleißenden Lichts unter mir. Es kostet mich große Anstrengung, nur minimale Energie zuzulassen. Ich presse die

Lippen zusammen und folge aufmerksam der kribbelnden Spur meine Beine hinauf in Richtung unserer verbundenen Arme. Alexanders Keuchen ist der Beweis, dass sie ihn erreicht hat. Er schließt kurz die Augen und atmet schneller. Er legt die Stirn in Falten und kneift die Mundwinkel zusammen. Doch seine Mühen werden belohnt. Die Energie fließt von mir zu ihm und zurück in den Boden.

„Okay, wechseln wir", sage ich. Um es für uns beide offensichtlich zu machen, löse ich unsere Verbindung. Kurz lockere ich Finger und Handgelenk, dann umfasse ich mit meiner linken Hand seinen rechten Arm. Nun schließe ich die Augen, um volle Konzentration zu erreichen. Ich stelle mir vor, wie die Energie der Kraftader in Alexander eindringt. Langsam lasse ich den goldenen Lavastrom nach oben wandern. In seinen Arm, von dort zu mir und dann über meine Beine wieder zurück in den Boden. Es ist deutlich anstrengender als die erste Übung.

Ich öffne meine Augen wieder. Alexander stehen Schweißperlen auf der Stirn. „Es funktioniert", sage ich und grinse breit.

Am Montagmorgen sitze ich in der Schule und versuche, die Augen offen zu halten.

Sam hat sich auch in dieser Nacht nicht gemeldet. Ich weiß nicht, was ich davon halten soll. Zum einen mache ich mir Sorgen und hoffe, dass es ihm gut geht. Zum anderen koche ich innerlich, weil ich mir die zweite Nacht infolge umsonst um die Ohren geschlagen habe. Immerhin habe ich am offenen Dachfenster lange im sanften Licht des fast vollen Mondes gesessen, Energie getankt und mich mit dem Mond unterhalten. Aber jetzt muss ich mich vom Gähnen abhalten.

Zu Beginn der nächsten Doppelstunde Englisch erwartet mich eine Überraschung. Beim Betreten des Klassenzimmers winkt mir Josh zu und zeigt auf den Stuhl neben sich. „Setz dich."

„Aber ..." Ich schaue ratlos zwischen diesem Platz und meinem eigentlichen Sitzplatz hin und her.

„Du musst natürlich nicht, aber Felix ist einen Platz weiter gerutscht und wir würden uns freuen, wenn du in unsere Mitte kommst."

Felix nickt und lächelt.

Ihn kenne ich nur vom Sehen, aber ich freue mich über die Geste. Bevor ich lange über meine Entscheidung nachdenken kann, räuspert sich unsere Englischlehrerin vorne und fordert uns auf: *„Take a seat and let's start!"*

Also lasse ich meine Sachen auf den freien Platz fallen und setze mich. Josh grinst und auch Felix scheint einverstanden mit seinem neuen Platz. Keiner nimmt Notiz von unserer geänderten Sitzordnung. Nur Natascha fixiert mich von der anderen Seite des Klassenraumes aus.

„Einfach ignorieren", flüstert Josh.

Ich unterbreche den Blickkontakt mit Natascha. „Danke", flüstere ich zurück. Ich lächele ihm zu.

Nach dem Ende der Stunde gehen wir gemeinsam in die Pause. „Danke", sage ich noch einmal.

„Kein Ding. Ich habe jetzt zwei Freistunden, und du?"

„Ich auch."

„Lust auf einen Spaziergang?"

„Auf jeden Fall, nichts wie weg hier."

Wenig später schlendern wir durch die Straßen unserer Stadt. Zuerst schweigend, doch selbst das fühlt sich nicht seltsam an. Ganz im Gegenteil, ich bin entspannt mit Josh an meiner Seite. Mir ist klar, dass er wissen möchte, was sich zwischen Natascha und mir ereignet hat. Aber er ist so rücksichtsvoll, dass er mich nicht drängt.

Irgendwann erzähle ich ihm die ganze Geschichte. Ab und zu stellt er direkte, fast unangenehme Fragen, die mich zum

Nachdenken bringen. Aber es zeigt mir, dass mein Gesprächspartner kein teilnahmsloser Mitläufer ist, der einem nach dem
Mund redet, sondern jemand, der aktiv zuhört und sich Gedanken macht.

„Wie hättest du es verhindern können?"
Verdutzt bleibe ich stehen und schaue Josh an, der meinem
Blick mit offenem Interesse begegnet. In der ersten Zeit haben
Schmerz, verletzter Stolz und enttäuschtes Vertrauen mein
Denken und Handeln bestimmt. Dann kamen die Ferien, die
Zeit auf dem *Drywon-Beinn* und Lughnasadh. Alle Erlebnisse
dort und die tiefgreifende Verbindung zu Tristan haben die
Geschichte mit Noel und Natascha in den Hintergrund treten
lassen. Seit Beginn des neuen Schuljahres muss ich mich zwar
täglich mit meinen Empfindungen beschäftigen. Ich habe mich
aber darauf konzentriert, für die Zukunft einen Weg zu finden,
statt mit der Vergangenheit abzuschließen.

Diese Frage von Josh katapultiert mich in Gedanken zurück
zu dem Telefonat mit Noel, in dem er mir alles erzählt hat. Ich
lasse mir seine Rechtfertigung noch einmal durch den Kopf
gehen: „Du warst nicht da", „Du hattest keine Zeit", „Sie war so
verzweifelt", „Sie ist eifersüchtig auf dich, weil du alles hast, was
sie sich wünscht", „Ich wollte sie nur trösten", „Du hast nichts
falsch gemacht."

„Gar nicht." Als ich es ausspreche, fällt eine tonnenschwere
Last von meinem Herzen. „Ich hätte es nicht verhindern können", wiederhole ich, mehr als Bestätigung für mich statt für
Josh. „Sie hat den idealen Zeitpunkt abgewartet, hat Noel erfolgreich manipuliert und die Situation gnadenlos ausgenutzt.
Andererseits, wenn es so leicht war, ihn zu beeinflussen, wäre
es früher oder später eh passiert."

Josh nickt mit einem leichten Lächeln, klopft mir sanft auf
die Schulter und wendet sich zum Weitergehen. „Siehst du."

Er fasst zusammen, was ich ihm in der letzten Stunde erzählt
habe und wie er die Sache sieht. Am Ende ist sein Fazit klar:

Wenn man zu lange alles mit sich machen lässt, darf man sich nicht wundern, wenn das ausgenutzt wird. Aber wenn es nach Josh geht, besteht für mich noch Hoffnung, jetzt, wo ich „aufgewacht" bin.

„Du weißt, dass du dir eine Gegnerin gesucht hast, die man nicht unterschätzen darf, oder?", fragt er.

„Ja, ich weiß. Auch wenn ich sie mir wirklich nicht ausgesucht habe."

„Irgendwo habe ich mal gehört, dass man vom Leben nur Aufgaben bekommt, die man bewältigen kann."

„Tja, aber manchmal sind es Aufgaben, bei denen man sich nicht sicher ist, ob man sie je haben wollte." Unwillkürlich denke ich an Vincent und die Dunkelheit. Ist auch das eine Aufgabe, die ich bewältigen kann und die mir nur gestellt wird, weil ich ein Vollmondkind bin? Darauf könnte ich genauso verzichten wie auf den Streit mit Natascha.

„Na ja, wenn es leichte Aufgaben wären, müsste man sich ja nicht anstrengen. Aber keiner sagt, dass man solche Prüfungen alleine schaffen muss. Hilfe darf angenommen werden, da bin ich sicher."

Viel zu schnell sind unsere Freistunden vorbei und wir müssen zurück in die Schule. Die zweite Hälfte des Tages habe ich noch einen Kurs mit Natascha, aber das Gespräch mit Josh hat mir geholfen, einen Schlussstrich unter dieses Kapitel zu ziehen. Ich bin ohne sie besser dran. Ich fühle mich befreit, halte mich aufrechter und erwidere ihre bösen Blicke mit einem selbstsicheren Lächeln.

Auf dem Heimweg wandern meine Gedanken zu Tristan. Und prompt meldet sich seine Stimme. Natürlich weiß er über meinen Kursplan und die erste Schulwoche Bescheid.

„Hey, Frau Lu, wie ist dein Tag bislang?"

„Gut."

„Ach ja? Das freut mich."

Ich ahne die unausgesprochene Frage, woran das wohl liegen

mag, und berichte ihm von meinem Tag. *„Erinnerst du dich an Josh aus der ehemaligen 10c?"*

„Puh, nicht so richtig. Wie sieht der denn aus?"

„Er ist etwa so groß wie ich, sportlich, blonde, etwas längere Haare und trägt oft schwarze Klamotten."

„Ist das nicht der, dessen Eltern in den Sommerferien nach Indien ausgewandert sind?"

„Was? Davon hat er nichts gesagt. Bist du sicher, dass wir den gleichen Josh meinen?"

„Keine Ahnung. Aber wieso? Was ist mit ihm?"

Bevor ich Tristan von meinem Gespräch und der beginnenden Freundschaft mit Josh erzählen kann, muss ich zuerst die Information von eben verdauen. Sind Joshs Eltern wirklich ausgewandert und haben ihn hiergelassen? Wenn ja, warum hat er nichts gesagt? Weil es nur um mich ging, muss ich mir eingestehen, und eine Welle schlechten Gewissens überrollt mich. Ich nehme mir vor, Josh danach zu fragen, auch wenn ich keine Ahnung habe, wie ich das am besten anstellen kann.

Wie in den vorangegangenen Nächten sitze ich an meinem offenen Dachfenster und genieße die frische Luft einer lauen Sommernacht. Natürlich sollte ich längst schlafen, damit ich morgen den Schultag überstehe, aber das ist mir egal. Meine Gedanken überschlagen sich.

„Lucy, ich höre dich bis zu mir denken. Lass es uns gemeinsam entwirren."

„Als ob das so einfach wäre. Wo sollen wir denn anfangen?"

„Am Anfang."

„Sehr witzig." Ich rolle mit den Augen, kann mir aber ein Schmunzeln nicht verkneifen.

„Eines nach dem anderen, wie es dir in den Kopf kommt."

„Tristan fehlt mir. Er ist so weit weg und auch wenn wir uns natürlich unterhalten können, vermisse ich es, ihn zu sehen."

„Das verstehe ich sehr gut."

„Dann ist da Josh, der mich beschäftigt. Er ist großartig. Nicht so wie Tristan, aber ich glaube, das wird eine ganz besondere Freundschaft. Er ist ein echt guter Zuhörer – obwohl ich ihm die interessanten Sachen noch gar nicht erzählt habe."

„Lucy, du darfst ..."

„Ja, ich weiß. Ich werde bestimmt eine gerade entstehende Freundschaft nicht riskieren, indem ich jemandem erzähle, dass ich mich mit dem Mond unterhalte."

„So wie du es ausdrückst, hört es sich ziemlich bizarr an."

„Ehrlich gesagt wüsste ich nicht, wie ich es ausdrücken sollte, damit es sich nicht bizarr anhört. Aber das muss ich ja auch nicht, denn ich werde es keinem erzählen, der es nicht sowieso schon weiß. Problem gelöst."

„Siehst du, wir machen gute Fortschritte. Genau wie du am Wochenende mit der Kraftader."

„Das war mein nächster Punkt. Kann ich mit dieser Energie genauso üben wie mit meinem Silberlicht?"

„Auf jeden Fall. Je sicherer du wirst, umso einfacher wirst du die Kraftader erkennen, wann immer du in ihrer Nähe bist."

„Aber fürs Erste muss ich auf den Ritualplatz, oder?"

„Nicht unbedingt. Deine Verbindung zur Energie der Kraftader ist bereits so stark, dass du schauen kannst, ob du sie irgendwo in deiner Nähe fühlst. Oder ob sie dich ruft, so wie auf dem Drywon-Beinn."

„Okay, dann achte ich in den nächsten Tagen mal darauf, ob ich etwas in der Richtung wahrnehme."

„Worum kümmern wir uns als Nächstes?"

„Sam wollte sich seit Tagen melden, aber bislang habe ich nichts von ihm gehört."

„Hast du versucht, mit ihm in Kontakt zu treten?"

„Wie soll ich das machen?"

„Wie funktioniert es denn bei Tristan?"

„Ich denke an ihn und meistens antwortet er direkt, so als würde er neben mir stehen."

„Warum probierst du es auf diesem Weg nicht auch bei Sam?"

Ich schnaube und schimpfe innerlich mit mir. Da sitze ich nächtelang wach und mache mir merkwürdige Gedanken, anstatt selbst eine Kontaktaufnahme zu versuchen.

„Und wenn es nicht funktioniert? Wenn ich ihn störe?"

„Einen Versuch ist es wert. Wenn es heute, in einer Vollmondnacht, nicht klappt, ist eure Verbindung nicht stark genug. Solltest du ihn stören, kann er das ja sagen. Er ist ein selbstbewusster junger Mann, da sollte man meinen, dass er so etwas offen ausdrücken kann."

„Du hast recht."

Sollte ich versuchen, mit Sam in Verbindung zu treten? Wie peinlich, wenn es ihm ungelegen käme oder er gar nicht mit mir reden möchte. Vielleicht bin ich für ihn nur ein Mädchen, das viel zu früh in den Kreis der Mondkinder aufgenommen wurde. Worüber soll ich mit ihm sprechen? Noch immer bin ich unentschlossen, ob ich ihm vertrauen kann. Daher wäre es wahrscheinlich besser, gar nicht mit ihm in Kontakt zu sein.

„Lucy, wir machen jetzt Schluss. Ich wünsche dir Glück für dein Gespräch."

Als der Mond wieder als unbeteiligte, helle Scheibe vom sternenklaren Nachthimmel scheint, hänge ich meinen Gedanken nach. Kann es so einfach sein, mit Sam Kontakt aufzunehmen? Bislang ging in beiden Fällen die Verbindung von ihm aus. Aber bei Tristan funktioniert es so, wie ich es dem Mond beschrieben habe. Also atme ich tief durch und denke an Sam.

Vor meinem inneren Auge kristallisiert sich eine Erinnerung an unsere Zeit im Camp heraus: ein hochgewachsener, sportlich-schlanker Junge mit dunklen, kurzen Haaren, braunen Augen und einem freundlichen Lächeln steht vor mir. Er zwinkert mir zu und lacht über eine Bemerkung von jemandem, den ich nicht sehen kann.

„Ach, Sam", flüstere ich.

„LucyLu?"

Ich zucke zusammen. *„Sorry, ich wollte nicht stören."*

„*Hey, du störst nicht. Ich wollte mich längst bei dir melden, aber ich bin im Stress.*"

„*Kein Problem.*" Ich gebe mir Mühe, meine Antwort gleichgültig klingen zu lassen. Ich will ihm nicht sagen, dass ich mir Sorgen um ihn gemacht habe.

„*Erzähl, was ist los?*"

Ich hole tief Luft und überlege, wie ich am besten anfangen sollte. „*Also, du weißt ja, dass Tristan, Alexander und ich schon einige Tage vor Lughnasadh auf dem Drywon-Beinn waren.*"

„*Ja, ich erinnere mich.*"

„*Wir waren viel im Archiv und haben verschiedene Dinge recherchiert.*"

„*Was Bestimmtes?*"

Ich muss kurz überlegen, was ich Sam erzählen kann und will. Tristans Bedenken hallen in mir nach. Woher kommt sein Misstrauen gegen Sam? Glaube ich Tristans Intuition mehr als meiner? Bislang fällt die Bilanz in meiner Fähigkeit schlecht aus. Claire und Natascha habe ich vertraut und sie haben es mir mit Betrug, Lügen und Diebstahl gedankt. Damit haben sie auch mein Vertrauen in mich selbst, meine Fähigkeit und meinen Instinkt erschüttert. In Bezug auf die anderen Hüter war ich mir mit Tristan und Alexander einig. Doch bei Sam ist das nicht der Fall, und das verunsichert mich zutiefst. Je länger ich darüber nachdenke, umso konfuser werden meine Empfindungen.

Ich entscheide mich bei meiner Antwort für einen Mittelweg. „*An sich generelle Informationen. Schließlich sind Tristan und ich erst kurz bei Alexander. Alois hat recht, wenn er sagt, dass wir von unserer Ausbildung her noch nicht so weit waren, um ein Ritual zu bekommen.*"

„*Alexander hat euch einfach ein paar Tage früher mit zum Drywon-Beinn genommen und unterrichtet?*"

„*Genau, eine Art Schnellkurs, wenn du so willst. Wir haben einiges an Unterlagen gesammelt und als Claire kam, habe ich meinen Teil der Dokumente mit ihr besprochen."*

„Warum das?"

„Es ging zu einem Teil um die Fürstin von Vix. Das ist ihr Spezial-gebiet und sie hat mir angeboten, noch einige Dinge zu ergänzen."

„Und dann?"

Sam hört sich zunehmend verwirrt an. War es falsch, ihn zu kontaktieren? Hätte ich ihm das alles gar nicht erzählen sollen? Oder wäre es besser gewesen, mir vorher genau zu überlegen, was ich ihm in welcher Reihenfolge erkläre? Bestimmt.

Ich seufze tief. *„Dann haben wir am Morgen nach dem Ritual festgestellt, dass Claire das Camp mitten in der Nacht verlassen haben muss. Sie hat den Ordner mit meinen Unterlagen und einen Teil von Tristans Zeichn... ähm ... Aufzeichnungen mitgenommen."*

Dass einige der anderen Hüter zunächst Alois und ihn in Ver-dacht hatten, verschweige ich. Aber Sam ist schlau genug, um selbst darauf zu kommen.

„Woher weißt du, dass es Claire war? Es könnten doch auch Alois und ich gewesen sein."

„Stimmt. Aber ihr wusstet nichts von meinem Ordner. Der lag schon bei Claire, als ihr an Lughnasadh angekommen seid. Außerdem hat sie Alexander einen Brief geschrieben und den Diebstahl zugegeben."

„Aber woher willst du wissen, dass Alois und ich nicht mit ihr unter einer Decke stecken? Wir hatten am Tag des Rituals mehrere Stun-den, in denen ihr anderen auf dem Gelände beschäftigt wart. Wir saßen über eine lange Zeit unbeobachtet im Camp."

So wie Sam es formuliert, ist es tatsächlich möglich. Mich überläuft ein Schauder. Habe ich mich täuschen lassen? Schon wieder?

Erinnerungen an meinen Schmerz nach Verrat, Betrug und Diebstahl brechen unvermittelt über mich herein. Meine Ver-zweiflung lässt mich kurz aufschluchzen. Ich vergrabe meinen Kopf in den Händen und versuche, mir einen Reim auf Sams

Andeutungen zu machen. Wie so oft, wenn ich Hilfe brauche, ist keine da.

Sams Stimme und ein plötzlich einsetzender, mörderischer Kopfschmerz holen mich zurück ins Hier und Jetzt.

„Lucy, alles okay?"

„Nein, nichts ist okay. Muss Schluss machen."

Ich kappe die Verbindung.

Die nächste Zeit liege ich zusammengerollt in meinem Bett. Heiße Tränen laufen meine Wangen hinunter und ich bemühe mich, meinen Kopf am Denken zu hindern. Doch die Selbstvorwürfe und meine Zweifel sind stärker. Wie kann Vertrauen meine Fähigkeit sein, wenn ich so miserabel darin bin, den richtigen Leuten mein Vertrauen zu schenken?

KAPiTEL 4

LUCY

24. August 1999

Meine heutigen Freistunden muss ich ohne Josh verbringen. So kann ich Alexander einen Antrittsbesuch bei seinem neuen Nebenjob abstatten. Als ich die Schulbibliothek betrete, bin ich die Einzige dort.

Ich lasse den Blick durch die Schulbibliothek schweifen. Alexander tritt mit einer konzentrierten Miene zwischen zwei Regalen hervor, in der Hand eine Liste, die er sich halblaut vorliest. Als er mich sieht, schenkt er mir ein strahlendes Lächeln und kommt mit großen Schritten auf mich zu. „Lucy, schön, dich zu sehen! Was kann ich für dich tun?"

„Nichts. Ich habe zwei Freistunden und keine Gesellschaft."

„Da dachtest du, du kommst zu mir?"

„Genau."

„Setz dich, ich bin gleich bei dir." Er widmet sich wieder seiner Liste und verschwindet zwischen den nächsten Regalen.

Ich suche mir einen Platz an einem der Tische, die den vorderen Teil der Bibliothek einnehmen.

Im Vorbeigehen legt Alexander mir ein Buch hin und setzt seinen Erkundungsgang fort. Ich lese gerade die ersten Sätze, als die Tür der Bibliothek geöffnet wird. Ein kleiner, grauhaariger Lehrer betritt den Raum, gefolgt von einigen Schülern meines Jahrgangs. Ich muss grinsen, als ich Josh entdecke. Das muss der Geschichte-Leistungskurs sein.

Die Schüler verteilen sich am größten der Tische und Josh lächelt mir kurz zu. Angelockt durch den Lärm kommt Alexander in den vorderen Teil der Bibliothek und betrachtet die Invasion mit verdutzter Miene.

Der Lehrer, Herr Schulte, erklärt ihm in knappen Worten, dass er die Schulbibliothek oft als Unterrichtsraum nutzt, da er hier die benötigte Literatur griffbereit habe.

Alexander nickt und wirft mir einen bedauernden Blick zu. So viel zum Thema wir könnten uns unterhalten.

Um den Unterricht nicht zu stören, vertiefe ich mich in Alexanders Buch. Allerdings muss ich gestehen, dass Herr Schulte den trockenen Stoff spannend vermittelt. Irgendwann halte ich das Buch nur noch zur Tarnung in den Händen und bin gefesselt von den Themen, die an Joshs Tisch besprochen werden. So verbringe ich meine Freistunden doch in Joshs Gesellschaft.

Er wartet nach Ende der Doppelstunde am Ausgang der Bibliothek auf mich und fragt mit einem Augenzwinkern: „Na, Interesse am Geschichte-Leistungskurs?"

„Nein, das ist nichts für mich."

„Wenn du meinst."

Wir suchen uns einen ruhigen Platz auf dem Pausenhof und beobachten einige Minuten schweigend, wie die Schülermassen in die Pause strömen. Ich würde ihn gerne nach seinen Eltern fragen und ob Tristan recht hatte mit Indien. Aber wie fängt man so was an?

Ich seufze und begegne Joshs Blick. Er mustert mich mit leicht geneigtem Kopf und hat eine Augenbraue nach oben gezogen. „Alles okay? Du bist heute so still und ein bisschen blass um die Nase."

„Ich habe nicht gut geschlafen." So zutreffend das ist, so vage ist es auch. Schließlich kann es mehrere Gründe haben, warum man nicht gut schläft.

„Kenn ich. Blöder Vollmond."

„Was?"

„Na, es geht auf Vollmond zu. Ist aber vielleicht auch nur ein Aberglaube, dass man da schlechter schläft. Wobei es bei mir meistens stimmt."

Ich nicke zögerlich. „Ja ... kann sein."

Zur gleichen Zeit bei
TRISTAN

„T., stop dreaming and come with me outside to check the outer area." Lindas Stimme reißt mich aus meinen Gedanken. Ich zucke zusammen. Ihr freundlicher Blick ruht auf mir, sie duldet aber keinen Widerspruch. Also schnappe ich mir meine Jacke und eine Kappe, denn es regnet mal wieder, und eile an ihr vorbei aus der Tür. Doch Linda wäre nicht Linda, wenn sie mich nicht innerhalb weniger Sekunden eingeholt hätte. „Was ist los?"

Ihr Deutsch ist viel besser geworden, seitdem ich hier bin, sodass wir meistens Deutsch reden statt Englisch. Nur meinen Namen kann sie nicht aussprechen. Anfangs haben wir uns viel Mühe gegeben, aber es kamen die komischsten Varianten heraus. Schließlich hat sie es bei „T." belassen, was mir gefällt.

Bei Jeremy und Linda fühle ich mich nicht nur gut aufgehoben, sondern komplett angekommen. Obwohl die beiden viel jünger sind als meine Eltern, sind sie in den letzten Wochen meine Familie geworden. Ich habe mich schnell eingelebt, fühle mich wohler als gedacht. Der Schulalltag in der örtlichen Highschool läuft reibungslos. Nachmittags und abends helfe ich Jeremy und Linda bei der Arbeit in und um Maiden Castle. Die Wochenenden sind gefüllt mit Lernen für die Schule und das Sehen. Nur eine fehlt: Lucy.

Ich denke die ganze Zeit an sie. In der Schule sitze ich auf meinem Platz und erinnere mich an die Zeit, als wir gemeinsam

in einer Klasse waren. Ich stelle mir vor, Lucy säße mir gegenüber, so wie es die letzten Schuljahre der Fall war. Sie hat mich lange Zeit nicht wahrgenommen, aber bei mir war es das genaue Gegenteil. Ich habe sie aus der Ferne bewundert. Als sich herausstellte, dass wir auf ungeahnte Weise mehr Gemeinsamkeiten haben als gedacht, konnte ich mein Glück kaum fassen. Sie von da an fast ununterbrochen in meiner Nähe zu haben, hat unsere Verbindung mit jedem Moment intensiver werden lassen. Schließlich das gemeinsame Camp mit Alexander und den anderen Hütern. Diese Zeit war so vollkommen, dass es sich wie eine große Lücke anfühlt, sie nicht bei mir zu haben.

Jeremy und ich haben viel von unserem Camp und von Lucy erzählt, damit Linda über alles informiert ist. Sie weiß, wie viel mir Lucy bedeutet und erkennt, wenn ich in Gedanken bei ihr bin. Das passiert ziemlich häufig. Wenn Linda oder Jeremy mir etwas von ihrem Wissen beibringen oder wir gemeinsam zu den Sehern von Maiden Castle recherchieren, ist Lucy in meinen Kopf. Oft denke ich, wie es wäre, wenn sie auch hier säße. Was sie entdecken würde, welche Schlüsse sie ziehen würde und was sich alles in eine ihrer berühmten Listen packen ließe. Oder wie wir es schaffen, mit unserem Wissen und meinen Fähigkeiten einen Schutz für Lucy aufzubauen.

Lucy ist immer präsent und doch fehlt sie mir. Linda hat das erkannt und gibt mir die Möglichkeit, meine Antwort auf ihre Frage, was los sei, zu überdenken. Ich entscheide mich für die Wahrheit. Es hat sich gezeigt, dass Linda nicht nur eine professionelle, intelligente Wissenschaftlerin ist, sondern auch eine sehr gute Zuhörerin und Ratgeberin.

Während wir gemeinsam gegen Regen und Wind ankämpfend auf dem äußeren Wall unsere Runde drehen, erzähle ich ihr meine Sorgen. „Es ist nicht nur, dass Lucy mir fehlt. Ich habe Angst, dass ich sie nicht ausreichend schützen kann, weil ich so weit weg bin."

„Das verstehe ich."

Obwohl sie ständig das Gleiche von mir hört, reagiert sie niemals genervt.

„Aber glaubst du, du könntest sie bereits besser schützen als vor ein paar Wochen?"

Ihre immer gleiche Frage folgt auf meine immer gleiche Aussage, fast wie in einer festgeschriebenen Choreografie oder bei einem Drehbuch.

„Nein, natürlich nicht. Aber das ist nicht der Punkt heute."

„Sondern?"

„Ich spüre, dass sich etwas verändert. Dieser Sam, den wir bei unserem Ritual kennengelernt haben, hat sie aus der Bahn geworfen."

Lindas schockierter Blick bringt mich widerwillig zum Lachen. Offensichtlich kennt sie das Sprichwort nicht und hat es sich wörtlich übersetzt.

„Nein, so ist das nicht gemeint. Aber er hat ebenfalls eine Verbindung zu ihr und lenkt sie ab."

„Von dir?"

„Ich weiß es nicht." Ich verfluche meine Unsicherheit. Lucy hat mir keinen Grund gegeben, an ihren Gefühlen für mich zu zweifeln. Doch denke ich, dass ich gegen Sam nicht ankomme. Das alles hätte ich mir noch ausreden können. Aber dann hat sie erzählt, dass sie mit ihm gesprochen hat. In diesem Moment wurde mir bewusst, wie groß die Entfernung zwischen uns ist und dass wir trotz aller Verbundenheit nur kleine Episoden des anderen mitbekommen.

„Vertraust du Lucy?", fragt Linda.

„Ja, absolut", antworte ich, ohne zu zögern.

„Vertraust du Sam?"

„Nein."

„Glaubst du, er will Lucy schaden?"

„Nein, zumindest nicht absichtlich. Aber sein Hüter Alois schien befreundet mit Claire."

„Jetzt fragst du dich, ob Sam von Alois dazu benutzt wird,

um Lucy zu manipulieren, um damit Claire in die Hände zu spielen."

„Genau."

Warum versteht Linda mich so gut? Wir kennen uns erst wenige Wochen, aber sie findet meist die richtigen Worte.

Mittlerweile haben wir den äußeren Wall umrundet und wechseln in die Mitte. Wir machen diesen Rundgang zweimal täglich zu verschiedenen Zeiten. Linda hat mir erklärt, dass es Touristen gibt, die von den Führungen nicht nur Andenken aus dem Museumsladen mitnehmen, sondern zum Teil auch von den Wallanlagen Dinge abbrechen oder sogar ausgraben. Seit sie die Kontrollgänge machen, sind die Fälle von Vandalismus weniger geworden, und wenn sie jemanden erwischen, wird derjenige sofort angezeigt. Für heute sind die letzten Besucher mit ihren Führungen fertig und verlassen das Gelände, sodass demnächst Ruhe einkehren wird.

„Ich würde gerne etwas mit dir ausprobieren", sagt Linda.

„Okay, und was?"

„Du hast in den letzten Wochen viel gelernt, was deine Fähigkeiten angeht, und große Fortschritte gemacht. Wir sollten ausprobieren, ob du schon so weit bist, dein seherisches Können bewusst zu lenken."

„Wie soll das funktionieren?"

„Das besprechen wir im warmen Haus bei einer Tasse Tee."

Kurze Zeit später sitzen wir gemeinsam mit Jeremy am großen Esstisch der beiden. Jeder hat seine klammen Finger um eine Tasse mit Tee geschlungen. Jeremy und Linda schauen in die kleinen Nebelschwaden, die aus ihren Tassen aufsteigen. Nach einer gefühlten Ewigkeit fragt Linda: „T., bist du bereit?"

Ich blicke aus dem Augenwinkel zu Jeremy hinüber, der angespannt aussieht. Er war nicht begeistert, als Linda ihm von ihrem Vorhaben erzählt hat. Erst als sie ihm versprochen hat, den Versuch sofort abzubrechen, wenn sie merkt, dass es nicht funktioniert, hat er nachgegeben. Nun holt er tief Luft, schaut Linda in die Augen und nickt mir zu.

„Ja", krächze ich und muss mich räuspern, bevor ich weiterspreche. „Ja, ich bin bereit. Was muss ich tun?"

„Block und Stift hast du", sagt Linda. „Am besten schließt du die Augen und bringst dich in einen Ruhezustand. Lass deine Gedanken schweifen und die Atmung langsamer werden. So ähnlich wie beim Meditieren."

Ich nicke mit geschlossenen Augen und versuche krampfhaft, an nichts zu denken. Je angestrengter ich meinen Kopf leer bekommen will, desto mehr Gedanken strömen auf mich ein. Nach einiger Zeit öffne ich die Augen und sage: „Das wird nichts, tut mir leid."

„T., du hast es doch gar nicht richtig probiert."

Linda klingt wie eine Mischung aus Alexander und meiner Mutter. Ich seufze und verdrehe die Augen. Linda antwortet mit einem lauten Lachen.

Jeremy steht auf und meint im Weggehen: „Ich habe gesagt, das ist eine schlechte Idee."

„Nun gib nicht gleich auf", entgegnet Linda. „Wollen wir es noch einmal probieren?"

„Klar", antworte ich, auch wenn ich nicht überzeugt bin, dass es diesmal besser wird.

„Wir machen es anders. Du schließt die Augen, atmest tief und langsam. Nimm mit der linken Hand deinen Eulenanhänger und lass dich von der Wärme leiten. Ich werde dir einfach was erzählen und dann schauen wir, in welche Richtung wir deine Gedanken lenken können."

„Okay."

Ich befolge Lindas Anweisungen. Wieder einmal bin ich von der Wärme überrascht, die augenblicklich aus der Kette in meinen Körper strömt. Meine Kopfhaut kribbelt und ich spüre, dass mich ein leichter silberner Schimmer umhüllt. Ich muss die beiden nachher fragen, ob er für sie sichtbar ist.

Linda sagt mit einer monotonen, aber kraftvollen Stimme: „Denk an die Zeit auf dem *Drywon-Beinn* zurück. Erinnere dich an den Tag von Lughnasadh, deinem Ritual. Es ist Nachmittag, alle Hüter sind versammelt. Du bist mit Jeremy aus dem Dorf zurück. Du suchst Lucy, weil du wissen willst, wie ihr Morgen so verlaufen ist. Du freust dich, sie zu sehen. Sie freut sich auch, als sie dich entdeckt."

Ich muss lächeln, als mir Lucy vor meinem geistigen Auge entgegenkommt. Ihre Augen funkeln, sie lacht und breitet die Arme aus. Ich spüre unsere Umarmung und ein tiefer Frieden kehrt in mich ein. Ich möchte das Gefühl am liebsten für immer bewahren.

„Dein Blick fällt auf Sam." Alles in mir verkrampft sich. „Du hattest nicht viel Zeit, ihn kennenzulernen. Nun willst du dir ein Bild von ihm machen. Beobachte, wie er sich im Zusammenspiel mit den anderen Hütern verhält. Wie redet er mit ihnen? Wie behandeln sie ihn? Wenn er mit dir spricht, wie fühlst du dich?"

Ich versuche, mich an Situationen mit Sam auf dem *Drywon-Beinn* zu erinnern. Mir fällt auf, dass ich nichts mit ihm zu tun hatte. Daher kann ich weder einschätzen, wie sein Verhältnis zu den anderen war, noch, wie er sich insgesamt benommen hat. So sehr ich mich anstrenge, ich kann mich nicht erinnern, dass wir direkten Kontakt hatten.

„Vergiss diesen Gedanken", sagt Linda, die meinen Ärger anscheinend bemerkt hat. „Hast du Sam und Lucy gemeinsam gesehen?"

Nach ein paar Sekunden schüttele ich langsam den Kopf. „Nur in der Gruppe, aber nicht die beiden alleine."

„Dann nehmen wir alle. Erstelle ein Gruppenbild und sortiere die Leute wie folgt: Lucy steht in der Mitte. Um sie herum diejenigen, die ihr guttun. Mit denen sie sich wohlfühlt. Die sie unterstützen, beschützen und ihr helfen. Etwas weiter weg malst du die Personen, bei denen du dir nicht sicher bist. Am

Rand des Bildes steht jeder, von dem du weißt, dass er Lucy schaden möchte. Das müssen nicht unbedingt Personen sein, die mit auf dem *Drywon-Beinn* waren, sondern alle, mit denen Lucy bislang in Berührung kam."

Meine rechte Hand zeichnet. Ich lasse die Augen geschlossen und mein Eulenanhänger umfängt mich mit Energie. Rasch fühlt es sich an wie immer, wenn ich eine Vision zu Papier bringe. Doch es ist eine Premiere, da wir den Zustand bewusst herbeigeführt haben. Es ist beruhigend, dass es funktioniert. Die Energie leitet mich. Der Stift wandert mit meiner Hand über das Blatt. Zwar öffne ich die Augen jetzt wieder, aber ich nehme nicht bewusst wahr, was ich zeichne. So ist das schon immer gewesen. Erst in den letzten Monaten hat mir Alexander beigebracht, diesen Zustand als das anzusehen, was er ist: ein Seher bei der Arbeit.

Die nächsten Minuten vergehen schweigend. Jeremy ist an den Tisch zurückgekehrt. Gemeinsam mit Linda beobachtet er wortlos, wie mit jedem Bleistiftstrich eine neue Figur entsteht. Man könnte eine Stecknadel fallen hören.

Als ich schließlich den Stift beiseitelege, geht ein gemein-schaftliches Aufatmen durch den Raum. Manchmal frage ich mich, ob ich während des „Sehens" überhaupt atme. „Sieht man das silberne Schimmern?"

Das Kopfschütteln und die nach oben gezogenen Augen-brauen sind Antwort genug. Es ist mit meinem Schimmern also wie bei Lucy, wenn sie mit dem Mond spricht. Die anderen be-kommen davon nichts mit. Erleichterung durchströmt mich. Immerhin zeichne ich meine Visionen direkt und mache sie für die Außenwelt sichtbar, aber zum Glück leuchte ich nicht dabei.

Es kostet mich Überwindung, mir meine neueste Zeichnung anzusehen, obwohl ich dieses Mal weiß, zu welchem Thema ich etwas aufs Papier gebracht habe. Linda hatte recht. Ich konnte meine Vision bewusst auslösen und in eine bestimmte Rich-tung lenken. Doch was wird auf dem Blatt zu sehen sein? Wen habe ich um Lucy herum gruppiert? Wer will ihr schaden? Ich habe Angst, dass ich nicht in ihrer Nähe stehen werde, sondern Sam.

Jeremy und Linda bemühen sich nach Kräften, mir in die Augen zu sehen und nicht schon einen Seitenblick auf die Zeichnung zu werfen. Also setze ich mich gerade hin. „Na, dann wollen wir mal schauen, oder? Kommt ihr rum oder wollt ihr es euch auf dem Kopf ansehen?"

Schneller als gedacht haben Linda und Jeremy ihre Stühle neben mich gestellt. Wir lassen die Blicke über die Zeichnung schweifen. Wie gewünscht steht Lucy in der Mitte. An ihrer linken Seite sind Alexander und ihre Mutter Risa. Rechts neben ihr stehe ich. Mir fällt ein riesiger Stein vom Herzen. Neben mir sieht man leicht versetzt Jeremy und Linda. Sie bilden einen Halbkreis mit Rudi und Urs auf der linken Hälfte. Direkt hinter Lucy wartet die erste Überraschung.

„Wer ist dieser Junge?", fragt Jeremy.

„Das ist Josh", antworte ich. „Er ist bei uns auf der Schule. Lucy freundet sich gerade mit ihm an."

Jeremy reibt sich das Kinn. „Ist dieser Josh ein Mondkind?"

„Glaube ich nicht."

„Ich denke auch nicht", sagt Linda. „Drei Mondkinder im selben Alter an einem Ort? Das hat es noch nie gegeben. Aber egal, wer oder was dieser Josh ist, er ist auf jeden Fall gut für Lucy und steht hinter ihr."

„Im wahrsten Sinn des Wortes, wie es aussieht", fügt Jeremy hinzu.

Ich konzentriere mich auf den linken Bereich des Bildes. Ein Stück entfernt von Lucys Mutter, außerhalb des schützenden Halbkreises, steht ihr Vater. Doch es gibt ihn doppelt. Ein Teil ist Lucy zugewandt, verbunden mit Risa, und sieht freundlich, fast beschützend aus. Der zweite Teil ist vor Wut verzerrt. Es besteht eine direkte Verbindung zu ...

„Vincent!", rufe ich.

Linda schüttelt den Kopf.

„Es war klar, dass wir ihn hier finden werden", sagt Jeremy, „aber jetzt ist eindeutig, woran wir diejenigen erkennen, die Lucy schaden wollen." Er deutet auf die dunklen Umrandungen, die sich sowohl bei Vincent als auch bei Lucys Vater finden. Ich orientiere mich weiter nach rechts. Ebenfalls im Einzugsbereich von Vincent befindet sich Claire. Ihre Gesichtszüge sehen unterwürfig aus, so als stünde sie unter einem Zwang. Doch ich habe kein Mitleid mit ihr. Schnell wende ich meinen Blick ab und widme mich der Person, wegen der wir diese Übung unternommen haben.

Sam befindet sich näher an Lucy als die anderen Hüter und als diejenigen, die ihr eindeutig schaden möchten. Einige, scheinbar willkürliche, Striche deuten eine Verbindung zwischen Lucy und ihm an. Zu meiner Erleichterung gehört er aber nicht zum engsten Kreis derer, die Lucy wichtig sind.

Sein Hüter, Alois, befindet sich auf halber Strecke zwischen ihm und Claire. Es gibt also eine Verbindung zwischen diesen beiden. Gehört Alois eher zu Claire und damit zur Dunkelheit? Hat er Sam manipuliert und zu seinem Werkzeug gemacht? Spielt auch Sam nur den Retter, um sich Lucy zu nähern?

„Schau mal, Alois versucht, Claire zu erreichen, und gleichzeitig schützt er Sam", flüstert Linda.

Jeremy nickt und klopft seiner Frau leicht auf die Schulter.

Ich runzle die Stirn und sehe genau hin. Ratlos schüttele ich den Kopf und blicke die beiden an.

Linda grinst, deutet auf die Zeichnung und sagt: „Jetzt schalte mal dein Herz aus, dreh die Eifersucht runter und konzentriere dich. Alle, die mit der Dunkelheit zu tun haben, hast du dunkel gemalt. Vincent sowieso, den einen Teil von Lucys Vater und Claire. Sieh mal auf die Seite, die Alois zugewandt ist. Da wird der dunkle Strich heller. Es sieht so aus, als würde er ihr Licht schicken."

„Stimmt." Es scheint, als sei Alois von einem Lichtschein umgeben, der sich zu einem kleinen Teil auf Claire ausbreitet und Sam komplett einhüllt.

„Also sind Alois und Sam zumindest nicht mit der Dunkelheit verbunden", sagt Jeremy.

„Aber sie gehören auch nicht zum inneren Kreis." Ich muss es einfach laut aussprechen, um mich selbst zu beruhigen.

„Nein, T., keiner ist so eng verbunden mit Lucy wie du." Linda zeigt auf ein Detail, das mir bei der ersten Betrachtung von Lucy entgangen ist. Unsere Hände sind ineinander verschränkt, die Arme berühren sich und wir haben einen ähnlichen Gesichtsausdruck. Eine Welle der Zuneigung überrollt mich und ich kann kaum den Blick von uns abwenden. Ich lächle.

„Okay, T., hör auf zu träumen. Wichtig ist, Sam und Alois sind nicht auf der Seite von Vincent. Ich würde nichtsdestotrotz Vorsicht walten lassen und den Kontakt mit den beiden auf ein Minimum begrenzen."

„Du hast recht. Ich gebe Lucy Bescheid."

„Und ich rufe Alexander an."

Claire Lacroix

An Vincent von Grafenstein

26. August 1999

Geehrter Vincent,

wie sehr bedaure ich, dass ich deinen Ansprüchen nicht gerecht werden konnte. Dass du nicht nur an meinen Fähigkeiten zweifelst, sondern auch an meiner Treue zu dir. Ich verstehe, dass du mich mit kaltem Schweigen strafst.

Du hast recht, Lucy ist ein außergewöhnliches Mondkind. Sie ist alles, was wir in ihr vermutet haben, und so viel mehr. Ich habe bei meinen Gesprächen mit ihr gerade mal an der Oberfläche dessen gekratzt, was sie in sich trägt. Du hast ihre Fähigkeiten mit einem Blick erkannt. Hast mich dorthin geschickt, obwohl du weißt, wie sehr ich die anderen Hüter verachte.

Sei versichert, dass ich dir die beiden Ordner schicken wollte. Ich wollte zuerst sicherstellen, dass die Dokumente deinen hohen Ansprüchen gerecht werden. Ich möchte dich nicht mit Belanglosigkeiten langweilen.

Ich wünsche mir, dass du mich weiterhin Teil deiner Reise mit Lucy sein lässt. Sie benötigt eine weibliche Hand, wenn wir ihre Fähigkeiten in aller Breite nutzen wollen. Gemeinsam werden wir mit Lucy Großes erreichen. Du und ich waren schon immer ein eingespieltes Team.

Schließ mich nicht aus. Nimm meine Entschuldigung an. Ich werde dir beweisen, dass ich deine Erwartungen an mich er-

füllen kann. Ich habe einen Plan, wie wir Lucy an uns binden können und weitere Mitstreiter bekommen.

Dir gehören meine Treue, mein Wissen und meine Seele. Dir könnte sogar mein Herz gehören, wenn du es nur wollen würdest.

Claire

KAPITEL 5

LUCY

30. August 1999

Bei meiner Ankunft in der Schule werde ich von Josh erwartet. Normalerweise betritt er das Gebäude als einer der Letzten. Bevor ich nach dem Grund fragen kann, fällt mir auf, dass etwas nicht in Ordnung sein muss. Josh ist unnatürlich blass, hat dunkle Ränder unter den Augen und seine Haare wehen in alle Richtungen. Fast könnte man meinen, er hätte das ganze Wochenende nicht geschlafen.

„Hey, was ist los?", frage ich vorsichtig, als ich vor ihm stehe.

„Gut, dass du da bist."

Ich runzle die Stirn. „Warum? Ist was passiert?"

„Kannst du mir helfen?"

„Klar. Um was gehts denn?"

Statt einer Antwort fährt er sich mehrfach durch die Haare.

„Josh, was ist hier los?" So habe ich ihn noch nie erlebt. Ich denke an das, was mir Tristan am Wochenende von seiner Zeichnung erzählt hat. Josh stand dort in einer direkten Verbindung zu mir. Wir haben am Samstag lange gerätselt, welche Rolle er spielt, konnten aber keine Lösung finden. Egal, wie die Antwort ausfällt: Ich werde Josh in jedem Fall unterstützen.

Dieser lässt sich Zeit und druckst verlegen herum, bis er sagt: „Kannst du in den Freistunden mit zu mir kommen und mir helfen?"

„Natürlich, aber bei was?"

Er murmelt etwas, was sich verdächtig nach „aufräumen" und „putzen" anhört. Ich glaube fest, mich verhört zu haben. Dann fügt er noch etwas hinzu. „Josh, du musst bitte lauter reden, ich verstehe kein Wort."

Mittlerweile sind wir vor unserem Klassenraum angekommen, gerade noch rechtzeitig, denn unsere Englischlehrerin wirft uns einen vorwurfsvollen Blick zu. Josh nutzt die Gelegenheit, um sich mit seinen Schulsachen zu beschäftigen, und lässt mich die nächsten eineinhalb Stunden ratlos neben ihm sitzen.

Als wir in der Pause das Schulgelände verlassen, bin ich überrascht, dass Josh nur wenige Gehminuten von der Schule entfernt wohnt. „Wie schaffst du es denn, da noch zu spät zu kommen?", necke ich ihn.

Seine Miene ist noch angespannter geworden. Er ist in sich gekehrt und reagiert nicht. Langsam bekomme ich es mit der Angst zu tun, denn das ist untypisch für ihn. Bin ich zu vertrauensselig, wenn ich mit einem Jungen nach Hause gehe, den ich erst seit ein paar Wochen kenne? Was würde Tristan sagen, wenn er uns sehen könnte?

Ich bleibe einige Schritte hinter Josh zurück. Auch das bemerkt er nicht. Ich erinnere mich an die Zeichnung, die Tristan beschrieben hat. Josh wurde nicht als Bedrohung eingestuft, das sollte mich beruhigen. Ich ermahne mich selbst, ihm zu vertrauen. Wenn ich schon nicht auf meine Intuition höre, sollte ich zumindest auf Tristans Vision vertrauen.

Ich beschleunige meine Schritte, um wieder zu Josh aufzuschließen. Wir haben sein Zuhause erreicht, doch vor der Tür zögert er.

„Du musst das nicht machen, weißt du."

Sein flehender Blick steht in komplettem Gegensatz zu seiner Aussage und verwirrt mich noch mehr. „Was ist hier los?"

Er holt tief Luft, fährt sich mit beiden Händen durch die Haare und sagt: „Meine Tante kommt heute zu ihrem ersten Kontrollbesuch zu uns. Du hast bestimmt mitbekommen, dass meine Eltern vor einigen Wochen nach Indien ausgewandert sind und dort ein Retreat aufbauen, also einen spirituellen Rückzugsort für gestresste Menschen. Weil meine Geschwister und ich noch nicht alle volljährig sind, können sie uns vom Gesetz her nicht einfach alleine lassen."

Ich nicke und bin froh, dass mich Tristan mit seiner Vermutung vorgewarnt hat.

„Meine Tante ist unsere einzige Verwandte in Deutschland und hat sich widerwillig bereit erklärt, ein Auge auf uns zu haben. Allerdings haben wir kein gutes Verhältnis zu ihr, weshalb ein Umzug nach Berlin nicht zur Debatte stand. Sie hat gestern angerufen und ihren Besuch angekündigt. Ihre Ansage war, dass besser das Haus tipptopp in Ordnung sein sollte. Sonst meldet sie uns dem Jugendamt und dann sind wir schneller im Heim, als wir ‚Indien' sagen können."

„Das ist furchtbar!"

„Ja, das war heftig. Immerhin war sie so nett, dieses Mal ihren Besuch anzukündigen. Aber sie hat gedroht, dass sie mal spontan vorbeikommen wird, um zu sehen, dass wir alles im Griff haben. Meine Geschwister und ich sind seit der Abreise meiner Eltern auf uns allein gestellt. Wir kriegen das auch gut hin. Aber wir sind trotzdem alle drei noch Teenager und da hat man es nicht so mit aufräumen und putzen. Ich bin froh, wenn ich das Wäschewaschen organisiert kriege und was zu essen im Kühlschrank ist."

„Das tut mir alles so leid. Wie kann ich dir helfen?"

„Na ja, wir haben gestern einen Plan gemacht mit Aufgaben und gelost, wer was übernimmt. Jeder muss sein Zimmer aufräumen. Dann gab es noch Einkaufen, draußen rund ums Haus Ordnung machen und drinnen putzen."

„Aha, und du hast das Putzen gezogen."

„Ja", antwortet Josh, schaut zu Boden und spielt mit seinem Schlüsselbund.

„Ich soll dir helfen?"

„Ja, bitte."

Meine Mutter würde sich ausschütten vor Lachen, wenn sie das mitbekäme. Ich habe zu Hause ein entspanntes Leben, muss nichts im Haushalt machen und vermeide aufräumen mit allen Mitteln. Stattdessen kann ich mich auf die Mondkinder konzentrieren. Ich kann meinen Freund vermissen und ihm Briefe schreiben. Ich kann in Selbstmitleid versinken, weil ich es nicht hinbekomme, meine Fähigkeit zu perfektionieren. Und ich kann mir Sorgen um die Dunkelheit machen.

Doch in diesem Augenblick ist das alles nebensächlich. Das hier ist Joshs Leben und mein neugewonnener Freund bittet mich um Hilfe. Wie groß sein Mut oder auch seine Verzweiflung sein müssen, dass er jemanden fragt, den er erst so kurze Zeit kennt, kann ich mir nur schwer vorstellen. Also straffe ich die Schultern, atme tief ein und schenke ihm das breiteste Lächeln, zu dem ich fähig bin. „Na los, worauf warten wir noch? Wir haben nicht viel Zeit."

Mit einem erleichterten Seufzer öffnet Josh die Haustür.

Ich frage mich, welches der beiden Geschwister für draußen zuständig ist. Hier ist noch einiges zu tun, aber damit können wir uns nicht aufhalten. Joshs Aufgabe ist drinnen, und so folge ich ihm in den düsteren Hausflur.

Wir stehen in einem schmalen Gang, von dem im Erdgeschoss mehrere geschlossene Türen abgehen. Direkt zu unserer Linken führt eine weiß geflieste Treppe in den ersten Stock. Um uns herum herrscht ein schummeriges Dämmerlicht.

Als Josh neben mir das Licht anknipst, wünschte ich fast, er hätte uns im Dunkeln stehen lassen. Vor mir erstreckt sich ein großflächiges Chaos aus Schuhen, Jacken, Kappen und Taschen. Die dazugehörige Garderobe mit Schuhablage dagegen ist bis auf eine braune Herrenjacke aus Leder völlig verwaist.

Josh verlagert sein Gewicht mehrmals von einem Bein auf das andere. Ich grinse ihn an, ziehe Jacke und Schuhe aus und stelle meine Sachen auf einen leeren Fleck nahe der Haustür.

„Okay, wollen wir zusammen hier Schuh-Memory spielen oder teilen wir uns auf?"

Er entscheidet sich fürs Aufteilen. Die nächsten eineinhalb Stunden bringen wir Flur, Küche, Bad und Wohnzimmer auf Vordermann. Wir beseitigen das gröbste Chaos und drehen eine Runde mit dem Staubsauger. Dann gehen wir zurück in die Schule.

„Tut mir leid, wir haben es nicht ganz geschafft", sage ich zu Josh, als wir das Schulgelände betreten.

„Nicht ganz geschafft? Ehrlich, ich hätte nie gedacht, dass wir es überhaupt so weit bringen. Jetzt muss ich nachher nur noch mein Zimmer aufräumen und durchs Bad wischen. Das ist super."

Ich erwidere sein Lächeln nur zu gerne.

„Na, ihr zwei Hübschen? Wo kommt ihr denn her? So, wie ihr strahlt, müssen das ja zwei erfüllende Freistunden gewesen sein."

Natascha! Natürlich, wer sonst? Nur sie schafft es, im ungünstigsten Moment aufzutauchen. Sie ist eine Meisterin darin, eine gelöste Stimmung zu zerstören. Leider bin ich, wie so oft in ihrer Gegenwart, zu keiner Antwort fähig. Zum Glück gibt es Josh. Er zwinkert mir zu und grinst breit. Mir bleibt nichts anderes übrig, als mitzumachen. Dann kommt mir der Gedanke, was sie sagen würde, wüsste sie die Wahrheit. Unwillkürlich fange ich an zu lachen. Josh stimmt mit ein.

Nataschas verwirrter Gesichtsausdruck steigert unsere Heiterkeit. Mir laufen Tränen über die Wangen und mein Bauch schmerzt vor Lachen.

„Soll ich nach der Schule noch mal mitkommen, damit wir den Rest machen können?", frage ich ihn, als wir uns beruhigt haben. Natascha ist vor wenigen Sekunden mit verkniffener Miene abgezischt.

Mit einem Schlag ist alle Fröhlichkeit aus Joshs Gesicht verschwunden. „Nein, danke. Den Rest schaffe ich alleine."

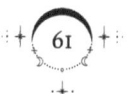

Den restlichen Nachmittag bin ich in Gedanken bei Josh. Wie schnell sich das Leben ändern kann. Klar, auch mich hat diese ganze Vollmondkind-Sache überrascht und mein Leben innerhalb kurzer Zeit grundlegend verändert. Aber so ein Einschnitt im Familienalltag ist eine andere Liga. Zum Glück ist Josh das mittlere von drei Geschwistern, also sind sie keine kleinen Kinder mehr. Aber auch keine Erwachsenen, die ihr Leben strukturiert und im Griff haben.

Für mich erklärt sich jetzt, warum Josh manchmal unorganisiert und unkonzentriert wirkt. Die Verantwortung für seine Geschwister zu haben, ist bestimmt nicht einfach. Es erfüllt mich mit Respekt, wie gut er den Alltag handhabt. Ja, sein sportlicher Kleidungsstil mit den schwarzen Band-Shirts ist anders als Tristans, der eher blaue Poloshirts trägt. Dennoch ist Josh immer ordentlich gekleidet. Sein Lernpensum bekommt er gut auf die Reihe, besser als manch anderer.

Ob die Lehrer wissen, welchen Umbruch er zu verkraften hat? Wenn ja, lassen sie es weder ihn noch seine Umgebung spüren. Aber ich kann mir vorstellen, dass man es in der Schule nicht kommuniziert hat, vielleicht auch aus Sorge vor dem Jugendamt. Der Umzug der Eltern war Anfang der Sommerferien. Bis zum Beginn des neuen Schuljahres ist das Thema vielleicht in Vergessenheit geraten.

Tristans Stimme holt mich aus meinem Gedankenkarussell.

„Frau Lu? Bist du da?"

„Ja, bin ich."

„Was ist passiert?"

„Nichts. Mir gehts gut." Ich erzähle ihm von meinem Vormittag mit Josh.

„Es war mutig von ihm, dich um Hilfe zu bitten."

„Ja, so lange kennen wir uns schließlich noch nicht."

„Das auch. Aber ich hätte befürchtet, dass du erst eine schlaue Liste machst, bevor du den Staubsauger schwingst."

Ich stimme in Tristans Lachen ein und genieße diesen unbeschwerten Moment. Dann fällt mir ein, dass ich noch nicht alles erzählt habe, und sage: *„Natascha hat uns erwischt, als wir zurück in die Schule kamen."*

„Da bin ich gespannt, was sie daraus macht."

„Wie meinst du das?"

„Denkst du echt, sie lässt sich diese Gelegenheit entgehen?"

„Gelegenheit für was?"

„Lucy, du hast ihr eine Sensation auf dem Silbertablett präsentiert. Das wird sie nicht ungenutzt lassen."

„Quatsch. Was soll sie denn daraus für eine Sensation machen? Ist ja nicht das erste Mal, dass Josh und ich unsere Freistunden gemeinsam verbringen."

„Abwarten."

„Hast du etwas in dieser Richtung gesehen?"

„Nein, das nicht. Aber ich habe in der Vergangenheit oft genug miterlebt, wozu sie fähig ist."

Kaum habe ich am nächsten Morgen den Bus verlassen, ziehen mich Ella und Sue in eine ruhige Ecke auf dem Schulhof. „Was macht ihr beiden schon hier? Ist was passiert?", frage ich sie verwundert, denn normalerweise bin ich die Erste von uns dreien.

„Na, hör mal!", ruft Ella und stemmt die Hände in die Hüften. „Ich hätte gedacht, dass du es uns vor allen anderen erzählst."

„Was genau?"

„Na, dass du wieder vergeben bist."

Meine Freundinnen schauen mich mit gerunzelter Stirn an. Ella hat immer noch die Hände in die Hüften gestemmt und Sue schüttelt den Kopf. Beide lassen mich nicht aus den Augen, als ich tief Luft hole und zugebe: „Stimmt. Tut mir leid. Aber wisst ihr, das mit Tristan ist noch so frisch und jetzt ist er im Ausland …"

„Wie, mit Tristan?", unterbricht mich Ella. Sie legt den Kopf schief.

„Ja klar, Tristan", entgegne ich. Dann erinnere ich mich an seine gestrige Vermutung. Mir kommt eine böse Vorahnung.

„Von wem sprichst du denn?"

„Na, von Josh natürlich."

Tristan hatte recht. Ich habe Natascha ungewollt den Ball an den Elfmeterpunkt gelegt und den Torwart nach Hause geschickt. Sie musste den Schuss nur noch verwandeln. Aber dass sie so schnell ist, hätte ich nicht gedacht. Hat sie gestern nichts anderes gemacht, als unzähligen Leuten diese Geschichte zu erzählen? Oder hat sie ihre Falschinformationen gezielt gestreut? Es gibt in unserem Jahrgang genug Leute, die jedes Gerücht verbreiten. Wahrscheinlich eher Letzteres. Fassungslos schüttele ich den Kopf.

„Lucy, Schluss mit der Geheimniskrämerei", sagt Sue. „Ich dachte, wir wären deine Freundinnen? Uns hättest du ruhig erzählen können, dass du mit Josh zusammen bist. Gut, wir waren ziemlich überrascht. Andererseits macht es aber auch Sinn, nicht wahr? Er ist in jeder Hinsicht das Gegenteil von Noel."

„Da läuft nichts mit Josh!", rufe ich. Die Heftigkeit meiner Reaktion überrascht selbst mich.

„Okay", sagt Ella. Sie hebt beide Hände in meine Richtung, weicht einen Schritt zurück und wirft Sue einen bedeutungsvollen Blick zu.

Ich atme tief durch. „Wir sitzen in Englisch nebeneinander, sind auf einer Wellenlänge und verbringen die Freistunden gemeinsam. Wir sind befreundet. Aber sonst läuft da nichts, ehrlich. Josh und ich sind gestern bei unserer Rückkehr Natascha begegnet. Tristan hatte recht, dass sie daraus eine Story spinnen würde. Aber dass sogar ihr darauf anspringt, hätte ich nicht gedacht." Jetzt runzele ich die Stirn.

Nach ein paar Sekunden fangen sie gleichzeitig an zu reden.

„Wie jetzt, Tristan? Ich dachte, der ist in England?"

„Da läuft nichts mit Josh, bist du sicher?"

„O Mann, diese Natascha, und wir fallen drauf rein!"

„Sorry, Lucy ..."

Mit einer spontanen Gruppenumarmung unterbreche ich ihren Redeschwall. Sie haben recht. Ich hätte ihnen längst von Tristan und mir erzählen sollen. Also nutze ich ihr verblüfftes Schweigen und sage: „Ihr wisst, dass Tristan und ich auf diesem Feriencamp von der Bücherei waren. Na ja, es war eine sehr schöne Zeit dort, und im Laufe der Tage ..."

„... und Nächte", wirft Ella ein.

Sue boxt ihr in die Seite und legt einen Finger vor ihren Mund.

„Ja, auch die Nächte mit Schlafsack am Lagerfeuer unterm Sternenzelt ..."

„Wie romantisch! Sorry." Ella hält sich den Mund zu und macht mit der Hand die Bewegung eines Schlüssels, der im Türschloss gedreht und weggeworfen wird.

„Jedenfalls sind Tristan und ich seitdem zusammen. Das mit seinem Auslandsjahr ist natürlich blöd. Aber wir telefonieren mehrfach die Woche und schreiben uns fast täglich."

„Stand denn schon länger fest, dass er ins Ausland geht?", fragt Sue. „Er hat vor den Ferien gar nichts erzählt. Aber wir hatten auch nicht viel mit ihm zu tun."

Ich gebe ihr die Antwort, die wir uns für solche Fälle überlegt haben. „Die Zusage kam erst in den Ferien und es musste alles kurzfristig organisiert werden. Deshalb hat er vorher nichts gesagt."

„Ach, wie doof. Die erste Beziehung ein Reinfall und die zweite eine Fernbeziehung."

Ella hat den Schlüssel zu ihrem Mundwerk anscheinend nicht weit genug weggeworfen. Aber sie trifft mit ihrer Bemerkung ins Schwarze. Ich seufze und versuche, mit einem schiefen Grinsen einen unbeschwerten Eindruck zu machen. Doch Ella kennt mich zu gut. Sie zieht mich in eine Umarmung und schaut mich dann fragend an. „Weiß Josh, dass du einen Freund hast?"

„Wir haben bislang nicht über so was geredet", antworte ich. Aber ich bin sicher, dass Josh kein Interesse dieser Art an mir hat. Sonst hätte er in Tristans Gruppenbild eine andere Position bekommen. „Tristan weiß von Josh, und das ist wichtiger als umgekehrt."

„Stimmt", sagt Sue und nickt. „Gerade in einer Fernbeziehung darf man keine Geheimnisse voreinander haben. Vertrauen ist das Wichtigste."

Wieder landen wir bei dem Thema Vertrauen. Alexander betont ständig, dass ich am Anfang meiner Lernphase stehe und dass Fehler die wichtigsten Lehrer sind. Also sollte ich mir weniger Sorgen machen.

Gemeinsam mit meinen Freundinnen betrete ich das Schulgebäude. Die neugierigen Blicke meiner Mitschüler versuche ich zu ignorieren, aber es gelingt mir nicht. Der Weg durch die Gänge entwickelt sich zum Spießrutenlauf.

„Natascha hat ganze Arbeit geleistet", flüstert Sue neben mir.

Ich nicke und mein Unbehagen wächst mit jedem Schritt. Mich wundert, dass es die Leute interessiert, was ich mache und mit wem ich befreundet bin. Vielleicht liegt es aber daran, dass die Geschichte von Natascha kommt. Oder weil sie mit Josh zu tun hat. Er hat in der letzten Zeit schon genug Gerüchte über sich ertragen müssen.

„Ich muss Josh suchen." Ich eile zum nächsten Eingang und damit in die Richtung, aus der er kommen muss. Noch sind es ein paar Minuten bis zu seiner regulären Ankunftszeit, aber ich würde ihn gerne vorwarnen. Leider fällt mir nicht ein, wie ich ihm das Ganze erklären könnte.

Ich suche noch verzweifelt nach den richtigen Worten, als er um die Ecke biegt. An seinem Gesicht erkenne ich, dass er es bereits weiß. „Es tut mir leid", sage ich, als er in Hörweite ist.

„Was?"

„Die Gerüchte über dich und mich. Du hast bestimmt andere Sorgen als so einen Mist."

„Wir beide wussten, dass Natascha eine Gegnerin ist, die man nicht unterschätzen sollte. Ich habe mir gestern schon gedacht, dass sie so eine Story daraus macht."

„Dann warst du schlauer als ich", gebe ich kleinlaut zu.

„Nein, du warst mal mit ihr befreundet. Du musst noch darauf hoffen, dass sie dir wohlgesonnen ist und nicht so hinterhältig, wie sie es in Wahrheit ist. Reiner Selbstschutz."

„Tja, diese Hoffnung kann ich begraben. Aber es tut mir leid, dass sie dich in diese Sache reinzieht."

„Ach, schon gut. Die letzten Wochen war ich der mit den seltsamen Eltern. War cool, mal in anderem Zusammenhang genannt zu werden."

Er zwinkert mir zu und ich muss erleichtert seufzen. „Dann bin ich beruhigt."

„Jetzt aber mal ehrlich, hast du einen Freund?"

Ich bleibe stehen und hebe die Augenbrauen. Was soll das denn jetzt? Habe ich mich wieder getäuscht und er hat doch Interesse an mir?

Josh erklärt: „Na, der findet es bestimmt nicht lustig, wenn seine Freundin angeblich fremdgeht, oder?"

Diese Antwort beruhigt mich wieder. „Ja, ich habe einen Freund. Er hat mit einer Aktion von Natascha gerechnet. Auch ihm wollte ich nicht glauben."

„Er kennt Natascha?"

„Ich bin mit Tristan zusammen. Wir waren bis zu den Sommerferien in einer Klasse."

„Wo ist er jetzt? Ich glaube, ich habe ihn in den letzten Wochen nicht gesehen."

„Nein, er macht ein Auslandsjahr in England. Hast du eine Freundin?"

Seine Miene verdunkelt sich. „Nicht mehr. Sie kam mit der Situation rund um die Auswanderung meiner Eltern nicht klar. Sie konnte meine Sorgen, meine Angst vorm Alleinsein und meine Laune nicht ertragen. Die dummen Sprüche der anderen haben mich so sehr genervt. Sie hat nicht verstanden, dass ich keinen Bock mehr auf Party, Alkohol und überall gute Laune hatte. Also hat sie sich von mir getrennt."

„Das tut mir leid."

Wie schlimm diese Zeit für ihn gewesen sein muss, kann ich mir kaum vorstellen. Erst brechen die eigenen Eltern alle Zelte ab und lassen ihre minderjährigen Kinder allein zurück. Dann muss Josh sich mit dem Spott seiner Umgebung auseinandersetzen. Gleichzeitig soll er Schule, Haushalt und alles andere auf die Reihe bekommen. Welche Gedanken gehen ihm da durch den Kopf? Doch anstatt füreinander da zu sein, lässt ihn seine Freundin im Stich.

„Nicht schlimm." Betont gleichgültig zuckt Josh mit den Schultern. Mittlerweile kenne ich ihn gut genug und sehe den Schmerz in seinen Augen. „Weißt du, was interessant war? Sie muss die Gerüchte auch gehört haben. Gestern stand sie auf einmal vor meiner Tür. Sie wollte wissen, wie es mir geht. Hat mir erzählt, wie sehr sie mich vermisst und so."

„Und dann?"

„Ich habe sie weggeschickt. Daraufhin meinte sie, ich hätte ja wohl schon Ersatz gefunden. Gegen jemanden wie dich käme sie eh nicht an."

„Was hast du ihr geantwortet?"

„Ich habe ihr recht gegeben und ihr noch ein schönes Leben gewünscht."

Auch wenn ich diese Reaktion heftig finde, kann ich ihn verstehen. Ich bin stolz, dass er sich nicht hat einlullen lassen. Aber dann kreisen meine Gedanken um eine andere Bemerkung. „Jemanden wie mich? Was soll das heißen?"

Josh bedenkt mich mit einem seltsamen Blick. Bevor er antworten kann, unterbricht uns der Schulgong. Wir haben die ersten Stunden nicht gemeinsam Unterricht. Also winkt Josh mir kurz zu und wendet sich in Richtung seines Klassenraumes ab. Ich verbringe meine Zeit damit, über seine letzte Bemerkung zu grübeln. Doch am Ende der Stunde bin ich der Antwort keinen Schritt näher.

Nachmittags kann ich endlich Kontakt zu Tristan aufzunehmen. Als ich mit meinem Bericht fertig bin, muss ich zugeben: *„Du hattest recht."*

„Ach, Frau Lu, wie gerne wäre ich jetzt bei dir."

„Du könntest es doch auch nicht ändern."

Mir kommt der Gedanke, dass sich die Freundschaft zu Josh gar nicht entwickelt hätte, wäre Tristan noch hier. Er fehlt mir und ich hätte ihn gern bei mir. Auf Josh möchte ich trotzdem nicht verzichten. Er ist mir in der kurzen Zeit sehr wichtig geworden. Aber wie verpacke ich das diplomatisch, ohne dass mein Freund eifersüchtig wird? Doch Tristan scheint meine Gedanken lesen zu können.

„Nein, ändern könnte ich es nicht. Aber ich könnte für dich da sein. Außerdem ist Josh auf deiner Seite, und das ist gut so. Wir wissen zwar noch nicht, was genau seine Rolle ist, aber er gehört zu unserer Gruppe aus Hütern, Mondkindern und allen anderen."

„Hat Linda nichts rausfinden können zu deinem Bild?"

„Bislang nicht. Hier ist aber viel zu tun. Vorgestern hatten wir starken Wind. Da sind wir noch am Aufräumen, Zäune reparieren und so was."

„Ach so. Wie läuft es bei dir in der Schule?"

„Ganz gut. Ich hab's nicht so mit Englisch, weißt du."

„Ja, weiß ich. Von daher hätte ich Josh auf jeden Fall kennengelernt. Du wärst freiwillig bestimmt nie in den Englisch-Leistungskurs gegangen, oder?"

Dabei fällt mir auf, dass ich gar nicht weiß, für welche Leistungskurse sich Tristan entschieden hatte. Zur Zeit der Kurswahlen hatten wir noch nicht viel miteinander zu tun. Auf dem *Drywon-Beinn* war es nicht wichtig und danach irrelevant.

Mein Freund lacht und antwortet: *„Nein, nicht einmal für dich."*

„Wie meinst du das?"

„Ich hatte mitbekommen, dass du deine Kurswahlen mit Ella und Sue besprochen hast. Also habe ich die beiden ausgefragt. Bei meiner Wahl habe ich geschaut, dass wir zwei eine möglichst große Schnittmenge hinbekommen hätten. Aber Deutsch und Englisch als Leistungskurse? Im Ernst, da musste ich auch mal an meinen Notenschnitt denken."

„Soso, und für was hattest du dich entschieden?"

„Mathe und Politik."

„Was? Warum nicht gleich Physik oder Chemie? Ich hoffe mal, das kannst du noch ändern bei deiner Rückkehr."

„Was willst du damit sagen?"

„Na ja … das sind voll die schweren Fächer."

Ich will ihn nicht beleidigen, aber Tristan ist jemand, der gerne zeichnet und kocht. Er ist kreativ und unorganisiert. Definitiv keiner, der seine Nachmittage mit Lernen verbringt. Trotzdem sucht er sich diese zwei Fächer als Leistungskurs aus? Mannomann.

Wenig elegant versuche ich den Themenwechsel, bevor er beleidigt ist.

„Egal. Du bist in England. Also, wie ist es da in der Schule?"

„Ich komme gut klar. Ich verhalte mich unauffällig, versuche alles mitzubekommen und zu verstehen. Was ich nicht kapiere, bespreche ich nachmittags mit Linda oder Jeremy."

„Das klingt doch gut. Bei uns in der Klasse warst du ja auch unauffällig."

Wieder bemerke ich das Fettnäpfchen erst, als ich schon mit Anlauf reingesprungen bin. Zum Glück lacht Tristan.

„Na ja, dass du mich die ganze Zeit nicht bemerkst, war nicht so gewollt."

„Wie meinst du das?"

„Ich wäre dir gerne früher aufgefallen. Aber alle meine Bemühungen in diese Richtung verliefen ins Leere. So als hätte Natascha um dich herum eine unsichtbare Mauer gezogen und dich gegen alle anderen Mitmenschen abgeschirmt."

„So wie du es sagst, klingt es eher, als hätte sie mich verhext."

„Ja, manchmal sah es fast so aus."

Das muss ich erst einmal verdauen. Dann kommt mir Joshs Bemerkung wieder in den Sinn.

„Tristan, mal ehrlich, was meint Josh mit ,jemanden wie ich'?"

„Ach, Frau Lu, weißt du das wirklich nicht? Du bist etwas Besonderes, auch ohne die Mondkinder. Du bist hübsch, schlau und witzig. Was immer man braucht, auf dich kann man sich tausendprozentig verlassen. Wenn du lachst, funkeln deine Augen wie klare blaue Kristalle. Dir kann man vertrauen und du bist immer für deine Freunde da ..."

Meine Güte, ist mir das peinlich. Tristan will gar nicht mehr aufhören mit seinem Loblied. Zum Glück kann er nicht sehen, dass zu all diesen großartigen, außergewöhnlichen Merkmalen mittlerweile auch ein knallroter Kopf gehört.

„Ist gut, ist gut. Ich habe es verstanden. Du musst das sagen, du bist schließlich mit mir zusammen. Aber Josh?"

„Josh sieht all das auch, da bin ich mir sicher. Glaub mir, Lucy, seit ein paar Wochen bist du komplett verändert. Du bist viel offener, selbstbewusster und lachst öfter als ..."

„... zu der Zeit mit Natascha."

„Genau."

„Vielleicht hatte sie mich wirklich verhext."

Einerseits finde ich, Tristan übertreibt maßlos. Schließlich habe ich mich rein äußerlich nicht verändert, sondern eine Freundschaft beendet. Andererseits fühle ich mich definitiv anders. Tristan trifft mit seiner Beschreibung schon den Kern der Sache. Ich bin endlich Lucy, nicht mehr Nataschas Anhängsel, wie es Josh genannt hat. Ich fühle mich nicht hübsch, witzig oder als etwas Besonderes. Vielmehr fühle ich mich ... frei.

Dieser Tag lässt mich nicht los. Obwohl es längst Schlafenszeit ist, halten mich zahllose Gedanken wach. Zum Glück meldet sich in diesem Augenblick der Mond zu Wort.

„Grübel nicht so viel, mein Kind."

„Das sagt du so leicht. Was soll man nach so einem Tag anderes machen?"

„Schlafen wäre eine Alternative. Aber ich kann verstehen, wenn du Fragen hast."

Tja, wo fange ich an? Könnte Natascha mich auf eine gewisse Art manipuliert haben? Sie hat es meisterhaft verstanden, immer meine volle Aufmerksamkeit auf sich zu ziehen. Damit hat sie mich lange von anderen in der Klasse ferngehalten. Und das so erfolgreich, dass nach Ella und Sue nun auch Tristan erzählt hat, er habe in der Vergangenheit erfolglos versucht, meine Beachtung zu bekommen. Insofern war es ein Befreiungsschlag vor den Ferien. Ich habe zwar keine beste Freundin mehr und meine erste Liebe hat sich in Herzschmerz aufgelöst. Aber dafür habe ich mit Tristan einen deutlich besseren festen Freund gefunden. Das Verhältnis zu Ella und Sue ist enger als je zuvor. Ich bin gespannt, wohin sich die Freundschaft mit Josh entwickelt.

„Mond, weißt du, was es mit Josh auf sich hat?"

„Was ist er denn für dich?"

„Er ist innerhalb kürzester Zeit ein unverzichtbarer Freund geworden. Er ist wichtig für mich und er unterstützt mich immer."

„Reicht das nicht?"

„Natürlich reicht das. Aber für Ella und Sue gilt dasselbe. Nur sind die beiden nicht auf Tristans Zeichnung zu sehen."

„Vielleicht war Josh in diesem Moment präsenter, weil du davor mit Tristan über ihn gesprochen hast."

„Das kann sein. Also spielt Josh keine besondere Rolle?"

„Er ist für dich, was auch immer du ihm erlaubst zu sein."

„Och, Mond, immer diese kryptischen Orakel. Das nervt!"

Wo ist das Problem, mir auf eine einfache Frage mal eine einfache Antwort zu geben?

„Tut mir leid. Aber manches ist auch für mich nicht sichtbar. Manche Dinge oder Personen offenbaren ihren wahren Kern erst, wenn man sie besser kennt und die Zeit reif dafür ist."

„So wie Natascha?"

„Ja, im negativen Sinne. Oder im positiven wie bei Ella und Sue. Warte ab, wie es sich mit Josh entwickelt. Aber eines kann ich dir mit Sicherheit sagen."

„Ja?"

„Er ist kein Mondkind."

KAPiTEL 6

LUCY

1. September 1999

„Ich freue mich darauf, ihn näher kennenzulernen", sagt Alexander an diesem Nachmittag. Ich habe ihm gerade meine Erlebnisse aus den vergangenen Tagen berichtet. „Aber ich fürchte, so leicht werden wir mit dem Rätsel um Josh nicht weiterkommen. Genauso wenig bei der Frage, was Natascha mit dir angestellt hat, falls wir uns damit überhaupt befassen wollen. Vielleicht haken wir es einfach ab und sind froh, dass du aus ihrem Dunstkreis entkommen bist."

„Das wäre eine Möglichkeit."

„Ich habe etwas anderes für dich. Vielleicht kann das deine grauen Zellen ablenken." Breit grinsend reicht er mir ein dickes Buch.

„Zur Abwechslung mal ein Bildband?"

„So ähnlich." Mit einem Nicken fordert er mich auf, den Inhalt des Buches näher zu betrachten.

Gespannt blättere ich die ersten Kapitel durch. Auf Anhieb kann ich nicht erkennen, was mir die Landkarten und Grafiken sagen sollen. Gerade will ich mich bei meinem Hüter erkundigen, da finde ich einen kleinen Notizzettel. Ich schaue mir die Karte an. „Der *Drywon-Beinn*?"

„Genau", antwortet er. „Hier siehst du den Verlauf der Kraftader. Zumindest ungefähr. Es gab eine Forschungsgruppe unter der Leitung von Rudis Vorgänger in Hirschlanden, die sich mit den Kraftadern beschäftigt hat. Sie hatten die Theorie, dass unter jedem Mondkreis eine dieser Adern verläuft. Viele Jahre haben sie einiges unternommen, um den jeweiligen Verlauf so gut es geht nachzuvollziehen."

„Was haben sie zu der Kraftader unter dem *Drywon-Beinn* herausgefunden?"

„Nicht sehr viel." Alexander zuckt mit den Schultern und legt mir eine Hand auf die Schulter. Mit der anderen fährt er eine unscheinbare grüne Linie nach, die über unseren Mondkreis verläuft. Leider endet die Linie nach wenigen Kilometern. Mir ist immer noch nicht klar, was er mir sagen möchte. Mit gerunzelter Stirn betrachte ich die Karte.

„Das ist wirklich nicht sehr viel. Eher nichts."

„Stimmt", sagt Alexander und lacht. „Daher dachte ich, du könnest ihre Forschung weiterführen. Schließlich hast du den direkten Draht zu unserer Kraftader."

„Du meinst, ich kann ihren Verlauf nachverfolgen und dann in dieser Karte eintragen?"

„So in der Art. Und wenn du mit unserer Ader fertig bist, fahren wir die einzelnen Mondkreise ab und du ergänzt es auch da."

„Na, das ist ja ein toller Plan." Ich kann den Sarkasmus in meiner Stimme kaum verbergen.

Alexander zieht eine Augenbraue hoch. „Hast du einen besseren? Willst du immer auf den *Drywon-Beinn* fahren, wenn du üben möchtest, mit der Energie umzugehen?"

„Nein", gebe ich zu. „Du hast ja recht. Entschuldige."

Als Antwort klopft er mir auf die Schulter. Dann lässt er mich allein mit dem Buch und meinen Gedanken.

Nach unseren sehr ausführlichen theoretischen Forschungen der letzten Monate habe ich keine Lust, mich beim nächsten Thema direkt wieder in Büchern zu verkriechen. Aber ich weiß, dass ich kaum eine andere Möglichkeit habe. Ich kann schlecht zu Fuß vom Ritualplatz aus dem Verlauf der Kraftader folgen.

Seufzend nehme ich mir erneut die Karte vor. Ich schaue mir die Seite von Hirschlanden an, um ein besseres Gefühl dafür zu bekommen, was die Forscher erreicht haben. Es war ihr Ausgangspunkt und daher ist hier die Linie am längsten. Der Mondkreis von Hirschlanden wird anscheinend von einer Nord-Süd-Tangente durchlaufen. Unser *Drywon-Beinn* ist mit einer Ost-West-Linie gekennzeichnet. Mit meinem Zeigefinger folge ich der Linie vom Gipfel westwärts in Richtung meines Wohnortes. Ich orientiere mich am Verlauf nahegelegener Flüsse und Bäche. Je näher ich unserem Ort auf der Karte komme, umso mehr kribbeln meine Finger. Schließlich fühlen sich auch meine Fußsohlen an, als würden darin kleine Energieblitze umherschießen. Das letzte Mal hatte ich dieses Gefühl auf dem Ritualplatz. In direkter Nähe zur Kraftader.

„Alexander?"

Mit polternden Schritten eilt mein Hüter aus dem Obergeschoß zu mir. Er mustert mich mit aufgerissenen Augen und hat die Hände in die Hüfte gestemmt. Sein Atem geht schnell. Mehrfach setzt er zu einer Frage an und schüttelt doch nur den Kopf.

Mittlerweile knie ich vor meinem Lesesessel. Ich habe die Hände flach auf den Dielenboden gelegt. Die Wärme des Holzes kommt nicht mehr nur von mir. Ganz schwach, kaum wahrnehmbar und dennoch nicht zu leugnen: Unter mir pulsiert die Energie der Kraftader.

„Sie ist hier." Obwohl außer uns keiner in der Bücherei ist, passe ich die Lautstärke meiner Stimme dem leisen Hauch des Herzschlags an, den ich unter mir spüre.

Alexander kommt zu mir. Bedächtig sinkt er auf den Boden. Er legt seine Hände neben meine und schließt die Augen. Da selbst ich nur ein Flüstern der Energie vernehme, wundert es mich nicht, dass er kopfschüttelnd aufsteht.

„Doch, komm her", fordere ich ihn auf. Ich löse eine Hand vom Boden und ergreife seine. Mit der anderen Hand versuche ich, ein wenig Energie aus der Kraftader abzuzapfen. Es ist mühsamer als auf dem Ritualplatz. Entweder verläuft sie dort dichter unter der Oberfläche oder ist innerhalb eines Mondkreises präsenter.

Mein Hüter wird ungeduldig, deshalb umklammere ich seine Hand fester. Irgendwann habe ich das Gefühl, genug Energie gesammelt zu haben. Ich schicke sie zu Alexander. Sein plötzliches Einatmen und die aufgerissenen Augen bestätigen mir, dass er sie ebenfalls spürt.

„Ich wusste es", sagt er halblaut. Mit einem stolzen Lächeln im Gesicht schaut er auf mich herab.

„Du wusstest, dass sie hier entlanggeht?"

„Nein. Ich wusste, wenn sie einer findet, dann du. Dass sie unter der Bücherei fließt, ist einer dieser Zufälle, die so typisch sind, wenn es um dich und den Mond geht."

„Es gibt keine Zufälle", korrigiere ich ihn. „Wir sollten ein neues Wort für diese Phänomene einführen. Mondfälle oder so."

In diesem Augenblick klingelt das Telefon der Bücherei. Alexander löst sich von mir und geht ins Obergeschoss. Ich knie immer noch vor meinem Sessel. Sollte jemand in die Bücherei kommen, bin ich vom Eingang und vom Treppenhaus aus nicht zu sehen. Ich kann also in Ruhe noch etwas mit der Kraftader verbunden bleiben.

Ich spüre den langsamen Puls, der wieder mit meinem Herzschlag übereinstimmt. Mir kommt eine Idee. Ähnlich wie bei unserem Experiment auf dem *Drywon-Beinn* am vorletzten Wochenende löse ich zunächst die linke Hand vom Boden. Mit der rechten nehme ich eine geringe Menge Energie auf. Doch statt sie abzugeben, speichere ich sie in mir. Ich stelle mir einen kleinen, leuchtenden Ball vor, der im Takt der Kraftader pulsiert. Nun lege ich die linke Hand auf den Boden und löse die rechte. Mit einem tiefen Atemzug schließe ich die Augen und konzentriere mich. Zuerst will es nicht gelingen, aber dann fließt die Energie von mir zurück in die Kraftader.

Ich unterdrücke einen Jubelschrei. Vorsichtig lege ich meine zweite Hand wieder zurück auf den Boden. Wenn das so gut funktioniert, dann bestimmt auch ...

„Nicht übermütig werden, Lucy", ermahnt mich der Mond. Unwillig gebe ich nach. Vorsichtig richte ich mich auf. Meine Knie zittern heftig. Ich lasse mich in den Sessel sinken. Aber mein Plan steht fest. Sobald ich mich erholt habe, werde ich üben, die Energie ohne Zwischenstopp aufzunehmen und direkt wieder abzugeben.

Abends vibriert in meinen Händen noch immer der Nachhall der Energie. Trotz verschiedener Versuche wollte mein Plan nicht gelingen. Bislang nicht. Der Mond und Alexander haben mir versichert, dass ich irgendwann in der Lage sein werde, die Energie gleichzeitig in beide Richtungen zu leiten. Aber es bedarf viel Übung, das ist mir klar.

Obwohl mein Körper erschöpft ist, will mein Kopf nicht zur Ruhe kommen. Meine Gedanken kreisen um die zweite Erkenntnis aus der letzten Woche: meine Doppelstern-Verbindung zu Sam. Heute kam endlich der Brief mit der Kopie von Tristans Gruppenbild. Ich halte das Blatt in meinen Händen. Den Bereich mit Vincent, Claire und der dunklen Figur meines Vaters habe ich abgeknickt. Das will ich nicht sehen. Darum kümmere ich mich ein anderes Mal. Jetzt hat Sam Vorrang.

Nach unserem letzten Gespräch brauchte ich einige Tage Abstand. Ich musste mir darüber klar werden, wie ich mich ihm gegenüber verhalten will. Seine kryptischen Andeutungen, in Claires Diebstahl involviert gewesen zu sein, haben mich zutiefst erschüttert. Mein erster Impuls war daher Flucht aus unserer Verbindung und das Vermeiden jeglicher Gedanken an ihn. Doch bereits nach einigen Tagen kam das schlechte

Gewissen. Ich möchte ihm erklären, warum ich unsere Unterhaltung an jenem Abend so abrupt beendet habe.

Tristans Zeichnung ist ein weiterer Grund, weshalb ich heute mit Sam reden möchte. Offensichtlich sind wir durch die Doppelstern-Konstellation unwiderruflich miteinander verbunden. Ich will eine Basis schaffen, damit wir gut miteinander auskommen. Vor allem muss ich wissen, ob Sam sich dieser Verbindung bewusst ist. Falls ja, wie wird sein Handeln davon beeinflusst? Mir ist klar, dass ich nicht alles in einem einzigen Gespräch beantwortet bekomme. Aber wenn es gut läuft, legen wir heute den Grundstein für unsere Zukunft, wie auch immer sie aussehen mag.

Ich bin froh, dass ich Sam direkt erreiche. Er klingt freundlich wie immer. Das gibt mir den Mut, mit der wichtigsten Frage zu starten.

„Hast du etwas mit dem Diebstahl zu tun? Seid ihr Claires Verbündete?"

„Nein, Lucy. Ich verspreche dir, dass weder Alois noch ich von Claires Plänen wussten. Wir hätten sie niemals unterstützt."

„Das ist gut."

Ich kann einen erleichterten Seufzer nicht unterdrücken. Genau diese Antwort habe ich mir gewünscht. Mir ist klar, dass ein offenes Geständnis im Fall einer Beteiligung von Sam und Alois eher unwahrscheinlich wäre. Aber die Stimme der Vernunft, die zur Vorsicht mahnt, wird von meinem Bauchgefühl übertönt. Und von meinem Herz, was Sam glaubt. Mit einem Blick auf unsere beiden Figuren auf Tristans Zeichnung frage ich: *„Wie hast du eigentlich unsere Verbindung während des Rituals wahrgenommen? Wusstest du, dass du mich erreichen kannst und was du mit der Energie machen musst?"*

„Alois hatte mit mir schon über die Kraftader und die verschiedenen Elemente gesprochen. Ich wusste also, dass ich die Energie aufnehmen und ableiten kann."

„Weil du das Element Feuer hast."

„*Stimmt. Woher weißt du das?*"

Ich improvisiere. „*Geraten.*"

Zum Glück lässt er es unkommentiert und erzählt weiter: „*Ich habe gesehen, was die Energie mit dir und Tristan macht. Als es immer mehr wurde, konnte ich nicht mehr tatenlos zusehen. Ich wusste, ihr würdet es nicht überleben.*"

Kurz hält er inne. Mich schaudert es bei der Erinnerung an diesen Moment. Seine Stimme holt mich zurück in die Gegenwart.

„*Eigentlich wollte ich das Ritual unterbrechen. Ich war auf dem Weg zu euch. Aber plötzlich waren meine Füße fest im Boden verankert. Bevor ich richtig darüber nachdenken konnte, habe ich dich gerufen. Erst später fiel mir auf, dass wir nicht laut gesprochen hatten.*"

Seine Erzählung ergibt Sinn. Mittlerweile weiß ich, dass er auf der Kraftader stand. Welche Macht auch immer ihn hat anhalten lassen, es war der perfekte Standort, um meine Energie aufzunehmen.

„*Warum konnte ich mit dir Kontakt aufnehmen, Lucy? Wieso können wir uns auch jetzt noch unterhalten? Was ist das?*"

„*Es ist eine gedankliche Verbindung, die durch die Energie des Rituals zustande kam.*"

Er murmelt vor sich hin. Ich kann nicht genau verstehen, was er sagt. Er klingt aber weder böse noch genervt. Das beruhigt mich. Meine Erklärung scheint ihm zu genügen, denn er hakt nicht weiter nach. Stattdessen verabschiedet Sam sich mit den Worten: „*Dann reden wir jetzt öfter miteinander, LucyLu. Das finde ich gut. Ich freue mich.*"

Auch wenn das Gespräch einige meiner Fragen beantworten konnte, sind wichtige Punkte offen. Erneut betrachte ich das gezeichnete Gruppenbild. Mit dem Finger folge ich den hauchzarten Linien zwischen Sam und mir. Von allen Personen, die auf der Zeichnung zu sehen sind, ist er für mich das größte Rätsel. Unweigerlich kreisen meine Gedanken aufs Neue. Ist unsere Doppelstern-Verbindung der Grund, weshalb er mir auf dem *Drywon-Beinn* geholfen hat? Soll mir diese Sternenkonstellation beweisen, dass ich ihm vertrauen kann? Oder kann er durch unsere direkte Verbindung zu meinem gefährlichsten Feind werden?

KAPiTEL 7

TRISTAN

3. September 1999

Endlich habe ich die zweite Schulwoche hinter mich gebracht. Während meine Mitschüler in kleinen Gruppen das Schulgebäude verlassen, bin ich allein unterwegs.

Zu Hause war mein Freundeskreis überschaubar und mir war klar, dass sich das in England nicht ändern würde. In den ersten Tagen wurde ich von meinen Mitschülern ausgefragt. Doch als sie hörten, dass ich nur eine begrenzte Zeit hier sein werde und außerhalb in Maiden Castle wohne, hat sich das Interesse verflüchtigt. Auch ich habe keine große Anstrengung unternommen, um Anschluss zu finden. Ich will meine freie Zeit mit Jeremy und Linda verbringen, möglichst schnell möglichst viel lernen und nach Hause zurückkehren. Ich bin sicher, dass Vincent von Grafenstein bereits plant, wie er Lucy als Nächstes schaden kann. Dann will ich an ihrer Seite sein und nicht in England festsitzen.

Jeremy bringt mir bei, was über Maiden Castle und seine Geschichte erforscht wurde. Linda hilft mir, meine Fähigkeit zu schulen. Obwohl sie keine Seherin ist, hat sie sich intensiv mit dieser speziellen, seltenen Mondkind-Fähigkeit beschäftigt. Wir haben schon einiges erreicht, trotzdem würde ich gerne mit einem anderen Seher sprechen können. Denn es gibt viele Dinge, die mir ein Rätsel sind und bei denen auch Linda mit ihrem Latein am Ende ist.

Ich fahre die Strecke nach Maiden Castle mit Jeremys Fahrrad, das er mir bei meiner Ankunft stolz präsentiert hat. Solange das Wetter für englische Verhältnisse gut ist, bin ich auf diese Weise mobil und nicht auf einen Fahrdienst der beiden angewiesen.

Mit einem letzten Kraftakt erklimme ich die Hügelkuppe, hinter der sich die weitläufige Anlage von Maiden Castle erstreckt. Meist weht ein frischer Wind, der einem die Seeluft um die Nase pustet, obwohl das Meer einige Kilometer entfernt ist. Dieser Geruch ist für mich untrennbar mit meinem Leben hier verbunden.

Langsam lasse ich mein Fahrrad die letzten sanften Kurven hinunterrollen. Das gedrungene Häuschen von Jeremy und Linda, das sich in eine Senke schmiegt, kommt nach einer lang gezogenen Linkskurve in Sicht. Neben Jeremys Jeep mit dem auffälligen Schriftzug „Maiden Castle" steht ein dunkelblauer Mittelklassewagen, den ich hier noch nie gesehen habe.

Ich schließe mein Fahrrad an seinem üblichen Platz am Gartenzaun an. Neugierig mustere ich im Vorbeigehen das fremde Auto. Mein Blick fällt auf einen Aufkleber einer Mietwagen-Firma in der rechten unteren Ecke der Windschutzscheibe. Unschlüssig stehe ich zwischen den Autos. Ich weiß nicht, was ich denken, fühlen oder machen soll. Wie sehr wünsche ich mir, drinnen würden Lucy und Alexander auf mich warten. Gleichzeitig weiß ich, dass dies unmöglich ist. Aber wer ist unser Besucher? Bringt er gute oder schlechte Nachrichten?

Wie so oft, wenn ich meine seherischen Fähigkeiten brauche, ist tief in mir nichts als Chaos.

Linda steht plötzlich hinter mir und beendet meine Grübelei. „Hey, T., super, dass du schon zu Hause bist. Komm rein."

„Wem gehört das Auto?", frage ich, doch bekomme keine Antwort.

Zielstrebig öffnet Linda das halbhohe Gartentor und überbrückt die kurze Strecke bis zur Haustür.

Immerhin empfängt mich beim Betreten des dämmrigen Flurs ein leckerer Geruch nach Essen. Das ist ungewöhnlich. Normalerweise sind Jeremy und Linda um diese Zeit auf dem Gelände beschäftigt. Wenn ich von der Schule nach Hause komme, mache ich mir einen Snack und wir essen am Abend etwas Warmes.

Linda ist im angrenzenden Wohnzimmer verschwunden. Ich höre gedämpfte Stimmen, während ich Jacke, Schuhe und Schulsachen verstaue. Alles in allem habe ich nicht den Eindruck, dass dieser Besuch etwas Unangenehmes oder gar Gefährliches birgt. Daher löst Neugier meine Anspannung ab. Mit einem leisen Klopfen betrete ich das Wohnzimmer. Ich bleibe unschlüssig im Rahmen der Tür stehen, die direkt in den Wohnbereich führt, mit einer gemütlichen Couch, einem Fernseher, Lesesessel und Bücherregalen. Von mir aus gesehen links geht das Ganze in einen Essbereich über, in dem ein großer dunkler Holztisch steht und insgesamt Platz für zwölf Personen bietet. Manchmal finden hier Sitzungen mit den festen Mitarbeitern von Maiden Castle statt. Dann reicht der Platz kaum aus, um alle am Tisch zu versammeln.

Der Großteil des Tisches ist gewöhnlich mit unseren Unterlagen belegt. Jetzt allerdings befinden sie sich ordentlich gestapelt ganz am rechten Rand. Dass Jeremy nicht nur gekocht, sondern auch aufgeräumt hat, macht mich umso neugieriger. Die weitläufige Wohnküche bildet das entgegengesetzte Ende des Erdgeschosses.

Ich mustere den Mann, der dort steht und uns entgegenblickt. Der Raum ist L-förmig, sodass ich von meiner Position aus nicht sehen kann, ob sich in der Küche weitere Personen befinden.

Ich verharre auf meinem Beobachtungsposten direkt an der Zimmertür. Linda geht mit ausgebreiteten Armen auf unseren Besucher zu. Dieser ist nur unwesentlich größer als sie und ich schätze ihn auf Anfang fünfzig. Seine rötlichen, drahtig gelockten Haare sind von einigen grauen Strähnen durchzogen, der rotblonde Vollbart verdeckt Großteile des Gesichts. Er hat eine muskulöse, hoch aufgerichtete Statur und breite Schultern. Er trägt einen gestrickten Pullover mit Norweger-Muster, eine hellbraune Cargohose und ebenfalls gestrickte Wollsocken. Mit einem kurzen Blick über meine Schulter stelle ich fest, dass an der Garderobe ein zusätzliches Paar wetterfeste, leicht verdreckte Arbeitsstiefel stehen. Mein erster Eindruck unseres Besuchers passt nicht zu dem schicken Leihwagen, mit dem er hergekommen sein muss. Viel eher könnte ich mir diesen Mann auch in einem Jeep vorstellen oder auf einem Motorrad.

Aus dem Augenwinkel sehe ich, dass Jeremy hinter ihm steht und mir zuzwinkert. Auch Lindas Begrüßung zeigt, dass wir es mit einem willkommenen Gast zu tun haben. Die beiden reden in einem unverständlichen Akzent aufeinander ein und lachen lauthals. Hilflos schaue ich zu Jeremy, der die Szene amüsiert beobachtet und den beiden schließlich ins Wort fällt.

„Wenn ihr so weitermacht, ist der Nachmittag rum, mein Essen kalt und unser Tristan schneller geflüchtet, als wir schauen können."

Nun habe ich die Aufmerksamkeit aller drei. Natürlich erhitzen meine Wangen innerhalb von Sekunden. Zögernd nähere ich mich dem Trio. Linda grinst breit, ihre Augen funkeln und die Wangen sind leicht gerötet. Auch Jeremy lächelt mich an und winkt mich mit seiner rechten Hand näher. Unser Gast dagegen mustert mich von Kopf bis Fuß, legt den Kopf leicht schief und hat einen bestenfalls neutralen Gesichtsausdruck.

Es ist wieder Jeremy, der das Schweigen beendet, bevor es unangenehm werden kann. „Tristan, darf ich dir unseren Gast vorstellen? Das ist Garric Sinclair, ein entfernter Verwandter von Linda. Garric, das ist Tristan."

„Hallo." Meine Unsicherheit verleiht meiner Stimme einen leicht krächzenden Klang. Ich räuspere mich und strecke Garric etwas unbeholfen die Hand entgegen.

Dieser hebt eine Augenbraue und runzelt die Stirn. Sein Blick durchbohrt mich. Mein Puls beschleunigt sich und meine Nackenhärchen stellen sich auf. Was soll das? Habe ich was falsch gemacht?

Kurz bevor ich mich ratlos an Jeremy wenden will, lässt Garric seine Maske fallen. Er grinst genauso breit wie Linda, ignoriert meine ausgestreckte Hand und umarmt mich stattdessen. Dabei klopft er mir so kräftig auf den Rücken, dass ich mich beinahe verschlucke. „Hallo, schön, dich endlich kennenzulernen."

„Hallo", wiederhole ich und schaue mich verlegen um. Ich mag es nicht, wenn ich im Zentrum der Aufmerksamkeit stehe.

In den folgenden Minuten spüre ich den Blick von Garric auf mir ruhen oder beobachte ihn selbst aus dem Augenwinkel. Gerade überlege ich, wie ich am geschicktesten nach dem Grund für seines Besuch frage. Da richtet er sich auf, räuspert sich leise und sagt: „T., du fragst dich bestimmt, was mich zu euch führt, oder?"

„Ja, stimmt." Ich bin froh, dass Garric den Anfang macht. Dass er dabei Lindas „T." übernimmt, lässt mich grinsen.

„Also, Linda hat mich angerufen und von dir erzählt. Wir sind nicht nur miteinander verwandt, sondern ich bin ebenfalls in die Geschichte der Mondkinder eingeweiht. Du brauchst dir keine Sorgen machen, dass deine Fähigkeiten an irgendjemand Außenstehendes weitergetragen werden."

„Das weiß ich", antworte ich, drehe mich aber bewusst in die Richtung meiner beiden Ersatzeltern. Sie erwidern mein Lächeln und ich wende mich wieder zu Garric. Ich bin gespannt, was er mir zu sagen hat.

„Sehr gut. Vertrauen ist die wichtigste Basis für gemeinsame Arbeit."

Beim Stichwort Vertrauen denke ich an Lucy. Anders als ich hat sie keinen Lehrer, der sie anleiten kann. Fast bin ich froh, dass ich mich „nur" mit Sehen beschäftigen muss. Ich hoffe, ich kann Lucy mit meiner Fähigkeit irgendwann helfen, zu entscheiden, wer ihr Vertrauen wert ist.

„Linda hat mir erzählt, was ihr bislang gemacht und welche Erfolge ihr erzielt habt", sagt Garric. „Ich denke, ich kann euch helfen. Zumindest würde ich es gerne probieren."

„Wie soll das gehen?"

„Ich habe die ein oder andere Idee, was man mit dir ausprobieren könnte. Ich bin das ganze Wochenende hier und würde vorschlagen, wir lernen uns erst einmal besser kennen. Dann sehen wir, was bei dir funktioniert und was nicht."

„Das klingt gut." Trotz meiner Antwort bin ich nicht überzeugt. Ich finde, Linda hat super mit mir gearbeitet. Ich hatte den Eindruck, dass sie einen genauen Plan hat, was sie mir noch zeigen kann. Daher schaue ich sie stirnrunzelnd an und frage: „Ich dachte, wir sind auf einem guten Weg?"

„Ja, T., das sind wir. Du machst großartige Fortschritte." Sie legt mir kurz die Hand auf meinen Unterarm. „Aber Garric hat im Vergleich zu mir einen entscheidenden Vorteil: Er hat einen Seher gekannt, ihn bei seinen Visionen gesehen und viel von ihm gelernt."

„Ehrlich?" Ich drehe mich zu Garric, der mein schlagartig erwachtes Interesse mit einem schiefen Grinsen quittiert und nickt.

„Ja. Mein Urgroßvater war der letzte bekannte Seher hier in Maiden Castle."

„Das heißt, ihr beide seid auch Mondkinder?"

Bislang bin ich nicht auf die Idee gekommen, dass Linda ein Mondkind sein könnte. Jeremy ist der Hüter und das hat mir an Kompetenz gereicht. Lindas Wissen über die seherischen Fähigkeiten hat mich nie stutzig gemacht. Ein schöner Seher bist du, Tristan Wilhelm!

„Nein, leider nicht." Linda lacht. „Selbst wenn hätte das keinen Einfluss auf das, was ich dir beibringen kann."

„Aber manchmal überspringt es Generationen, hat Alexander gesagt. Vielleicht, wenn ihr beiden ein Baby bekommt?"

„Ja, das könnte sein, aber so weit ist es ja noch nicht", sagt Linda, zieht die Schultern hoch und schmunzelt. Jeremy wird rot um die Ohren und vermeidet jeden Blickkontakt. Garric schaut sehr interessiert und verstärkt damit die Verlegenheit der beiden noch.

„Und du, Garric?", frage ich.

„Nein, ich bin kein Mondkind und von einem Seher weit entfernt. Aber wenn du magst, kann ich dir von meinem Urgroßvater erzählen."

„Sehr gerne."

„Was haltet ihr davon, wenn ihr das bei einem Rundgang über die Wallanlagen macht?", schlägt Jeremy vor. „Es ist an der Zeit."

„Klar", antworte ich.

Der Wind hat aufgefrischt wie so oft in den Nachmittagsstunden. Auf unserem Weg zu den äußeren Wallanlagen lässt Garric seinen Blick über das gesamte Areal schweifen.

„Wirklich unglaublich, was Linda und Jeremy hier erreicht haben."

„Kommst du häufig zu Besuch?"

„Nicht so oft, wie ich gerne möchte. Ich wohne zu weit weg, um mit dem Auto zu fahren. Die Inlandsflüge plus Mietwagen sind nicht gerade günstig. Na ja, Ausreden gibt es immer, nicht wahr? Fakt ist, ich hätte viel früher herkommen sollen. Aber als Linda mich anrief und von dir erzählte, war das der Anlass, auf den ich wohl gewartet hatte. Also habe ich alles organisiert und hier bin ich."

Weil ich nicht weiß, was ich darauf antworten soll, gehen wir die nächsten Minuten schweigend nebeneinanderher. Dann siegt meine Neugier und ich frage: „Erzählst du mir von deinem Urgroßvater?"

„Gerne. Als ich ein kleiner Junge war, lebte ich mit meinen Eltern ganz in der Nähe von Maiden Castle. Mein Urgroßvater war der Hüter dieses Mondkreises und lebte in dem kleinen Häuschen, wo ihr jetzt wohnt. Meine Urgroßmutter war lange vor meiner Geburt gestorben, mein Großvater im zweiten Weltkrieg gefallen. Meine Oma wohnte ebenfalls hier und versorgte meinen Urgroßvater. An den Wochenenden und in den Ferien war ich oft bei ihnen und genoss die frische Seeluft, das weite Land und den Hauch von etwas Mysteriösem – wenn du verstehst, was ich meine."

Ich nicke. Nicht allein der Geruch nach Meer und die sanften, grünen Hügel sind der Grund, weshalb ich mich in Maiden Castle wohlfühle. Nein, es ist ein kribbelndes Gefühl wie von ganz leichter Elektrizität, das mich überläuft, wenn ich die Grenze zu den Wallanlagen überschreite. Es erinnert mich an das, was Lucy mir beschrieben hat, wie es sich die ersten Male anfühlte, als der Mond zu ihr gesprochen hat. An einem meiner ersten Tage habe ich Jeremy darauf angesprochen und weiß, dass er es ebenfalls fühlen kann. Bisher dachte ich, dass nur Mondkinder die Energie spüren können. Doch wenn Garric sie auch kennt, muss ich diese Theorie überdenken.

„Ich glaube, ich war acht oder neun, als ich das erste Mal mitbekam, wie mein Urgroßvater eine Vision hatte. Er hörte mitten in einem Satz plötzlich auf zu reden und fing an zu zeichnen. Ich war richtig wütend, dass er eine Unterhaltung mit mir einfach so abbrach. Als er danach in seine Kammer ging, um sich hinzulegen, habe ich die Welt nicht mehr verstanden."

„Was hast du gemacht?"

„Ich bin zu meiner Oma und habe mich bitterlich über ihn beschwert. Doch sie ist direkt zu ihm gegangen und hat ihn den Rest des Tages nicht mehr aus den Augen gelassen. Da wusste ich, dass etwas faul war. Es dauerte drei Tage, bis ich wieder einen ungestörten Moment mit meinem Urgroßvater hatte und ihn zur Rede stellen konnte." Garric hält inne und lacht auf.

„Was ein Zufall, es war genau an dieser Stelle. Allerdings gab es hier damals eine Bank."

„Da vorne steht eine." Ich deute auf eine steinerne Bank etwas weiter weg.

„Gut, nehmen wir die, aber ich erzähle schon mal weiter. Mein Urgroßvater erklärte mir, dass er ein Seher sei und manchmal Visionen habe. Er sagte, er müsse dann einfach zeichnen. Deshalb hatte er immer ein Notizbuch in seiner Hosentasche, falls ihn eine dieser Visionen unterwegs überraschen sollte. Ich fand das unheimlich, muss ich gestehen. Die Vorstellung, dass ich mitten in einer Situation zusammen mit anderen, zum Beispiel in der Schule oder mit Freunden beim Fußballspielen, auf einmal etwas zeichnen müsse ... Er lachte nur und meinte, man gewöhne sich daran. Mit der Zeit lerne man, die Anzeichen zu deuten, und hätte in den meisten Fällen ausreichend Möglichkeiten, sich einen ruhigen Platz zu suchen. Aber er gab zu, dass es nicht schadet, wenn die Menschen in seiner Umgebung Bescheid wissen und entsprechend reagieren können."

Inzwischen haben wir die Bank erreicht und setzen uns.

„Es hatte in meiner Familie seit meinem Urgroßvater kein Mondkind mehr gegeben und erst recht keinen Seher. Mein Urgroßvater wusste, dass er meinen sechzehnten Geburtstag nicht mehr erleben würde. Schließlich war er zum Zeitpunkt unseres Gespräches bereits Mitte neunzig. Dass ich die Energie von Maiden Castle spüre, ließ meinen Urgroßvater hoffen, es gäbe endlich einen Nachfolger für ihn."

„Du sagtest doch, du bist kein Mondkind."

„Bin ich auch nicht. Zumindest nicht im herkömmlichen Sinne. Aber einen Teil Mondlicht habe ich wohl abbekommen. Damals begann mein Urgroßvater, mich zu unterrichten. Als wichtigste Lektion lehrte er mich, wie man die Anzeichen erkennt, dass man am Ende seiner Kräfte ist. In diesem Fall wird die Vision beendet, und zu einem späteren Zeitpunkt versucht man, wieder anzuknüpfen."

„Wow."

Linda hat mich mit ihrem Wissen beeindruckt. Allerdings hat sie immer betont, dass sie sich das meiste nur angelesen hat. Mit jemandem zu sprechen, der genau weiß, wie ich mich fühle und was in mir vorgeht, ist unglaublich.

„Wir sollten uns langsam auf den Rückweg machen, es wird dunkel", sagt Garric im Aufstehen.

Wir setzen unsere Runde über den mittleren Wall fort, während die Anlage mittlerweile menschenleer vor uns liegt.

„Mein Urgroßvater unterrichtete mich vier weitere Jahre. Kurz vor seinem neunundneunzigsten Geburtstag verließ ihn zusehends seine Lebenskraft. Eines Abends rief meine Oma bei uns an und sagte, ich solle dringend nach Maiden Castle kommen. Meine Eltern kämen besser mit, aber zuerst wolle mein Urgroßvater mit mir alleine sprechen. Ich ging zu ihm in seine Kammer und er überreichte mir eine Zeichnung seiner letzten Vision. Seine Worte an mich waren: ‚Du gibst das Licht weiter, ich bin stolz auf dich.' Er starb in der Nacht von Lughnasadh, seinem Mondfest."

„Ich hatte mein Ritual auch an Lughnasadh." Ich habe am ganzen Körper Gänsehaut von Garrics emotionaler Erzählung. Inzwischen haben wir unser Cottage fast erreicht.

„Ich weiß." Er bleibt kurz stehen und mustert mich mit einem unergründlichen Blick.

„Wie ging es weiter?"

„Das erzähle ich dir drinnen bei einer Tasse Tee."

Wieder im Cottage angekommen, kann ich es kaum erwarten, den Rest der Geschichte zu hören. Bis alle sitzen und Garric mit seinem Bericht fortfahren könnte, platze ich fast vor Neugier. Plötzlich steht er auf, verlässt den Raum und geht nach oben. Ratlos schauen wir anderen drei uns an. Linda will ihm gerade folgen, als ich seine schweren Schritte wieder auf der Treppe höre.

„In welchem Zimmer wohnst du, T.?"

„Zweite Tür links, warum?"

Erneut trifft mich ein intensiver Blick aus Garrics dunkelgrünen Augen und mich überläuft ein Schaudern. In diesem Moment kenne ich die Antwort. „Es war die Kammer deines Urgroßvaters."

Er nickt und Linda zieht zischend die Luft ein. Jeremy hebt die Augenbrauen, sagt aber nichts.

Bei meiner Ankunft hatte ich die Auswahl aus beiden Gästezimmern und dieses fühlte sich richtig an. Verrückt.

Ich bemerke den vergilbten Umschlag, den Garric in den Händen hält. Wortlos legt er das Papier vor mir hin und nickt auffordernd.

„Was ist das?", fragt Linda. Ihre Stimme zittert leicht.

Ich wollte direkt nach dem Umschlag greifen. Jetzt halte ich inne. Vielleicht möchte Garric den beiden etwas erklären. Doch mit einer Geste bedeutet er mir, ruhig nachzusehen.

Meine Hände beben und ich muss mich zwingen, das Papier umsichtig zu behandeln. Garric muss sich die Zeichnung in der Vergangenheit öfter angeschaut haben. Sowohl am Umschlag als auch an dem Blatt, was darin ist, sind die Ränder leicht abgenutzt. Vorsichtig entnehme ich das Papier und falte es behutsam auseinander.

Um mich herum ist es so still, dass man meinen könnte, alle würden die Luft anhalten. Ich lege meine Finger auf die Zeichnung. Unwillkürlich stellen sich die feinen Härchen an meinen Armen auf, als hätte ich einen elektrischen Schlag abbekommen. Im selben Moment durchflutet mich eine ungeahnte Wärme. Mein Eulenanhänger beginnt zu leuchten. Die drei Erwachsenen schnappen nach Luft und beobachten mich mit großen Augen.

„Tristan? Ist alles okay bei dir?"

Jeremy will etwas sagen. Doch ich hebe schnell die Hand als Zeichen, dass er kurz warten soll. Lucy klingt besorgt und kann nicht sehen, was los ist.

„Alles okay. Mir geht es gut. Ich melde mich nachher, aber es kann spät werden."

„Was ist los?"

„Wieso?"

„Eben hat aus heiterem Himmel heraus meine Eule angefangen zu leuchten. Es fühlte sich an, als hätte ich einen Stromschlag in beiden Händen bekommen."

„Ich will mir gerade die Zeichnung eines anderen Sehers anschauen. Bei mir hat es sich genauso angefühlt."

„Oh, okay ..."

„Frau Lu, ich erzähle dir nachher alles. Ich hoffe, du bist nicht allzu müde. Ich habe viel zu berichten."

„Dann werde ich wach bleiben. Egal, wie."

Während des Gesprächs mit Lucy hatte ich die Augen geschlossen. Ich nutze den Moment und hole tief Luft. Ich versuche mich zu sammeln und öffne erst dann die Lider.

Wäre die Situation nicht so ernst, könnte ich mich ausschütten vor Lachen über die anderen. Linda starrt auf das Blatt in meiner Hand. Fast, als könne sie telepathisch die Zeichnung auffalten oder durchs Papier schauen. Jeremy hat den Mund leicht geöffnet. Vielleicht hat ihn meine Handbewegung gestoppt, bevor er etwas sagen konnte. Garric fixiert meinen Eulenanhänger, der immer noch leuchtet.

Mein Blick sucht Jeremy, der endlich wieder seine Stimme gefunden hat. „Lucy?", fragt er.

„Später", antworte ich knapp.

Endlich erwachen auch Linda und Garric aus ihrer Trance. Letzterer weiß offensichtlich nicht, was er zu meinem leuchtenden Anhänger sagen soll. Jeremy legt ihm beruhigend eine Hand auf den Arm und sagt ebenfalls: „Später."

Ich atme noch einmal tief durch. Vorsichtig entfalte ich die Zeichnung von Garrics Urgroßvater, seine allerletzte Vision.

Gut, dass ich sitze und das Papier sicher auf dem Esstisch

liegt. Denn sobald ich die komplette Zeichnung vor mir habe, hätte ich für nichts garantieren können.

Jeremy und Linda sind aufgesprungen. Sie stehen seitlich hinter mir, um einen besseren Blick auf die Zeichnung zu bekommen. Ich kann kaum glauben, was ich dort sehe. Ein Junge und ein älterer Mann mit verwuschelten Haaren und einem Vollbart sitzen auf einer Bank. Sie sind in ein Gespräch vertieft, ihre Gesichter sind ernst. Im Hintergrund erkennt man die Wallanlagen von Maiden Castle. Die Gräser liegen leicht schief im Wind. Es sieht aus, als hätte vorhin jemand ein Foto von uns beiden dort auf der Bank gemacht. Lediglich die leicht zittrigen, manchmal verwackelten Striche deuten darauf hin, dass es eine handgemalte Zeichnung ist.

„Garric, was ...?", fragt Linda. Sie ist blass um die Nase und setzt sich wieder an ihren Platz.

Jeremy lässt sich auf den Stuhl neben mir fallen und flüstert mir zu: „Alles okay?"

Ich nicke. Mir hat es die Sprache verschlagen.

Garric räuspert sich und sagt: „Wie ich T. erzählt habe, hat mir mein Urgroßvater am Sterbebett seine letzte Vision übergeben. Man sieht, ich habe es in all den Jahren oft angeschaut. Immer habe ich mich gefragt, was mir diese Zeichnung sagen soll. Zuerst dachte ich, es sei eine Erinnerung an unsere Gespräche gewesen. Dann fiel mir auf, dass der Junge älter aussieht, als ich es zu der Zeit war. Außerdem hatte der erwachsene Mann kaum Ähnlichkeit mit meinem Urgroßvater. Ich kam zu dem Schluss, dass es sich um meinen Sohn handeln wird. Die Jahre vergingen, Liebe kam, Liebe ging, aber Kinder kamen keine. Das bis heute letzte Mal, dass ich die Zeichnung in der Hand hatte, war nach meiner letzten Trennung. Ich packte meine Sachen, um in mein neues Haus zu ziehen. Damals war ich so wütend, dass ich das Blatt beinahe zerrissen hätte. Mir wurde klar, dass ich niemals einen Sohn haben würde. Ich dachte, mein Urgroßvater hätte sich bei seiner letzten Vision geirrt.

Ausgerechnet dann, wenn es mich betrifft. Bei allem anderen war seine Genauigkeit sensationell."

Garric trinkt einen Schluck. „Ich habe es nicht übers Herz gebracht, die Zeichnung zu zerreißen. Zutreffend hin oder her, es war die letzte Erinnerung an meinen Urgroßvater. Schon deshalb konnte ich sie nicht vernichten. Aber ich packte den Umschlag ganz nach unten in eine Kiste mit Dingen, die ich im neuen Haus in die hinterste Ecke des Kellers verbannte. Die letzten Jahre habe ich kaum daran gedacht. Falls doch, war meine Theorie, dass ich im Laufe meines Lebens unvorhersehbare, falsche Entscheidungen getroffen hatte. Und damit die Verwirklichung der Vision verhindert wurde."

Er schüttelt den Kopf, lacht resigniert und wendet sich an Linda. „Dann kam dein Anruf und auf einmal machte alles Sinn. Ich bin noch am gleichen Abend in den Keller. Ich habe das Hinterste nach vorne geschafft und den Umschlag zum Glück unversehrt wiedergefunden. Und hier bin ich, Garric Sinclair, der einem jungen Seher endlich alles beibringen kann, was mein Urgroßvater mich gelehrt hat."

„Du kannst das Licht weitergeben", flüstere ich und erinnere mich an die letzten Worte seines Urgroßvaters.

„Genau." Er deutet auf den Bereich zwischen unseren Köpfen auf der Zeichnung. Dort gibt es einen helleren Bereich, fast wie eine Wolke feinster Staubkörnchen oder Schneeflocken. Sie wandert von Garric in meine Richtung, wie von einem Windhauch getragen.

„Unglaublich", murmelt Jeremy und bringt meine Gedanken auf den Punkt.

KAPiTEL 8

TRISTAN

4. September 1999

In der Nacht haben mich wilde Träume quer über das Gelände von Maiden Castle getrieben. Beim Morgengrauen weckt mich lautes Vogelgezwitscher. Im Cottage ist es ruhig. Ich rufe nach Lucy, aber sie antwortet nicht. Ich habe sie letzte Nacht mit meiner Erzählung lange wachgehalten.

An Schlaf ist nicht mehr zu denken. Also stehe ich auf und schleiche die Treppe hinunter. Mir kommt es vor, als würde mich eine unsichtbare Schnur nach draußen ziehen. Mit meiner dicken Jacke und den festen Schuhen ausgestattet verlasse ich das Cottage und schließe die Tür.

Mein Weg führt mich zu der Bank, auf der ich gestern Nachmittag den ersten Teil dieser unglaublichen Geschichte erzählt bekam. Zu meiner großen Überraschung sehe ich dort bereits jemanden sitzen.

„Guten Morgen, T." Lächelnd sieht Garric mir entgegen.

„Guten Morgen. Wieso bist du schon wach? Hast du nicht gut geschlafen?"

„Ich bin ein Frühaufsteher und brauche nicht viel Schlaf. Außerdem war der Morgen immer meine liebste Tageszeit hier. Wenn langsam die Sonne über die Hügel steigt und alles friedlich erwacht. Selbst als Kind bin ich oft in der Morgendämmerung nach draußen geschlichen und habe auf die ersten Sonnenstrahlen gewartet."

„Oder auf die ersten Regentropfen im Hellen."

„Hey, sag nichts über das englische Wetter. So schlimm ist es gar nicht."

„Stimmt."

„Was machst du um diese Zeit schon draußen?"

„Ich konnte nicht mehr schlafen. Ich hatte das Gefühl, herkommen zu müssen."

„Das kenne ich", sagt Garric und mustert mich. „Hast du das öfter?"

„Noch nie so stark."

„Dann lass es uns nutzen. Hast du Zettel und Stift dabei?"

Ich habe mittlerweile immer einen kleinen Block und einen Bleistift in der Jackentasche, obwohl ich sie bislang nur für Notizen und nie für eine Vision gebraucht habe. Aber Garric hat recht, das unruhige Gefühl hat sich zu einem Kribbeln in den Fingerspitzen gesteigert. Dieses Gefühl kenne ich nur zu gut. Ich zücke Block und Stift und will mich setzen, als er mich dabei unterbricht.

„Wollen wir was ausprobieren?"

„Klar."

„Leg deine Sachen auf die Bank. Dann stell dich bitte hin, die Beine etwa schulterbreit auseinander. Gut so. Schließ die Augen und atme tief ein und aus. Konzentriere dich auf das Kribbeln in den Fingern. Mein Urgroßvater sagte immer, es fühlt sich an wie ein helles Schimmern, wenn er eine Vision hatte. Ist das bei dir auch so?"

Ich nicke.

„Versuche mal, ob du das Kribbeln oder dieses Schimmern bewegen kannst. Stell dir vor, es wäre ein leuchtender Punkt, der sich gerade an deinen Fingerspitzen befindet. Okay?"

Wieder nicke ich. Mir das Schimmern bildlich vorzustellen, ist leicht. Linda hat mit mir geübt, die Anzeichen einer Vision zu erkennen, sie zu benennen und in eine Reihenfolge zu bringen. Vor meinem geistigen Auge sind meine Finger in ein gleißendes Strahlen getaucht, um sie herum wirbeln Lichtpunkte.

„Lass das Schimmern von den Fingern über die Arme wandern bis zu deinem Brustkorb."

So etwas Ähnliches hatte Linda schon mit mir probiert. Damals hatte ich einige Schwierigkeiten, aber jetzt ist die Energie so stark, dass es funktioniert.

„Sehr gut. Du formst einen kleinen festen Ball und schleuderst diesen so weit weg von dir, wie es nur geht. Stell dir vor, du möchtest ihn einmal rund um die Erde schicken oder zu den Sternen."

Ich wundere mich, was das soll, aber führe den Auftrag aus. Das Schimmern wehrt sich, fast so, als wäre es an mir verankert. Mit einiger Anstrengung gelingt es mir schließlich, einen leuchtenden Ball von mir weg zu schießen. Ich öffne die Augen und sehe Garric verwundert an.

Dieser nickt zufrieden, ermahnt mich aber: „Bleib, wo du bist. Verankere dich mit dem Boden. Schließ die Augen und halte innerlich Ausschau nach deinem Lichtball. Ich erkläre es dir später. Jetzt ist wichtig, dass du fokussiert bleibst. Siehst du was?"

Mir ist nicht klar, was ich mit geschlossenen Augen sehen soll. Ich will gerade den Kopf schütteln, als meine Lichtkugel seitlich auf mich zurast. Instinktiv drehe ich mich in diese Richtung. Der Aufprall ist viel heftiger, als ich das bei einem Ball aus schimmerndem Licht für möglich gehalten hätte. Ich stolpere.

Garric lacht. „Ah, da ist es also wieder. Sehr gut."

Ich konzentriere mich darauf, wieder einen festen Stand zu bekommen.

„Prima, weiter gehts. Du schleuderst den Ball wieder weg, diesmal gehst du danach aber fünf Schritte nach rechts. Dort verankerst du dich im Boden und schaust, ob das Licht dich findet."

Der nächste Aufprall trifft mich nicht mehr so unvorbereitet, aber dennoch hart. Kurz frage ich mich, wie das wohl für einen Beobachter aussehen mag, wenn ich hier so am Herumtaumeln bin. Aber Garric lässt mir keine Zeit zum Nachdenken. Er jagt mein Licht und mich quer übers Gelände und zurück bis zur Bank, wo immer noch meine Sachen liegen. Meine Beine zittern, doch er holt wieder Luft.

„Stopp!", rufe ich und hebe die Hand. „Ich kann nicht mehr." Er mustert mich mit einem intensiven Blick, dann nickt er. „Gut. Ich hatte schon die letzten drei Male den Eindruck, dass deine Kraft nachlässt."

„Warum hast du nichts gesagt?"

„Nun, zum einen kenne ich dich nicht genug, um das einschätzen zu können. Zum anderen wollte ich sehen, ob du deine Grenzen kennst und respektierst. Prüfung in jeder Hinsicht bestanden, würde ich sagen."

„Was mache ich jetzt mit der Energie?"

„Jetzt, mein lieber T., setzt du dich hin und zeichnest. Auf dem Weg zurück ins Cottage erkläre ich dir, was wir gemacht haben."

Körperlich erschöpft, aber geistig hellwach lasse ich mich auf die Bank fallen. Ich lenke den Schimmer zurück in meine Fingerspitzen und zeichne. Das entstandene Bild sagt mir auf Anhieb nichts. Daher packen wir unsere Sachen zusammen und gehen gemeinsam zurück zum Haus.

„Also, was sollte das?"

„Diese Übung ist in vielerlei Hinsicht wichtig", sagt Garric. „Erstens kann es sein, dass dich eine Vision in einem ungünstigen Moment überkommt. Du musst in der Lage sein, die Energie so zu kanalisieren, dass du den Zeitpunkt bestimmst, an dem es passt. Zweitens war es früher, als es noch mehrere Seher an einem Ort gab, üblich, die Energien zu bündeln."

„Das heißt, ich könnte meine Lichtkugel auch zu jemand anderem schicken?"

„Einem anderen Seher, ja. Dafür musst du deine Kraft aber genau kennen. Du musst einschätzen können, wie viel es braucht, um das Licht von dir zu trennen, ohne dass es immer wieder zu dir zurückkommt. Dann musst du es so lenken, dass es nicht ziellos umherschwirrt, sondern den anderen Seher findet."

„Könnte jemand meine Lichtkugeln abfangen?"

„Ein anderer Seher? Wahrscheinlich. Warum fragst du?"

„Was ist mit der Dunkelheit?"

„Damit kenne ich mich nicht aus, tut mir leid. Aber wir können Jeremy fragen, ob er etwas darüber weiß."

„Alles klar."

Mittlerweile haben wir das Cottage erreicht. Einige Zeit später sitzen wir zu viert am Frühstückstisch und Garric berichtet von unserem Experiment. Linda nickt und grinst über das ganze Gesicht. „Kann ich nachher mal zusehen?", fragt sie mich mit einem bittenden Augenaufschlag.

„Klar."

„Super!"

Während sich Linda wie ein Schneekönig freut, lässt Jeremy die Schulter hängen und starrt auf seine Hände. Seine Finger lassen einen Teelöffel von einer Hand in die andere wandern. Obwohl sein Blick darauf fixiert ist, sieht man ihm an, dass er gedanklich woanders ist.

„Alles okay?", frage ich ihn.

Er zuckt zusammen, blinzelt mehrmals und hebt den Kopf. „Ja." Er versucht sich in einem Lächeln, das ziemlich gekünstelt ausfällt. „Ich muss mir nur eingestehen, dass ich mich gnadenlos überschätzt habe, als ich dir anbot, dein Lehrer zu werden."

„Wieso?"

„Na ja, es hätte mir klar sein müssen, dass es in Lucys Umfeld keine gewöhnlichen Mondkinder gibt. Alexander ist ein herausragender Hüter. Er hat in seinem Kopf und seinem Archiv mehr Wissen als wir anderen Hüter zusammen. Auch wenn Claire oder Alois das niemals zugeben würden." Er macht eine kurze Pause und nippt an seinem Tee, der mittlerweile bestimmt kalt ist. „Und du, tja, du bist kein gewöhnlicher Seher. Das weiß ich seit dem *Drywon-Beinn*, als ich das erste Mal deine Zeichnungen sah. Aber ich dachte, ich könne dir etwas beibringen. Meine Güte, wie überheblich von mir."

Ich weiß nicht, wo diese Selbstzweifel herkommen. In den letzten Wochen hat Jeremy mir mehr beigebracht, als ich jemals gehofft hatte. Ich bin sicher, dass ich mir in derselben Zeit nicht annähernd so viel hätte anlesen können, sofern es über die Seher überhaupt aussagekräftiges Material gibt.

Linda schnaubt. Sie beugt sich über den Tisch und legt Jeremy die Hände ums Gesicht. Sie zwingt ihn, sie anzusehen, und sagt: „Jeremy White, ich fasse es nicht! Du bist der Hüter von Maiden Castle und du hast so viel Wissen über die Seher gesammelt wie kein anderer. Seit seiner Ankunft hat T. viel von dir gelernt. Da ist noch mehr, was du ihm beibringen kannst. Dinge, die nicht einmal ich weiß. Außerdem haben wir uns abgesprochen, wir sind ein Team. Jeder bringt unserem Jungen bei, was er weiß. Es war von Anfang an klar, dass wir nur pure Theorie zu bieten haben, denn keiner von uns ist ein Seher. Garric kann nun die Theorie mit Praxis füllen. Nur so kann es funktionieren."

„Wer die Vergangenheit nicht kennt, kann in der Gegenwart nicht die richtigen Weichen für die Zukunft stellen", ergänzt Garric. „Genauso ist es mit Theorie und Praxis. Erst wenn man eine gewisse theoretische Basis hat, ein Grundverständnis und einen geschichtlichen Hintergrund, ist man bereit für praktische Übungen."

„Aber T. ist ..."

Linda fällt Jeremy ins Wort. „T. ist ein Seher, das alleine ist außergewöhnlich. Uns war klar, worauf wir uns einlassen. Mach jetzt keinen Rückzieher, bloß weil die Aufgabe größer ist als gedacht. Oder hast du einen anderen Seher, zu dem wir ihn schicken können?"

„Nein."

„Gibt es einen anderen Hüter, der ihn besser unterrichten könnte?"

„Nein."

„Sonst irgendwelche Problemchen?"

„Nein."

„Na also", sagt Linda, lehnt sich zurück und lächelt in die Runde.

Garric schmunzelt über die beiden, die sich ein erbittertes Blickduell liefern. „Hast du schon einige der Visionen meines Urgroßvaters gesehen?", fragt er mich.

„Ich weiß nicht. Jeremy hat mir ein paar Dokumente aus dem Archiv gezeigt, aber nicht genau erklärt, von wem oder von wann die Zeichnungen sind."

Wie der *Drywon-Beinn* hat auch Maiden Castle ein Archiv, allerdings im nahegelegenen Dorf. Da das Besucherzentrum hier viel kleiner ist, gibt es keine Möglichkeit, direkt vor Ort ein Archiv anzulegen. So hat man sich in Zusammenarbeit mit dem örtlichen Heimat- und Geschichtsverein und der Kirche ein Archiv eingerichtet. Dort lagert man alle wichtigen Dokumente, Fundstücke und Relikte der Region. In gewisser Weise bietet das einen zusätzlichen Schutz, wie ich finde, denn in der Vielzahl normaler Aufzeichnungen fallen die Zeugnisse über die Seher von Maiden Castle bestimmt nicht auf.

„Vielleicht können wir gemeinsam dorthin fahren und schauen, ob wir etwas finden?", schlägt Garric vor.

Meine Begeisterung hält sich in Grenzen. Aber ich habe keine Gelegenheit, meine Bedenken zu äußern, denn er klärt bereits mit Jeremy, dass wir in einer halben Stunde losfahren.

„Lucy?"

Ich bin in mein Zimmer geflüchtet, während die anderen unten beraten, welche Dokumente wir aus dem Archiv brauchen.

„Tristan? Hey, was ist los? Ist was passiert?"

„Garric und Jeremy wollen mit mir ins Archiv fahren, um Visionen früherer Seher aus Maiden Castle zu holen."

„Ah, ich verstehe. Wo bist du?"

„Noch kurz in meinem Zimmer."

„Pass auf, wir probieren mal was."

Bevor ich fragen kann, was sie meint, leuchtet mein Eulenanhänger auf und eine angenehme Wärme breitet sich in mir aus. *„Frau Lu, was machst du?"*

„Ich mache das Gleiche wie an Lughnasadh. Ich schicke dir Licht."

„Ist das nicht zu anstrengend?"

„Nö, geht. Es ist ganz wenig und ich liege faul im Bett, kann also nix passieren."

Einige Minuten später sitzen wir in Jeremys Jeep und sind auf dem Weg in die nahegelegene Stadt. Die beiden Männer reden in einem kaum verständlichen Akzent miteinander und ich lasse auf der Rückbank meine Gedanken schweifen. Zwischendurch versichere ich mich, ob Lucy mich noch hören kann, und freue mich, wenn sie mir kleine Lichtblitze schickt.

Viel zu früh parkt Jeremy das Auto. Ich steige aus und schaue mich neugierig um. Jeremy hatte bereits gesagt, dass das Archiv kleiner ist als auf dem *Drywon-Beinn,* aber ich habe dennoch mit einer ähnlich modernen Halle gerechnet. Nur ist weit und breit kein Gebäude zu sehen, das ein Archiv sein könnte. Oder liegt es unterirdisch?

Sofort beschleunigt sich mein Herzschlag. Prompt wird mein Eulenanhänger wärmer und ich höre, wie Lucy nach mir ruft. Ich beruhige sie kurz und lasse meinen Blick wieder schweifen. Wir stehen mitten im Ort, auf einem der vielen kleinen Plätze, die die wichtigsten Geschäfte miteinander verbinden. Von mir aus links gesehen liegt das Post Office und Dotty winkt mir zu. Ich grüße zurück und wünsche ihr ein schönes Wochenende.

An das kleine grüne Häuschen von Dottys Post Office schließen sich ein Blumenladen und eine Drogerie an. Auf der gegenüberliegenden Seite liegen ein Pub, eine Bäckerei und ein Kiosk. Der Platz wird an der einen Stirnseite von der mittelalterlichen Kirche begrenzt. Auf der anderen Seite ist ein Laden mit dem lustigen Namen *Gracy's Goodies,* hinter dem sich ein überschau-

barer Park befindet. Bei meinen Ausflügen in die Ortsmitte ist mir dieser Laden bisher entgangen. Ich würde ihm auch jetzt keine Beachtung schenken, wenn Jeremy nicht genau darauf zusteuern würde.

Je näher wir kommen, umso mehr übervoll dekorierte Schaufenster erkenne ich, in denen Kitsch, Souvenirs und Deko-Kram ausgestellt sind. Was zum Teufel wollen wir hier?

Bevor ich fragen kann, betritt Jeremy den Laden. Garric und mir bleibt nichts anderes übrig, als ihm zu folgen. Zumindest bin ich nicht der Einzige, der mit offenem Mund knapp hinter dem Eingang stehen bleibt. Die eine Hälfte des Ladens ist bis zur Decke gefüllt mit Wolle, Garn und allerlei Handarbeitsutensilien. Die andere Hälfte platzt aus allen Nähten mit ungefähr allem, was es an Souvenirs der Königsfamilie gibt.

Mit einem melodischen Singsang tänzelt eine kleine, ältere Dame aus einem Hinterzimmer in den Verkaufsraum. Ihre dauergewellten Haare haben einen leichten Lila-Stich und sie trägt insgesamt drei Lesebrillen: eine auf dem Kopf, eine auf der Nase und eine weitere an einem langen Band um den Hals. „Oh, Jeremy, mein Junge. Welche Freude, dich zu sehen." Sie lächelt breit. Bevor mein Hüter weiß, wie ihm geschieht, umarmt sie ihn und drückt ihm einen schmatzenden Kuss auf die Wange.

Garric versucht erfolglos, sein Lachen in ein Hüsteln zu tarnen, lenkt aber dadurch nur die Aufmerksamkeit der Dame auf uns.

„Oh, wen hast du denn da mitgebracht?"

„Gracy, darf ich vorstellen? Das sind Garric und Tristan, sie sind zu Besuch."

„Oh, Besuch, wie schön."

Gracy kommt auf uns zu und breitet die Arme aus. Instinktiv weiche ich einen Schritt zurück. Ich muss grinsen, als sich Garrics Räuspern zu einem ausgewachsenen Hustenanfall steigert.

Stirnrunzelnd mustert ihn die ältere Dame, wendet sich mir zu und stoppt in ihrer Bewegung, als ich sie hastig frage: „Ha-

ben Sie schon mal einen Royal getroffen? Welchen mögen Sie am liebsten?"

„Oh, ich liebe sie alle, aber getroffen habe ich noch keinen. Obwohl ich sie zu jedem meiner Sommerfeste einlade."

„Unglaublich", murmelt Garric und hustet schnell wieder, als Gracy sich zu ihm dreht.

Jeremy erlöst uns, indem er sagt: „Gracy, wir wollen ins Archiv."

„Oh."

Aus dem Augenwinkel sehe ich, wie Garric ihren obligatorischen Satzanfang nachahmt, und muss mir jetzt selbst ein Lachen verkneifen.

Gracy nestelt an einem Schlüsselbund und winkt uns, ihr zu folgen.

Garric wirft mir einen verwunderten Blick zu, den ich schulterzuckend erwidere. Zögernd folgen wir Jeremy und Gracy in den hinteren Bereich des Ladens, wo sich eine enge Wendeltreppe nach unten dreht. Mein Herz hämmert, aber mir bleibt nichts anderes übrig, als ebenfalls hinunterzusteigen.

Gracy bleibt munter schwatzend vor einer antiken Holztür stehen, die mit leuchtend pinken Schmetterlingen bemalt ist. Ich erwarte, dass sich Jeremy umdreht und breit grinsend verkündet, er habe uns reingelegt und wir würden jetzt zum richtigen Archiv fahren. Aber das passiert nicht. Stattdessen hantiert Gracy mit verschiedenen Schlüsseln und plaudert dabei mit Jeremy. Sie tritt zur Seite, als die Tür mit Schwung aufgleitet.

Ich bin so gefangen in der Welt von Kitsch, Royals und Wolle, dass ich mit diesem neuerlichen Schock erst klarkommen muss. Jeremy geht einige Schritte in den Raum hinein und dreht sich zu uns um. Sein breites Grinsen zeigt, wie sehr er sich über die gelungene Überraschung freut.

Der Kontrast könnte kaum größer sein. Nur eine schmale Wendeltreppe und eine Holztür mit pinken Schmetterlingen trennt also *Gracy's Goodies* von einem modernen Archiv, das dem auf dem *Drywon-Beinn* in nichts nachsteht. So weit das Auge reicht, erstrecken sich hinter Jeremy unzählige Reihen mit Regalen, und ich fühle mich einige Wochen zurückversetzt. Doch eines ist anders: Es gibt Tageslicht. Ich atme erleichtert auf und mein Herz macht einen Satz, als ich einen erneuten Lichtgruß von Lucy in meinem Eulenanhänger spüre.

Zögernd mache ich ein paar Schritte nach vorne, vorbei an einem ebenso sprachlosen Garric und einer plappernden Gracy. An der Tür angekommen, bleibe ich stehen. Was von außen nach einer alten Holztür aussah, ist in Wirklichkeit eine dicke, feuerfeste Stahltür wie bei einem Banktresor. Wenn die zufällt, befürchte ich, wird draußen keiner hören, dass wir drinnen um Hilfe rufen. Meine Hände zittern.

Bevor die Platzangst mich vereinnahmen kann, sagt Lucy: *„Ich bin bei dir, alles ist gut."*

Das stimmt, mit Lucy an meiner Seite ist alles gut.

Große, quadratische Oberlichter sind über den kompletten Saal verteilt und verbergen die Tatsache, dass man in einem engen, geschlossenen, unterirdischen Raum ist.

„Dir sind neulich die Glaswürfel oben im Park hinter dem Rathaus aufgefallen, erinnerst du dich?", fragt Jeremy.

„Ja, richtig." Ich weiß noch genau, wie unpassend ich diese modernen Würfel mitten in einem ländlichen Park, umgeben von Blumenbeeten, Brunnen und Steinfiguren, fand. Damals hatte mir Jeremy keine Auskunft gegeben, was es mit diesem Stilbruch auf sich hat. Jetzt verstehe ich es. „Warte, das sind die Oberlichter?"

„Genau", antwortet mein Hüter und winkt Garric zu uns. „Na kommt, wir haben nicht viel Zeit."

„Oh, ich wünsche euch eine tolle Zeit hier", säuselt Gracy und macht sich auf den Rückweg in ihren Laden. Hinter ihr schließt sich die schwere Tür und mein Puls schnellt in die Höhe.

KAPITEL 9

TRISTAN

Die nächsten Stunden verbringen wir zu dritt zwischen den vielen Regalen. Wir sichten unzählige Dokumente und kopieren interessante Aufzeichnungen, um sie uns zu Hause in Ruhe ansehen zu können. Alles in allem wie vor einigen Wochen auf dem *Drywon-Beinn,* nur ohne Lucy und Alexander. Garric und Jeremy scheinen einen ungefähren Plan zu haben, wonach sie suchen und wo es zu finden sein könnte.

Ich habe von Jeremy einen eigenen Bereich zugewiesen bekommen, ohne weitere Anweisungen oder Informationen. Überfordert stehe ich inmitten von Regalen und ziehe planlos mal hier, mal da einen dicken Band mit Dokumenten heraus. Ich blättere ein bisschen darin und warte auf die sprichwörtliche Erleuchtung. Natürlich passiert nichts dergleichen. Ich schnaube.

Mein Eulenanhänger erwärmt sich. Das bringt mich auf die rettende Idee. Ich erinnere mich an unsere Übung von heute Morgen. Ich stelle mir ein zartes Licht vor und lenke es von meiner Kette zu den Fingerspitzen. Als ich den leichten Schimmer an meinen Händen sehen kann, wende ich mich an den Beginn meiner Reihe. Ich strecke die Hände seitlich aus und gehe langsam die Regale entlang. Nach einigen Schritten wird das Leuchten in meiner linken Hand stärker. Ich halte inne, ziehe den Band ein paar Zentimeter nach vorne und laufe weiter. Es braucht ein paar Wiederholungen, um die unterschiedlichen Höhen abzulaufen, aber am Ende stehen ein gutes Dutzend Register vor.

Jeremy hat vor geraumer Zeit um die Ecke geschaut. Wortlos und mit hochgezogenen Augenbrauen hat er mich beobachtet. Ich hoffe, dass seine Zweifel nicht zurückkommen. Ich könnte mir kein besseres Team vorstellen, um mir alles Wichtige beizubringen. Ich will ihm beweisen, dass ich schon eine Menge gelernt habe, und bin umso eifriger bei der Sache.

Nachdem ich eine Vorauswahl getroffen habe, nehme ich mir die Bände einzeln vor. Ich setze mich an einen der Beistelltische, die man alle paar Reihen findet, und blättere durch die einzelnen Seiten. Da es nun ausreicht, die Energie in einer Hand zu haben, lenke ich den Schimmer nach rechts und wende vorsichtig eine um die andere Seite. Dabei muss ich mich zwingen, die einzelnen Zeichnungen nicht näher zu betrachten, sonst würde ich hier noch Wochen sitzen.

Ich schließe die Augen und blättere mechanisch um. Nur wenn sich das Gefühl in meiner Hand zu einem leichten Kribbeln steigert, hefte ich an die entsprechende Seite einen kleinen Klebezettel. Ich weiß, dass wir uns die Zeichnungen später in aller Ruhe gemeinsam anschauen werden, daher verschwende ich keine Zeit. Die Bücher mit den markierten Seiten bringe ich zu Garric, der mittlerweile mit seinem Bereich fertig ist und den Kopierer bedient.

„Interessante Technik", sagt er und zwinkert mir zu.

Kurz darauf sind wir auf dem Weg zurück nach Maiden Castle, wo wir von einer neugierigen Linda erwartet werden. Gemeinsam räumen wir den Esstisch frei und betrachten ehrfürchtig unseren Stapel mit Kopien zahlreicher Visionen anderer Seher.

„Wie gehen wir vor?", fragt Garric.

„Lucy würde sagen, wir machen eine Liste", antwortet Jeremy und schmunzelt.

Ich muss ihm mit einem wehmütigen Lächeln zustimmen. Wieder einmal hätte ich sie gerne an meiner Seite. Nicht nur, damit sie diesen Augenblick mit mir teilt, sondern auch, weil sie

ein Naturtalent ist, wenn es darum geht, System und Ordnung in etwas zu bringen. „Die brauchen wir definitiv." Ich stehe auf, um die Liste meiner Zeichnungen zu holen, die wir gemeinsam auf dem *Drywon-Beinn* erstellt haben. Beim Anblick der Reihe mit den gestohlenen Zeichnungen krampft sich mein Herz zusammen. Ich würde meinen Zorn am liebsten hinausschreien. Sollte ich Claire jemals wieder begegnen, kann ich für nichts garantieren.

Jeremy mustert mich mit einem durchdringenden Blick. „Tristan, wir Hüter haben Claire vertraut. Nicht nur das. Alle haben Lucy und dich ermuntert, ihr ebenfalls zu vertrauen. Keiner hätte ihr das zugetraut. Sie sollte definitiv in Zukunft nicht mehr in die Nähe eines Hüters kommen. Selbst Alois war von ihrem Diebstahl geschockt, wie mir Alexander berichtet hat."

„Es geht mir nicht alleine um die Zeichnungen", antworte ich. „Auch Lucys Unterlagen sind nicht so ein dramatischer Verlust. Wir haben noch den viel ausführlicheren Ordner, aber ..."

„Claire hat euer Vertrauen missbraucht", sagt Linda.

„Genau."

Für Lucy ist dieser Vertrauensbruch schwerwiegender als für mich. Seit Beginn ihrer Mondkind-Fähigkeiten wurde ihr Vertrauen zweimal enttäuscht. Zuerst von Natascha und Noel, wobei ich gestehen muss, dass ich beide nie leiden konnte. Kaum hat sie sich von diesem Tiefschlag erholt, neuen Mut gefasst und sich auf fremde Menschen eingelassen, da folgt die nächste herbe Enttäuschung. Ausgerechnet von Claire, die ihr als Hüterin von Vix am ehesten hätte helfen sollen. Ich hoffe sehr, dass Lucy ihren Mut nicht verliert, nie aufhört, anderen ihr Vertrauen zu schenken, und möglichst bald dafür belohnt wird.

„Darf ich mal sehen?", fragt Garric und holt mich aus meinen düsteren Gedanken. Ich reiche ihm Lucys Liste. Für jede meiner Zeichnungen kann man sehen, wann ich sie gemalt habe, was darauf zu sehen ist und, sofern wir das zuordnen konnten, wer darauf abgebildet ist.

„Was bedeuten Z und V?", fragt er und deutet auf die schmale Spalte ganz außen.

„V steht für Vergangenheit und Z für ...", antworte ich, werde jedoch von ihm unterbrochen.

"Warte, was? Du hast auch Visionen von vergangenen Ereignissen?"

„Ja." Ich wechsele einen Blick mit Jeremy. Von ihm weiß ich, dass ich damit allein bin. Daher kann ich verstehen, warum Garric die Augen aufreißt.

Bevor es für mich zu unangenehm wird, im Zentrum der Aufmerksamkeit zu stehen, rettet mich Linda. „Na, dann nehmen wir die Liste als Vorbild für unsere und schauen, wie wir diesen Haufen an Zeichnungen möglichst sinnvoll sortiert bekommen. Habt ihr eine ungefähre chronologische Reihenfolge in eurem Stapel oder ist das bunt gemischt?"

„Ähm ... also ..." Jeremy versucht sich an einem entschuldigenden Lächeln mit Hundeblick, erntet aber nur ein Schnauben von seiner Frau.

„Gib dir keine Mühe, ich weiß schon. Du und Ordnung."

„Also, wenn es irgendwie hilft, Jeremy war im Bereich mit den ältesten Aufzeichnungen, danach kommt T. und ich war in der jüngsten Vergangenheit", ergänzt Garric. Er greift nach dem Stapel Kopien, blättert diese durch und sortiert sie in drei Bereiche. „Ganz vorne liegen die Kopien von Jeremy, dann kommt die Ausbeute von T. und hier sind meine. Klar sind die zeitlich durcheinander, aber wir sollten eine Reihenfolge hinkriegen."

„Na ja, wenn man alle Visionen eines Sehers zusammen hat, wäre das ein guter Anfang", sagt Linda.

„Dann fangen wir damit an und schauen uns anschließend die Zeichnungen eine nach der anderen an", schlägt Jeremy vor und zieht seinen Stapel zu sich. „Meistens gibt es irgendwo auf der Zeichnung eine Signatur des Sehers. Wenn wir viel Glück haben, sogar eine Jahreszahl oder ein Datum."

Wir folgen seinem Beispiel und sortieren unsere Stapel. Das geht erstaunlich schnell und direkt entsteht ein gewisses Maß an Ordnung. Trotzdem muss ich Garric recht geben, als er sagt: „Da sitzen wir noch in drei Wochen, fürchte ich. Das ist sehr viel Material."

„Wir müssen uns ja nicht alles heute anschauen", antwortet Linda. „Sonst sieht man den Wald vor lauter Bäumen nicht mehr."

Jeremy nickt und ich bin ebenfalls ihrer Meinung.

„Womit fangen wir an?", fragt Garric.

„Ich würde gerne mit den Zeichnungen deines Urgroßvaters beginnen", sage ich. „Schließlich wissen wir da genau, von wann sie sind. Du kannst uns aus erster Hand erklären, was deinem Urgroßvater wichtig war. Vielleicht hat er mit dir über die ein oder andere Zeichnung gesprochen und dich auf Details aufmerksam gemacht, die uns sonst entgehen würden."

„Macht Sinn." Jeremy schaut auffordernd zu Garric, der das erste Blatt mit einer Zeichnung in die Mitte legt.

Linda notiert die wichtigsten Daten und murmelt dabei vor sich hin: „Kieran Sinclair, gemalt 1932. Zu sehen ist das ..."

„Brandenburger Tor." Ich bin gefesselt von der Zeichnung vor mir. Das Brandenburger Tor bildet den Hintergrund, davor sieht man Menschen auf die Mauer klettern und feiern. Das Bild ging so ähnlich als Foto um die Welt, allerdings im Jahr 1989. Als Garrics Urgroßvater diese Vision hatte, war noch nicht einmal der Zweite Weltkrieg ausgebrochen, geschweige denn die Berliner Mauer gebaut.

Unwillkürlich frage ich mich, ob manche meiner Zeichnungen ähnlich bedeutende Ereignisse zeigen könnten. Bislang habe ich mich nur auf mein engeres Umfeld konzentriert und nach Visionen Ausschau gehalten, die etwas mit Lucy und mir zu tun haben.

Auch die anderen betrachten die dargestellte Szene mit einer gewissen Ehrfurcht. Garric hat erwähnt, dass sein Urgroßvater ein sehr renommierter, fähiger Seher war. Aber so etwas habe ich nicht erwartet.

„Das ist gleich zu Beginn ein echter Knaller", sagt Jeremy und schüttelt den Kopf.

Garric zuckt mit den Schultern. „Sorry, ich habe einfach nach einem gegriffen und nicht näher drauf geachtet."

„Na dann." Jeremy seufzt. Er versucht sich in einem schiefen Grinsen und zwinkert mir zu. „Also, Garric, was gibt es deiner Meinung nach zu dieser Zeichnung zu sagen? Hatte Kieran irgendwelche besonderen, geheimen Symbole oder bestimmte versteckte Nachrichten, die er in seinen Visionen untergebracht hat?"

„Lass mich mal sehen." Garric beugt sich über das Bild und lässt seinen Blick von links nach rechts, von oben nach unten schweifen.

„Ich habe das Mondauge gefunden", sage ich und deute auf das Symbol, das sich in einem der angedeuteten Graffiti-Kunstwerke auf der Berliner Mauer befindet.

„Stimmt, gut beobachtet." Linda lächelt mir zu.

Garric nimmt zwei andere Zeichnungen und legt diese neben das Bild des Mauerfalls. „Wenn ich mich recht erinnere, gibt es eine gewisse Kennzeichnung." Er fährt mit seinem Zeigefinger über die Zeichnungen. „Ah, hier ist es, seht ihr?" Ein Blick in unsere drei fragenden Gesichter scheint ihm Antwort genug zu sein. Er lacht kurz, schüttelt den Kopf und wendet sich wieder den Zeichnungen zu. „Also, passt auf: Bei Visionen, die ein politisches oder gesellschaftliches Ereignis zeigen, so wie das Bild von Berlin, ist auf der Zeichnung eine kleine Krone in der Nähe des Mondauges zu finden."

„Krone wegen der Monarchie in England?", frage ich.

„Genau", sagt Garric. Er deutet auf das nächste Bild. „Bei seinen Auftragsarbeiten hat er immer denjenigen gezeichnet,

der ihn um eine Vision gebeten hatte. Dieser Person legte er eine Glaskugel in die Hände. Er mochte diese Aufträge nie und hat versucht, sie zu vermeiden. Meine Urgroßmutter muss einmal gesagt haben, er sei keiner dieser windigen Wahrsager auf dem Jahrmarkt. Dieses Bildnis hat er übernommen und auf die Menschen übertragen, die es nicht einsehen wollten."

Der Mann mit der Glaskugel in der Hand hat einen verkniffenen, überheblichen Gesichtsausdruck und ist zutiefst unsympathisch dargestellt. Leider hat man keine Vergleichsmöglichkeit zu der realen Person mehr. Aber der Widerwille von Kieran dieser Person gegenüber spricht aus jedem Bleistiftstrich.

Ich habe bislang erst einmal versucht, bewusst eine Vision auszulösen und nach einem bestimmten Thema zu suchen. Allerdings war das auch für mich interessant. Ich kann verstehen, dass Kieran Sinclair nicht damit einverstanden war, auf Bestellung eine Vision zu liefern.

„Und das dritte Bild?", fragt Linda.

„Die dritte Kategorie sind seine Visionen, die er instinktiv zeichnete, im Nachgang aber keiner politischen oder gesellschaftlichen Ebene zuordnen konnte."

„Dann sollten wir uns auf diese konzentrieren", schlägt Jeremy vor.

Linda antwortet: „Aber wir katalogisieren trotzdem alle."

Die nächste Zeit sichten wir ein Bild nach dem anderen und diktieren Linda die Details. Diejenigen ohne besonderen Bezug zu einer Person oder einem historischen Ereignis markieren wir mit einem roten Klebezettel. Wir sortieren die Zeichnungen chronologisch. Aber auf diesem Weg stellen wir sicher, dass wir die interessanteren Visionen schnell wiederfinden.

Mich überfordert die Flut an Eindrücken. Für einen Moment habe ich mich in meinem Stuhl nach hinten gelehnt und die Augen geschlossen. Ich würde gerne mit Lucy sprechen, aber mir ist klar, dass ich hier nicht wegkann. Als ich das silberne Licht bemerke, vermute ich zunächst, dass Lucy meine Gedan-

ken gehört hat und Kontakt aufnimmt. Doch der Schimmer fühlt sich wie eine Vision an. Verwundert suche ich nach der Ursache und öffne meine Augen.

Garric greift gerade nach der nächsten Zeichnung. Die Erwachsenen sind so konzentriert, dass sie meine leuchtende rechte Hand nicht bemerken. In dem Augenblick, als das Bild in unserer Mitte liegt, lässt sich das Schimmern jedoch nicht mehr leugnen. Jetzt strahlt es so hell, dass die anderen mich verblüfft anschauen.

„Was?", frage ich provokant und grinse selbstbewusster, als mir zumute ist. Das Grinsen vergeht mir, als ich meinen Blick auf die Zeichnung richte. Ohne auf Lindas Protest zu achten, nehme ich das Blatt in beide Hände. Mit rasendem Herzschlag betrachte ich die Szene, die so lebendig dargestellt ist, als wäre es eine Filmaufnahme.

Im Zentrum des Bildes steht Lucy umgeben von einem hellen Kranz aus Mondlicht. Ihr Gesichtsausdruck ist eine Mischung aus Lebensfreude und purer Verzweiflung. Denn ihre Füße sind gefangen in dunklen Ranken, die sich ähnlich einer Kletterpflanze an ihren Beinen nach oben schlängeln. Die Urheberin der Fesseln steht hinter ihr. Auf ihrem Gesicht zeigen sich abgrundtiefer Hass und Triumph, weil es ihr gelingt, Lucy zu kontrollieren. Diese Person ist keine Unbekannte, ganz im Gegenteil.

„Natascha", entfährt es mir.

Erst als Linda mir zaghaft das Blatt aus den Händen nimmt, fällt mir auf, wie verkrampft sich meine Finger ins Papier gekrallt haben. Nun sind am Rand ein paar Knicke, aber sie streicht sanft darüber und lächelt mir beruhigend zu.

„Wer sind die anderen?", fragt Jeremy und zeigt auf die Gestalten, die rund um Lucy gezeichnet sind.

„Na, da steht T., das sieht man doch", sagt Garric. Er deutet auf einen Jungen, der eine gewisse Ähnlichkeit mit mir hat. Er hat die Arme nach Lucy ausgestreckt. In der einen Hand hält er

etwas, das nach einem Anker aussieht. Von der anderen Hand geht eine weitere Lichtquelle aus. Diese vereint sich mit dem Mondlicht, das Lucy umgibt. In größerer Entfernung sieht man weitere Personen, die ich mir nun anschaue. „Sam", sage ich missmutig. Im ersten Moment dachte ich, es handele sich um Noel. Den hätte ich, wenn überhaupt, bei Natascha erwartet. Doch dieser Junge steht in Lucys Bereich. Zwar im Hintergrund, aber mit einer deutlichen Verbindung zu ihr. Ich muss mich zwingen, die explodierende Eifersucht zu ersticken und vernünftig zu bleiben.

„Stimmt." Jeremy schaut mich warnend an. „Aber schau, er ist auf Lucys Seite. Er scheint ihr beizustehen, nicht zu schaden. Also keine Gefahr."

Letzteres würde ich zwar nicht unterschreiben, aber das werde ich jetzt nicht diskutieren. Ich atme durch und konzentriere mich auf die anderen Personen. „Das ist Josh und daneben steht Holly."

„Wer ist Holly?", fragt Linda.

„Eine Freundin von mir." Ich überlege fieberhaft, was sie auf diesem Bild zu suchen hat. Mir fällt keine Erklärung hierfür ein. Ich bin heillos überfordert. Mein Kopf hat sein Limit erreicht, wenn es darum geht, neue Informationen zu verarbeiten. „Ich mache den Rundgang über den Wall", sage ich daher im Aufstehen.

Ich weiß, es sieht nach der Flucht aus, die es in Wirklichkeit ist. Es tut mir leid, die anderen hier so sitzen zu lassen. Aber die sind auch nicht so emotional involviert wie ich.

Lucy will ich noch nicht mit der Vision konfrontieren. Dafür bin ich zu aufgewühlt und will mich erst gedanklich sortieren.

Die Erwachsenen nicken mir zu und lassen mich gehen.

„Wir machen einfach weiter und kennzeichnen die interessanten Zeichnungen für dich, damit du sie dir in Ruhe anschauen kannst!", ruft mir Linda nach.

Draußen lasse ich mir den frischen Wind um die Nase wehen und verscheuche jeden Gedanken. Nach einer Stunde auf den Wällen bin ich körperlich erschöpft, aber mein Kopf hat frische Energie getankt und zumindest einen Plan für den ersten Schritt. Daher ist meine Frage, kaum dass ich das Cottage betreten habe: „Kann ich Alexander anrufen?"

„Natürlich", antwortet Linda, reicht mir das Telefon und drückt mir die Schulter. Ich habe kaum mein Zimmer betreten, da ist mein Onkel schon am Telefon.

„Alexander Wilhelm, guten Abend."

„Hey, hier ist Tristan."

„Tristan, mein Junge. Schön, dass du dich meldest. Was hast du auf dem Herzen?"

Ich erzähle ihm von Garric, was sich seit seiner Ankunft ereignet hat und warum ich ihn anrufe. „Weißt du, wo Holly gerade ist? Wie geht es ihr?"

„Holly? Da muss ich mal ihre Eltern anrufen. Ich glaube, sie ist noch bei ihrem Lehrgang in Berlin. Warum?"

„Hast du eine Idee, warum sie ein Teil dieser Vision sein könnte?"

„Nein, leider nicht. Könnt ihr mir eine Kopie dieser Zeichnung schicken oder kannst du es mir beschreiben?"

„Ich gebe Jeremy Bescheid und bitte ihn, es dir zu faxen. Aber im Grunde ist es wie ein Gruppenbild. Lucy steht in der Mitte, vielleicht ein wenig nach links verschoben. Links von ihr steht Natascha und fesselt sie mit dunklen Ranken. Ich befinde mich rechts dicht neben ihr, wir sind über Licht verbunden. Im Hintergrund ist Sam zu sehen, ganz am rechten, äußeren Rand. Etwas weiter hinter mir, eher mittig angesiedelt, Josh und Holly."

„Stehen sie nebeneinander?"

„Ja, so sieht es aus."

„Hm, schwierig. Ich würde mir die Zeichnung gerne ansehen, aber viel Erfahrung mit dem Deuten von Visionen habe ich nicht."

„Okay, kein Problem. Es ging mir auch mehr um Holly."

„Das verstehe ich. Ich frage bei ihren Eltern nach. Vielleicht ist es an der Zeit, sie nach Hause zu holen. Und diesen Josh würde ich auch gerne kennenlernen."

„Du hast ihn noch nie gesehen?", frage ich erstaunt.

„Na ja, gesehen habe ich ihn schon einige Male. Schließlich findet sein Geschichtskurs regelmäßig in der Schulbibliothek statt. Aber ich hatte noch keine Gelegenheit, mich mit ihm zu unterhalten. Lucy und er verbringen ihre Freistunden lieber außerhalb der Schule."

„Aha." Ich muss mich wieder zwingen, die aufkeimende Eifersucht zu unterdrücken. Auch wenn sich der Gedanke an Josh und Lucy anders anfühlt, als wenn ich mir Sam in ihrer Nähe vorstelle, stört er mich. Ich gehöre an Lucys Seite und sonst niemand.

KAPiTEL 10

TRISTAN

5. September 1999

Am nächsten Morgen erwache ich aus einem tiefen traumlosen Schlaf und stelle verwundert fest, dass ich noch die Klamotten vom Vortag anhabe. Das Letzte, woran ich mich erinnern kann, ist das Telefonat mit Alexander. Nachdem wir unsere Unterhaltung beendet hatten, wollte ich ein paar Minuten in Ruhe liegen bleiben, bevor ich wieder zu den anderen nach unten gehe. Dabei muss ich eingeschlafen sein. Jemand hat nicht nur das Telefon aus meinem Zimmer geholt, sondern mich auch zugedeckt.

Ein Blick auf die Uhr zeigt, dass es schon fast zehn Uhr ist. Aus dem Erdgeschoss höre ich gedämpfte Stimmen. Also stehe ich auf, springe unter die Dusche und betrete einige Minuten später das Wohnzimmer. Die drei Erwachsenen, die mir schmunzelnd entgegenblicken, sehen aus, als hätten sie die ganze Nacht hier am Esstisch verbracht.

„Na, Schlafmütze, auch endlich wach?", begrüßt mich Jeremy.

„Guten Morgen", antworte ich und schaue schuldbewusst in die Runde. „Ihr hättet mich wecken sollen."

„Ach was, das passt schon", sagt Linda. „Gestern war ein ereignisreicher Tag, da braucht man seinen Schlaf."

„Und ihr?"

Garric lacht und antwortet: „Na ja, wir halten auch mal eine durchwachte Nacht aus. Ich wollte keine Zeit mit Schlafen verlieren, schließlich muss ich zurück nach Hause."

„Wirklich?"

„Ja, aber keine Sorge. Ich muss ein paar Dinge regeln, damit ich länger wegbleiben kann. Ende der Woche bin ich zurück und dann haben wir mehr Zeit miteinander."

„Okay, das klingt gut."

„Also, wir haben alle Zeichnungen zeitlich geordnet und katalogisiert", erklärt Jeremy. „Wie besprochen, haben wir alle Visionen, die wir weder einem politischen, geschichtlichen Hintergrund oder einer Bestellung zuordnen konnten, mit einem roten Klebezettel gekennzeichnet. Die kannst du dir in den kommenden Tagen in Ruhe anschauen. Vielleicht findest du was."

„Ja, das ist eine gute Idee." Ich würde am liebsten direkt starten.

„Was hat eigentlich Alexander gesagt?", fragt Linda.

„Er versucht, Holly zu erreichen und er fragt, ob wir ihm eine Kopie der Zeichnung schicken können."

„Klar, kein Problem." Linda wendet sich dem beachtlichen Papierstapel zu und beginnt, die roten Klebezettel zu durchsuchen. Nach einigen Sekunden hat sie ein Blatt gefunden, dessen Klebezettel mit einem Stern bemalt ist. Sie verschiebt den oberen Stapel um neunzig Grad, wohl um das Blatt später wieder an die richtige Stelle einsortieren zu können. „Ich habe mir gedacht, so können wir die Zeichnungen kennzeichnen, die wir uns schon gemeinsam angesehen haben oder welche besonders relevant sind", erklärt sie auf meinen fragenden Blick hin. „So genau habe ich mir noch kein System überlegt, aber es war eine Idee."

Wieder einmal stelle ich fest, wie ähnlich sich Lucy und Linda sind, denn so etwas hätte auch von meiner Freundin sein können. Es wäre schön, wenn die beiden sich kennenlernen würden. Lindas Lächeln und ein verständnisvolles Zwinkern zeigen mir, dass sie wie so oft meine Gedanken kennt.

„Wollen wir noch einmal auf die Wälle gehen und üben?", fragt Garric mich.

„Gern."

„Aber nicht ohne mich!", ruft Linda und flitzt aus dem Wohnzimmer in das kleine Büro im ersten Stock, wo das Fax steht.

„Dann räume ich wohl auf." Jeremy schmunzelt.

Wenig später stehen wir auf einer weitläufigen Fläche zwischen dem inneren und mittleren Wall. Wir zeigen Linda zuerst die Übungen von gestern. Mit offenem Mund verfolgt sie, wie ich mein Licht auf die Reise schicke und wieder einfange. Nach einigen Minuten hebt Garric die Hand und winkt mich zurück.

„Nächste Stufe", sagt er. „Du lässt dich von deinem Licht leiten. Dazu machst du am Anfang alles wie gehabt. Schick es los und lass es frei. Aber in dem Moment, wo es zu dir zurückkommen will, bilde einen Schutzschild um dich herum. Lass es abprallen und dann folge ihm."

„Okay …", murmele ich. Ich verstehe nicht wirklich, was er meint.

Prompt geht der erste Versuch schief. Meine Lichtkugel fängt mich schneller, als ich mir überlegen kann, wie ich das mit dem Schutzschild anstellen soll. Auch die nächsten drei, vier, fünf Mal bin ich nicht erfolgreicher.

„Wie wäre es, wenn du dir vorstellst, du bist ein Magnet?", schlägt Linda vor. „Normalerweise ziehst du dein Licht unweigerlich an. Aber wenn du jetzt die Wirkung umdrehst, sodass dein Licht abgestoßen wird, dann sollte es klappen. Was meinst du, Garric?"

„Das könnte funktionieren."

Ich stelle mir das Bild eines Magneten vor. Dann schicke ich erneut einen kleinen Lichtball los, kehre mein imaginäres Magnetfeld um und warte gespannt auf die Rückkehr des Lichts. Als das Schimmern immer näher kommt, spanne ich mich an. Ich versuche, die Wirkung des Schutzschilds zu verstärken. Dafür hole ich tief Luft und wappne mich gegen den Aufprall.

Das Licht rast auf mich zu. Es verliert kaum an Geschwindigkeit, sondern steigert diese eher noch, ganz so, als wolle es möglichst schnell zu mir zurück. Doch der erwartete Einschlag, der mich gestern noch so oft von den Füßen geschleudert hat, bleibt aus. Stattdessen vernehme ich Lindas gedämpften Jubel und von Garric ein zufriedenes „*Yes*".

Meine Lichtkugel verharrt in der Luft. Ich mache einen kleinen Schritt auf mein Licht zu, das sich leicht zitternd von mir entfernt.

„Schick es los, aber so, dass du folgen kannst", sagt Garric.

Ich nicke ihm zu, gebe meiner Lichtkugel einen Schubs und beobachte, wie sie sich wieder von mir entfernt. Statt wie sonst als geölter Blitz davon zu schießen, bewegt sie sich langsamer. Es ist kein Problem, ihr zu folgen.

Zuerst wandert das Licht von links nach rechts. Mit einem Mal scheint es ein Ziel gefunden zu haben und strebt diesem Endpunkt zu. Dabei steigert sich das Tempo, dennoch können wir gut Schritt halten. Zwischenzeitlich haben wir den mittleren Wall passiert und befinden uns ein ganzes Stück von unserem Ausgangspunkt entfernt. Gerade als ich mich frage, wo mein Licht uns hinführen will, bleibt die helle Kugel stehen und tanzt auf der Stelle.

„Das genügt", sagt Garric, der neben mir aufgetaucht ist. „Fang sie ein."

Ich lasse meinen Schutzwall sinken und das Schimmern saust zu mir zurück. Nun hat es mich doch von den Füßen geholt. Mit verdutztem Gesicht sitze ich zwischen den beiden Erwachsenen, die das Schauspiel amüsiert betrachten.

Garric blickt sich um und wendet sich an Linda. „Wo sind wir hier?"

Diese sieht mich mit einem ernsten Gesichtsausdruck an. „T., weißt du, wo wir sind?"

Ich schaue mich um. „Na ja, irgendwo zwischen dem äußeren und dem mittleren Wall, ziemlich weit im Südosten."

Linda dreht sich zu Garric. „Wir stehen direkt über dem Eingang zu den Grabkammern des Sehers."

Ich schüttele den Kopf. Klar weiß ich ungefähr, wo sich diese Grabkammer auf dem Gelände befindet. Aber wir waren uns einig, dass ich erst einiges lernen muss, bevor Linda mich mitnehmen kann. Jeremy befürchtet, dass dort unten ähnlich hohe Energien fließen wie auf dem *Drywon-Beinn* an Lughnasadh. Die beiden wollen mich keiner Gefahr aussetzen, die wir nicht abschätzen können. Ich habe dafür volles Verständnis. Trotzdem habe ich mich das ein oder andere Mal bei meinen Rundgängen auf den Wallanlagen gefragt, wo der Zugang zu dieser ominösen Kammer sein mag. Hier allerdings hätte ich ihn nicht vermutet. Außer einem kleinen Versorgungsschuppen, wie sie zu Dutzenden auf dem Gelände stehen, ist weit und breit nur Gras. „Das wusste ich nicht, ehrlich!"

Lindas abschätziger Blick lässt mir das Blut in den Adern gefrieren. Woher hätte ich es wissen sollen? Okay, wenn ich bewusst nach Plänen oder Aufzeichnungen gesucht hätte, wäre ich bestimmt fündig geworden. Aber ich habe die Entscheidung respektiert.

Mir ist selbst nicht wohl bei dem Gedanken, was dort unten mit mir passieren könnte. Mal ganz davon abgesehen, dass es sich um eine unterirdische Kammer handelt. Wie kann ich Linda davon überzeugen, dass ich mir nicht heimlich Informationen beschafft habe? Wird sie mir glauben, dass ich zum ersten Mal auf diese Weise mit meinem Schimmer gearbeitet habe? Wie kann ich beweisen, dass ich in den letzten Wochen schon hunderte Male über diese Wiese gelaufen bin und nie auch nur den Hauch einer Ahnung hatte, was sich darunter befindet?

„Ich glaube ihm."

Garrics feste Stimme unterbricht unser Blickduell. Das ist zwar nett gemeint, hilft mir aber nicht, wenn Linda nicht überzeugt ist.

Sie lässt mich noch etwas zappeln. Dann wendet sie sich mit einem knappen Nicken ab. „Ich auch."

Ich schließe kurz die Augen und lasse die Luft entweichen, die ich angehalten habe. Lindas Vertrauen nicht verloren zu haben, nimmt mir eine ungeheure Last von den Schultern. Garric wirft einen Blick auf seine Uhr und reißt die Augen auf. „Ich fürchte, wir müssen zurück, sonst verpasse ich meinen Flug."

Wir eilen zurück ins Cottage. Noch immer vermeide ich den Blickkontakt mit Linda, weil ich nicht weiß, was ich sagen soll. Wie erkläre ich das Ganze Jeremy, ohne dass auch er an mir zweifelt?

Linda nimmt mir die Entscheidung ab und berichtet ihrem Mann direkt nach unserer Ankunft, was passiert ist. Garric ist oben und packt seine Sachen. Ich stehe in einer Ecke des Wohnzimmers und komme mir vor wie ein kleiner, ungezogener Bengel, der Unsinn angestellt hat und nun darauf wartet, wie die Strafe ausfällt.

Meine Ersatzeltern kommen zu mir und mustern mich forschend. Bevor die Stille unerträglich wird, poltert Garric mit seinem kleinen Koffer die Treppe herunter und betritt das Erdgeschoss. Er erfasst die Situation mit einem Blick und lacht schallend. „Nun steht nicht so da wie Schafe im Gewitter. T. ist ein Seher und die Grabkammer ist ein spiritueller Ort. Ich wäre mehr als verwundert, wenn sein Instinkt ihn nicht dorthin geführt hätte. Vielmehr bin ich dankbar, dass er heute seinen Schimmer für uns sichtbar gemacht hat. So konnten Linda und ich an diesem Ereignis teilhaben. Also hört auf, ihn wie einen Schokoladendieb anzustarren. Überlegt lieber gemeinsam, wie wir ihn schnellstmöglich darauf vorbereiten können, die Kammer zu betreten."

„Du hast ja recht", sagt Linda und wirft mir einen entschuldigenden Blick zu. „Aber man darf verwundert sein, oder?"

„Verwundert ja, verärgert nein. Verängstigt vielleicht." Garric kommt die paar Schritte zu mir rüber. Er legt seine großen, starken Hände auf meine Schultern und drückt diese. „T., mein Junge, ich bin am Freitag wieder zurück und dann bleibe ich länger. In der Zwischenzeit übe mit deinem Schimmer. Aber tu mir den Gefallen und bleib weg von der Kammer. Hilf Linda und Jeremy dabei, deine Fähigkeiten zu verstehen und zu unterstützen. Ich überlege mir, was ich dir beibringen kann und wie wir dich schnell fit bekommen, was das Sehen angeht."

Zur gleichen Zeit bei

LUCY

Meine Fußsohlen kribbeln, als stünde ich barfuß in einem Ameisenhaufen. Ich habe die Augen geschlossen und halte meine Nase in die Sonne. Für die Besucher, die heute in Scharen über das Freigelände des *Drywon-Beinn* schlendern, sieht es hoffentlich nach einer harmlosen, kleinen Pause aus. Alexander hat im Besucherzentrum alle Hände voll zu tun, doch ich konnte nicht länger warten.

Der Ruf der Kraftader ist heute um ein Vielfaches stärker als bei unserem letzten Besuch vor zwei Wochen. Mittlerweile hat das Kribbeln meine Fingerspitzen erreicht. Aus der Ferne höre ich die Stimmen der nächsten Gruppe näher kommen. Ich wackele mit meinen Zehen in den bequemen Turnschuhen. Meine Fingerspitzen berühren abwechselnd meinen Daumen. Ich zwinge mich, ruhig zu atmen. Ich muss die Energie in Schach halten. Keine Experimente, solange Alexander nicht in der Nähe ist, ermahne ich mich selbst.

Trotzdem muss ich mich bewegen. Mir fällt die Karte wieder ein, in der die Forschergruppe den Verlauf der Kraftader

vermerkt hatte. Wenn ich mich recht erinnere, handelt es sich dabei um eine Ost-West-Linie.

Ich öffne meine Augen und orientiere mich kurz am Stand der Sonne. Da ich mich im Zentrum des Ritualplatzes befinde, bekomme ich das Maximum an Energie ab. Leider habe ich keine Ahnung, wie breit so eine Kraftader normalerweise ist. Ich drehe mich mit dem Gesicht ungefähr in Richtung Osten und laufe langsam los. Das Gefühl unter meinen Füßen wird etwas schwächer und ist nun gut auszuhalten. Schritt für Schritt verlasse ich den Ritualplatz. Ich folge der Kraftader bis an den Waldrand. Hier kehre ich um und nehme den gleichen Weg zurück.

Leider hat sich eine geführte Gruppe ausgerechnet auf dem Ritualplatz versammelt. Während Alexanders Kollege über die Kelten plaudert, bleibe ich ratlos in einiger Entfernung stehen. Ich kann schlecht mitten durch die Leute laufen, aber sie versperren mir den direkten Weg in Richtung Westen. Allerdings ist die Energie weiterhin deutlich spürbar. Ich entscheide mich dafür, die Gruppe und den Ritualplatz zu umrunden und meinen Weg auf der anderen Seite fortzusetzen. So kann ich herausfinden, wie breit die Kraftader ungefähr ist.

Als würde sie spüren, dass ich im Begriff bin, mich von ihr zu lösen, wird das Kribbeln in meinen Füßen stärker. Ich wende mich in Richtung Süden, zum Backhaus. Mit zwei energischen Schritten verlasse ich meinen bisherigen Weg. Es fühlt sich seltsam an, nur noch banales Gras unter meinen Sohlen zu haben. Doch ich laufe unbeirrt weiter, den Blick auf das Backhaus und den vorgelagerten Findling gerichtet. Hier saß Sam an Lughnasadh, bevor er aufstand, um das Ritual zu unterbrechen.

Moment!

Ich stolpere und kann mich gerade noch am rauen Felsen abfangen. Mein Herz rast und meine Finger sind kalt und klamm. Mit zitternden Knien lehne ich mich an den Stein, der sich in der Sonne angenehm aufgewärmt hat. Doch ich bin zu versunken in meine rasenden Gedanken, um mich daran zu freuen.

Ich schirme meine Augen ab. Mit dem Blick folge ich meiner Strecke vom Waldrand bis hierher. Kurz überprüfe ich, dass ich den Stand der Sonne richtig interpretiert habe. Ich habe keinen Kompass zur Hand, bin aber sicher, der Ost-West-Tangente gefolgt zu sein. Mein Blick wandert weiter, der imaginären Linie hinterher Richtung Westen. Es gibt keinerlei Berührungspunkt mit meiner aktuellen Position. War meine Theorie falsch, dass Sam auf der Kraftader stand? Aber der Mond hatte mir das bestätigt. Also, was stimmt hier nicht?

Ich knete meine Finger ineinander und meine Zehen zucken. Es dauert einen Moment, bis ich das zarte Kribbeln erkenne. Vorsichtig folge ich einem unsichtbaren Band, das mich einige Schritte vom Felsen wegzieht. Noch immer ist der Ritualplatz mit der Besuchergruppe gefüllt, die sich zu allem Übel gerade für ein Picknick niederlässt. Doch ich komme gar nicht bis dahin.

Plötzlich spüre ich es am ganzen Körper überdeutlich. Ich stehe auf der Kraftader. Ein kurzer Blick zurück bestätigt meinen Verdacht. Ich bin ungefähr auf der Stelle, an der Sam sich während unserer Verbindung befand. Macht die Kraftader eine Kurve? Vielleicht ist der Schlenker zu klein, um auf der Karte der Forscher eingezeichnet zu sein.

Da es so aussieht, als würde die Gruppe noch ein Weilchen den Ritualplatz blockieren, wende ich mich in Richtung Besucherzentrum. Ich verlasse die Kraftader und überquere die weitläufige Wiese. Einige Meter entfernt verläuft der befestigte Rundweg, auf den ich nun zuhalte. Bevor ich ihn erreiche, verweigern meine Beine ihren Dienst. Auch hier verläuft die Kraftader! Ungläubig drehe ich mich um. Ich stehe in der Verlängerung meiner Strecke, aus Osten vom Waldrand kommend in Richtung Westen. Dieser Schlenker scheint tatsächlich sehr klein zu sein. Ich versuche, mir den möglichen Verlauf der

Kraftader vorzustellen. Aber es will mir nicht gelingen. Irgendetwas fühlt sich seltsam an.

Mir kommt eine Idee.

Möglichst unauffällig sammele ich einige mittelgroße Kiesel vom Rand des Rundwegs ein. Einen größeren Stein lege ich an meine jetzige Position. Dann wende ich mich wieder zurück in Richtung Backhaus. In einem größer werdenden Kreis umrunde ich den Ritualplatz. Wann immer ich die Energie unter meinen Füßen spüre, lasse ich einen Kiesel fallen. Zum Glück haben die Besucher endlich ihr Picknick beendet und setzen ihren Rundgang fort. Einige von ihnen hatten mittlerweile zu mir herüber gesehen. Meine Runden wurden hinter vorgehaltener Hand kommentiert.

Ich war drauf und dran, eine weitere Pause einzulegen. Aber ich hatte Angst, dass ich meine Steinchen-Spur nicht mehr finden würde. Nun kann ich den Abstand zum Ritualplatz mit jeder Umrundung verkleinern.

Gerade als mir die Kiesel ausgehen, kommt Alexander zu mir.

„Hast du eine lange Schnur oder so was in der Art?", frage ich ihn, kaum dass er in Hörweite ist.

Kurz hält er inne, nickt und geht zum Besucherzentrum zurück. „Da bin ich aber gespannt, wofür du das brauchst", sagt er bei seiner Rückkehr.

„Zeige ich dir gleich."

Mein Hüter bleibt mittig auf dem Ritualplatz stehen. Dort hält er ein Ende der roten Kordel in seiner Hand. Ich folge meinen Spuren, so weit ich sie legen konnte, oder vielmehr, so weit die Schnur reicht. Es ist weit genug, um meine Theorie und meinen Eindruck der letzten Stunde zu bestätigen. Mit einem zufriedenen Grinsen stelle ich mich neben Alexander. Der Puls unter meinen Füßen tanzt aufgeregt und passt sich meinem Herzschlag an.

„Also, Lucy, erklär's mir bitte."

„Du wolltest doch, dass ich den Verlauf der Kraftader erforsche", antworte ich. „Bitte sehr, das ist er."

„Bist du dir sicher?"

Als Antwort ziehe ich eine Augenbraue nach oben und stemme die Hände in die Hüfte.

„Klar bist du dir sicher. Aber was hat das zu bedeuten?"

„Darüber denke ich die ganze Zeit nach", gebe ich zu. „Entweder macht die Kraftader einige Schlenker, sodass es mehrere Berührungspunkte mit dem Ritualplatz gibt. Oder es verläuft nicht nur die Ost-West-Linie hier durch, die die Forscher gefunden haben."

„Sondern auch eine von Norden nach Süden", ergänzt Alexander. „Kein Wunder, dass die Energie so stark ist, wenn zwei Kraftadern unter diesem Platz verlaufen."

Irgendetwas fühlt sich an dieser Erkenntnis noch nicht richtig an. Aber ich komme nicht darauf, was es ist.

Claire Lacroix

An Alexander Wilhelm
und Lucinda Livius

6. September 1999

Cher Alexander, *chère* Lucy,

ich hoffe, dieser Brief erreicht euch bei Gesundheit.
Es hat mich nicht überrascht, dass ich auf mein letztes Schreiben keine Antwort erhielt. Ich weiß, ich habe euch getäuscht, enttäuscht und euer Vertrauen missbraucht. Doch wenn ihr Vincent von Grafenstein kennt, werdet ihr wissen, dass man sich seiner Macht nicht entziehen kann. Er hat mich benutzt und gezwungen, die Unterlagen zu entwenden.

Ich wäre froh, wenn ich noch eine Chance bekäme, mit euch zu sprechen und euch meine Gründe zu erklären. Nur gemeinsam können wir das Beste für alle herausholen.

Ich werde in den kommenden Wochen weiter versuchen, mit euch in Kontakt zu treten. Ihr werdet mich brauchen, um Lucys Potenzial nicht nur zu erkennen, sondern zu nutzen.

Cordialement
Claire

KAPITEL 11

LUCY

7. September 1999

Meine Freistunden verbringe ich mal wieder in der Schulbibliothek. Statt zu lesen, beobachte ich, wie sich Josh durch seine Doppelstunde Geschichte quält. Schon den ganzen Morgen ist er blass und still. Auf meine Frage, was los ist, hat er mir nur einsilbig geantwortet, dass er starke Kopfschmerzen habe. Nun sitzt er hier in der warmen, stickigen Bibliothek und wird jede Minute kränker.

Endlich hat sein Lehrer Erbarmen und fragt ihn, ob er an die frische Luft gehen möchte. Da trifft es sich gut, dass ich vor Ort und unbeschäftigt bin. So verpasst keiner der anderen Schüler etwas vom Unterricht, und Josh ist nicht allein.

Wenig später haben wir es uns auf einer der windgeschützt stehenden Tischtennisplatten gemütlich gemacht. Josh hat seinen Kopf auf meinen Beinen abgelegt. Mit geschlossenen Augen und tiefen Atemzügen versucht er, den Schmerz in den Griff zu bekommen. Trotzdem dauert es fast bis zum Ende der Doppelstunde, bis wir in die Bibliothek zurückkehren können.

Herr Schulte drückt Josh einen Stapel mit Kopien und Arbeitsaufträgen in die Hand, damit er nacharbeiten kann, was er verpasst hat.

„Ich habe genau aufgepasst, um was es ging", sagt Alexander, zwinkert uns zu und wendet sich an Josh. „Wenn du wieder fit bist, kannst du mit den Blättern zu mir in die Bücherei kommen und dann erkläre ich es dir."

„Pass auf, wenn es dir wieder besser geht, holst du mich zu Hause ab", schlage ich vor. „Dann gehen wir zusammen in die Bücherei und Alexander hilft dir mit dem Lernstoff."

Josh schaut zwischen uns hin und her. Dann nickt er, packt die Kopien ein und schnappt sich seine Schulsachen. „Ich geh nach Hause. Ich muss ins Bett, das wird sonst nicht besser."

Nachmittags sitze ich am letzten Teil meiner Hausaufgaben, als es klingelt. Wenig später betritt meine Mutter mein Zimmer. „Da ist ein gewisser Josh für dich."

Ich schaue auf. So schlecht, wie es ihm heute ging, hätte ich nicht damit gerechnet, dass er jetzt bei mir auftaucht. Ich räume meine Schulsachen weg und will mein Zimmer verlassen, doch meine Mutter hält mich auf.

„Woher kennst du diesen Josh?"

„Er ist in einigen meiner Kurse und wir sind befreundet. Warum?"

„Was will er hier?"

Ich erkläre meiner Mutter, was es mit diesem Besuch auf sich hat und dass wir direkt zu Alexander in die Bücherei gehen. Ich wundere mich, was ihre Fragen sollen. Dann fällt mir ein, dass sie sich auch bei Noels erstem (und letztem) Besuch merkwürdig verhalten hat.

„Ihr geht in die Bücherei?"

„Ja, warum? Mama, was ist hier los?"

„Ich komme mit."

„Was?"

Noch bevor ich etwas erwidern kann, ist meine Mutter aus dem Zimmer verschwunden. In Windeseile hat sie sich umgezogen und steht mit uns an der Garderobe.

Josh schaut genauso ratlos aus, wie ich mich fühle. Aber das entschlossene Handeln meiner Mutter lässt keinen Raum für Fragen oder Einwände. Immerhin ist sie so nett, dass sie ein

paar Meter vor uns läuft, sodass ich mich ungestört mit Josh unterhalten kann.

„Wie geht es dir?"

„Gut. Ich habe drei Stunden geschlafen, einen großen Berg Müsli gegessen und jetzt ist alles wieder okay."

„Hast du öfter solche Kopfschmerzattacken?", fragt meine Mutter über ihre Schulter.

So viel zum Thema ungestört unterhalten.

„Na ja, öfter würde ich nicht sagen", antwortet Josh. „Vielleicht so alle drei bis vier Monate mal."

„Hast du gestern was Außergewöhnliches gemacht?"

„Mama!", rufe ich und werfe Josh einen entschuldigenden Blick zu. Allerdings scheint ihm dieses Interview nichts auszumachen, denn er lächelt mich an.

„Nein, ich habe nichts Besonderes gemacht. Keinen Sport, nichts Anstrengendes, ich habe ausreichend gegessen und genug getrunken."

„Seltsame Träume?"

Ich rolle mit den Augen und versuche, ein lautes Seufzen zu unterdrücken.

„Ja, tatsächlich. Die letzten Nächte habe ich merkwürdige Dinge geträumt und hatte das Gefühl, kaum geschlafen zu haben. Ich habe mich gestern schon gefragt, ob Vollmond ist, weil ich da meistens schlecht schlafe. Ich weiß, viele glauben da nicht dran, aber ..."

„Keine Bange, wir wissen genau, wovon du redest", sagt meine Mutter.

Zum Glück sind wir in diesem Moment an der Bücherei angekommen. Mir ist immer noch nicht klar, warum meine Mutter mitkommen wollte.

Alexander schaut ebenfalls überrascht, als unsere kleine Gruppe den Raum im Erdgeschoss betritt. Mein Schulterzucken reicht ihm anscheinend als Antwort. Er begrüßt sowohl Josh als auch meine Mutter so, als wäre es das Normalste der

Welt, die beiden hier anzutreffen. „Josh, wie schön. Geht es dir besser? Hast du die Unterlagen dabei?" Er dirigiert ihn zu einem kleinen Arbeitsplatz im hinteren Bereich, wo schon einige Bücher liegen. „Ich habe hier mal was vorbereitet, falls bei der Bearbeitung der Texte und Aufgaben Fragen aufkommen. Lucy, wärst du so nett und führst Risa ein wenig herum? Ich denke, wir können alle einen Tee vertragen."

„Mama, was soll das?", frage ich sie halblaut, als wir im Obergeschoss stehen. Aber ich ernte nur ein Kopfschütteln und ein geflüstertes „Ich erkläre es dir später." Sie lässt mich stehen und geht zurück ins Erdgeschoss.

Ich folge ihr und gieße in der kleinen Küche eine große Kanne Tee auf. Ich weiß, dass meine Mutter allerhöchstens Tee trinkt, wenn sie krank ist. Ob Josh gerne welchen trinkt, kann ich nicht sagen. Bislang hat er in meiner Gegenwart eher Milch oder Kakao getrunken. Zum Glück gibt es noch Wasser und Apfelschorle. Also stelle ich uns ein großes Tablett mit verschiedenen Getränken zusammen und trage es vorsichtig zu den anderen.

Alexander und Josh sind in die Arbeitsblätter vertieft. Meine Mutter hat sich mit einem Buch in einen der Sessel zurückgezogen. Keiner schenkt mir Beachtung. Also nehme ich mir einen Tee und lese ebenfalls.

Aus den Augenwinkeln bemerke ich eine Bewegung. Ich luge über den Rand meines Buches zu meiner Mutter. Ich kann kaum glauben, was ich dort sehe. Obwohl sie scheinbar in ihr Buch vertieft ist, ruht ihr Blick unverwandt auf Josh, der mit dem Rücken zu uns sitzt. Doch das war es nicht, was meine Aufmerksamkeit geweckt hat.

Ich kneife die Augen zusammen und bin zu schockiert, um einen Laut von mir zu geben. Von meiner Mutter aus schwebt eine kleine, dunkle Kugel auf Josh zu. Ich will Alarm schlagen, aber sie schüttelt leicht den Kopf.

Meine Mutter schickt die Kugel sacht in Joshs Richtung. Dieses Ding hat ihn fast erreicht, als er mitten in seinem Wort-

wechsel mit Alexander stockt. Er richtet sich kerzengerade auf und dreht sich blitzschnell um. Josh hebt die rechte Hand und schleudert den dunklen Ball quer durch die Bücherei.

Alexander schaut sich verwundert um. Seine Frage bleibt ihm im Hals stecken.

Meine Mutter übernimmt wieder die Kontrolle über den Ball mit Dunkelheit. Diesmal zischt die Kugel in meine Richtung.

Josh springt auf. Mit ausgestreckten Armen stürmt er zwischen mich und die Kugel.

Diese bremst abrupt ab und verharrt in der Luft.

Alexander hebt fragend die Augenbrauen. Ich greife nach meinem Eulenanhänger, um die Kugel zu zerstören. Meine Mutter lässt ihr Buch sinken und steht auf. In ihrer Hand hält sie eine weitere Kugel.

Als sie die zweite Kugel in meine Richtung schleudert, macht Josh eine rudernde Armbewegung. Er erschafft eine dünne, silbrig schimmernde Mauer, die ihn und mich vom Rest des Raumes abschirmt.

Jetzt verstehe ich gar nichts mehr. Ein Blick in Alexanders fassungsloses Gesicht sagt mir, dass es ihm genauso geht.

Die beiden Kugeln Dunkelheit tanzen vor Joshs silberner Mauer. Es sieht aus, als würden sie nach einer Lücke suchen, um zu mir durchzukommen.

Die ruhige Ansage meiner Mutter reißt uns alle aus unserer Erstarrung. „Du kannst sie mit dem Silberschleier umschließen und zerdrücken. Oder du bündelst das Licht, schießt auf sie und zerstörst sie. Aber wenn man noch nicht viel Übung hat, würde ich den ersten Weg empfehlen. Bei der zweiten Variante musst du schnell sein. Sonst können sie doch an dir vorbei."

„Ich weiß nicht, wie", sagt Josh. Seine Stimme zittert leicht.

„Stell es dir vor wie eine Decke, in die du die Kugeln einpackst. Wickele beide richtig gut ein, dass sie nicht entwischen können."

Vorsichtig bewegt Josh seine silberne Mauer. Er umhüllt die schwarzen Kugeln und schließt sie mit seinem Licht fester, enger ein. Dann befolgt er die nächste Anweisung meiner Mutter, obwohl ihm die Schweißperlen auf der Stirn stehen.

„Jetzt stell dir vor, wie du die Dunkelheit mit deinem Licht erstickst. Du musst kräftig drücken. Sie wird sich wehren, aber du musst stärker sein."

Es knallt zweimal. Der silberne Schleier löst sich langsam auf. Josh sinkt auf den nächsten Sessel und schaut ratlos in die Runde.

Alexander ist blass um die Nase und schüttelt in einer Tour den Kopf. Dabei murmelt er vor sich hin. Er rauft sich immer wieder die Haare.

Ich schenke ein Glas Wasser ein und knie mich vor Josh. Ich will mich versichern, dass es ihm gut geht. Er trinkt mit kleinen Schlucken und geschlossenen Augen. Sein Atem geht so schnell, als hätte er gerade mit seinen Freunden Basketball gespielt. Immerhin drückt er mir beruhigend die Hand und versucht sich an einem Lächeln.

Als wäre nichts gewesen, setzt sich meine Mutter wieder hin, greift nach ihrem Buch und setzt ihre Lektüre fort.

„Josh?", frage ich.

„Es geht mir gut", flüstert er zurück, doch er lehnt noch immer mit geschlossenen Augen in seinem Sessel.

Ich höre Alexanders beruhigende Stimme neben mir. „Schokolade." Er reicht mir eine große Tafel Schokolade, von der ich Josh einen Riegel abbreche und mir auch ein Stück nehme. Alexander drückt mir leicht die Schulter und lächelt mir zu.

Es ist vollkommen still. Josh scheint sich nur langsam zu erholen. Meine Mutter sitzt in ihrem Sessel und liest, als ob sie das alles gar nichts anginge. Dabei war sie es, die aus heiterem Himmel anfing, dunkle Kugeln durch die Gegend zu schleudern. Woher kann sie so etwas?

Mit jeder Sekunde, die vergeht, ohne dass jemand redet, drängen sich mir mehr Fragen auf. Schließlich platzt mir der Kragen. Ich springe auf und bin mit zwei großen Schritten bei meiner Mutter. Ich reiße ihr das Buch aus den Händen. „Was ist hier los?"

Sie hebt den Blick. Erst jetzt erkenne ich, dass auch sie vollkommen erschöpft ist. Alexander reicht ihr eine Tasse Tee und Schokolade. Zuerst hebt sie die Hände und will ablehnen, denn eigentlich mag sie beides nicht. Aber der strenge Blick meines Hüters erstickt jeden Widerstand.

Nun muss ich mich weiter gedulden, während auch sie versucht, zu Kräften zu kommen. Immerhin ist Josh mittlerweile ansprechbar. Er sitzt aufgerichtet in seinem Sessel und beobachtet uns.

„Es tut mir leid", sage ich und kehre zu ihm zurück. Ich setze mich im Schneidersitz neben seinen Sessel auf den warmen Holzboden und hoffe, er nimmt mir diesen Nachmittag nicht übel. Ich bin froh, ihn als Freund gefunden zu haben. Der Gedanke, ihn so schnell zu verlieren, treibt mir einen Kloß in den Hals.

„Muss es nicht", antwortet er. „Das war viel spannender als Geschichte. Mich interessiert brennend, was gerade passiert ist."

„Mich auch, glaube mir", versichere ich ihm. „Alexander?"

Mein Hüter lässt meine Mutter nicht aus den Augen. Er entspannt sich erst, als auch sie wieder zu Kräften kommt. „Ich habe einen Verdacht. Aber ich bin sicher, Risa kann das alles viel besser erklären. Gib ihr noch einen Moment."

„Okay."

Ich lasse meinen Kopf auf die Armlehne von Joshs Sessel sinken und versuche, mir einen Reim auf die Ereignisse zu machen. Josh ist kein Mondkind. Dennoch hat er die Dunkelheit instinktiv erkannt. Er hat Silberlicht einsetzen können, um die Kugeln meiner Mutter abzuwehren. Silberlicht ist eine Wächtereigenschaft. Damit bleibt nur ein Schluss übrig. Doch als sich dieser Gedanke formt, fängt meine Mutter mit ihrer Erklärung an.

„Zunächst einmal möchte ich mich bei dir, Josh, für den Überfall entschuldigen. Auch bei dir, Alexander, dass ich euren friedlichen Nachmittag gestört habe. Ich weiß, ich hätte euch vorwarnen sollen. Aber wie sich gezeigt hat, ist die instinktive Reaktion die ehrlichste und beste. Als du, Josh, vorhin bei uns vor der Tür gestanden hast, hatte ich sofort das Gefühl, dich als einen von uns zu erkennen. Aufgrund deines Alters nehme ich jedoch an, dass noch keiner mit dir über deine Fähigkeiten gesprochen hat, oder?"

Josh schüttelt stumm den Kopf und sieht verwirrt aus. Was muss er von meiner Mutter denken? So wie sie redet, könnte man meinen, sie sei nicht ganz bei Sinnen. Kann sie sich nicht deutlicher ausdrücken?

„Hast du den silbernen Schimmer schon öfter erzeugen können?"

„Nein", antwortet Josh.

„Was hast du gespürt, als die erste Kugel dich fast erreicht hatte?"

„Ich weiß nicht. So eine Art Kribbeln im Nacken, wie eine Horde Hornissen, die auf mich zukommen und mich angreifen."

„Sehr gut", sagt meine Mutter, lächelt ihn an und nickt. „Du hast auf jeden Fall richtig reagiert. Du hast instinktiv, schnell und wirkungsvoll gehandelt. Das ist gut, sehr gut sogar. Trotzdem liegt noch eine Menge Arbeit vor dir."

Dieser Satz kommt mir bekannt vor und ich muss seufzen. Meine Mutter sieht mich entschuldigend an und Alexander zwinkert mir zu.

„Ich bin sicher, du wirst alles Wichtige schnell lernen. Du bist ein Naturtalent, wenn ich das beurteilen darf, was du schon ohne Anleitung kannst."

„Aber was war das?", fragt Josh. „In was bin ich ein Natur-talent?"

„Josh, du bist ein Wächter."

„Ein Wächter?" Seine Augen sind weit geöffnet, er knetet die Finger ineinander und schüttelt immer wieder leicht den Kopf. Würde er sich selbst kneifen, ich könnte es ihm nicht verübeln. Schließlich ist das gerade eine absolut bizarre Unterhaltung.

„Ja, Wächter schützen besondere Menschen", sagt Alexander. „Ich kann dir einiges dazu erklären, aber Risa wird dir den Rest beibringen."

„Ich soll jemanden schützen? Aber wie denn? Und wen?" Josh ist aufgesprungen. Er schaut fragend zu meiner Mutter und dann zu Alexander.

„Mich", sage ich und traue mich nicht, Josh anzusehen.

„Was?" Entgeistert sinkt er vor mir auf die Knie und versucht, meinen Blick einzufangen. „Warum?"

„Das besprechen wir ein anderes Mal in Ruhe", sagt meine Mutter.

Josh legt mir die Hände auf die Schultern und beugt sich leicht vor. „Lucy, erklär's mir."

„Das würde ich gerne. Aber so genau kann ich das auch nicht", antworte ich. „Ich bin unendlich froh, dass du mein Freund bist. Aber dass du auch mein Wächter bist, hätte ich nicht gedacht. Ich will dich nicht in Gefahr bringen, ehrlich. Es tut mir leid."

„Hey, alles gut. Ich passe auf dich auf, Freund oder Wächter, völlig egal. Du kannst immer auf mich zählen."

„Danke. Ich wünschte nur, du hättest es frei entscheiden kön-nen."

„Ich habe mich aus freien Stücken entschieden, mich mit dir anzufreunden. Dieses Wächter-Ding, keine Ahnung, was das bedeutet. Aber dein Freund werde ich immer sein, und auf dich aufpassen werde ich auch."

Mir fällt ein riesiger Stein vom Herzen. Wir lächeln uns kurz zu, bevor sich Josh zu meiner Mutter umdreht und fragt: „Habe ich eine Wahl?"

„Na ja, schon", sagt sie. „Natürlich kannst du dich entscheiden, deine Rolle als Wächter nicht anzunehmen. Aber danach müsstest du jeglichen Kontakt zu Lucy abbrechen."

„Bekommt sie dann einen anderen Wächter zugeteilt?"

„Nein, Wächter werden nicht zugeteilt. Jeder Wächter hat genau ein Mondkind, für das er bestimmt ist."

„Mondkind?" Josh wendet sich zu mir.

„Später, okay?"

Meine Mutter redet bereits weiter. „Wenn der Wächter sich gegen das Mondkind entscheidet, muss das Mondkind sehen, wie es ohne Wächter zurechtkommt. Das ist möglich, keine Frage. Wenn du dich also für die sichere Variante entscheidest, können wir das alle verstehen. Dann hätten wir immerhin den Vorteil, in diesem Punkt Klarheit zu haben, und könnten für Lucy andere Maßnahmen ergreifen."

„Andere Maßnahmen?", frage ich. Was meint sie damit?

Doch sie ignoriert mich. „Es steht jedem Wächter frei, ob er sein Mondkind schützen möchte oder nicht. Du musst dich nicht heute entscheiden, schließlich war das sehr viel Information auf einmal. Ich würde dich nur bitten, sobald du eine Entscheidung getroffen hast, teile sie uns mit."

„Okay." Josh nickt.

Ich befürchte, dass er nicht mein Wächter werden will. Verdenken kann ich es ihm nicht. Schließlich kennen wir uns erst ein paar Wochen. Er hat keine Ahnung, worauf er sich da einlässt und wen er schützen soll. Ich will nicht, dass er sich meinetwegen in Gefahr begibt. Zu viele Menschen in meinem Umfeld sind bereits ins Visier der Dunkelheit geraten, ohne dass sie eine Wahl gehabt hätten. Wenn Josh frei wählen kann, sollte er das tun. Wenn er sich für seine eigene Sicherheit entscheidet, werde ich ihm nicht böse sein.

„Denk gut darüber nach", sagt Alexander. „Lass erst einmal alles sacken. Dann triff dich mit Risa und stell ihr alle Fragen, die sich in der Zwischenzeit ergeben haben. Lass dir von ihr zeigen, was du wissen musst, und entscheide ganz in Ruhe."

„Was soll ich denn da entscheiden?", fragt Josh mit scharfem Ton. Ich zucke zusammen, aber er lässt sich neben mir auf den Boden sinken. Er legt seinen Arm um meine Schulter. Wieder sucht er meinen Blick und schüttelt sanft den Kopf. „Ich lass dich nicht im Stich, das habe ich doch gesagt. Ob ich jetzt dein Freund bin oder dein Wächter, vollkommen egal."

„Nein, das ist nicht egal", widerspricht meine Mutter und holt Luft für eine weitere Erklärung, als Josh sie unterbricht.

„Doch, das ist es. Ich werde Lucy schützen, und zwar mit allem, was ich kann und habe. Wenn ich dafür nicht nur ihr Freund, sondern sogar ihr Wächter bin, umso besser, oder? Schließlich können normale Freunde bestimmt nicht dieses Silber-Dings."

„Das ist kein Spiel", sage ich. „Denk zumindest in Ruhe darüber nach."

„Aber ..."

„Nein, bitte."

„Okay." Er schaut mich ernst an, drückt meine Schulter und wendet sich erneut an meine Mutter. „Erzählen Sie mir alles, was ich wissen muss."

„Heute nicht mehr." Sie blickt auf die große, antike Wanduhr. „Wir müssen nach Hause. Aber wenn du magst, komm morgen Nachmittag zu uns. Dann haben wir Zeit und Ruhe. Lucy ist hier bei Alexander. Es kommt uns also keiner in die Quere."

„Können wir nicht auch herkommen?", fragt Josh.

„Ihr könntet nach oben gehen und ich sitze mit Lucy hier unten", schlägt Alexander vor. „Das ist vielleicht weniger auffällig."

„Wenn du meinst", gibt meine Mutter nach. „Bis morgen, alle miteinander. Lucy, kommst du bitte? Wir müssen uns beeilen."

Auf dem Heimweg machen wir noch einen Abstecher zum Supermarkt. So haben wir eine Ausrede, falls mein Vater bereits zu Hause sein sollte. Bevor wir in unsere Straße einbiegen, stelle ich jedoch die eine Frage, die mir die ganze Zeit auf der Zunge brennt.

„Mama, wo kam die Dunkelheit her? Es gab doch keinen Angriff mehr von Vincent, oder?"

Die Angst, ich könnte seine Attacke übersehen haben, schnürt mir die Kehle zu.

„Stimmt, es ist schon länger ruhig. Aber die letzten Episoden waren so heftig, dass ich noch nicht alles abbauen konnte."

„In der ganzen Zeit? Wie viel Dunkelheit war zum Beispiel an dem Abend vor unserem Fenster?"

„Eine ganze Menge." Sie klingt eine Spur zu unbeschwert, als dass ich beruhigt wäre. Kann ihr die Dunkelheit auf lange Sicht ernsthaft schaden? Wie viel Zeit braucht sie zwischen zwei Angriffen, um sich vollständig zu erholen? Wann hat man zu viel Dunkelheit in sich, als dass man sie noch abbauen könnte?

Ich mache mir Sorgen um meine Mutter, aber auch um Josh. Doch bevor ich mit ihr darüber sprechen kann, tätschelt sie mir die Schulter und sagt: „Mach dir keine Gedanken. Diese beiden Kugeln waren lediglich eine Spur von Dunkelheit, wie sie bei jedem Wächter über die Jahre hängen bleibt. Das ist normal."

KAPiTEL 12

LUCY

Abends kreisen meine Gedanken um Josh. Kann es sein, dass ich meinen Wächter gefunden habe? Ich will Josh nicht zu nahetreten, aber sollte es nicht besser jemand Erfahreneres sein? Jemand, der meine eigene Unwissenheit ausgleichen kann? Jemand, der schon mit der Dunkelheit zu tun hatte? Der die Tricks kennt und stark genug ist, damit umzugehen?

„Mond?"

„Lucy, mein Kind, mach dir nicht so viele Gedanken."

„Das sagst du so einfach."

„Weil es einfach ist. Erinnere dich, vor ein paar Tagen hast du mich nach der Rolle von Josh gefragt. Nun seid ihr ein ganzes Stück näher an des Rätsels Lösung."

„Aber kann er wirklich mein Wächter sein?"

„Wessen Wächter soll er sonst sein?"

„Keine Ahnung. Ist er denn einer?"

„Die Ereignisse in der Bücherei sprechen für sich. Nur ein Wächter kann so schnell auf Dunkelheit reagieren. Und er kann zu Beginn seiner Laufbahn nur die Person schützen, für die er bestimmt ist."

„Das heißt, wenn meine Mutter die Kugeln mit Dunkelheit auf Alexander geschleudert hätte ..."

„Dann hätte Josh das zum jetzigen Zeitpunkt eventuell gar nicht wahrgenommen. Auf jeden Fall hätte er es nicht mit aller Macht verhindert. Ein Wächter schont seine Kräfte und setzt sie primär für sich oder sein Mondkind ein."

„Aber mir ist nicht wohl bei dem Gedanken, dass sich Josh wegen mir in Gefahr begibt. Wenn er schon ein Wächter sein muss, dann

hätte ich ihm ein harmloses Mondkind gewünscht. Eines, das in Ruhe und Frieden lebt und keine Dunkelheit zu fürchten hat."

„Lucy, solche Mondkinder haben keine Wächter. Egal, zu wem er hätte gehören können, Josh wäre immer in einer gewissen Gefahr."

Von dieser Perspektive aus hatte ich das noch nicht betrachtet.

„Aber ich werde ihm trotzdem die Entscheidung überlassen, ob er mein Wächter sein möchte oder nicht. Falls nicht, werde ich es respektieren."

„Auch wenn es heißt, dass du dich räumlich von ihm trennen musst?"

„Warum?"

„Nur dann kann er die Wächtergabe erfolgreich unterdrücken. Ein Wächter, der in der Nähe seines Mondkindes ist, wird immer versuchen, es zu beschützen. Unabhängig davon, ob er will oder nicht."

Das ist ein neuer Aspekt. So hatte ich das bei Alexander nicht verstanden. Bin ich bereit, mich komplett von Josh zu trennen? Räumlich, also Orts- und Schulwechsel? Wie soll das funktionieren? Ich kann schlecht zu meinem Vater sagen, dass ich mich entschieden habe, umzuziehen.

Josh kann noch weniger umziehen. Seine Geschwister haben mit dem Mond nichts zu tun. Seine Eltern sitzen irgendwo in Indien. Muss er dorthin ziehen?

„Lucy, hör auf zu grübeln. Diese Entscheidung trifft alleine Josh. Je nachdem, wie sie ausfällt, wird es eine Lösung geben. Vertrau mir."

Dieses Mal treffen wir uns direkt in der Bücherei. Wird Josh kommen? In der Schule wirkte er zuversichtlich. Aber vielleicht hat er es sich mittlerweile anders überlegt. Was wird meine Mutter ihm zeigen? Was wird sie ihm erzählen? Wird er danach immer noch mein Wächter sein wollen? Vor lauter Grübeln ist mir schlecht.

Meine Mutter ist in ein Gespräch mit Alexander vertieft. Die beiden lachen und scheinen mich vergessen zu haben.

Josh steht am Fuß der Holztreppe. Er sieht genauso aufgeregt aus, wie ich es bin. Das tröstet mich.

Nun haben ihn auch die Erwachsenen entdeckt. Nach einer kurzen Begrüßung gehen meine Mutter und Josh ins Obergeschoss.

Alexander setzt sich mir gegenüber und schaut mich neugierig an. „Hast du irgendwelche Fragen?"

„Nur so ungefähr tausend oder so", gebe ich zu und schüttele gleichzeitig den Kopf. Wo soll ich anfangen? „Und du?"

„Wieso ich?"

„Keine Ahnung", antworte ich und lache, „warum muss immer ich die Fragen stellen?"

„Na gut." Mein Hüter überlegt kurz und trifft meinen wunden Punkt. „Hast du was von Sam gehört?"

„Nein."

Er mustert mich.

„Wieso sollte ich?" Warum erkundigt sich Alexander ausgerechnet nach ihm? Reicht es nicht, dass Sam sich nachts schon wieder in meinen Kopf geschlichen hat? Noch immer habe ich nicht entschieden, ob ich ihm vertrauen kann. Die Vernunft sagt mir, dass ich zuerst eine Antwort auf diese Frage finden sollte. Alles andere klärt sich von selbst. Aber wie ich es drehe und wende, ich kann mich nicht auf die Entscheidung konzentrieren. Zu viele andere Dinge geistern mir durch den Kopf.

„Haben wir keine wichtigeren Themen als Sam?" Ich wechsele das Thema. „Was gibt es Neues aus England?" Ich freue mich, Tristan die Geschichte rund um Josh erzählen zu können. Ich hoffe inständig, dass er sich entschließt, mein Wächter zu sein. Doch wenn ich daran denke, wie Tristan diese Nachricht auffassen wird, bekomme ich einen Knoten im Bauch und mein Herz rast. Daher warte ich nicht auf Alexanders Antwort, sondern frage gleich weiter: „Wenn Josh mein Wächter wird, was bedeutet das für Tristan und mich?"

„Wie meinst du das?"

„Meine Mutter hat mir erklärt, dass ein Mondkind seinen Wächter nicht heiraten muss. Es gibt wohl auch gleichge-schlechtliche Kombinationen oder Wächter und Mondkind liegen altersmäßig weit auseinander."

„Ja, genau. Und weiter?"

Ich versuche, das amüsierte Funkeln in Alexanders Augen zu ignorieren. „Also, wenn Josh mein Wächter ist, kann ich trotzdem mit Tristan zusammen sein."

Alexander nickt.

„Aber wie nah muss ein Wächter seinem Schützling sein? Oder andersherum, wenn er nicht mein Wächter wird, wie weit muss diese räumliche Trennung sein?"

„Zu deiner zweiten Frage kann ich nur sagen, je weiter, desto besser. Ansonsten gibt es keine Richtlinie. Ihr müsst nicht zu-sammenwohnen oder so, falls du das meinst."

„Gut."

„Das denke ich mir." Alexander grinst. „Nein, ernsthaft, ich kenne nicht viele Wächter. Aber ich bin sicher, jeder lebt sein eigenes Leben. Jeder geht seinen Berufsweg und hat seine Wohnung. Wahrscheinlich läuft es darauf hinaus, dass jeder Wächter instinktiv spürt, wenn er gebraucht wird und dann vor Ort ist. Je nachdem, wie stark ein Wächter ist, kann er sein Silberlicht über weite Strecken einsetzen."

„Gibt es einen Hüter, der sich mit den Wächtern auskennt?"

„Ja, aber ich fürchte, die Antwort wird dir nicht unbedingt gefallen."

„Claire?"

„Nein, nicht ganz so schlimm. Alois."

„Ah."

Alexander lacht schallend. In diesem Moment kommen meine Mutter und Josh die Treppe runter. Wieder sieht Josh

aus, als sei er einen Marathon gelaufen. Auch meine Mutter wirkt erschöpft.

„Ist alles in Ordnung?", fragt Alexander und steht auf.

„Ja." Meine Mutter lächelt und nickt mir beruhigend zu. „Alles in Ordnung."

Josh sieht mich durchdringend an. Ich habe den Eindruck, dass er unter vier Augen mit mir reden möchte. Er scheint sich aber nicht zu trauen, das offen auszusprechen. Also nehme ich ihm die Entscheidung ab. Ich stehe ebenfalls auf und verkünde im Hinausgehen: „Josh und ich sind draußen, während ihr hier abschließt."

Alexander nickt und wendet sich meiner Mutter zu.

Vor der Bücherei setzen wir uns auf einen kleinen Mauervorsprung im Windschatten des alten Fachwerkgebäudes. Josh holt ein paarmal tief Luft. Immer noch habe ich den Eindruck, er ist körperlich sehr erschöpft. „Magst du was trinken? Soll ich dir von drinnen was holen?", frage ich.

„Nein, passt schon. Gib mir eine Minute, dann können wir reden."

„Okay."

Ich versuche, ihn in Ruhe zu lassen. Doch mit jeder Sekunde, die schweigend vergeht, baut sich eine unerträgliche Spannung in mir auf. Zu gerne wüsste ich, was meine Mutter und Josh oben gemacht haben. Ich habe mir Mühe gegeben, unauffällig zu lauschen. Aber im Erdgeschoss war kein Laut zu hören. Ich mache mir Sorgen, dass er mit seiner Entscheidung überfordert ist. Außerdem befürchte ich, dass meine Mutter ihn unter Druck gesetzt haben könnte.

Irgendwann halte ich das Schweigen und meine Unsicherheit nicht mehr aus. Ich stehe auf und laufe vor ihm hin und her. „Hör mal. Ich weiß, wir kennen uns erst kurze Zeit. Aber du bist mir als Freund unfassbar viel wert. Ich bin nicht nur mit dir befreundet wegen dieser Wächter-Sache. Ich möchte nicht, dass du dich verpflichtet fühlst. Wenn dir das Ganze zu gefährlich, zu verrückt oder zu doof ist, kann ich das verstehen. Ich bin sicher, es gibt einen anderen Weg. Ich kann gut auf mich aufpassen. Tristan und Alexander sind ja auch noch d..."

„Ich mache es."

„Was?"

„Ich mache es", wiederholt er, wobei er mir fest in die Augen sieht.

„Okay."

„Du siehst nicht glücklich aus", sagt Josh und mustert mich mit zusammengezogenen Augenbrauen.

In diesem Moment trifft mich die Erkenntnis wie ein Bulldozer. Ich taumele und muss mich neben ihm abstützen.

„Okay, ich nehme ‚nicht glücklich' zurück und ersetze es durch ‚ziemlich geschockt'", murmelt Josh. Er senkt den Blick und seine Schultern sacken nach vorne. Seine Hände wandern über seine Oberschenkel. Mehrmals setzt er zum Sprechen an, doch kein Wort unterbricht die Mauer des Schweigens zwischen uns.

Ich fühle mich genauso hilflos. Mein Atem geht stoßweise und mein Herz rast. Nach Luft ringend erkläre ich ihm: „Nein, weißt du, das ist es nicht. Mir wird gerade bewusst, wie viele Menschen in meiner Nähe sich selbst in Gefahr bringen, um mich zu schützen. Das ist doch ungerecht! Warum musst du dich mit den Mondkindern und den Wächtern auseinandersetzen? Warum können wir nicht einfach so befreundet sein? Was ist, wenn wirklich was passiert? Wenn dir etwas passiert? Das würde ich mir nie verzeihen."

„Lucy ..."

„Wie kann es sein, dass so großartige Menschen wie du, Tristan und Alexander ihre Sicherheit riskieren? Warum müsst ihr eure Leben umstellen, damit jemand wie ich geschützt ist?"

„Jetzt mach aber mal halblang!", schimpft Josh. „Hör auf, dich so kleinzureden. Du hast ein sicheres, beschütztes Leben genauso verdient wie jeder andere auf dieser Welt. Wenn es

dafür die Unterstützung von Freunden, Wächtern oder Hütern braucht, dann ist das so. Ich kenne weder Tristan noch Alexander sehr gut, aber ich bin sicher, sie sind vollkommen freiwillig und gerne an deiner Seite. Ich für meinen Teil jedenfalls bin stolz darauf, dein Freund zu sein. Ja, wir kennen uns erst kurze Zeit. Aber diese paar Wochen haben gereicht, um ganz sicher sagen zu können, dass es mir eine Ehre ist, dein Wächter zu sein. So, und jetzt haben wir eine Menge zu tun."

Ich weiß nicht, wie er es geschafft hat, aber das Donnerwetter wirkt Wunder. Zwar nehme ich mir vor, nach Möglichkeit nie den Schutz meines Wächters zu brauchen. Aber Joshs klare Worte vertreiben die Schuldgefühle und machen großer Erleichterung Platz.

Ich habe einen Wächter. Unfassbar.

Ich nehme den schwer atmenden Josh in den Arm. Er erwidert die Umarmung und tätschelt mir den Rücken.

„Bravo, mein Junge, gut gemacht."

Alexanders Stimme ertönt hinter uns. Keine Ahnung, wie viel von unserem Gespräch er und meine Mutter mitbekommen haben.

Diese nickt und schenkt Josh ein breites Grinsen. „Prüfung bestanden, würde ich sagen." Sie klopft mir leicht auf die Schulter.

„Was für eine Prüfung?", frage ich. Auch Josh blickt mit gerunzelter Stirn und einem leichten Kopfschütteln zwischen uns hin und her.

„Der Pakt zwischen Wächter und Mondkind muss in beidseitigem Einvernehmen erfolgen", erklärt meine Mutter. „Als Erstes ist es wichtig, dass der Wächter seine Aufgabe annimmt. Aber wenn das Mondkind den Wächter verweigert, gibt es ein ernstes Problem." Sie lächelt mich an. „Josh hatte mir zwar schon gesagt, dass er bereit ist, dein Wächter zu sein. Aber ich war mir sicher, dass du versuchen würdest, es ihm zu seiner eigenen Sicherheit auszureden."

„Tut mir leid", antworte ich.

„Das muss es nicht, ganz im Gegenteil", sagt sie, „nur ein verantwortungsvolles Mondkind ist sich der Tatsache bewusst, dass es mit seinen Handlungen nicht nur sich, sondern auch den Wächter gefährdet. Du willst nicht, dass die Menschen in deinem Umfeld in Gefahr geraten. Du hast deine Prüfung bestanden, genau wie Josh. Er hat dir aufgezeigt, dass du einen Wächter brauchst."

„Komm, Josh, es ist spät geworden", sagt Alexander. „Ich fahre dich nach Hause."

„Wir sollten uns auch besser auf den Heimweg machen", ergänzt meine Mutter.

Die ersten Minuten laufen wir schweigend nebeneinander. Dann kann ich meine drängenden Fragen nicht weiter unterdrücken. „Was habt ihr da oben gemacht?"

Meine Mutter grinst, schüttelt den Kopf und antwortet: „Wächtergeheimnis."

Ich versuche es mit einem anderen Thema, das mir schon länger im Kopf herumspukt. „Also weiß Papa, dass du seine Wächterin bist?"

„Ja, natürlich."

„Und was kam zuerst?"

„Was meinst du?"

„Na, habt ihr euch zuerst ineinander verliebt oder die Verbindung zwischen Mondkind und Wächter geschlossen?"

„Das kam ziemlich zeitgleich. Auch Ron hat sich zuerst dagegen gewehrt, mich als seine Wächterin anzuerkennen. Er wollte sich sogar von mir trennen. Aber dann ist er doch noch zur Vernunft gekommen."

„Also hat er dich aus Vernunft geheiratet, damit er eine Wächterin hat?" Ich weiß, die Frage ist unfair. Zum Glück nimmt sie es mir nicht übel, sondern lacht.

„Nein, keine Bange. Du weißt, dass Ron seine Gefühle nicht zeigen kann. Er wählt andere Wege, um uns zu beweisen, dass er uns beide liebt. Da muss man zwar etwas genauer hinschauen, aber deshalb ist es nicht weniger wahr."

Ich lächle. „Genau wie Mondkinder und Wächter."

KAPiTEL 13

TRISTAN

9. September 1999

„Hey, T., was bedrückt dich?" Linda durchschaut mich, kaum dass ich das Erdgeschoss betreten habe.

Nachdem Lucy mir gestern Abend alles berichtet hat, lag ich die restliche Nacht wach. Ich habe versucht, mich an den Gedanken zu gewöhnen, dass Josh ein fester Bestandteil ihres Lebens sein wird. Ich weiß nicht genug über die Wächter, um mir ein Urteil bilden zu können, was das für uns bedeutet. Am meisten stört mich, dass ich Lucy auf irgendeine Art werde teilen müssen. Das klingt vollkommen irrational, aber ich kann es nicht verhindern.

„Lucy hat ihren Wächter gefunden."

Linda schaut mich mit hochgezogenen Augenbrauen an, sagt aber nichts. Also ergänze ich: „Es ist Josh."

Auch jetzt macht sie keine Anstalten, mir Fragen zu stellen oder meine Informationen zu kommentieren.

„Ich weiß, dass sie einen Wächter braucht. Mir ist klar, dass ich das nicht sein kann, weil ich auch ein Mondkind bin."

„Aber?"

„Josh?"

„Was ist dein Problem mit ihm?", fragt Linda und klingt dabei kein bisschen vorwurfsvoll.

Lucy hat heute Nacht die gleiche Frage gestellt, nachdem ich anscheinend etwas Falsches gesagt habe. Ich weiß nicht, was mein Fehler gewesen sein könnte. Bei ihr klang es eindeutig nach Vorwurf. An diesem Punkt habe ich beschlossen, unser Gespräch zu beenden. Wir waren beide aufgewühlt und müde. Keine gute Kombination, um etwas Wichtiges zu besprechen. Vielleicht liegt es an Lindas Tonfall. Vielleicht hatte ich mittlerweile genug Zeit, mir die gleiche Frage in Ruhe zu stellen. Auf jeden Fall kann ich ihr eine Antwort geben. Ich beschließe im gleichen Moment, auch Lucy ihre Frage zu beantworten. „Ich habe kein Problem mit Josh persönlich, schließlich kenne ich ihn kaum. Ich weiß nur nicht, was das bedeutet. Für Lucy, für mich, für uns. Und ich frage mich, ob Josh als Wächter wirklich die Idealbesetzung ist."

„Wäre dir Sam lieber?" Linda hebt eine Augenbraue und grinst.

„Niemals!"

„Dachte ich es mir doch." Sie schmunzelt. In diesem Augenblick betritt Jeremy den Raum und mustert uns fragend.

„Josh ist Lucys Wächter", sagt Linda.

„Der von dem Bild?" Jeremy nimmt sich eine Tasse Tee und setzt sich zu uns.

„Das Bild!" Sie springt auf und zieht mein gezeichnetes Gruppenbild aus dem Stapel mit wichtigen Dokumenten. Linda betrachtet es eingehend, runzelt die Stirn, sucht nach der Lupe und vertieft sich wieder in meine Zeichnung. Wenig später streckt sie die Faust in die Luft. Mit einem breiten Lächeln im Gesicht kommt sie zurück an unser Ende des Tischs. Sie legt meine Zeichnung in die Mitte und deutet auf Josh. „Du hast es gesehen, nur wir haben es nicht erkannt."

„Was genau?", fragt Jeremy.

Ich bin heilfroh, dass er ebenso wenig weiß, wovon sie spricht.

„Ihr müsst genau hinsehen", sagt Linda und schnalzt mit der Zunge, als wir sie ratlos anschauen. Sie hält die Lupe über das Bild, genauer gesagt auf Josh. Leider weiß ich immer noch nicht, worauf sie hinauswill.

„Der Löwe", erklärt sie und deutet auf den gezeichneten Löwenkopf auf Joshs T-Shirt. Anschließend schwenkt sie die Lupe zu Lucys Mutter und zeigt auf deren Halskette. Dort befindet sich ein ähnlich aussehender Löwenkopf, allerdings viel kleiner als auf Joshs Shirt.

„Ein Löwe gilt in fast jeder Mythologie als Symbol eines Wächters", erklärt Jeremy.

Ich weiß, Linda wird mich deswegen bis ins übernächste Jahrtausend aufziehen, aber ich kann dem Impuls nicht widerstehen. Ich greife mir die Lupe und betrachte jedes Detail von Sam. Erst als ich sicher bin, dass dort kein Löwe gezeichnet ist, kann ich erleichtert aufatmen.

„Du weißt, dass er eine Rolle in Lucys Leben spielen wird?", fragt sie und ich nicke. Sie kennt mich gut genug, um zu wissen, dass ich alles tun werde, um diese Rolle auf ein Minimum zu begrenzen.

Ich lasse meinen Blick über die anderen Personen schweifen. Auch dort findet sich kein Löwe mehr. Ich sollte eigentlich auf dem Weg in die Schule sein, aber eine Sache muss ich noch überprüfen. Ich hole mir das Bild mit Holly darauf und greife nach der Lupe.

„Gute Idee", murmelt Linda. Sie beugt sich gemeinsam mit mir über die Zeichnung. Doch auf Anhieb finden wir bei ihr keinen Löwen.

„T., du musst los", mahnt Jeremy und ich seufze.

„Wir schauen uns das Bild nachher gemeinsam in Ruhe an", verspricht Linda und schiebt mich sanft in Richtung Tür. „Ich fahre dich. Ich muss nachher ins Dorf, dann kann ich dich von der Schule abholen."

„Danke. Wann kommt Garric?", frage ich sie auf dem Weg nach draußen.

„Morgen, wieder so um die Mittagszeit. Er kann wohl länger bleiben, aber ich weiß nicht genau, wie lange."

„Cool."

Ich freue mich darauf, Garric wiederzusehen. Linda und Jeremy haben in den vergangenen Tagen mit unserem Unterricht weitergemacht. Aber das letzte Wochenende hat gezeigt, dass Garric mir in der Praxis besser weiterhelfen kann. Obwohl er selbst kein Seher ist, hat er von einem gelernt, und das merkt man.

Ich habe nachmittags immer mit meiner Silberkugel auf dem Gelände geübt. Aber ich musste aufpassen, dass mich die Besucher nicht entdecken. Mittlerweile habe ich raus, wie ich das Licht sichtbar machen kann. Das wird für die Übungen mit Garric hilfreich sein.

Linda bremst vor meiner Schule und holt mich so aus meinen Überlegungen.

Einige Stunden später sammelt sie mich an gleicher Stelle wieder ein und begrüßt mich mit den Worten: „Ich habe was für dich."

„Was denn?"

„Mit den besten Grüßen von der lieben Gracy." Linda zeigt auf einen großen Umschlag auf der Rückbank des Jeeps.

„Oh", sage ich mit einem Augenzwinkern und Lindas Lachen erfüllt den Wagen. „Was ist das?"

„Ich habe keine Ahnung. Sie gab es mir mit dem Hinweis darauf, dass du dich für die britische Königsfamilie interessierst."

„Was?"

„Ich war auch erstaunt. Aber Gracy hat von jeher eine gute Menschenkenntnis. Vielleicht ist mir bislang einfach was entgangen bei dir."

„Ehrlich, ich weiß nicht, wie sie darauf kommt." Dann fällt mir mein miserabler Konversationsversuch bei unserem Besuch im Archiv vergangene Woche wieder ein. Ich hatte die Royals nur angesprochen, um ihre Aufmerksamkeit von mir abzulenken. Gracy hat das wohl falsch gedeutet. Kurz überlege ich, wie ich dieses Missverständnis aufklären kann.

„Keine Bange, Gracy ist eine äußerst liebenswerte Person", sagt Linda. „Sie wird dir nicht böse sein, wenn du bei eurem nächsten Treffen nicht alle Namen, Fakten und Stammbäume kennst."

„Gut." Ich atme erleichtert auf.

Der Nachmittag vergeht wie im Flug, während wir über das Löwen-Symbol und meine Zeichnungen sprechen. Auch bei näherem Hinsehen konnten wir weder bei Holly noch bei jemand anderem einen Löwenkopf entdecken. Wir werden bei den anderen Zeichnungen, die wir uns in den nächsten Tagen ansehen, verstärkt auf den Löwen achten. Leider beantwortet das nicht die Frage, was Holly auf meiner zweiten Zeichnung zu suchen hat.

Ich bin gerade dabei, mit Linda den Tisch abzuräumen, als sie ins Straucheln gerät und mit ihrer Hüfte gegen eine Ecke des Tisches knallt. „Autsch!" Mit schmerzverzerrtem Gesicht reibt sie sich über die Stelle. Das wird mit Sicherheit einen ordentlichen blauen Fleck geben. Jeremy versucht derweil, die wackelnden Flaschen vorm Umfallen zu bewahren.

Ich drehe mich zur Küche und will Linda etwas zum Kühlen besorgen. In diesem Augenblick kommen auf der entgegengesetzten Seite des Tisches unsere aufgeschichteten Dokumente in Bewegung. Der erste große Stapel gerät ins Rutschen. Daraufhin schieben sich Unmengen an Papier in Richtung Tischkante und segeln zu Boden.

„Oh, shit!"

Jeremys Ausruf spricht mir aus tiefster Seele. Wir werden den restlichen Abend damit verbringen, unsere Ordnung wiederherzustellen.

Linda humpelt zu ihrem großen Lesesessel und kühlt dort ihre verletzte Hüfte. Jeremy und ich machen es uns auf dem harten Dielenboden gemütlich und beginnen mit dem Aufräumen. Linda erteilt uns Anweisungen, wenn wir uns bei einem der Blätter nicht sicher sind oder ihrer Ansicht nach zu langsam werden.

Wir kommen gut voran, bis Jeremy nach dem großen braunen Umschlag von Gracy greift. Bei unserer Ankunft heute Nachmittag habe ich ihn achtlos zu den anderen Papieren an den Rand des Tisches gelegt. Da er als eines der ersten Dinge über den Rand gerutscht ist, liegt er nun ziemlich weit unten.

Die gute Nachricht ist, dass wir den Großteil der anderen wichtigen Dokumente aufgehoben und sortiert haben. Die schlechte Nachricht kommt, als Jeremy aus Versehen das falsche Ende des Umschlags greift, den Gracy nicht verschlossen hatte. Unzählige bunte Seiten flattern erneut zu Boden. Immerhin gibt es diesmal keine Verletzten. Wobei, ein Blick in Lindas Gesicht lässt Schlimmes erahnen.

„Ups", ist Jeremys einziger Kommentar. Anscheinend hat er den gleichen Gedanken wie ich, denn er zieht den Kopf ein.

Linda schaut auf uns und das erneute Chaos herab und schüttelt den Kopf. Dann erklärt sie ihrem Mann, woher die Fülle an gesammelten Informationen zum britischen Königshaus kommt.

Ich stecke währenddessen die Blätter wieder zurück in den Umschlag. Als mein Blick auf eines der Fotos fällt, stellen sich mir sämtliche Nackenhärchen auf. Meine rechte Hand beginnt zu schimmern.

Ein mir unbekannter Mann ist dort in seiner Paradeuniform abgebildet, neben ihm eine prachtvoll gekleidete Dame. Anscheinend ist das Bild bei einem offiziellen Anlass entstanden, denn die Gruppierung der einzelnen Personen wirkt strikt inszeniert.

Mein Blick hängt an einer festlich gekleideten Dame, die schräg hinter dem Mann im Mittelpunkt des Fotos steht. Jeremy und Linda rücken näher an mich heran.

„Kann ich mal die Lupe haben?", frage ich Jeremy, obwohl mir das Kribbeln in meiner Hand Beweis genug ist. Aber ich will, dass die anderen beiden ebenfalls sehen, was ich gefunden habe.

Jeremy streckt sich und angelt die Lupe vom Tisch. Linda versucht, so nah wie möglich an uns heranzukommen, ohne ihren bequemen Platz auf dem Sessel verlassen zu müssen. Ich rücke mit dem Foto näher zu ihr. Jeremy folgt mit der Lupe und zu dritt beugen wir uns über das Bild. Diesmal dirigiere ich die Lupe und deute auf den kleinen, glitzernden Punkt am Kleid der Frau.

„Ein Löwe!", ruft Jeremy und Linda nickt. Keiner von uns braucht meine Zeichnungen, um zu wissen, dass dieser Löwenkopf identisch mit meinen ist.

„Wer sind diese Leute?" Linda stellt die Frage, die auch mich bewegt. Leider handelt es sich nicht um einen der vielen Artikel, sondern um ein einzelnes Foto, sodass wir weder Jahreszahl noch Personenangaben haben.

„Das kann uns wahrscheinlich nur Gracy sagen." Jeremy bringt unser Dilemma auf den Punkt. Wir schauen uns an und jeder versucht wortlos, jemand anderen zu einem erneuten Besuch bei *Gracy's Goodies* zu überreden.

„Lass uns Garric schicken", schlage ich vor. „Schließlich war Gracy ja sehr von ihm angetan."

Jeremy kugelt sich vor Lachen und Linda schüttelt grinsend den Kopf. „Das können wir ihm nicht antun."

„Ich weiß", sage ich. „Ich habe eh noch zwei Briefe für Lucy, die zu Dotty ins Post Office müssen. Ich fahre morgen nach der Schule ins Dorf und schaue bei Gracy vorbei."

„Gibt es einen Anhaltspunkt, wer von den ganzen Menschen dort das Mondkind sein könnte?", fragt Linda.

„Nein, da wir nicht wissen, aus welcher Zeit die Fotografie stammt. Ich würde auf die letzten dreißig Jahre tippen, einfach von der Qualität der Aufnahme her, aber sicher bin ich nicht." Jeremy zuckt mit den Schultern. „Die gute Nachricht ist, dass ich das Verzeichnis für die letzten einhundert Jahre hier habe.

Wenn wir also wissen, von wann das Bild ist und wen es zeigt, können wir direkt nachschauen, wer das Mondkind zu dieser Wächterin ist."

Gracy strahlt über das ganze Gesicht, als ich ihren Laden betrete. Sie richtet uns einen Tee und ein Tablett mit Scones, obwohl ich betone, dass ich nur eine kurze Frage habe. Wie am vergangenen Wochenende sind keine anderen Kunden im Laden und sie scheint sich über Gesellschaft zu freuen. Da mir wie immer nach der Schule der Magen knurrt, nehme ich ihr Angebot an und greife bei den Scones zu.

„Gracy, kannst du mir etwas mehr zu diesem Foto sagen?", frage ich sie nach einer Weile.

„Oh, aber gerne." Lächelnd nimmt sie das Foto in ihre linke Hand und betrachtet es. Ich hatte gehofft, sie würde mich direkt mit Informationen überschütten. Stattdessen streicht sie mit den rechten Fingerspitzen über das Bild. Wenn ich es richtig erkenne, verweilt sie mehrfach bei der Wächterin. Dabei murmelt sie vor sich hin. Allerdings verstehe ich nicht, was sie sagt. Mittlerweile kann ich meine Neugier kaum noch in Zaum halten. Ich sitze nach vorne gebeugt, die Ellbogen auf den Knien, und muss mich zusammenreißen, sie nicht zu drängen.

Nach einer gefühlten Ewigkeit steht sie auf und geht in den hinteren Bereich des Ladens.

Neugierig folge ich ihr und entdecke einen kleinen, abgetrennten Bereich. Hier befindet sich eine komplette Wandseite voll mit Büchern, deren Rücken fortlaufende Jahreszahlen aufgedruckt haben. Pro Jahr gibt es ein einzelnes Buch, manches dicker, manches dünner.

Gracy wandert die Reihen ab, ein Zeigefinger tippt an ihre Unterlippe und die andere Hand fährt Buchrücken um Buchrücken entlang. Dabei diskutiert sie leise mit sich selbst. Leider verstehe ich die einzelnen Worte nicht, aber es sieht lustig aus.

Gerade will ich sie noch einmal fragen, ob ich ihr helfen kann, da quietscht sie laut auf. Mit einem zufriedenen Lächeln im Gesicht klatscht sie und zieht zwei Bände aus den Siebzigerjahren aus dem Regal. „Oh, hier sollten wir fündig werden."

Gemeinsam gehen wir zurück zu unseren Stühlen. Gracy pustet eine Staubschicht von der Oberfläche des Einbands und setzt sich wieder mir gegenüber.

„Was ist das?", frage ich. Sie hat die Wälzer quer vor mir hingelegt. Mir fällt auf, dass es sich nicht um Bücher handelt. Unterschiedlich große Blätter, bunt und zum Teil mehrfach geknickt, sind zu einer Sammlung gebunden. Manche Mädchen in meiner alten Klasse haben ähnliche Fan-Bücher zu ihren Lieblingsbands gebastelt.

„Oh, mein Lieber, das ist meine persönliche Chronik des Königshauses." Liebevoll streicht sie über den Einband des oberen Buches, bevor sie es mit einem verträumten Gesichtsausdruck öffnet. Der Seufzer, der ihr bei der ersten Seite entweicht, erinnert sehr an die Alben mit Boybands. Ich grinse. Gracys Rockstars sind die englischen Royals und das seit Jahrzehnten, wenn ich mich an die Wand dort hinten erinnere.

„Du fasst immer alles pro Jahr zusammen?"

„Oh, genau. Wenn mich nicht alles täuscht, sollten wir die Personen alle dort finden, die auf diesem Foto sind."

„Wäre es nicht einfacher, die Originalaufnahme zu suchen?" Ich will Gracy auf keinen Fall beleidigen, aber ich habe nicht vor, den kompletten Nachmittag hier zu verbringen.

Sie holt tief Luft, hebt den Kopf und mustert mich. „Oh, nun ja, wie soll ich das sagen? Dein Foto ist die Originalaufnahme."

„Was?"

„Oh, ich weiß, es klingt seltsam, aber ich habe dieses Foto mit Absicht nicht in mein Jahrbuch eingefügt. Es bedeutet mir viel, aber aus anderen Gründen."

Ich hatte vorhin einen ähnlichen Eindruck. Es von ihr bestätigt zu bekommen, macht mich ratlos. Wieso packt Gracy mir ein Foto ein, das nicht direkt etwas mit den Royals zu tun hat? Aus welchem Grund liegt es ihr am Herzen? Warum schickt sie es mir?

„Soll ich dir eine Kopie davon anfertigen lassen?", frage ich.

„Oh, nein! Aber danke für das Angebot." Sie lächelt. „Weißt du, manchmal ist es an der Zeit, Dinge loszulassen."

Sie blättert gedankenverloren durch die ersten Seiten und ich erkenne die deutlich jüngeren Gesichter der mir bekannten Mitglieder des englischen Königshauses: die Queen und Prinz Philip, Prinz Charles und andere, deren Namen mir nicht einfallen. Ich bin kein Experte für dieses Thema und möchte es auch gar nicht werden. Ich brauche die Namen der auf meinem Foto abgebildeten Personen und eine ungefähre Jahreszahl. Dann können wir in Jeremys Aufzeichnungen nach dem Mondkind suchen und den Namen der Wächterin erfahren.

Während Gracy weiter auf der Suche nach einem Anhaltspunkt ist, erklärt sie mir, woher das restliche Material aus meinem Umschlag kommt. Demnach hat sie ihre Schubladen aussortiert und alles, was nicht in einer ihrer Chroniken gebunden war, in einem Umschlag gesammelt. Sie wollte mir mit ihren Werken eine Freude machen, weil sie endlich jemanden gefunden hätte, der die Royals genauso schätzt wie sie.

Nachdem sie den ersten Band erfolglos durchgesehen hat, wird sie im zweiten Band nach wenigen Seiten fündig. Ich habe mittlerweile alle Scones vertilgt und schon drei Tassen Tee getrunken.

Plötzlich ruft sie: „Oh, ich hab's!"

Mir fällt fast die Tasse aus der Hand. Ich habe zwischenzeitlich schon die Hoffnung aufgegeben. Gracy legt mir die Chronik aus dem Jahr 1972 auf den Schoß und deutet auf einen Zeitungsartikel. „Königlicher Hochzeitsbesuch", übersetze ich und schaue sie fragend an.

Das Titelbild des Artikels ziert wie so oft Queen Elizabeth II. Als ich die weiteren Fotos überflogen habe, bringt mich das des Rätsels Lösung leider nicht näher. Ich kann keine der Personen wiederfinden, was nicht nur daran liegt, dass der Artikel in Schwarzweiß gedruckt ist.

Gracy lächelt mir zu und rückt mit ihrem Sessel näher an mich heran. „Oh, warte, das ist die falsche Seite." Sie blättert um. „Die Hochzeit war eine kleinere Zusammenkunft der erweiterten Königsfamilie. Es hätte eigentlich keinen Journalisten interessiert, hätte nicht die Queen persönlich an der Zeremonie teilgenommen."

Obwohl ich ihr nicht im Geringsten folgen kann, nicke ich.

„Oh, also, auf deinem Foto sieht man einen Teil der Hochzeitsgesellschaft, einen Familienzweig. Es handelt sich um eine eher private Aufnahme, denn das offizielle Hochzeitsfoto nach allen Richtlinien des Protokolls siehst du hier." Sie deutet auf ein in der Mitte gefaltetes DIN A3-Blatt, auf dem bestimmt einhundert Menschen in festlicher Robe, Uniformen und Smokings abgebildet sind. Alle blicken ernst in die Kamera.

Wie sollen wir hier die Nadel im Heuhaufen finden? Immerhin ist dieses Foto farblich, wenn auch mit einem leichten Rotstich. Aber die Qualität ist besser als die des grobkörnigen Artikels von der vorherigen Seite.

Mit einem verschmitzten Grinsen nimmt Gracy mir die Chronik aus der Hand und entfaltet im unteren Bereich eine Liste mit unzähligen Namen. Erleichtert sehe ich, dass die Liste nach einzelnen Reihen sortiert ist. Dennoch ist es mir ein Rätsel, wie wir hier die Personen finden sollen, um die es geht. Doch Gracy entpuppt sich als Expertin für die einzelnen Familienzweige der dargestellten Hochzeitsgesellschaft.

„Oh, ich glaube, wir haben sie gefunden!", ruft sie und klopft mir auf die Schulter. Sie deutet auf einen Bereich am linken äußeren Ende des Bildes und ich erkenne einige der Personen, die auf meinem Foto sind.

Innerhalb weniger Minuten haben wir die Namen zugeordnet und eine ähnlich übersichtliche Legende ausgearbeitet. Ein Blick auf die Uhr sagt mir, dass ich schon fast drei Stunden bei Gracy sitze. Plötzlich habe ich es eilig, da ja auch Garric zurückkommen soll. „Danke, Gracy, das war mir wirklich eine große Hilfe." Ich stehe von meinem Sessel auf. „Jetzt muss ich los, sonst machen sich Linda und Jeremy Sorgen um mich."

„Oh, natürlich." Gracy begleitet mich zur Tür. „Es war schön, mit dir zu plaudern, mein Junge. Besuch mich bald wieder und bring diesen stattlichen Burschen mit, den ihr das letzte Mal dabeihattet."

„Das mache ich." Ich unterdrücke mein Grinsen, bis ich glaube, aus ihrer Sichtweite verschwunden zu sein. Hat sie Garric wirklich als stattlichen Burschen bezeichnet? Ich kann nicht erwarten, ihm das zu erzählen.

Kaum habe ich mein Fahrrad neben Jeremys Jeep und Garrics Mietwagen abgestellt, wird die Haustür aufgerissen. Linda stürmt mit einem besorgten Gesicht nach draußen. „Mensch, T., da bist du ja endlich!"

„Tut mir leid", antworte ich zerknirscht.

„Sie hatte Angst, Gracy hätte dich adoptiert und würde dich nicht mehr nach Hause lassen", sagt Jeremy, der nun auch in der Tür erscheint. Er grinst.

„Gar nicht wahr", protestiert Linda. Doch der leichte rote Schimmer rund um ihre Nase entlarvt sie. „Aber es hätte ja was passieren sein können."

„Da hast du recht, mein Schatz", sagt Jeremy.

„Tut mir leid", wiederhole ich und atme erleichtert auf, als Linda mich mit einem Lächeln kurz in den Arm nimmt.

„Alles gut, T., aber du bist wie unser Sohn, und da darf man sich wohl Sorgen machen."

„Ja, darfst du, Mama Linda", necke ich sie und bekomme dafür von ihr einen sanften Stoß in die Seite verpasst.

„Komm rein, mein Junge. Garric ist seit einer Viertelstunde da."

Wenig später sitzen wir gemeinsam am großen Esstisch zusammen und erzählen abwechselnd, um Garric möglichst umfassend auf den neuesten Stand zu bringen. Schließlich lege ich das Foto in die Mitte und berichte, was ich bei Gracy herausgefunden habe.

„Also, das Bild entstand bei einer Hochzeit im Jahr 1972. Den Namen des Brautpaares habe ich vergessen, das ist gar nicht dabei. Ich habe die Namen der abgebildeten Personen, allerdings bezweifle ich, dass wir sie in deinem Verzeichnis finden werden, Jeremy."

„Wieso?", fragt er.

„Nun, ich habe gelernt, dass Prinz Philip gar nicht aus England kommt, sondern unter anderem deutsche Wurzeln hat. Die Hochzeit, bei der das Bild gemacht wurde, fand in Deutschland statt. Es war eine Sensation, dass die Queen und er anwesend waren. Nur wegen der Anwesenheit der Königin hat Gracy das Gruppenbild der kompletten Hochzeitsgesellschaft aufgehoben und mit Namen versehen in ihre Chronik aufgenommen."

„Was für eine Chronik?", fragt Garric.

Kurz erkläre ich, was es mit den Jahreschroniken bei Gracy auf sich hat, und füge augenzwinkernd hinzu: „Wenn es dich interessiert, kannst du sie gerne besuchen. Sie würde dir bestimmt mit großer Freude jeden einzelnen Band zeigen. Ich soll dich ganz lieb von ihr grüßen."

Garric reißt die Augen auf, hebt beide Hände abwehrend und schüttelt den Kopf. Jeremy und Linda brechen in Gelächter aus. Gracys Ausspruch mit dem stattlichen Burschen behalte ich lieber für mich. Als er den Blick wieder senkt, huscht ein Lächeln über seine Lippen und seine Wangen färben sich leicht rosa. Interessant.

„Auf jeden Fall sehen wir hier einen Zweig der Familie der

Braut." Ich liste ihnen die Namen der abgebildeten Personen auf.

Jeremy sieht zwar in seinem Verzeichnis aller englischen Mondkinder nach. Jedoch es ist nicht verwunderlich, dass er unter den betreffenden Jahreszahlen nicht fündig wird. „Wir werden Alexander brauchen. Vielleicht findet er heraus, wer hier das Mondkind ist, zu dem die Wächterin gehört."

KAPiTEL 14

TRISTAN

11. September 1999

„Guten Morgen, Alexander", sagt Jeremy gerade, als ich das Erdgeschoss betrete. „Ich stelle dich auf Lautsprecher, dann können die anderen mithören." Er platziert das Telefon in der Mitte des Esstisches und schon ertönt die Stimme meines Onkels.

„Guten Morgen, alle miteinander. Also, Jeremy hat mir gestern Abend die Namen und eine Kopie dieses Fotos gefaxt. Natürlich ist die Qualität meines Faxgeräts nicht so gut, dass ich auf dem Bild allzu viel erkennen könnte. Aber die Namensliste war umso hilfreicher. Ihr hattet ja den Namen der Wächterin herausgefunden und ich kann euch sagen, wer das Mondkind auf dieser Aufnahme ist."

Schnell lege ich die Fotografie mittig vor das Telefon. Nun können wir sie alle gut sehen und Alexanders Ausführungen folgen.

„Die Wächterin, also die Dame mit der Brosche in Form eines Löwenkopfs, hieß Viktoria Beatrice Sophia, genannt Vicky."

Garric reibt sich den Nacken und fixiert mit zusammengezogenen Augenbrauen das Foto. Er spricht zwar gut Deutsch, aber man merkt, dass er manche Sätze im Kopf vom Englischen ins Deutsche übersetzt, bevor er redet. Bei Alexanders Sprechtempo wird es schwer für Garric, ihm zu folgen.

Linda springt auf und holt sich Papier und einen Stift. Mit eiligen Bewegungen malt sie einen improvisierten Stammbaum.

„Das betreffende Mondkind ist recht zentral im Foto zu finden. Aufgrund der Anforderungen für das königliche Protokoll bei solchen Aufnahmen steht Vicky nicht direkt dahinter, sondern etwas versetzt. Diese Gruppenfotos sind exakt inszeniert und nach Rangfolge, Verwandtschaftsgrad und Wichtigkeit strukturiert. Außerdem ist zu beachten, dass es nach Möglichkeit immer eine sogenannte bunte Reihe, also Männer und Frauen abwechselnd, ergibt."

Alexander wird immer schneller. Neben Garric kapituliert nun auch Jeremy. Er lehnt sich seufzend in seinem Stuhl zurück und hebt abwehrend beide Hände, als mein Onkel in seinem Bericht fortfährt. Linda und ich lehnen vornübergebeugt halb auf dem Tisch und versuchen, kein Wort zu verpassen.

„Wo war ich? Ach ja, bunte Reihe. Also eigentlich hätte Vicky als Wächterin direkt hinter ihrem Mondkind stehen sollen oder vielmehr müssen, aber das war aufgrund des Protokolls nicht möglich. Daher hat es etwas gedauert, bis ich das Mondkind gefunden hatte. Es befindet sich in der vordersten Reihe, drei Positionen nach links versetzt ..."

Ich fahre mit dem Zeigefinger die Personen auf dem Foto nach. Dadurch lande ich bei einem jungen Mann, der eine gewisse Ähnlichkeit mit dem in der Mitte positionierten Herrn aufweist.

„... und hieß Georg Ferdinand Philip. Er war der zweitjüngste Sohn des ältesten Sohnes des damaligen Prinzen von, na ihr wisst schon, und damit Vickys ..."

„Cousin!", ruft Linda. Zur Bestätigung fährt sie die Linien auf ihrem schnell gezeichneten Stammbaum nach.

„Genau", sagt Alexander. „Ich wusste, ihr könnt mir folgen."

Garric schnaubt und Jeremy schüttelt den Kopf, während Linda und ich uns grinsend über den Tisch abklatschen.

„Klar, kein Problem", sage ich. Das ärgert beide Männer so sehr, dass sie mir daraufhin gespielt böse Blicke zuwerfen und unter stummem Protest den Tisch verlassen.

„Kannst du uns zu diesen beiden etwas mehr erzählen?", fragt Linda.

„Natürlich, deswegen rufe ich jetzt erst an", antwortet Alexander. „Ich habe noch auf einen Rückruf gewartet. Aber nun kann ich euch die komplette traurige Geschichte berichten."

Bei diesen Worten kehren Jeremy und Garric zurück an den Tisch und warten gespannt auf das, was kommen mag.

„Wie du richtig herausgefunden hast, Tristan, stammt dieses Foto aus dem Jahre 1972. Es ist die letzte Aufnahme, auf der die beiden zu finden sind. In dieser Zeit gab es relativ viele Mondkinder, aber es war auch die Zeit, in der die Dunkelheit seit Langem wieder an Kraft gewann."

„Vincent", flüstere ich. Mich überläuft eine Gänsehaut. Ich werde das Gefühl nicht los, dass ich die ganze Zeit etwas übersehe. Dass ich etwas wissen müsste oder dass mir dieses Foto etwas sagen will. Doch ich komme nicht darauf, was.

„Genau, es war die Zeit, in der er anfing, erste Mondkinder von seinen kranken Ideen zu überzeugen. Auch Georg kam mit Vincent in Berührung. Allerdings hatte Vicky diese Gefahr früh erkannt und ihn zu sich nach Bayern geholt. Möglichst weit weg von Vincent, der zu dieser Zeit im Rhein-Main-Gebiet lebte. Aber alle Mühen waren umsonst. Vincent nahm die Spur von Georg auf und folgte ihm unauffällig. Leider gibt es keine Aufzeichnungen darüber, wie lange Vicky ihn geschützt hatte. Wie ihr euch denken könnt, nahm die Geschichte ein dramatisches Ende. Kurz nachdem dieses Foto entstand, erlitt Vicky unter mysteriösen Umständen einen schweren Reitunfall. Sie starb wenige Tage darauf in einem Rosenheimer Krankenhaus. Kaum ein halbes Jahr später machte Georg in den Schlagzeilen von sich reden. Er rannte schreiend durch die Münchener Innenstadt und erschreckte die Leute dort zu Tode. Man äußerte den Verdacht, er habe unter Drogen gestanden. Seine Familie schickte ihn in ein teures Sanatorium an die Ostsee. In den

darauffolgenden Jahren tat man alles, um Gras über die Sache wachsen zu lassen."

„An der Ostsee?", frage ich Alexander. Kann es Zufall sein, dass Vincent ebenfalls mittlerweile an der Ostsee lebt?

„Ja, an der Ostsee", sagt mein Onkel. „Ich sehe, du hast die richtige Parallele gezogen. Tatsächlich liegt das Sanatorium ganz in der Nähe des Gutshofes, wo Vincent von Grafenstein seit Ende der Siebzigerjahre wohnt."

„Unglaublich", flüstert Linda und schüttelt den Kopf.

„Lebt dieser Georg noch?", fragt Jeremy.

„Das war der Anruf, auf den ich warten musste", erklärt Alexander. „Nein, er lebt nicht mehr. Ich konnte herausfinden, dass Georg im Jahr 1981 das Sanatorium auf eigenen Wunsch verlassen hat, um bei einem Verwandten auf dessen Gutshof zu leben. Nur knapp acht Monate danach wurde an der dänischen Küste die Leiche eines Mannes angespült. Die anschließende Ermittlung ergab, dass es sich dabei um Georg handelte. Der angebliche Verwandte und die Ärzte des Sanatoriums sagten aus, dass Georg unter schweren Depressionen gelitten habe. Daher ging man von einem Selbstmord aus und schloss die Ermittlungsakten."

Bei der Erwähnung von Depressionen stellen sich mir sämtliche Nackenhärchen auf. Wieder sagt mir das Grummeln in meiner Magengegend, dass ich eine wichtige Information übersehe.

Kurz herrscht Stille, bis Garric fragt: „Wurde keine Verbindung zwischen dem Tod von Vicky und seinem Selbstmord gezogen?"

„Nein, leider nicht. Ich denke, es liegt daran, dass zwischen den beiden Ereignissen mehrere Jahre und hunderte von Kilometern liegen. Zumal es Vincent von Grafenstein seit jeher meisterlich versteht, seine Spuren zu verwischen, und er oftmals über Handlanger agiert."

„Was meintest du mit den mysteriösen Umständen bei Vickys Reitunfall?", fragt Linda.

„Nun ja, Vicky war an diesem Tag wie immer in einem nicht öffentlich zugänglichen Waldbereich ihrer Ländereien unterwegs. Sie ritt auf ihrer Lieblingsstute, die von allen Befragten als friedfertig und ausgeglichen beschrieben wurde. Stunden nach ihrem Aufbruch, es wurde bereits dunkel, kam das Pferd ohne Reiterin zurück in den Stall. Eine direkt eingeleitete Suche brachte keinen schnellen Erfolg und musste wegen Dunkelheit eingestellt werden. Damals gab es noch nicht überall Wärmebildkameras oder Ähnliches. Am nächsten Tag fand man Vicky schwer verletzt und weit abseits ihrer normalen Route. Da man das Gebiet mit mehreren Fahrzeugen durchkämmt hatte, ließen sich im Nachhinein keine verwertbaren Spuren mehr sichern. Aber ein Angestellter gab zu Protokoll, dass er auf einem der Waldwege Reifenspuren gesehen hatte, die dort nicht hätten sein dürfen."

„Gruselig", flüstert Linda.

„Wirklich mysteriös", bestätigt Garric. „Und es wurde nicht weiter untersucht?"

„Nein. Man legte es als tragischen Unfall zu den Akten, zumal die Familie auch keine weiteren Ermittlungen wünschte."

Wieder herrscht eine Weile bedrückte Stille, bis ich mich an meinen Onkel wende: „Alexander, hast du eine Idee, was uns dieses Foto sagen soll? Was hat das mit mir zu tun? Oder mit Lucy?"

„Tja, das war eine etwas aufwendigere Suche. Aber ich denke, ich habe die Lösung gefunden. Georg war wie gesagt der zweitjüngste Sohn und zum Zeitpunkt der Aufnahme etwa Mitte dreißig. Es gab noch einen deutlich jüngeren Bruder, der auf diesem Bild leider fehlt und im Jahr der Aufnahme ungefähr Anfang zwanzig war. Als die Hochzeit stattfand, lag dieser Bruder gerade im Krankenhaus. Er hatte einige Tage vorher einen

Nervenzusammenbruch erlitten. Seine damalige Freundin hatte sich das Leben genommen. Ihr Name war ...“

„Marita.“

Nun weiß ich, was schon die ganze Zeit in meinem Unterbewusstsein gebrodelt hat. Das ist die Verbindung, das fehlende Puzzleteil, die Erklärung dafür, warum dieses Foto wichtig ist. Während Alexanders letzten Sätzen hat sich in mir immer mehr die Erkenntnis geformt. Aus dem ungewissen Bauchgefühl wurde eine wage Idee, dann ein Verdacht und schließlich die Gewissheit. Klar, das Foto ist von 1972. Dem Jahr, in dem die Zwillingsschwester meiner Mutter starb. Bislang hatte Alexander zwar immer nur ihre Depressionen und ihren Tod erwähnt, nie dass es sich um Selbstmord handelte. Aber in der Summe der Dinge ergibt das Sinn.

Die anderen drei mustern mich fragend. Ich zittere heftig. Linda streicht mir über den Arm. Ich signalisiere ihnen, dass ich alles später erkläre, denn Alexander spricht schon weiter.

„Genau, Marita. Sie war noch zu jung, ihre Mondkräfte noch zu frisch und vielleicht auch insgesamt zu schwach. Daher hatte sie keinen Wächter und war Vincent schutzlos ausgeliefert. Bei Georg war es etwas anderes. Vicky war eine starke Frau und eine erfahrene Wächterin. Zuerst musste sie aus dem Weg geräumt werden, bevor sich Vincent um Georg kümmern konnte.“

„Das heißt, jetzt wo Lucy einen Wächter hat ...“, sage ich.

„... ist Josh in größerer Gefahr als Lucy“, antwortet Alexander. „Aber wir kümmern uns um ihn. Lucys Mutter trainiert mit ihm und sie ist die stärkste Wächterin, die ich je kennengelernt habe. Zu Holly habe ich auch Kontakt aufgenommen. Sie ist zwar keine Wächterin, aber ich habe eine Idee, wie sie uns helfen kann.“

„Weiß Lucy Bescheid?“

„Nein, aber ich werde es ihr bei nächster Gelegenheit erzählen. Oder willst du das übernehmen?“, fragt Alexander.

„Was genau soll ich ihr sagen?“

„Am besten alles, zumindest bis auf den Teil mit Holly. So-lange ich nicht sicher bin, ob mein Plan funktioniert, sollten wir noch nicht darüber reden."

KAPiTEL 15

LUCY

Das Sonnenlicht in meinem Zimmer verhöhnt mich. Wie ein Baby habe ich mich in meinem Bett zusammengerollt und schaue gegen die Wand. Mein Kopf ist leer. Doch mein Herz ist voller Schmerz und Verzweiflung.

Tristans Erzählung aus den letzten Minuten hallt in meinen Gedanken nach. Satzfetzen, einer tragischer als der andere, brennen sich in meine Seele. Ich weine um Vicky, Georg und Marita. Mein Kissen ertrinkt in der Trauer um diese drei Menschen. Wie gerne würde ich schreien, doch die Angst schnürt mir die Kehle zu. Angst um mich, um Tristan und um Josh. Um meine Eltern, Alexander und alle, die mir etwas bedeuten. Sie könnten von der Dunkelheit verletzt werden. Und warum? Wegen mir.

Obwohl wir seit einiger Zeit schweigen, weiß ich, dass Tristan bei mir ist. Ich spüre seine Anwesenheit mit jedem Bruchstück meiner Seele. Mit jeder einzelnen Scherbe, in die mein Herz zersprungen ist während seiner Erzählung. Ich bin allein und doch hält er mich zusammen. Bewahrt mich davor, zu kapitulieren. Ich weiß, er fühlt meine Verzweiflung so deutlich, als würde ich neben ihm sitzen. Genauso deutlich, wie ich seine Sorge um mich spüre. Ich bin ihm dankbar, dass er mich nicht bedrängt. Aber ich kann auch verstehen, dass er mit mir reden möchte.

Tristans Stimme zittert, als er sagt: *„Wir dachten, du solltest es wissen. Ich wollte es dir sagen und das nicht Alexander überlassen. Ich hoffe, du bist nicht sauer."*

„Warum sollte ich sauer sein? Du kannst nichts für die Bosheit von Vincent. Ich bin froh, dass du es mir gesagt hast. Ich versuche mal, die Tage in Ruhe mit meiner Mutter zu sprechen. Vielleicht hat sie einen Ratschlag, wie wir Josh besser schützen können."

„Und dich."

„Ja, klar. Mich auch." In Gedanken setze ich die Aufzählung fort mit allen Personen, die in meinem Umfeld in Gefahr sein könnten. Der wichtigste von ihnen harrt noch immer an meiner Seite aus. Deshalb ergänze ich: „Und dich, Tristan. Schütze dich."

Ich weiß nicht, wie lange Tristan unsere Verbindung aufrechterhalten hat und still an meiner Seite war. Irgendwann müssen mir die Augen zugefallen sein. Als ich das nächste Mal meine Umgebung bewusst wahrnehme, umgibt mich Dämmerung. Mit schmerzenden Gliedern und brennenden Augen setze ich mich auf.

Mondschein sucht sich den Weg zu mir. Doch die silberne Umarmung kann mich dieses Mal nicht trösten.

„Es tut mir leid."

„Das nutzt mir auch nichts. Ich will das nicht, hörst du? Keiner hat mich gefragt, ob ich ein Vollmondkind sein möchte. Ich hatte keine Wahl und jetzt habe ich keine Chance!"

„Lucy ..."

„Nein, ehrlich. Ich mache da nicht mehr mit. Sucht euch jemand anderen. Jemanden, der es gefährlich mag. Jemanden, der keine Freunde hat. Der keine Menschen liebt und sich Sorgen macht."

„So funktioniert das nicht und das weißt du."

„Ach ja, weiß ich das? Seltsam. Meistens habe ich das Gefühl, gar nichts zu wissen. Jede meiner Fragen wird mit noch mehr Fragen beantwortet. Keiner kann mir helfen. Und wenn es doch jemand versucht, bringt ihn das in Gefahr."

„Ich verstehe dich, Lucy. Sag mir, wie ich dir helfen kann."

„Wie komme ich aus der Nummer raus?"

„Gar nicht."

„*Okay. Danke für nichts.*“ Ich merke selbst, dass meine Verzweiflung und meine Wut jeden vernünftigen Gedanken blockieren. Der Mond wartet geduldig, bis ich mich beruhigt habe. Dann starte ich einen neuen Versuch und sage: „*Jetzt mal im Ernst. Was macht mich als Vollmondkind aus? Was ist der Plan?*“

„*Du hast zu den anderen Vollmondkindern recherchiert. Du weißt, was sie waren, und kannst darauf schließen, was du sein kannst.*“

„*Fürstin? Das ist nicht mehr zeitgemäß. Und Bundeskanzlerin? Nein, danke.*“

„*Alle Vollmondkinder hatten eine Gemeinschaft um sich geschart. Sie hatten es sich zum Ziel gemacht, dass es ihrem Umfeld so gut wie möglich geht. Ja, die Fürstin von Vix ist die schillerndste Person. Aber nimm Katharina Louise Hoffmeister als Beispiel. Um sie herum tobte der Dreißigjährige Krieg, aber ihr Dorf blieb von den blutigsten Schlachten verschont. Sie hatte Heiler bei sich, die Verletzte und Kranke aller Lager behandelten. Es gab Kämpfer und Späher, die die Bewegungen der feindlichen Linien im Auge behielten. Ihre Berater machten ihr Dorf zu neutralem Gebiet. Wer zu ihr kam, war in Sicherheit. Sie trat den Kriegsherren zwar allein entgegen, aber ihre Gemeinschaft verteidigte das Leben ihrer Leute.*“

„*Über sie haben wir keine Aufzeichnungen gefunden. Claire wollte das ergänzen.*“

„*Das mit Claire tut mir leid.*“

Ja, mir auch. Aber ich will mich nicht vom eigentlichen Thema ablenken lassen, wenn der Mond mal in der Stimmung für Klartext ist.

„*Es ist kein Krieg. Ich bin keine Fürstin, Königin oder Kanzlerin. Wofür gibt es mich? Warum jetzt?*“

„*Das werden wir herausfinden, wenn die Zeit reif ist. Auch ohne Krieg und Königreich gibt es ein Merkmal, das allen Vollmondkindern gemein ist.*“

„*Und das wäre?*“

„*Ihr Licht strahlt heller als jedes andere.*“

„*Soll ich mich als Leuchtturm bewerben?*“

„Nein, Lucy, natürlich nicht. Ich spreche auch nicht von deinem Wächterlicht, das sichtbar gemacht werden kann. Ich meine dein inneres Licht, das Vollmondlicht. Es ist eine Eigenschaft, für die es keine Rune gibt, aber sie ist allen Vollmondkindern gegeben. Und nur ihnen."

„Was nützt die mir?"

„Sie hilft dir für deine Fähigkeit. Sie unterstützt dich dabei, zu vertrauen. Damit bringst du den wahren Kern deiner Mitmenschen ans Licht."

„Du meinst, ich aktiviere das Dunkle, die Lügner und Betrüger in ihnen? Ich weiß nicht, ob ich nach Natascha und Claire noch mehr wahre Kerne vertrage, wenn die sich alle als so hässlich entpuppen." Ein Gedanke schießt mir wie eine glühende Pistolenkugel durch den Kopf und zerreißt mir das Herz. „Bin ich der Grund, warum mein Vater ..."

„Nein, das darfst du keine Sekunde glauben! Vincent hatte deinen Vater lange vor deiner Geburt in seiner mentalen Gewalt. Wenn du dir einen Anteil am Schicksal deines Vaters auf die Fahne schreiben willst, dann den, dass er versucht, zu Vincent auf Abstand zu gehen, seit es dich gibt. Aber gegen die Dunkelheit hat er keine Chance."

„Trotzdem tut es so weh. All diese Täuschungen, die Lügen und Claires Diebstahl."

„Natürlich gehören schmerzhafte Erfahrungen dazu. Aber ohne dieses Licht wüsste Tristan nicht, dass er ein Seher ist. Er wäre jetzt nicht in England und würde nicht ausgebildet werden. Josh wüsste nicht, dass er ein Wächter ist. Deine Mutter könnte ihre Wächterfähigkeiten nicht so offen zeigen und damit deinem Vater helfen. Alexander würde sich weiterhin in der kleinen Dorfbücherei langweilen und jede Woche die Regale neu sortieren. Garric würde noch immer frustriert in einem Bürojob sitzen und mit seinem Urgroßvater hadern."

„Ich helfe also den Menschen, ihr wahres Ich zu erkennen und nach außen zu bringen. Und ich bin irgendwann vielleicht gut mit dem Vertrauen. Aber das kann doch nicht alles sein. Versteh mich nicht falsch, aber die Hüter geben mir das Gefühl, ich sei etwas Besonderes."

„Du bist etwas Besonderes ...“

„Klar, besonders gefährdet. Weil ich so besonders bin, sind gleich alle mit in Gefahr, die den Fehler machen, in meine Nähe zu kommen. Die kennen dann zwar ihren wahren Kern, werden aber trotzdem von der Dunkelheit attackiert.“

„Sie alle sind freiwillig bei dir. Je mehr von ihnen in deiner Nähe sind, umso sicherer seid ihr alle gemeinsam.“

„So fühlt es sich aber nicht an. Gerade sind alle um mich herum damit beschäftigt, für Schutz zu sorgen. Für meinen und für ihren eigenen.“

„Das ist auch gut so. Lucy, nimm eines nach dem anderen. Keines der früheren Vollmondkinder war sofort im Vollbesitz seiner Macht. Glaubst du, die Fürstin hat als Kleinkind bereits Handelsverträge mit den Römern geschlossen? Nein. Jeder muss lernen, geduldig sein und erkennen, was Priorität hat. Jetzt ist es wichtig, dich zu schützen. Mit der Zeit werden deine Fähigkeiten wachsen. Du wirst mit der Energie der Kraftader umgehen können. Du wirst Vertrauen in dich selbst haben und erkennen, wem du vertrauen kannst. Es werden sich die Personen um dich gruppieren, die du brauchst. Jede Person wird ein Puzzleteil sein, das dich deiner Bestimmung näherbringt.“

„Was ist meine Bestimmung?“

„Das steht noch nicht fest. Das kannst du entscheiden. Vielleicht ist es heute wichtiger, das Erbe der Mondkinder zu bewahren.“

„Also sollte ich doch zu Josh in den Geschichte-Leistungskurs wechseln?“

„Nicht zwingend. Was interessiert dich denn?“

„Sprachen und Reisen.“

„Dann könntest du es dir zum Beispiel vornehmen, alle Mondkreise zu bereisen, in denen es früher Vollmondkinder gab. Folge der Kraftader und mach ihre Energie zu deinem Werkzeug. Du könntest deine Wurzeln finden und zu deiner Vergangenheit forschen. Für die Gegenwart kannst du dafür sorgen, dass die Hüter vernetzt bleiben. Dass es Claires Betrug und Alois' Merkwürdigkeiten nicht schaffen, *die anderen Hüter zu entzweien. Gemeinsam mit Sam und Tristan könnt ihr jungen Mondkinder die Weichen für die Zukunft stellen."*

„Das klingt nach einer guten Idee. Aber dafür müssen wir uns jetzt erst einmal schützen. Josh, Tristan und ich."

„Richtig."

Zur gleichen Zeit bei
TRISTAN

„Kann ich lernen, mich zu schützen?", frage ich beim Abendessen.

Ich ernte drei verwirrte Blicke.

„Josh und Lucy bekommen Einweisungen darin, wie sie sich schützen können und einen Angriff der Dunkelheit abwehren", erkläre ich. „Klar ist das vor allem Joshs Aufgabe als Wächter, aber Lucy übt ebenfalls, wie sie ihr Licht zum Schutz einsetzen kann. Kann ich das mit meinem Schimmer auch lernen?"

Anscheinend habe ich mich immer noch nicht klar genug ausgedrückt, denn mir antwortet nach wie vor Schweigen. Wie so oft ist es Linda, die als Erste das Wort ergreift. „Du meinst, wenn du lernst, deinen Schimmer ähnlich eines Wächterlichts einzusetzen?"

„Genau."

„Schau, Tristan", sagt Jeremy. „Josh ist ein Wächter, er hat sein Wächterlicht oder -nebel oder was auch immer. Das wird sich in den kommenden Wochen zeigen, wenn er regelmäßig mit Lucys Mutter trainiert. Wächter haben ihre Fähigkeiten, um damit gegen die Dunkelheit zu kämpfen und ihre Mondkinder zu beschützen. Normalerweise haben Mondkinder kein eigenes Licht und können sich nicht selbst schützen. Die meisten Mondkinder brauchen keinen Schutz und haben deshalb

keinen Wächter. Aber die mächtigen Mondkinder sind auf ihre Wächter angewiesen. Dass Lucy ihr eigenes Silberlicht hat und intuitiv weiß, wie es einzusetzen ist, kann ich mir nur mit der Tatsache erklären, dass ihre Mutter eine mächtige Wächterin ist."

„Was bedeutet das genau?"

„Erstens, lehrt uns die Geschichte, dass mächtige Mondkinder auch starke Wächter haben. Nicht immer geht das Ganze so tragisch aus wie bei Vicky und Georg. Zweitens gibt es, mal von Lucy abgesehen, kein Mondkind, das ein eigenes Licht zur Abwehr von Dunkelheit einsetzen kann."

„Also auch ich nicht", stelle ich fest und Jeremy nickt mit einem bedauernden Blick. „Bekomme ich dann ebenfalls einen Wächter, wenn meine Seher-Fähigkeiten so spektakulär sind, wie ihr immer erzählt?"

„Das kann keiner sagen. Aber wenn es so weit sein sollte, wirst du es merken", antwortet Jeremy.

„Kann es sein, dass Holly meine Wächterin ist?" Dann fällt mir wieder ein, dass Alexander gesagt hat, Holly sei weder ein Mondkind noch eine Wächterin, sondern habe wahrscheinlich eine andere Rolle.

Die Erwachsenen deuten mein nachdenkliches Schweigen falsch. Jeremy setzt zu einer weiteren Erklärung an, während Linda kurzerhand den Tisch umrundet und mich tröstend in den Arm nimmt.

„Es ist alles in Ordnung", beruhige ich sie. „Ich suche nur nach einer Möglichkeit, wie ich Lucy den Druck nehmen kann."

„Sie denkt, sie bringe euch alle in Gefahr und daher sei es ihre Aufgabe, euch zu schützen?", fragt Linda.

„Genau. Wahrscheinlich zermartert sie sich gerade den Kopf, wie sie es anstellen kann, dass wir nicht in die Schusslinie geraten, wenn der nächste Angriff der Dunkelheit kommt. Vor allem für Josh."

„Die Energie kann sie sich sparen", sagt Jeremy. „Sobald der

Pakt zwischen den beiden geschlossen ist, wird man sich gegenseitig nicht mehr los. Ein Wächter wird immer spüren, wenn Gefahr droht, und zur Stelle sein. Egal, ob das dem Mondkind passt oder nicht."

„Ist der Pakt schon geschlossen?", fragt Linda und tätschelt mir tröstend die Schulter, als ich seufzend nicke. „Sieh es mal so, jetzt steht Lucy nicht mehr alleine da. Josh passt auf sie auf und du musst dir keine Gedanken um sie machen."

Ich verdrehe die Augen und versuche mich in einem wohl wenig überzeugenden Grinsen, was Linda prompt zum Lachen bringt. Sie durchschaut mich wieder einmal. „Also kann Lucy nichts machen", sage ich, „und ich auch nicht. Richtig?"

Jeremy und Linda nicken.

Garric meldet sich zu Wort. „Es gibt, glaube ich, eine Möglichkeit, wie du dich zumindest ein wenig schützen kannst. Mein Urgroßvater hat mir davon erzählt. Er selbst brauchte es nicht anwenden. Zu seiner Zeit war die Dunkelheit damit beschäftigt, Kriege anzustacheln, statt Mondkinder zu jagen. Das war zumindest seine Antwort, wenn die Sprache auf dieses Phänomen kam."

„Wie funktioniert das?", frage ich.

„Ich muss recherchieren. Tief in meinen Erinnerungen gibt es etwas, und ich werde herausfinden, was das ist und wie es dir helfen kann."

Dankbar nicke ich und hoffe, dass ihm schnell einfällt, was sein Urgroßvater ihm zu diesem Thema beigebracht haben könnte. Ich habe das Gefühl, dass uns nicht mehr allzu viel Zeit bleibt.

Claire Lacroix

An Vincent von Grafenstein

11. September 1999

Geehrter Vincent,

wie angekündigt habe ich einen Plan, um unser, nein, *dein* Ziel zu erreichen. Ich werde Vix noch heute verlassen. Meine erste Station wird ein langjähriger Gefährte sein. Ich kenne seine Zweifel an den anderen Hütern. Sein Wissen über unsere Vergangenheit wird uns helfen, die Gegenwart zu verändern. Gemeinsam werden wir in eine wundervolle Zukunft starten.

Vincent, ich werde deine Briefe nur zeitverzögert erhalten. Aber ich habe Vorkehrungen getroffen, dass du mich erreichen kannst. Nur ein Wort von dir und ich eile an deine Seite. Bis dahin verfolge ich meinen Plan und verspreche, dich nicht noch einmal zu enttäuschen.

Deine dir stets ergebene
Claire

KAPiTEL 16

TRISTAN

12. September 1999

Garrics Augenringe, die verwuschelten Haare und der zusammengepresste Mund sind am nächsten Morgen das Zeichen einer durchwachten Nacht. Ich traue mich kaum zu fragen, doch Jeremy spricht aus, was ich vermute: „Keinen Erfolg gehabt?"

Garric schüttelt den Kopf, stützt das Kinn in beide Hände und schließt die Augen. „Ich habe die ganze Nacht gegrübelt, alle Unterlagen in diesem Haus gewälzt und mich versucht zu erinnern, aber ..." Ein herzhaftes Gähnen unterbricht seinen Satz.

Wir alle wissen, was er uns sagen will. Linda springt auf, kramt in einem ihrer Küchenschränke und werkelt ein paar Minuten. Schließlich stellt sie Garric eine dampfende Tasse vor die Nase.

„Was ist das?", murmelt er und atmet tief ein.

„Espresso", antwortet Linda mit einem Lächeln.

Garric reißt die Augen auf und sitzt mit einem Mal kerzengerade am Tisch. „So was Großartiges habt ihr hier? Ich dachte, es gibt hier nur Tee und dünnen Filterkaffee."

„Espresso ist nur für Notfälle", sagt sie.

Wir sitzen stumm am großen Esstisch beieinander. Als einziges Geräusch unterbricht Garrics schlürfendes Trinken manchmal die Stille. Das Gebräu wirkt, er wird von Minute zu Minute wacher. Zwar ist er immer noch blass, aber seine Gesichtszüge spiegeln nicht mehr ganz so sehr seine Erschöpfung wider.

„Meinst du, es gibt bei Gracy im Archiv dazu Unterlagen?", frage ich.

„Nein, ich denke nicht", antwortet Garric und seufzt. „Mein Urgroßvater hat sehr wenig aufgeschrieben. Ich glaube, wenn er etwas über einen Schutz gewusst hat, dann hätte er gerade das in keinem Fall schriftlich festgehalten, damit es nicht in falsche Hände gerät."

„Ich hätte da eine Idee." Linda hat die Schultern hochgezogen, klammert sich an ihre Tasse und schaut zögerlich in unsere Runde.

Jeremy antwortet: „Na, raus damit."

„Also, ich weiß nicht genau, ob es funktioniert. Ob T. schon so weit ist und ob das überhaupt möglich ist, aber ..."

„Linda, kannst du dich bitte etwas verständlicher ausdrücken?", fragt Garric und gähnt schon wieder.

„Klar, ich versuch's. Was ich meine, ist, dass es T. gelingen könnte, die Information bei dir zu sehen. Wir könnten versuchen, zwischen euch beiden eine Verbindung herzustellen. Garric denkt ganz fest an seine Erinnerungen zu diesem Thema. Und T. zeichnet, was er sieht. Klingt das zu verrückt?"

„Absolut", entgegnet Jeremy und lächelt. „Aber diese ganze Sache ist mit Logik und Vernunft nicht zu erklären. Also ist verrückt genau das, was es braucht, damit es funktioniert."

„Ich wäre bereit, es auszuprobieren", sage ich.

„Ich auch, aber ich würde vorher gerne ein wenig schlafen, wenn's recht ist", ergänzt Garric.

Doch Linda schüttelt den Kopf und grinst ihn an. „Sei mir nicht böse, mein Lieber, aber ich finde es ziemlich gut, dass du so müde bist. Im Halbschlaf verwischt die Grenze zwischen logischem Denken und unserem Unterbewusstsein. Gedanken fließen, Bruchstücke zeigen sich unkontrolliert und ungefiltert. Kennt ihr das nicht, dass man im Halbschlaf oft am wildesten träumt? Jetzt ist der ideale Zeitpunkt, um es auszuprobieren."

Alle nicken und sie lächelt mir zu. „Sollte es nicht funktionieren, probieren wir es später mit einem ausgeschlafenen Garric erneut."

„Okay, dann los."

„Was brauchst du von uns, Linda?", fragt Garric. Sie schaut sich im Erdgeschoss um und deutet auf den Wohnbereich. „Du setzt dich am besten in den Sessel dort."

„Was? Da schlafe ich sofort ein."

„Du musst es bequem haben. Wenn du einschläfst, können wir dich da ein paar Stunden sitzen oder liegen lassen."

„Linda muss es wissen, sie schläft dort regelmäßig beim Lesen oder Fernsehen ein", sagt Jeremy.

Sie gibt ihm einen liebevollen Klaps auf den Hinterkopf und lässt den Blick umherschweifen. „T., ich denke, wir brauchen dich nah bei Garric, aber du musst auch zeichnen können."

„Ich kann mich auf den kleinen Hocker neben dem Sessel setzen. Dann kann ich ihn mit der linken Hand berühren und mit rechts auf dem Beistelltisch zeichnen."

„Super!", ruft Linda und nickt.

Innerhalb kurzer Zeit haben wir die Möbel so frei geräumt und beisammen geschoben, dass ich neben Garric sitze, dem immer wieder die Augen zufallen. Jeremy und Linda haben sich an den großen Tisch zurückgezogen und Linda gibt Anweisungen. „Garric, du lehnst dich einfach zurück und lässt deinen Gedanken freien Lauf. Wenn du sie lenken möchtest, versuche dich an die Erinnerungsfetzen heranzutasten, die dir seit gestern im Kopf herumspuken."

Er nickt, legt den Kopf nach hinten und schon verlangsamen sich seine Atemzüge. Ich vermute, er ist bereits eingeschlafen. Es wäre kein Wunder.

„Gut, T., du musst einen Kontakt zu Garric herstellen. Ich überlasse es dir, ob du ihn dabei berührst oder nur versuchst, ihn gedanklich zu erreichen. Wahrscheinlich ist es aber mit Körperkontakt einfacher. Überlass es deinem Instinkt. Denk nicht zu viel nach. Versuche, nicht zu kontrollieren oder bewusst zu entscheiden. Es muss sich so ähnlich anfühlen wie eine Vision."

„Okay." Sollte Garric wirklich schlafen, will ich ihn keinesfalls wecken. Ich habe grundsätzlich verstanden, wie Linda sich die Sache vorstellt. Aber ich muss gestehen, dass ich nicht an einen Erfolg glaube.

In diesem Moment höre ich Lucys Stimme in meinem Kopf.

„Denk positiv."

Weiß sie, was wir hier gerade machen? Kann sie mir helfen? Nein und nein, entscheide ich, aber dennoch hat sie recht. Wenn ich nicht an einen Erfolg glaube, ist unser Scheitern beschlossene Sache. Also verdränge ich jeden Zweifel und alle störenden Gedanken. Ich atme ebenfalls ruhig, tief und gleichmäßig. Ich schließe die Augen und rufe mir ins Gedächtnis, was mir Garric zum Thema Schimmer aufbauen beigebracht hat.

Es kribbelt in meinen Fingerkuppen und ich sehe das Leuchten innerlich vor mir. Nur kurz öffne ich blinzelnd ein Auge. Ich drehe Garrics linken Arm mit der Unterseite nach oben. Danach lege ich meine linke Hand sachte auf die Stelle, wo sein Puls stark und gleichmäßig zu spüren ist.

Ein Zucken seiner Hand verrät mir, dass er zumindest nicht tief schläft. Er lässt alles mit sich geschehen. Mich ehrt sein Vertrauen. Es gibt mir neue Motivation, dass unser Versuch gelingen kann.

Erneut konzentriere ich mich auf meinen Schimmer, der mich leicht wie eine Wolke, fast abwartend, umhüllt. Ich lenke die Energie in meine linke Hand. Ich stelle mir vor, dass das Licht nicht nur meine Hand, sondern auch Garrics Unterarm sanft umschließt. Eine wohlige Wärme signalisiert mir, dass es funktioniert.

Obwohl ich die Verbindung eine Weile aufrechterhalte, passiert nichts.

Seine Atemzüge werden immer tiefer. Ich befürchte, dass er mir entgleitet, wenn er fest eingeschlafen ist. Fieberhaft überlege ich, was ich anders machen kann. Doch ich will nicht zu unruhig werden und dadurch unsere Verbindung zerstören.

Ich höre Lindas Kommando: „Schick es auf die Reise."

Wie soll ich das machen? Während ich noch am Grübeln bin, pocht unter meiner linken Hand Garrics Puls. Ich konzentriere mich auf die gleichmäßigen Schläge.

Ich stelle mir vor, wie mein Schimmer auf seinen Unterarm übergeht. Wärme umfängt unsere verbundenen Handgelenke. Mein Leuchten wird stärker und schwächer, im Takt mit seinem Herzschlag. Das Licht breitet sich aus, von unseren Händen über den Brustkorb bis hin zum Kopf. Kurz zucken Garrics Finger unter mir.

Bevor ich die Verbindung lösen kann, drückt er mir beruhigend den Unterarm, der über seiner linken Hand liegt. Als hätte sich in diesem Moment ein Kettenglied geschlossen, verstärkt sich das Kribbeln in meiner Hand. Auch sein Puls legt an Tempo zu. Das Schimmern bewegt sich zunächst wie ein unbestimmter Nebel. Doch mit einem Mal formieren sich in dieser Nebelwand einzelne Bilder.

Sind das Garrics Gedanken? Seine Erinnerungen? Spürt und sieht er das Gleiche wie ich?

Ein kleiner Junge sitzt neben einem alten Mann auf einer Bank. Ihre Haare sind vom Wind durcheinandergeweht und sie sind in eine intensive Unterhaltung versunken. Als Nächstes beugen sich die beiden über ein Dokument, ihre Gesichter ernst und nachdenklich. Dann stehen sie vor einer ganzen Wand mit unzähligen Büchern. Der alte Mann zieht eines der Bücher heraus und reicht es dem Jungen, der nickt.

Ich sehe den Einband und Titel des Buches. Im gleichen Moment nehme ich wahr, wie meine rechte Hand zeichnet. Dieses Bild bleibt länger bestehen als die Szenen davor, fast als wolle es warten, bis ich mit dem Zeichnen fertig bin. Mittlerweile ist mir klar, dass es sich dabei um Garric und seinen Urgroßvater Kieran handelt.

Bei der nächsten Sequenz steigert sich das Kribbeln in meiner linken Hand noch einmal deutlich. Ich passe genau auf, was das Bild mir zeigt und versuche, mir jedes Detail einzuprägen. Ein jüngerer Mann steht allein in einem großen Raum, der von Fackeln erleuchtet ist. Die Kleidung des Mannes deutet darauf hin, dass es sich um eine Erinnerung weit aus der Vergangenheit handeln muss.

Meine rechte Hand huscht über das Papier. Ich hoffe, dass ich jetzt nicht die Zeichnung des Buches übermale und dass es deutlich genug sein wird, um im Nachhinein etwas zu erkennen. Schon allein durch das Kribbeln ist eindeutig, dass es sich um etwas Wichtiges handelt. Auch dieses Bild bleibt wie eingefroren stehen. Es wird durch den immer heller strahlenden Schimmer klarer. Am liebsten würde ich ein Foto davon machen, statt es nur zu zeichnen.

Ich nehme weitere Einzelheiten wahr: die Kleidung des Mannes, die Halterungen für die Fackeln an den Wänden und die Struktur der Mauer direkt hinter dem Mann. Bei näherem Hinsehen ist es nicht Kieran Sinclair. Gebannt verfolge ich, wie dieser Mann ebenfalls eine Kugel silbernen Schimmers über seiner Hand tanzen lässt. Also nehme ich an, dass es sich bei ihm um einen Seher handelt. Er sieht sich ein paar Mal nach allen Seiten um, als würde er auf jemanden warten. In diesem Moment tritt ein weiterer Mann zu ihm und die Atmosphäre verändert sich.

Die Fackeln flackern in einem wilden Tanz, die Körpersprache des ersten Mannes drückt eine immense Anspannung aus. Es scheint, als würde von dem zweiten Mann eine Bedrohung ausgehen. Dieser streckt die Hand nach der schimmernden Kugel aus. Der Seher umfängt sein Licht mit einer schnellen Bewegung beider Hände, als wolle er einen Rahmen bilden.

Ich kann den Schimmer noch immer sehen, sein Gegner anscheinend nicht mehr. Er blickt sich verwirrt um und geht schließlich auf den Seher los. Doch dieser hat nicht nur um den Schimmer, sondern auch um sich selbst so etwas wie einen Schutzwall geschaffen. Der Angreifer wird abgewehrt. Ich bin nicht sicher, ob ich dieses Schauspiel schnell genug zeichnen kann. Ich bin völlig außer Atem und fühle mich, als wäre ich selbst bei diesem Kampf beteiligt.

Die Szenerie verändert sich erneut. Gleichzeitig streicht ein kühler Hauch über mein erhitztes Gesicht. Ich bedanke mich innerlich bei demjenigen, der die Idee hatte, das Fenster zu öffnen. Ich fülle meine Lungen mit besonders viel der frischen Luft. Allerdings enthält diese gerade einen etwas modrigen Kellergeruch, eine leichte Rauchnote und eine Spur von Kräutern. Mir bleibt keine Zeit, mich darüber zu wundern. Das nächste Bild hat sich zwischenzeitlich vor meinem inneren Auge aufgebaut. Wieder fliegt meine Zeichenhand über das Blatt, um alle Details zu Papier zu bringen.

Wir sind noch weiter in der Vergangenheit. Es macht den Eindruck, als stünden wir in einer tiefen, unterirdischen Grube. Eine große, bronzene Feuerschale befindet sich in der Mitte. Unheimliche Schatten tanzen über die Wände.

Ein Mann sitzt vor der Feuerschale und ist in Gedanken versunken. Ihn umgibt ein sanfter silberner Schimmer, der trotz des Feuerscheins gut zu sehen ist. Eine Familie tritt zu ihm. Mit einer Handbewegung gibt er den Personen zu verstehen, dass sie sich rund ums Feuer setzen sollen.

Die Erwachsenen kommen seiner Bitte umgehend nach. Ihr Sohn blickt fasziniert auf den schimmernden Seher. Ehe die Eltern eingreifen können, macht der kleine Junge drei Schritte auf den Mann zu und streckt die Hand nach ihm aus. Doch der Arm stoppt auf halber Strecke, als würde er gegen ein unsichtbares Hindernis stoßen. Verwundert nimmt der Junge den

zweiten Arm zu Hilfe. Auch damit kommt er nur bis auf eine gewisse Entfernung an den Seher heran.

Dieser hebt den Kopf und schaut mir direkt in die Augen. Das Kribbeln in meinem Körper steigert sich ins Unermessliche. Fast befürchte ich, den Stift fallen zu lassen. Dennoch kann ich den Blickkontakt nicht unterbrechen. In meinem Kopf formt sich ein einzelnes Wort: „Schutzschild."

Als könne er in mich hineinblicken und kontrollieren, ob seine Botschaft angekommen ist, nickt der Seher. Er schließt die Augen. Im nächsten Moment ist um mich herum alles schwarz.

KAPiTEL 17

TRISTAN

„Hey, T., mach keinen Blödsinn und wach gefälligst auf. Sofort!"

Lindas zitternde Stimme dringt in mein Bewusstsein. Es kostet mich immense Kraft, meine Augen zu öffnen. Einige Sekunden blinzele ich in die elektrischen Deckenstrahler, die das Erdgeschoss erhellen. Wo sind die Fackeln und die Feuerschale geblieben? Und noch etwas hat sich verändert.

„Warum habt ihr das Fenster zugemacht?", frage ich.

„Welches Fenster?"

„Eben war ein Fenster offen. Ich habe den kühlen Luftzug gespürt und fand das ganz angenehm."

Linda und Jeremy wechseln einen schnellen Blick, bevor sich mein Hüter mit ernster Miene an mich wendet. „Tristan, wir waren die ganze Zeit neben dir. Es war weder ein Fenster offen noch haben wir einen Luftzug gespürt."

„Aber da war ein kühler Luftzug, ich bin ganz sicher. Jetzt, wo ich drüber nachdenke, roch es eher nach altem Keller als nach unserer frischen Seeluft."

„Nach Keller?", fragt Linda. Sie wird blass und sinkt auf den Fußboden.

„Ja, irgendwie moderig und nach Kräutern. Ich komme nur nicht drauf, welche."

Wieder wechseln die beiden einen Blick. Garric schnarcht herzhaft auf dem Stuhl neben mir. Das löst meine Anspannung und ich muss grinsen. „Schläft er?", frage ich flüsternd.

Linda nickt. „Ja, seit ein paar Minuten richtig tief. Er hat nicht mitbekommen, wie du neben ihm zusammengesunken bist."

„Könnt ihr mir erzählen, was passiert ist?"

„Ja, aber ich bin sicher, Garric wird es auch wissen wollen", antwortet Linda. „Genauso wie uns interessiert, was du erlebt hast. Deine Zeichnungen sind faszinierend. Du kannst uns bestimmt noch viel mehr dazu berichten."

Jetzt erst fällt mein Blick auf einen Haufen bemalter Blätter, die neben dem kleinen Beistelltisch auf dem Boden liegen.

Linda erklärt: „Als du anfingst zu zeichnen, hatte ich die Befürchtung, dass du mehr als ein Bild malen würdest. Also bin ich neben dich geschlichen. Immer, wenn du eine kurze Pause gemacht hast, habe ich einfach das oberste Blatt weggezogen. So konntest du auf einem blanko Papier weitermachen."

„Hast du dir die Zeichnungen angesehen?", frage ich vorsichtig.

„Nein, dafür ging alles viel zu schnell", sagt sie. „Deine Hand ist nur so übers Papier geflogen. Ich musste zwischendrin immer mal nachsehen, ob der Stift noch in deiner Hand ist oder ob du schon Grafit in den Fingerspitzen hast."

„Ich glaube, wir haben alle eine Pause verdient", meint Jeremy.

Ich gähne.

Jeremy lacht. „Das nehme ich als ein Ja. Leg dich eine Weile hin. Wir wecken dich, wenn Garric ausgeschlafen hat. Dann schauen wir uns die Zeichnungen gemeinsam an. Bis dahin legen wir sie weg." Mit diesen Worten nimmt er Linda sachte die Blätter aus den Händen. Er verstaut sie in einer großen Dokumentenmappe aus seinem Schreibtisch. „Wir versprechen, nicht schon vorab einen Blick darauf zu werfen." Jeremy schenkt seiner Frau einen mahnenden Blick, die aussieht, als habe man einem Kind die Schokolade gestohlen.

Linda zieht einen Schmollmund. „Ja, ist gut, ich habe es verstanden." Sie hebt die Hände. „Ich laufe die Wallanlagen ab, da komme ich auf andere Gedanken. Schlaf gut, T."

Lucys Stimme dringt zu mir durch und holt mich aus einem pechschwarzen, traumlosen Tiefschlaf.

„*Tristan? Ist alles in Ordnung bei dir? Gehts dir gut?*"

„*Frau Lu?*"

Ich brauche einen Moment, um mich zu sammeln und mich zu orientieren. Leider ist meine Freundin immer noch viel zu weit weg, obwohl ich sie dringend ganz nah bei mir bräuchte.

„*Mein Tristan, endlich reagierst du. Ich versuche es schon die ganze Zeit. Ist alles in Ordnung?*"

„*Ja, Frau Lu, es ist alles okay.*" Kurz erzähle ich ihr, was sich am Morgen ereignet hat. Ich ende mit den Worten: „*Das war eindrucksvoll, aber auch sehr anstrengend. Jeremy hat entschieden, dass ich mich ein wenig hinlege und ausruhe.*"

„*Na, wenn du fünfundzwanzig Stunden als 'ein wenig' bezeichnest, dann wüsste ich gerne, was bei dir ein ausgedehntes Nickerchen ist.*"

„*Sag das noch mal.*"

Ich reibe mir die Augen und versuche, im Liegen aus meinem Fenster zu schauen. Wenn ich ehrlich bin, sieht es genauso grau und trüb aus wie zu dem Zeitpunkt, als ich mein Zimmer betreten habe. Lucy hat sich also entweder versprochen oder versucht, mich aufs Glatteis zu führen.

„*Du hast fünfundzwanzig Stunden am Stück geschlafen, ohne dich auch nur einmal zu regen.*"

„*Das kann nicht sein.*"

Ich kann und will ihr nicht glauben.

In diesem Moment klopft jemand an meine Tür. „Tristan?", fragt Jeremy und klingt besorgt.

„Ja", antworte ich. Im selben Augenblick sagt Lucy, ich solle Jeremy grüßen und sie sei beruhigt, dass es funktioniert habe. Bevor ich sie fragen kann, was sie damit meint, öffnet sich die

Tür. Alle drei Erwachsenen schauen mich mit einer Mischung aus Besorgnis und Erleichterung an.

„Gott sei Dank, da bist du wieder", sagt Linda.

„Wo soll ich denn gewesen sein?" Ich setze mich auf die Bettkante und schaue mich um. Zuerst kann ich kein Indiz dafür finden, dass das Ganze ein schlechter Scherz ist. Dann bleibt mein Blick an meinem Radiowecker hängen. Da steht eindeutig *Monday, Sept. 13th 1999*. Wenn heute nicht Sonntag ist, sondern Montag, heißt das erstens, dass die anderen recht haben, und zweitens ... „Ich muss in die Schule!", rufe ich und springe auf.

„*Keep cool*", sagt Jeremy und lacht. Er hält mich sanft an der Türschwelle auf und drückt mich zurück aufs Bett. Mein Kreislauf dankt es ihm, denn mir ist schwindelig. „Wir haben in der Schule angerufen und dich für zwei Tage krankgemeldet."

„Okay, danke." Ich reibe mir den Nacken. „Aber Lucy ist jetzt in der Schule, oder nicht? Wie kann sie sich mit mir unterhalten haben?"

Linda setzt sich neben mich aufs Bett und legt einen Arm um meine Schulter. „Schau, T., wir haben uns große Sorgen um dich gemacht. Du bist nicht mehr aufgewacht. Du hast nicht reagiert, wir haben alles versucht." Sie schaut mir in die Augen und ihr kommen die Tränen. „Alleine, dass du ruhig und gleichmäßig geatmet hast und dein Herzschlag zu spüren war, hat uns gesagt, dass du lebst. Aber ..." Ihre Stimme bricht.

Ich erwidere ihre Umarmung und hoffe, ich kann sie damit zumindest ein wenig trösten. „Es tut mir leid", flüstere ich.

„Das muss es nicht", entgegnet sie. „Es war meine Idee. Wenn ich gewusst hätte, was passiert, hätte ich das niemals vorgeschlagen."

„Du konntest es nicht wissen und ich war genauso einverstanden wie Garric." Ich wende mich an den großen, ruhigen Urenkel des letzten Sehers von Maiden Castle, der sich bislang im Hintergrund gehalten hat. „Gehts dir gut?"

„Ja, mir gehts gut." Garric mustert mich und gibt zu: „Ich habe auch bis vor zwei Stunden geschlafen."

„Da unten im Sessel?", frage ich. Egal, wie gemütlich der Sessel ist, er muss trotzdem höllische Rückenschmerzen haben.

„Nein." Er lacht. „Ich bin nach etwa drei Stunden aufgewacht und schnell in mein Bett umgezogen. Die beiden haben gesagt, dass es funktioniert hat, mehr wollten sie nicht verraten. Da dachte ich, kann ich ein wenig Schlaf nachholen, bis du wieder fit bist."

Bei der Erwähnung von „ein wenig Schlaf" muss ich wieder an meine Freundin denken. „Lucy hat mich geweckt." Ich versuche, mir darauf einen Reim zu machen.

„Ja, das stimmt", sagt Jeremy und seine Stimme ist immer noch ungewohnt ernst. „Wie gesagt, wir haben seit Stunden versucht, dich zu wecken, und es hat einfach nicht funktioniert. Linda wollte einen Arzt rufen. Ich hatte die Idee, dass wir es über Lucy versuchen könnten. Also habe ich bei Alexander angerufen, der sie mit einem Vorwand aus dem Unterricht geholt hat. Die beiden haben sich in der Schulbibliothek eingeschlossen und versucht, dich zu wecken. Ich bin froh, dass es geklappt hat."

Ich schicke noch einen schuldbewussten Blick zu Linda, die lächelnd den Kopf schüttelt und mich an sich drückt.

„Können wir jetzt meine Zeichnungen anschauen?", frage ich, kaum dass wir alle am Esstisch sitzen.

Linda grinst, Jeremy seufzt und Garric schüttelt den Kopf. Okay, unterschiedlicher könnten die Reaktionen nicht ausfallen.

„Bevor wir uns die Zeichnungen ansehen", sagt Jeremy und sein Blick schweift zwischen Garric und mir hin und her, „würde mich brennend interessieren, wie es sich für euch beide angefühlt hat. Was ist genau passiert? Wie fühlte es sich für dich an, Garric? Was hast du gemacht, Tristan, um etwas sehen zu können?"

Er redet immer schneller und seine Augen funkeln. Fast muss ich lachen, denn mein Hüter macht auf mich den Eindruck eines kleinen Jungen kurz vor der Bescherung.

Linda legt ihm die Hand auf den Unterarm. „Ich glaube, jeder von uns würde gerne wissen, wie es euch beiden gestern ging. Was da genau passiert ist. Aber es ist auch in Ordnung, wenn ihr nicht darüber reden wollt. Schließlich ist das etwas ganz Persönliches. Glaube ich zumindest."

Garric und ich sehen uns ein paar Sekunden lang an. Er nickt und lächelt mir kurz zu, bevor er Linda und Jeremy antwortet: „Also, ich bin sehr gespannt auf T.s Zeichnungen und auf seinen Bericht. Ich kann verstehen, dass ihr neugierig seid, und ich bin es ebenfalls. Wenn ihr wollt, fange ich damit an, zu erzählen, wie ich es empfunden habe. Zumindest das, was ich denke, empfunden zu haben, und an was ich mich erinnern kann." Er nimmt noch einen Schluck von seinem Tee und erzählt mit seiner ruhigen, tiefen Stimme, wie er unsere Reise in seine Erinnerungen erlebt hat.

Die nächste Zeit hängen wir an seinen Lippen. Ich bin beruhigt, dass sich Garrics Empfindungen ähnlich anhören wie meine Gefühle währenddessen.

„Hat es weh getan?", frage ich ihn. Der Gedanke, dass er sich in dieser Zeit unwohl gefühlt hat, macht mir ein schlechtes Gewissen.

„Gar nicht. Es fühlte sich so an, als würde ich auf einer weichen, silbernen Schimmerwolke dahingleiten. Ohne genaues Ziel und doch mit einer klaren Richtung. Schwerelos, aber sicher verankert. Ich hatte weder Angst noch Schmerzen, sondern das Gefühl, dass ich diese Wolke jederzeit verlassen könnte, wenn ich mich zum Beispiel bewege oder unsere Verbindung trenne. Klingt das verständlich?" Er schaut in die Runde.

Linda und Jeremy sitzen mit weit aufgerissenen Augen und offen stehenden Mündern am Tisch. Von denen bekommt er sicher keine Antwort. Ich muss mir ein Grinsen verkneifen. Linda schüttelt den Kopf. Auch Jeremy sieht aus, als hätte er einen Geist gesehen. Daher übernehme ich die Antwort. Schließlich kann ich am ehesten nachempfinden, wovon er spricht. „Ja, das klingt gut. Es beruhigt mich, dass ich dir keine Schmerzen oder irgendein Unwohlsein zugefügt habe."

„Danke, T., aber ich war mir sicher, dass du mich nie mit Absicht verletzen würdest. Ich vertraue dir, sonst hätte ich diesem Experiment niemals zugestimmt. Allerdings", er stoppt kurz und reibt sich das Kinn, „ich weiß nicht, woran das lag, aber das Ende war ziemlich abrupt. Eben noch bin ich auf dieser silbernen Wolke geschwebt. Dann war von einer Sekunde auf die nächste plötzlich Dunkelheit. Erst habe ich befürchtet, ich wäre eingeschlafen. Aber im Nachhinein wurde mir klar, dass ich diesen Gedanken nicht mehr gehabt hätte. Ich hoffe, ich habe nichts Unüberlegtes getan, um die Verbindung zu kappen. Sonst tut es mir leid. Aber ich war in diesem Moment zu müde, um mich direkt zu erkundigen. Ich muss nur Sekunden nach diesem Gedanken eingeschlafen sein."

Ich bin heilfroh, dass er das Ganze gut überstanden hat. Als ich ihm das sage, schüttelt er lächelnd den Kopf. Er versichert mir, das sei besser gewesen als jede Gedankenreise, die er in den letzten Jahren beim Meditieren gemacht habe. Ab jetzt werde er sich immer an das Gefühl der silbernen Schimmerwolke erinnern, wenn es darum ginge, den Alltag loszulassen.

Die nächste Zeit verbringe ich mit Erzählen. Ich versuche, den anderen genauso eindrucksvoll und verständlich zu erklären, was mir durch den Kopf ging. Als wir zu dem Teil mit den Bildsequenzen kommen, hat Linda eine organisatorische Idee. Sie springt auf und holt meine Zeichnungen aus der Mappe.

„Ich habe gestern ein Blatt nach dem nächsten abgerissen, damit du wieder freie Fläche zum Zeichnen hattest. Deine Bil-

der lagen wild durcheinander auf dem Boden. Wir haben sie einfach aufgehoben und in der Mappe aufbewahrt. Es würde mich allerdings nicht wundern, wenn die Reihenfolge auch etwas zu bedeuten hätte. Ich würde also die Bilder anhand deiner Erzählung sortieren, wenn das für dich in Ordnung ist."

„Natürlich, das ist eine gute Idee." Ich fahre mit meiner Erzählung fort. Bei der Erwähnung der einzelnen Szenen werden die Augen der drei Erwachsenen immer größer. Als ich geendet habe, laufen Linda Tränenbäche über die Wangen. „Was ist los?", frage ich sie.

Jeremy springt auf, nimmt Linda in den Arm und redet besänftigend auf sie ein. Doch sie schüttelt den Kopf und schluchzt.

Ich habe einen Verdacht, was mit ihr los ist. Daher beuge ich mich über den Tisch, greife ihre Hände und versuche, ihre Aufmerksamkeit zu bekommen. Ein wenig von Lucys tröstendem Silberlicht wäre jetzt hilfreich. Vielleicht funktioniert es mit meinem Schimmer auch. Ich leite etwas silbernes Licht in meine Finger, mache es sichtbar und streiche ihr sanft über die Hand.

„T., was machst du da?", fragt Linda.

Immerhin hat das mit der Aufmerksamkeit funktioniert, auch wenn sie noch weint.

„Linda", sage ich und schaue ihr fest in die Augen, „keiner konnte wissen, ob das wirklich funktioniert. Keiner konnte wissen, was dabei passiert. Keiner konnte wissen ..."

„Ich hätte mit so etwas rechnen müssen. Schließlich kenne ich deine Kraft und deine Fähigkeiten. Ich hätte das Risiko nicht unterschätzen dürfen. Jetzt ist mir klar, warum du mehr als einen ganzen Tag geschlafen hast. Meine Güte, T., ich könnte es mir nie verzeihen, wenn dir etwas passiert wäre. Wenn du nicht mehr zurückgekommen wärst." Wieder fließen die Tränen.

„Aber Linda, ich bin zurückgekommen", sage ich. „Was auch immer das heißt."

Jeremy schaut kurz zu Garric, doch der sieht genauso ratlos aus wie ich. Also beginnt er zu erklären, was Linda gemeint hat. Dabei hält er sie fest in seinen Armen und streichelt ihren Rücken. „Wieder einmal sind wir an einem Punkt, wo wir sagen müssen: So etwas habe ich noch nie zuvor erlebt, sondern allerhöchstens in Überlieferungen davon gelesen. Aber im Nachhinein betrachtet ergibt es vollkommen Sinn. Was nicht heißt, dass wir es hätten wissen müssen."

Linda schüttelt den Kopf und hält weiterhin den Blick gesenkt. „Ich hätte es wissen müssen", flüstert sie, „oder zumindest ahnen."

„Hey, ich bin hier der Seher, mach mir ja nicht meinen Job streitig", protestiere ich in der Hoffnung, sie aus ihrer Verzweiflung zu befreien. Mein frecher Spruch scheint zu wirken, denn sie lacht und weint jetzt gleichzeitig.

Jeremy erklärt weiter: „Garric, dein Urgroßvater hat dich in der Annahme unterrichtet, du seist der nächste Seher. Das heißt, er hat dir nicht nur sein eigenes Wissen geschenkt, sondern auch das Wissen und die Erinnerungen der Seher vor ihm. So funktioniert das meistens, gerade bei Sehern. Sie haben die Fähigkeit, ihre Erinnerungen, egal wie alt, für sich sichtbar zu machen."

„Aber ich bin kein Seher", sagt Garric.

„Nein, das bist du nicht." Jeremy fügt mit einem Augenzwinkern hinzu: „Du bist noch nicht einmal ein richtiges Mondkind. Aber du hast dennoch die Fähigkeit, das Wissen und die Erinnerungen der Seher von Maiden Castle zu speichern, zu bewahren und nun an den richtigen Seher weiterzugeben."

Garric reibt sich das Kinn, als wolle er diese Enthüllung erst einmal gründlich überdenken. Schließlich nickt er und wendet sich an Jeremy. „Ganz ehrlich? Als ihr mich angerufen und gefragt habt, ob ich T. unterrichten will, da hatte ich eher an ein klassisches Schüler-Lehrer-Ding gedacht. Nicht unbedingt mit Tafel, Kreide und Hausaufgaben, aber doch eher ..."

„Es tut mir leid, Garric." Linda schnieft.

„Das muss es nicht, *my dear*", entgegnet dieser. Er nimmt sie zusätzlich zu Jeremy in den Arm. „So ist es viel spannender. Wir müssen nicht zu Gracy ins Archiv und lernen alle etwas dazu."

„Versteh mich nicht falsch", sagt Jeremy, „das sollte nicht zur Gewohnheit werden. Denn es ist anstrengend und nicht ungefährlich. Es gab schon Seher, deren Geist von einer solchen Reise nicht mehr zurückgekommen ist."

Garric hebt die Hände und stellt schnell klar, dass er das nicht ernst gemeint hat. Linda weint ohne Unterlass. Mittlerweile stehen wir zu dritt um sie herum und versuchen, sie mit allen möglichen Argumenten zu beruhigen. Es klappt nicht. Schließlich wird es mir zu bunt. Ein Blick auf die Uhr zeigt, dass es mitten am Nachmittag ist. Durch die dunkelgrauen Regenwolken draußen dämmert es schon leicht, aber wir hatten noch keine Gelegenheit, Licht anzumachen. Umso besser, denke ich und öffne meinen Geist.

„*Frau Lu? Kannst du mich hören?*"

„*Tristan, wie geht es dir? Ist alles okay?*"

„*Mir geht es gut. Ich erzähle dir die ganze Geschichte nachher in Ruhe, aber ich habe hier ein Problem.*"

„*Welches?*"

„*Ich glaube, Linda hat so was wie einen Nervenzusammenbruch. Sie kann nicht aufhören zu weinen. Wir stehen schon zu dritt um sie herum in einer Gruppenumarmung. Wir reden auf sie ein und versuchen alles Mögliche, aber nichts hilft. Könntest du mir ein wenig Silberlicht schicken?*"

„*Lass es uns probieren. Kannst du deine Hände auf ihre Schultern legen?*"

Ich verschiebe meine Hände an die gewünschten Stellen. Garric und Jeremy fragen nicht nach, was ich vorhabe.

„*Okay, dann wollen wir mal. Aber du musst rechtzeitig Bescheid geben, wenn es zu viel wird, ja?*"

„*Versprochen, aber du auch.*"

„*Klar.*"

Keine Sekunde später spüre ich, wie sich mein Eulenanhänger erwärmt und zu leuchten beginnt. Ich fange Lucys Silberlicht mit meinen Gedanken ein und schicke es zu meinen Händen. Lucy kann das, ohne zu leuchten. Aber mich stört es nicht, dass die anderen beiden sehen, was ich mache.

Vorsichtig lösen sich Jeremy und Garric von Linda. Ich sende das Silberlicht über ihre Schultern zu ihr. Fast augenblicklich verspannt sie sich, hält die Luft an und dreht den Kopf leicht in meine Richtung. Jeremy geht jedoch vor ihr in die Knie und hält ihren Blick gefangen.

„Lass es zu", flüstert er und nickt, „lass es zu."

Im selben Moment meldet sich Lucy: „*Funktioniert es?*"

„*Ja, es klappt. Gehts noch bei dir?*"

„*Alles okay, keine Bange.*"

Wir halten den Fluss von Lucys Silberlicht eine Weile aufrecht. Dann spüre ich, wie ihre Kräfte langsam schwinden. Das Licht wird zittriger und ich hoffe nur, sie ist in Sicherheit.

„*Frau Lu?*"

„*Alles gut, ein bisschen geht noch.*"

Ihre Stimme ist nicht mehr so fest wie eben.

„*Nein, ich will nicht, dass du dich verausgabst. Dann hat Linda noch mehr Schuldgefühle.*"

„*Zwei Minuten, Tristan.*"

In diesem Moment verändert sich Lindas Körperhaltung. Die Anspannung weicht aus ihren Schultern und sie holt mehrmals tief Luft. Sie wischt sich die Tränen aus dem Gesicht und legt ihre Hände auf meine, die sich immer noch auf ihren Schultern befinden. „Danke, T., es geht wieder. Sag Lucy meinen Dank. Aber jetzt soll sie aufhören, bevor ihr etwas passiert."

„*Frau Lu? Es hat geklappt. Linda sagt danke und du sollst auf dich aufpassen.*"

Das Silberlicht zieht sich von meinen Händen zurück. Aber statt zu verschwinden, umhüllt es mich in einer liebevollen

Umarmung. Mir wird wohlig warm. Ich schließe die Augen, kann mir ein Lächeln nicht verkneifen. Auf dem gleichen Weg sende ich ihr meine Liebe zurück.

„Ich hab dich sehr lieb, Frau Lu."

„Ich dich auch, Tristan."

Es ist mir egal, dass die Erwachsenen das gerade mitbekommen haben, aber dafür hat es sich viel zu gut angefühlt. Als ich die Augen öffne, sehe ich, dass Garric und Jeremy sich nach wie vor um Linda kümmern und mir keine Beachtung schenken. Beruhigt beuge ich mich ebenfalls zu ihr runter. Ihre Augen sind rot verquollen und ihre Hände zittern noch etwas. Aber sie kann wieder lächeln und atmet gleichmäßiger als vorhin.

„Lucy und du, ihr seid verrückt", sagt Linda. „Was da alles hätte passieren können."

„Nein, Linda, jetzt ist mal gut", antworte ich. „Es ist nichts passiert. Gerade eben nicht und gestern auch nicht. Hatten wir Glück? Bestimmt. Haben wir aufgepasst? Ganz sicher. Atme durch, danke Gott oder dem Mond oder wem auch immer, dass alles gut gegangen ist. Aber hör auf, dich selbst zu bestrafen."

Zur Bestätigung nicken Garric und Jeremy neben mir.

Linda streicht mir über die Wange und sagt: „Och, T., wann bist du so erwachsen geworden?"

KAPiTEL 18

TRISTAN

Wenig später sitzen wir am Tisch, in der Mitte liegt die Mappe mit den Zeichnungen. Wieder ist die Spannung in der Luft beinahe mit Händen greifbar. Jeremy schiebt die Mappe zu mir und besteht darauf, dass ich die Zeichnungen als Erster sehen soll. Ich versuche, meine Nervosität in den Griff zu bekommen. Dennoch zittern meine Hände stark, als ich danach greife und sie aufschlage.

Auf dem ersten Bild ist das Buch zu sehen, das Kieran Sinclair seinem Urenkel gezeigt hat. Ganz deutlich erkenne ich den Titel. Doch Garric zuckt mit den Schultern und erklärt uns, dass ihm sein Urgroßvater andauernd Bücher unter die Nase gehalten hat. Zu viele, um sich jeden einzelnen Titel und dessen Bedeutung zu merken. Aber Jeremy nickt.

„Ich kenne das Buch und weiß, wo es ist. Das ist die gute Nachricht. Die schlechtere ist, dass es längst nicht mehr in dem Zustand ist wie auf deiner Zeichnung. Aber ich kann es morgen bei Gracy im Archiv abholen, ich habe sowieso etwas im Dorf zu erledigen. Oder gibt es andere Freiwillige?" Er sieht zu Garric.

Dessen Wangen färben sich rot und er widmet sich auffallend intensiv seinen Hemdknöpfen.

Okay, das war einfach. Also ziehe ich die nächste Bildfolge hervor. Bei der Erinnerung an die lebhafte Szene überläuft mich eine Gänsehaut. Wo auch immer die Begegnung zwischen den beiden Männern stattgefunden hat, es sah eindeutig nach einem Kampf aus.

Ich erkläre den anderen, was sich in der Sequenz abgespielt hat, obwohl die insgesamt fünf Zeichnungen das Geschehen gut abbilden. „Ich habe den Eindruck, dass wir hier entweder in Kierans Jugend oder noch weiter in der Vergangenheit sind", sage ich am Ende meines Berichts. „Vielleicht entdeckt ihr auf den Bildern ja etwas, um den Zeitrahmen einzugrenzen."

Ich schiebe die Bilder näher an die Erwachsenen. Sie beugen sich fast zeitgleich über die Zeichnungen und betrachten schweigend jedes Detail. Ich hoffe, dass wir gemeinsam herausfinden, wann und wo sich dieses Ereignis zugetragen hat. Vielleicht schaffen wir es, die Personen zu identifizieren. Aber dafür brauchen wir mehr Hinweise. Ich habe mich bemüht, auch die Wand hinter dem Seher möglichst detailgetreu zu zeichnen, befürchte aber, dass dafür die Zeit nicht gereicht hat.

„Das ist nicht Kieran, das passt von der Körpersprache her nicht", sagt Garric. „Auch die Kleidung sieht eher nach dem vorherigen Jahrhundert aus. Jeremy, schau doch mal, welche Mondkinder vor etwas längerer Zeit hier registriert waren. Vielleicht finden wir heraus, wer der Seher ist."

Jeremy geht zu seinem großen Schreibtisch in der Ecke des Wohnzimmers, auf dem das Verzeichnis mit den Mondkindern von Maiden Castle liegt. Linda nimmt seinen Platz am Esstisch ein und widmet ihre Aufmerksamkeit der ersten Zeichnung. Hier kann man sowohl den Seher als auch den Hintergrund am besten erkennen. Vielleicht kann sie Rückschlüsse darauf ziehen, wo der Mann sich befindet.

Auch Garric scheint fasziniert von den Bildern zu sein. Allerdings hat er sich das fünfte Bild dieser Serie genommen und studiert die Körperhaltung des Sehers, als er den Angriff des anderen Mannes abwehrt.

Fieberhaft überlege ich, was ich den anderen noch an Informationen geben kann. Mit einem Mal fällt mir die Begebenheit mit dem Fenster wieder ein. Ich erinnere mich, dass mir der kalte Luftzug zum ersten Mal bei dieser Sequenz aufgefallen ist.

„Linda?", frage ich vorsichtig und hoffe, ich hole sie jetzt nicht aus einem wichtigen Gedanken. „Ihr sagtet gestern, ihr hättet kein Fenster offen gehabt. Aber als ich diese Bilder gezeichnet habe, habe ich deutlich einen Luftzug gespürt. Kann das sein?"

Schlagartig habe ich die Aufmerksamkeit aller Erwachsenen im Raum. Unwillkürlich halte ich die Luft an. Was wird Linda sagen? Gestern Vormittag schien die Sache erledigt, nachdem Jeremy mir versichert hatte, dass kein Fenster offen sei. Aber ich habe in den letzten Monaten gelernt, dass alles eine Bedeutung haben kann.

„Es war ein kalter Hauch feuchter, modriger Luft wie in einem Keller oder einer alten Burg. Zuerst habe ich nur den kühlen Wind gespürt und fand es erfrischend. Als ich mich darauf konzentriert habe, kamen die Gerüche dazu. Also der Eindruck von alter Kellerluft und einem Hauch von Kräutern, die ich aber nicht näher bestimmen kann. Dafür musste ich mich zu sehr auf die einzelnen Szenen und mein Zeichnen konzentrieren."

„Ich habe eine Idee", sagt Garric und verlässt das Zimmer. Ich höre die Haustür und seine schweren Schritte auf dem Schotterweg in Richtung Parkplätze.

Nach einigen Minuten kommt er wieder herein. In seiner Hand hält er einen kleinen Zweig mit hellgrünen kurzen, weichen Nadeln und kleinen weißen Beeren daran. Er reibt an einigen der Nadeln und hält mir den Zweig unter die Nase. „Hat es ungefähr so gerochen?"

Ich schließe die Augen und nehme einen tiefen Atemzug. „Ja, das kommt ungefähr hin, aber es war rauchiger."

„Das kommt daher, dass früher die Seher oft getrocknete Zweige hiervon an den Rand des Feuers gelegt haben und langsam verglimmen ließen. So ähnlich wie Räucherstäbchen. Der Rauch sollte böse Geister fernhalten und den eigenen Geist auf das Gute konzentrieren."

„Was ist das für eine Pflanze?", frage ich. Da er nicht lange weg war, muss er den Zweig in der Nähe des Hauses gefunden haben.

„Das ist Wacholder", erklärt Linda. „Der wächst hier überall. Man kann ihn zum Kochen verwenden, als Tee für alle möglichen Beschwerden und ..."

„Die Beeren sind das Beste", ergänzt Garric und schmunzelt. „Daraus macht man unter anderem Gin. Oh, ich liebe Gin."

„Das wusste ich gar nicht", sagt Jeremy zu ihm. „Dann ist ja gut, dass ich ein ganz besonders feines Fläschchen in meiner Hausbar habe."

„Bevor ihr beiden euch dem Gin zuwendet, könnten wir uns bitte mal um die wichtigen Dinge kümmern?", fragt Linda. Sie ignoriert Garrics geflüsterten Einwand, dass Gin durchaus sehr wichtig sei, und fixiert ihren Mann mit einem intensiven Blick. „Jeremy, konzentrier dich. Oder besser noch, korrigier mich, wenn ich falschliegen sollte, aber ich kenne nur einen Raum, in dem es riecht, als sei in einem feuchten, modrigen Keller ein Wacholder-Feuer am Glimmen."

Jeremy wird von einer Sekunde auf die nächste vom schelmisch grinsenden Jungen zu einem seriösen, nachdenklichen Hüter. Linda und er liefern sich ein Blickduell.

„Könnt ihr uns vielleicht mal aufklären?", fragt Garric.

Linda wendet sich uns zu, atmet tief ein und sagt: „Die Grabkammer."

„Wie kann das sein?", frage ich. „Ich dachte, ihr habt die Grabkammer erst vor einigen Jahren gefunden?"

„Ja, so weit richtig", antwortet Linda, „aber das, was wir allgemein als ‚die Grabkammer' bezeichnen, besteht aus mehreren Räumen oder Bereichen. Die eigentliche Grabstätte liegt gut verschlossen und gesichert am Ende eines Geflechts von Räumen und Gängen. Unser Glück war, dass wir durch Zufall direkt dort gelandet sind, als der Tunnel unter uns eingebrochen ist."

„Na ja, Glück ...", murmelt Jeremy.

Ich erinnere mich an seine Erzählung auf dem *Drywon-Beinn* und wie er von seiner Angst um Linda berichtet hat.

Sie schenkt ihm ein aufmunterndes Lächeln, tätschelt ihm den Arm und erzählt weiter: „Wir haben uns also sozusagen von hinten nach vorne gegraben. Die Grabstätte an sich war original verschlossen und enthielt nur Zeitzeugnisse, die mit dem Alter des dort begrabenen Sehers übereinstimmten. Auch in den Räumen davor war seit dem Begräbnis keiner mehr gewesen. In der allerersten Kammer fanden wir Spuren deutlich jüngeren Datums. Anscheinend waren noch Generationen anderer Seher dort, hatten sich aber nie weiter ins Innere der Gänge gewagt."

„Was meinst du mit jüngeren Spuren?", fragt Garric.

„Na ja, zum einen waren die Wände deutlich besser befestigt als in der Grabstätte. Man hatte sie mit einem Lehm-Wasser-Gemisch geglättet und begradigt. Es gab einzelne Zeichnungen, Runen und Inschriften an den Wänden. Sie waren zwar mit der Zeit verblasst, aber wir konnten sie wieder gut sichtbar machen. Außerdem befanden sich an den Wänden und im Zugangstunnel einzelne provisorische Fackelhalterungen. Mittig in diesem Ram gab es eine Feuerstelle und darüber einen sehr gut getarnten, aber voll funktionsfähigen Rauchabzug. In den jeweiligen Ecken des Raumes gab es einige Luftschächte für die Frischluftzufuhr."

„Wobei Frischluftzufuhr sehr beschönigend ausgedrückt ist", ergänzt Jeremy, „denn als wir den Raum betraten, roch es dort ..."

„... wie in einem alten, feuchten, modrigen Keller mit einer deutlichen Rauchnote von Wacholder." Ich habe also nicht nur einen Seher in der vordersten Kammer gezeichnet, der lange vor Kieran Sinclair gelebt hat, sondern auch noch den Geruch dieses Raumes wahrgenommen.

„Gibt es einen groben Zeitrahmen, von wann die jüngsten Spuren stammen?", fragt Garric und wendet sich an Jeremy. „Oder hast du im Verzeichnis der Mondkinder etwas gefunden?"

„Beides", antwortet Jeremy. Er bringt das Mondkind-Verzeichnis zu uns an den Tisch und deutet auf den Eintrag zu Kieran Sinclair. „Seht ihr das? Wartet, ihr braucht vielleicht eine Lupe, es ist gut getarnt."

„Das Mondauge!", rufe ich und deute auf die drei i-Punkte, die unmerklich dicker sind als die anderen Is in deren Umfeld. Ein Blick durch die Lupe zeigt ein klitzekleines Mondauge.

Jeremy nickt und blättert langsam in die Vergangenheit. Einige Seiten und viele Jahre später deutet er auf einen weiteren Namen. Auch wenn die Handschriften sich über all die Jahre verändert haben, so ist auch hier zu erkennen, dass die i-Punkte sich bei einem Eintrag von den anderen unterscheiden.

„Alistair MacKinney", liest Garric und tippt mit dem Zeigefinger auf die i-Punkte, die eigentlich kleine Mondaugen sind. „Geboren am 17. August 1809 und gestorben am 1. November 1860."

Linda legt meine Zeichnung neben diesen Eintrag und sagt: „Ja, das kommt von der Kleidung ungefähr hin. Anfang des 19. Jahrhunderts passt in Sachen Schnitt und Material. Alistair muss hier ungefähr Mitte dreißig sein. Was meint ihr?"

Jeremy und Garric nicken.

„Das passt auch vom Alter der Fackelhalterungen her", ergänzt Jeremy. „Weißt du noch, Linda, ein Gutachter hat das Material auf Mitte des 19. Jahrhunderts geschätzt."

„Natürlich weiß ich das noch", rüffelt sie ihn, entschärft ihren Ton aber mit einem Augenzwinkern. „Wir haben damals vermutet, dass man nach dieser Zeit den Raum nicht mehr benutzt hatte, weil es keine Notwendigkeit einer Feuerstelle gab. Mit Beginn der Stromversorgung in der ersten Hälfte des 20. Jahrhunderts war es nur zu verständlich, dass spätere Seher sich einen etwas bequemeren Ort suchen würden."

„Wir haben aber auch nie die Möglichkeit ausgeschlossen, dass der Zugang zu diesem Raum unabsichtlich verschüttet wurde und spätere Seher nichts davon wussten", sagt Jeremy.

„Mein Urgroßvater hatte keinen bestimmten Platz für seine

Visionen, zumindest so weit ich mich erinnern kann", erzählt Garric. „Allerdings hielt er sich meistens im Freien auf. Wenn ich es mir recht überlege, immer in der Nähe der Stelle, wo uns letztens dein Schimmer hingeführt hat, T."

Bei der Erinnerung an diesen Tag überläuft mich eine Gänsehaut.

Linda nimmt meine Hände in ihre und sieht mir fest in die Augen. „Kein Grund zur Sorge, T., wir haben es verstanden. Wir vertrauen dir."

„Okay", sage ich. Meine Stimme ist trotzdem belegt.

„Also, wir haben einen Namen, einen ungefähren Zeitraum und einen Ort", sagt Garric.

„Und eine Szene, die uns zeigt, dass sich ein Seher schützen kann", ergänzt Linda und deutet auf das fünfte Bild, in dem Alistair sowohl sich als auch seinen vorher sichtbaren Schimmer gegen den anderen Mann abschirmt.

„Jeremy, gibt es einen weiteren passenden Eintrag, der uns helfen könnte, den anderen Mann zu identifizieren?", frage ich. „Ich finde, er sieht etwas jünger aus, oder?"

„Ja, sehe ich genauso." Jeremy vertieft sich wieder in sein Register. „Da, ich glaube, ich habe ihn: James Sheerwood, geboren am 21. Mai 1822 und gestorben am ..." Er wird still. Sein Blick verharrt auf der rechten Zeile des Eintrages, der nur ein paar Zeilen unter dem von Alistair MacKinney steht.

Linda beugt sich über die Schulter ihres Mannes. Sie wird blass und schüttelt den Kopf, bevor sie flüstert: „Gestorben am 1. November 1860."

„Das kann kein Zufall sein, oder?", frage ich.

„Dazu gibt es bestimmt etwas im Archiv", meint Garric. „Ich komme morgen mit dir zu Gracy. Wir holen nicht nur das Buch, sondern suchen nach einem Bericht darüber, was sich am 1. November 1860 ereignet hat."

„Alles klar", sagt Linda, „aber bevor wir uns wieder auf eine schlimme Geschichte konzentrieren, sollten wir uns merken,

dass es anscheinend eine Möglichkeit gibt, sich abzuschirmen. Darauf muss unser Augenmerk liegen. Wir müssen herausfinden, was Alistair dort gemacht und wie er James abgeblockt hat. Alles andere schürt nur unnötig Panik und lenkt uns von unserem Ziel ab: nämlich Tristan zu schützen."

Als ich später in meinem Bett liege, will ich unbedingt Lucys Stimme hören. Obwohl es spät ist, rufe ich nach ihr. *"Frau Lu? Schläfst du schon?"*

"Tristan? Ich habe auf dich gewartet, habe aber fast aufgegeben."

Lächelnd berichte ich von den Ereignissen der letzten beiden Tage. Von unserem Experiment mit Garrics Erinnerungen weiß Lucy bislang nichts Genaues. Ich muss ihr zugutehalten, dass sie mich ausreden lässt und nur unterbricht, wenn sie eine Frage hat. Doch als ich geendet habe, kann sie sich nicht mehr zurückhalten.

"Also ehrlich, ich glaube, du brauchst eher einen Wächter als ich. Hätte ich gewusst, dass es bei dir in England so spannend ist, wäre ich auf jeden Fall mitgekommen."

"Du erlebst doch auch spannende Sachen."

"Nicht wirklich. Alle anderen dafür umso mehr. Josh ist jeden Tag am Trainieren und sieht meine Mutter gefühlt mehr als ich. Alexander recherchiert ständig irgendwelchen Kram für euch und ich bekomme nur eine Zusammenfassung."

"Ach, Frau Lu, du glaubst gar nicht, wie gerne ich dich hier hätte. Es gibt jeden Tag tausend Momente, in denen ich denke, dass ich das viel lieber direkt mit dir erleben möchte, als es immer nur zu erzählen. Aber was ist mit der Kraftader? Ich dachte, da machst du Fortschritte?"

"Na ja, wenn du es als Fortschritt bezeichnest, dass ich mittlerweile jeden Bach und jeden Hügel im Umkreis von einhundert Kilometern beim Namen kenne." Lucy schnaubt und ich kann mir ihr genervtes Augenrollen bildlich vorstellen. *"Dieses Wochenende waren wir nicht auf dem Drywon-Beinn. Mittlerweile spüre ich die*

Energie sehr gut in der Bücherei. Es klappt immer besser, sie zuerst aufzunehmen und dann wieder abzugeben."

„Das klingt super."

„Ja. Aber ich möchte es schaffen, sie gleichzeitig in beiden Richtungen zu lenken. Verstehst du, was ich meine?"

„Wie einen Kreislauf?"

„Genau. Alexander hat mir verboten, das zu üben, wenn er nicht direkt neben mir sein kann. Nur hat sich das in den letzten Tagen nie ergeben. Ich komme also keinen Schritt weiter, und das nervt mich."

KAPiTEL 19

TRISTAN

14. September 1999

Wieder bringt Linda die Zeichnungen anhand meiner Erzählung in die richtige Reihenfolge, bevor wir uns über die einzelnen Bilder beugen. Schnell sind wir uns einig, dass sich diese Szene noch weiter in der Vergangenheit befindet. Allerdings lässt sich in diesem Fall der zeitliche Rahmen kaum feststellen. Ein Großteil des Sehers ist vom Feuer verdeckt und die Kleidung der Familie ist nicht spezifisch genug.

„Vielleicht geht es darum gar nicht", sagt Linda. Sie blättert die Zeichnungen durch, bis die letzte Sequenz oben liegt. „Direkt nachdem du das hier fertig gemalt hast, bist du kurz ohnmächtig geworden. Erinnerst du dich?"

„Ja." Ich versetze mich gedanklich in diesen Moment zurück. Mein Blick fällt auf den Seher. Wieder fixiert mich sein durchdringendes Starren. Mich überläuft eine Gänsehaut und kurz kribbeln meine Finger. Mir fällt ein, was der Seher mir übermittelt hat. „Schutzschild", flüstere ich.

Die ratlosen Gesichter der Erwachsenen sprechen Bände. Also erkläre ich ihnen, was es mit diesem Wort auf sich hat.

„Okay, es gibt eine Möglichkeit, sich abzuschirmen", fasst Linda zusammen und wendet sich an ihren Mann: „Ihr beiden habt einen klaren Auftrag, wenn ihr zu Gracy ins Archiv fahrt. Findet dieses Buch und sucht nach Aufzeichnungen von anderen Sehern, wie das mit diesem Schutzschild funktioniert."

„Vielleicht kommst du besser mit, T", sagt Garric. „Du kannst mit deiner speziellen Methode beim Suchen helfen."

Ich habe ehrlich gesagt keine Lust und bin sehr dankbar, dass Linda mich rettet.

„Das geht nicht, T. ist offiziell krankgemeldet. Wenn einer sieht, dass er putzmunter mit euch im Dorf herumspaziert, kriegt er Schwierigkeiten in der Schule. Außerdem sollte er seine Kräfte schonen. Wenn ihr fündig werdet, wird er jedes Quäntchen Energie brauchen, um diesen Schutzschild zu üben."

Lindas Machtwort verfehlt seine Wirkung nicht. Wenige Minuten später sind die beiden Männer auf dem Weg ins Dorf.

Jeremy und Garric werden von einer besonders starken Sturmböe zurück ins Cottage geweht. Es dauert nicht lange, bis wir am Tisch zusammensitzen. Jeremy legt mit feierlicher Miene das Buch aus meiner Vision auf den Tisch. Wie er bereits angekündigt hatte, ist es in einem deutlich schlechteren Zustand als zu Kierans Zeit.

„Was ist denn mit dem armen Buch passiert?", fragt Linda.

„Wasserschaden", antwortet Jeremy. „Das alte Archiv war baufällig. Aber wie das immer so ist, wollte die Stadtverwaltung kein Geld ausgeben. Man hat einen Umbau so lange hinausgezögert, bis eines der Wasserrohre kaputt gegangen ist. Es hat einige Dokumente von unschätzbarem Wert zerstört. Dieses Buch lag zum Glück weit genug abseits, um noch gerettet werden zu können. Immerhin wurde danach gehandelt und das heutige Archiv entstand."

„Können wir es noch verwenden?", frage ich.

„Klar. Ich habe von Gracy eine ganze Liste mit Regeln bekommen, wie wir am besten mit dem Buch umgehen, damit es nicht noch mehr zu Schaden kommt. Aber ich denke, wir kommen zurecht." Er zieht ein paar weiße Baumwollhandschuhe hervor. Vorsichtig nimmt er das Buch in die Hände. Andächtig streicht

er über den alten Einband. Mit einem Seitenblick gleicht er das Äußere des Buches mit meiner Zeichnung ab. Dann öffnet er zaghaft die ersten Seiten und runzelt die Stirn.

Ich lehne mich näher zu ihm. Doch schon beim ersten Blick auf die eng beschriebenen Buchseiten habe ich ein Problem. „Was ist das für eine Sprache?"

„Gälisch", antwortet Jeremy und seufzt. „Damit sind wir schneller fertig als gedacht. Mein Gälisch ist so schlecht, dass ich schon im Studium daran gescheitert bin."

„Meines ist besser, aber das hier ist in der alten Schrift." Linda stöhnt. „Das wird Tage dauern, etwas zu entziffern."

Ich dachte, wir finden in diesem Buch eine gute Anleitung, wie ein Seher seinen Schutzschild aufbauen und einsetzen kann. Auch wenn das zu einfach gewesen wäre. Mir entfährt ein tiefer Seufzer.

Linda schickt mir einen bedauernden Blick.

„Nicht schlimm", sage ich, aber meine zittrige Stimme verrät mich.

„Na, wer wird denn gleich die Flinte ins Korn schmeißen?", fragt Garric. „Zeig mal her." Er übernimmt die Handschuhe von Jeremy und zieht das Buch behutsam zu sich hinüber.

Es vergeht eine gefühlte Ewigkeit, in der er sich über die Seiten beugt. Ab und zu blättert er um, reibt sich das Kinn oder runzelt die Stirn. Im Cottage ist es mucksmäuschenstill. Ich höre nur das Ticken der alten Standuhr, wenn nicht gerade Wind und Regen draußen lauter sind als alles andere. Endlich hebt Garric den Blick und scheint einen Moment lang verwundert, uns hier sitzen zu sehen. Doch schnell hat er sich wieder im Griff, zwinkert mir zu und sagt: „Kein Problem."

„Wie jetzt, kein Problem?", fragt Jeremy. „Geht das ein bisschen ausführlicher?"

„Klar", antwortet Garric und grinst. „Ich verstehe jedes Wort. Es ist faszinierend, die alte Sprache in ihrer ursprünglichen

Schrift zu sehen. So einen Schatz hatte ich sehr lange nicht mehr in den Händen."

„Du kannst das wirklich lesen?"

„Ja, natürlich. Sagt mal, was bringt man euch heutzutage an der Uni bei?" Garric lacht kurz auf und wendet sich an mich. „Ich würde sehr gerne jedes einzelne Wort in Ruhe genießen. Aber wir sollten versuchen, schneller ans Ziel zu kommen. Ich habe eine Idee. T., denkst du, wir könnten es mit deiner Suchmethode probieren? Wie wäre es, wenn du deinen Schimmer nach dem Bereich suchen lässt, in dem etwas zum Thema Schutzschild geschrieben ist?"

„Ich denke, das könnte funktionieren."

„Okay, dann blättere ich langsam um und du legst deine Hände in die Nähe des Buches. Mal schauen, was passiert. Einen Versuch ist es wert."

Ich nicke, schließe die Augen und konzentriere mich auf das Buch. Ich sehe erneut die Szene vor mir, als Kieran seinem Urenkel Garric das Buch im Regal zeigt. Ich lasse meine Gedanken zu den anderen beiden Sehern schweifen, die ihre Fähigkeiten vor anderen schützen konnten. Schnell spüre ich das gewohnte Kribbeln in den Fingerspitzen, ebenso wie ein leichtes Schimmern. Instinktiv öffne ich die Augen und beobachte Garric, wie er Seite um Seite des Buches anschaut.

Lange Zeit passiert nichts. Nur das gleichbleibende Kribbeln meiner Finger zeigt mir, dass ich die Konzentration nicht verloren habe. Doch mit einem Mal intensiviert sich das Gefühl. Selbst wenn ich es verhindern wollte, könnte ich das Schimmern nicht stoppen, das sich nun von meinen Händen in Richtung des Buches ausbreitet.

Ein Blick ins Buch verrät, dass dort gerade ein neues Kapitel beginnt. Garric ist noch dabei, den Titel zu lesen. Keine Ahnung, ob er mein Schimmern entdeckt hat, aber er nickt und bestätigt mit einem kurzen Blick zu uns, dass wir an der richtigen Stelle sind. Er markiert die Seite mit einem kleinen

Lesezeichen und blättert das Buch gleichmäßig langsam weiter durch. „Vielleicht gibt es mehrere relevante Stellen", sagt er und ich nicke.

Der Schimmer zieht sich zurück, je weiter wir uns von der Markierung entfernen. Weitere Minuten vergehen. Ich will innerlich schon aufgeben, als sich alle meine Sinne zurückmelden.

Garric schaut mich an und liest stirnrunzelnd die Seite, auf der er sich gerade befindet. Er schüttelt den Kopf und fragt: „Bist du sicher, T.?"

Ich hebe eine Augenbraue. Bislang haben wir uns auf meinen Instinkt verlassen können. Außerdem ist die Reaktion hier um ein Vielfaches stärker als bei der ersten Stelle. Um es ihm zu beweisen, nähere ich meine Hände vorsichtig an das Buch an, was den Schimmer noch heller werden lässt.

Linda beobachtet mich mit großen Augen. Jeremy entziffert derweil gemeinsam mit Garric einzelne Textstellen. Beide haben das Kinn in die Hände gestützt, die Stirn gerunzelt und schütteln die Köpfe.

Ich weiß, ich darf das Buch ohne Handschuhe nicht berühren. Aber meine Hände werden unweigerlich von den aufgeschlagenen Seiten angezogen. Mit letzter Willenskraft schweben meine Finger etwa eine Handbreit über den antiken Schriftzeichen. Garric will protestieren, doch ihm bleiben die Worte im Hals stecken.

Von meinen Händen breitet sich der Schimmer aus. Er umhüllt die komplette Schrift und taucht das Buch in ein Flimmern aus Silber und Nebel. Sprachlos beobachten wir dieses Schauspiel.

Linda gewinnt als Erste die Fassung zurück. Sie springt auf, kommt mit einem Block und Stift zurück und schubst Jeremy zur Seite. „Ein Code!"

Sie zeigt auf die Seiten und nun entdecken auch wir, was sie meint. Verhüllt von meinem Schimmer verschwinden große

Teile des Textes. Andere werden umso deutlicher sichtbar. Linda ist bereits dabei, die einzelnen Buchstaben und manchmal auch ganze Worte abzuschreiben.

„Kennzeichne auch die, die hervorgehoben scheinen", sagt Garric.

Linda nickt, fährt diese Buchstaben nach und unterstreicht sie zusätzlich. Ihre Hand fliegt nur so über das Blatt, während sie abzeichnet, was wir vor uns sehen. Dabei achtet sie darauf, die Fragmente an die richtige Stelle des Blattes zu setzen.

„Du kannst dir Zeit lassen. Das ist nicht anstrengend."

Ihre Hand wird langsamer und die Anspannung weicht aus ihren Schultern. Nach einigen Minuten hat Linda die Doppelseite originalgetreu auf ihren Block abgemalt.

Langsam blättert Garric um. Doch genauso schnell, wie er sich gemeldet hat, verschwindet mein Schimmer wieder. Für den Rest des Buches passiert nichts mehr.

„Ich würde sagen, Tristans Suchmethode hat funktioniert", sagt Jeremy.

„Und jetzt?", fragt Linda und bringt meine Gedanken auf den Punkt.

„Ich denke, wir arbeiten in Teams", schlägt Garric vor. „Wir beide kümmern uns um das Buch und übersetzen den gälischen Teil in verständliche Sprache. Wahrscheinlich brauchen wir die anderen beiden erst wieder, wenn es um das Entschlüsseln des Codes geht."

„Okay, dann kümmern wir uns um die Zeitungsartikel und Berichte zu den Ereignissen des 1. November 1860", sagt Jeremy.

Einerseits habe ich große Lust, mich um die Entschlüsselung des Codes zu kümmern. Andererseits sehe ich ein, dass Linda eine größere Hilfe ist. Die Aussicht auf eine weitere Geschichte, die schlecht für ein Mondkind – und in diesem Fall für einen Seher – ausgegangen ist, lässt mich schaudern. Ich zwinge mich zur Ruhe. Noch kennen wir nicht die Details. Obwohl das, was ich beim Zusammentreffen von Alistair und James gezeichnet habe, nicht auf etwas Gutes schließen lässt.

Damit beide Zweiergruppen in Ruhe arbeiten können, gehe ich mit Jeremy nach oben in mein Zimmer. An meinem Schreibtisch ist es ziemlich eng für uns beide, aber mit etwas Improvisation finden wir ein Plätzchen. Konzentriert sichten wir das Material, welches er aus dem Archiv mitgebracht hat. Schnell gerate ich jedoch an meine sprachliche Grenze. Die Berichte sind zwar nicht in Gälisch, allerdings auch weder im heute gebräuchlichen Englisch noch in einer mir verständlichen Schrift geschrieben. Also gehen wir dazu über, dass Jeremy die Artikel vorliest und ich mitschreibe.

Schon bald zeigt sich ein Bild der Ereignisse. Jeremy fasst unsere Erkenntnisse zusammen. Ich vergleiche es derweil mit meinen Notizen. „Am Abend des 1. November 1860 ereignete sich ein tragischer Unfall, bei dem Alistair MacKinney, James Sheerwood und ein weiterer, unbekannter Mann ums Leben kamen. Sie wurden während eines heftigen Sturms mit sintflutartigen Regenfällen von einem Erdrutsch erfasst und verschüttet. Bis man sie an ihrem abgelegenen Fundort bergen konnte, kam jede Hilfe zu spät. Man weiß bis heute nicht, warum sich die drei Männer trotz Sturmwarnung an dieser einsamen Stelle aufhielten. Die Identität des Dritten wurde ebenfalls nie geklärt."

„Hier in den Todesanzeigen steht, dass Alistair und James eng befreundet waren", sage ich und zeige Jeremy die entsprechende Zeitungsseite. „Vielleicht habe ich mich geirrt, als ich davon ausging, dass Alistair von James zu einem früheren Zeitpunkt angegriffen wurde."

„Egal, ob Angriff oder nicht, es gab einen Grund für Alistair, seinen Schimmer zu verstecken, obwohl James ein Mondkind war", entgegnet Jeremy.

„Vielleicht wollte er nicht, dass James von seinen Seher-Fähigkeiten erfährt."

„Ja, das kann sein. Hier sind noch ein paar Dokumente. Vielleicht findet sich darin ein Anhaltspunkt, was genau an diesem Abend passiert ist."

Wir gehen die restlichen Dokumente durch, doch bleiben die beiden wichtigsten Fragen unbeantwortet. Plötzlich fällt aus einem gefalteten Zeitungsartikel ein kleiner Zettel. Da es sich augenscheinlich um den gleichen Artikel handelt, den wir uns zu Beginn bereits durchgelesen hatten, haben wir dieses Blatt bislang auf die Seite gelegt.

Jeremy hebt den Zettel auf. Er will ihn gerade zurücklegen, als er die Stirn runzelt und zu lesen beginnt. „Unglaublich", flüstert er, lässt das Blatt sinken und reibt sich mit der Faust die Stirn. „Diese Notiz ist von der Ehefrau von James Sheerwood und klärt zumindest einen Teil unserer offenen Fragen. Also, James und Alistair waren sehr enge Freunde, vielleicht eher so etwas wie Vater und Sohn. Beides Mondkinder. Sie haben sich gemeinsam um die Anlage auf Maiden Castle gekümmert. Ich gehe davon aus, dass James bei aller Freundschaft nicht wusste, dass Alistair ein Seher ist. Hier steht, dass sie nicht begreift, warum Alistair immer noch darauf besteht, zu Vollmondnächten in die unterirdische Kammer von Maiden Castle zu gehen. James hat ihm schon seit Langem erklärt, diese sei nicht sicher. Anscheinend ist James am Abend des 1. November in Maiden Castle gewesen, weil er wusste, dass Alistair in diesem Raum war. Er hat sich Sorgen gemacht wegen des Sturms. Als er nach Stunden nicht zurückkam, hat seine Frau die Behörden alarmiert. Aber die Schäden im Dorf waren so groß, dass man sich erst am nächsten Morgen auf die Suche nach James und Alistair machen konnte."

„Dann sind sie in der Kammer hier auf Maiden Castle gestorben?", frage ich.

„Zumindest in der Nähe, vielleicht im Bereich des Zugangstunnels", vermutet Jeremy. „Ich zeige dir bei Gelegenheit die Pläne. Vom Einstieg bis in die Kammer führt ein langer Tunnel.

Hier waren tatsächlich die ersten zwanzig Meter komplett eingestürzt, sodass wir den Zugang nach hinten versetzt haben, weil eine Freilegung des gesamten Tunnels ein unverhältnismäßig hoher Aufwand gewesen wäre."

„Also nehmen wir mal an, die drei Männer wurden nahe dem Eingang verschüttet. Dann sind die Rettungsmannschaften wahrscheinlich davon ausgegangen, dass es dort nicht weitergeht. Sie haben die Leichen geborgen und den Rest einfach so gelassen?"

„Ja, so sieht es aus."

„Warum wird nirgends erwähnt, dass sie in Maiden Castle waren?"

„Gute Frage. Ich vermute, man wollte bewusst Spekulationen vermeiden, warum James und Alistair an einem Vollmondabend hier waren."

„Macht Sinn, aber es bleibt immer noch die Frage nach diesem unbekannten Dritten."

„Stimmt. Obwohl, schau mal, hier ist noch eine Notiz auf der Rückseite. Warte, ich versuche sie zu entziffern." Jeremy beugt sich erneut über den Zettel, liest den Text vor und fährt mit dem Zeigefinger die einzelnen Wörter entlang. „*Auch wenn es James und Alistair nicht mehr hilft, diese Höhle da draußen ist endgültig verschlossen. Sie wird aus den Archiven gelöscht, damit dort nie wieder jemand den Tod findet. Keiner weiß, wer der Fremde war, der mit unseren Männern gestorben ist. Aber ich vermute, dass es sich um diesen dunklen, unheimlichen Mann handelt, der uns in den letzten Tagen immer wieder aufgelauert hat. Er war allgegenwärtig, wie ein Vorbote auf nahendes Unheil, und wurde seitdem nicht mehr gesehen.*"

„Puh, das ist ja mal krass", sage ich und Jeremy nickt. „Die Geschichte ist also ungefähr so gewesen: James und Alistair werden von einem unheimlichen Fremden beschattet. Am Abend des 1. November, zufällig Vollmond und damit Samhain, befindet sich Alistair in der Kammer des Sehers, während sich draußen ein schlimmes Unwetter zusammenbraut."

„In doppelter Hinsicht", sagt Jeremy, „denn es zieht nicht nur der Sturm auf, sondern es befindet sich auch Dunkelheit in der Nähe. James macht sich Sorgen. Er geht zu Alistair, um ihn aus der Kammer zu holen, bevor er durch das Unwetter zu Schaden kommt. Wahrscheinlich folgt ihm der Fremde. Die Männer treffen aufeinander, als James und Alistair gerade den Tunnel verlassen wollen. Alle drei sterben, weil sie verschüttet werden. Ob nun durch die Regenfälle oder als Folge eines Kampfes, bleibt unklar."

„Alistair hat seinen Schimmer und seine Fähigkeiten als Seher vor James all die Jahre verborgen, weil er den wahren Zweck der Kammer geheim halten wollte. Deshalb war er an seinem Todestag zunächst alleine in Maiden Castle."

„Ich denke, er wollte nicht nur das Geheimnis von Maiden Castle schützen, sondern indirekt auch seinen Freund James. Denn je weniger ein Mondkind von den speziellen Fähigkeiten anderer weiß, umso weniger ist es angreifbar von der Dunkelheit."

„Verstehe."

„Ich bin gespannt, ob Linda und Garric das übertrumpfen können", sagt Jeremy. Er grinst schelmisch, als wir mit dem Ergebnis unserer Recherche nach unten gehen.

Das Sturmgrau des verregneten Nachmittags ist in dunklen Abend übergegangen. Mein Magen verkündet, dass zu viel Denken hungrig macht. Wir betreten das Erdgeschoss durch die Küchentür, um die anderen nicht zu stören, falls sie noch am Übersetzen sind. Tatsächlich sehen beide so aus, als wären sie der Lösung nicht näher.

Garric klappt den Block mit ihren Notizen zusammen. „Schluss für heute, ich kann nicht mehr denken." Er stöhnt.

Linda stimmt zu und räumt den Tisch frei. Jeremy gibt eine schnelle Zusammenfassung unserer Erkenntnisse von den

Geschehnissen des I. November 1860 und Linda schüttelt den Kopf. „So hätte ich mir die Geschichte nicht vorgestellt."

„Wir auch nicht", sage ich.

„Aber wir waren auch nicht ganz untätig", antwortet Garric. „Wir haben den Text aus dem ersten Kapitel vom Gälischen übersetzt, nur den Code haben wir nicht entschlüsseln können. Das müssen wir auf morgen verschieben, wenn ich wieder ausgeschlafen bin."

„Aber ich muss morgen wieder in die Schule."

„Ja, Linda und ich müssen auch mal wieder arbeiten."

„Kein Problem. Ich komme vormittags auf jeden Fall alleine klar. Wenn alles gut läuft, habe ich bis abends den Code entschlüsselt."

Vincent von Grafenstein

An Claire Lacroix

14. September 1999

Guten Tag Claire,

ich denke darüber nach. Derzeit arbeite ich mit einem anderen
Experten zusammen. Sollte ich deine Dienste erneut benötigen,
lasse ich es dich wissen. Halte dich bereit und scheitere nicht
noch einmal.

Vincent
PS: Verschone mich mit deiner Gefühlsduselei.

KAPiTEL 20

LUCY

15. September 1999

„Was machst du da?", fragt Josh.

Ich zucke zusammen. Gerade noch so kriege ich die Karten und Notizen zu fassen, die ich auf meinen Knien balanciert hatte.

Schwungvoll lässt Josh sich neben mich fallen. Meine Mutter und er haben heute das Erdgeschoss der Bücherei für sich beansprucht. Deshalb sitze ich seit Langem mal wieder im Obergeschoss. Auf eine gewisse Weise habe ich es vermisst.

Nachdem ich alles sicher auf dem Boden verstaut habe, mustere ich meinen Wächter. Sein Gesicht ist hochrot, seine Haare sind feucht und verwuschelt. Das T-Shirt klebt ihm am Körper. Meine Mutter scheint ihn besonders gefordert zu haben. Mittlerweile weiß ich, dass meine Fragen nach seinem Training unbeantwortet bleiben. Also spare ich mir die Energie. Wie selbstverständlich greift er nach meinem Glas und trinkt das kalte Wasser mit großen Schlucken aus.

„Bedien dich", sage ich und hebe eine Augenbraue.

Josh grinst. Er stellt das leere Glas wieder auf den kleinen Beistelltisch, nimmt sich meine Tasse und trinkt auch meinen Tee. Als ich schnaube, zuckt er entschuldigend mit den Schultern.

Ich seufze, stehe auf und hole eine neue Wasserflasche aus der kleinen Küche unter der Treppe.

„Danke", antwortet er, als ich ihm erneut einschenke.

„Gerne. Dann sitze ich wenigstens nicht den ganzen Nachmittag unnütz herum."

Josh trinkt zwei weitere Gläser, bevor er sich mit einem zufriedenen Seufzer nach hinten lehnt. Er lässt den Blick über das Chaos schweifen, das ich um mich herum ausgebreitet habe. Zwei Bildbände liegen neben einem Kartenheft. Dazwischen befinden sich meine Notizzettel und kleine, bunte Klebestreifen. Die Klarsichtfolien und meine Stifte hat er bei seiner Ankunft beiseitegeschoben, sodass sie neben ihm liegen.

„Was machst du da?", wiederholt er.

„Nichts." Mit beiden Händen reibe ich mir übers Gesicht in der Hoffnung, den Nebel aus meinem Kopf zu vertreiben. Seit meiner Ankunft vor mehr als zwei Stunden habe ich keine Fortschritte gemacht. Die einzelnen Fragmente, die die Forscher damals herausgefunden haben, wollen einfach nicht zusammenpassen. Mittlerweile frage ich mich, ob ich nicht vollkommen auf der falschen Fährte bin. Vielleicht steckt hinter dieser ganzen Kraftader-Sache doch nicht so ein großes Ding wie gedacht. Oder die Tatsache, dass ich direkten Zugang habe, ist schon genug.

Sollte es mir irgendwann gelingen, die Energie gleichzeitig in beide Richtungen zu lenken, wäre das mehr, als alle Mondkinder mit den Elementen Feuer und Erde schaffen. Setze ich zu hohe Maßstäbe, was ich als Vollmondkind in Verbindung mit der Kraftader erreichen sollte? Mein Bauchgefühl sagt mir, dass da mehr sein muss. Aber ich finde es nicht heraus. Alle anderen machen Fortschritte in ihrem Training, bei ihrer Fähigkeit und unserem Schutz. Nur ich klappe jeden Nachmittag aufs Neue die Bücher zu und bin genauso unwissend wie vorher. Das nervt.

„Klar, so sieht nichts bei mir auch immer aus", neckt mich Josh.

Gegen meinen Willen muss ich lachen. Er hat keine Schuld an meiner schlechten Laune, also sollte ich sie nicht an ihm

auslassen. Ich seufze und erkläre ihm: „Ich suche immer noch nach Details zu diesen Kraftadern. Aber entweder bin ich zu doof oder die tarnen sich fast so gut wie Wächter oder Vollmondkinder."

„Keiner versteckt sich so gut wie ein Wächter", sagt Josh. „Wenn du magst, erzähl mir, was es mit diesen Kraftadern auf sich hat. Vielleicht kommen wir gemeinsam hinter das Geheimnis."

Ich erkläre ihm alles, was ich bislang herausgefunden habe. Besonders beeindruckt ist Josh davon, dass ich einen direkten Zugang zur Energie habe. Doch als ich es ihm zeigen möchte, müssen wir feststellen, dass es im Obergeschoss nicht funktioniert. Vielleicht kann ich auch das trainieren. Aber vorerst ist es gut zu wissen, dass ich ebenerdig stehen muss, um an die Kraftader zu kommen.

Als ich mit meiner Erzählung fertig bin, fragt Josh: „Jeder Mondkreis hat seine eigene Kraftader?"

„Das hat diese Forschergruppe herausgefunden. Sie haben auf den verschiedenen Mondkreisen den Verlauf der Kraftader eingezeichnet."

Ich gebe ihm eine meiner Klarsichtfolien. Hier habe ich die Einträge aus den einzelnen Mondkreisen in eine Europakarte übertragen. Denn die Forscher waren nicht nur in Deutschland, sondern sogar auch in Vix und Mont Vully. Nur nach Maiden Castle haben sie es nicht geschafft. Vielleicht kann ich das irgendwann ergänzen.

Josh mustert meine gezeichneten Linien. Mit dem Finger fährt er einzelne Strecken nach. Dabei murmelt er vor sich hin. Ich sitze neben ihm und knete die Hände. Ich weiß nicht, wie oft ich mir diese Linien angeschaut habe. Unzählige Male habe ich die Berichte der Forscher gelesen. Immer wieder habe ich mir alle möglichen Informationen rausgeschrieben. Nur leider hat mich nie der entscheidende Geistesblitz getroffen, wie mir das alles helfen könnte.

„Du sagst, auf dem *Drywon-Beinn* verlaufen zwei davon?", fragt Josh.

„Nicht nur verlaufen, sie kreuzen sich."

Josh nickt und brummt etwas Unverständliches. Wieder zeichnet sein Finger imaginäre Linien auf der Karte unter meiner Folie. Schließlich hebt er den Blick und fragt mich: „Bist du sicher, dass es zwei sind?"

„Was genau meinst du?"

„Könnte es auch eine sein?"

„Theoretisch könnte es natürlich eine sein, aber ich bin die komplette Wiese abgelaufen. Irgendwo müsste sie eine Kurve machen, um sich unter dem Ritualplatz zu kreuzen."

„Das stimmt. Aber denk mal größer."

Mein Kopf ist wie leergefegt. Mehrmals blinzele ich, reibe mir den Nacken und schüttele den Kopf. „Ich weiß nicht, was du mir damit sagen willst."

Josh rückt näher zu mir, legt die Karte zwischen uns und nimmt sich einen der Folienstifte. Dann erklärt er: „Nehmen wir einmal an, dass es sich wirklich um eine einzige Kraftader handelt. Sie kreuzt sich auf dem *Drywon-Beinn*." Während er redet, zeichnet er die entsprechenden Linien. „Die Nord-Süd-Tangente geht von hier aus weiter Richtung Hirschlanden und trifft auch Mont Vully. Die Ost-West-Tangente macht ein paar Schlenker und erreicht Manching auf der einen und Vix auf der anderen Seite."

„Aber dann sind es doch immer noch zwei", widerspreche ich.

„Vielleicht, vielleicht auch nicht." Josh grinst mich an. Er blättert in einem der Bildbände und macht anhand der dortigen Karten weitere Kreuze auf unserer Folie. „Wenn wir Maiden Castle dazu nehmen, macht deine Ost-West-Linie eine beachtliche Kurve. Zusätzlich noch Haithabu als keltische Siedlung in Norddeutschland. Gibt es da einen Mondkreis?"

„Ja, gibt es", sagt Alexander, der die Treppe nach oben erklimmt. „Momentan ist dort kein aktiver Hüter, aber sobald wir genug Mondkinder mit Hüter-Fähigkeiten haben, könnte jemand die Stelle besetzen. Ich kenne den Ausgrabungsleiter sehr gut. Er hat einen Sohn in eurem Alter. Thies, glaube ich. Bislang noch ohne Mondkräfte, aber warten wir mal ab. Was nicht ist, kann ja noch werden. Wieso willst du das wissen?"

Josh bringt ihn mit knappen Sätzen auf den neuesten Stand. Unter dem anerkennenden Blick von Alexander kreuzt er auch diesen Punkt und schließt von da aus die Lücke zu unserem Startpunkt.

„Sie ist verbunden", sage ich. Meine Augen folgen Joshs Linie. Mit einem Mal ergibt alles Sinn. Einzelne Puzzleteile rücken an ihren Platz. Unter Joshs Protest schnappe ich mir seinen Stift. Ich folge der Linie südwärts bis in die Schweiz. Von dort bis Manching ergibt sich eine weitere Kurve. Auf meinen fragenden Blick antwortet Alexander: „Ich kenne keinen Mondkreis in dieser Gegend. Aber das heißt ja nicht, dass es keinen gibt."

Nachdem die Linie komplett ist, herrscht verblüfftes Schweigen. Alexander bricht die Stille schließlich. „Unglaublich."

„Josh, du bist genial", sage ich.

Mein Wächter zuckt mit den Schultern, grinst und antwortet: „Tja, ich würde sagen, Beweisführung abgeschlossen. Es ist eine einzige Kraftader."

Die Lösung ist so einfach, wenn man es erst einmal weiß. Die Tragweite dieser Entdeckung überfordert mich. Ich muss meine Gedanken aussprechen, um sie sortiert zu bekommen.

„Das bedeutet, es handelt sich um eine durchgehende Kraftader, die alle Mondkreise verbindet. Ich habe Zugang zu ihrer Energie. Also habe ich über sie auch Zugang zu allen Mondkreisen, die auf ihrem Weg liegen."

Alexander und Josh nicken. Mein Hüter fixiert mit gerunzelter Stirn noch immer die Karte mit unserer Folie und den gezeichneten Linien. Josh allerdings schaut mir direkt in die Augen, als wolle er meine Gedanken lesen, bevor sie meinen Mund verlassen.

Ich halte seinen Blick gefangen, während ich sage: „Die Kraftader hat die Form einer Acht. Es liegen sieben Mondkreise auf ihrem Weg. Acht, wenn man den *Drywon-Beinn* doppelt zählt, schließlich wird er zweimal berührt. Oder wir finden einen achten Mondkreis."

Beide Ansatzpunkte fühlen sich nicht richtig an. Ich spüre, dass ein weiteres Puzzleteil fehlt oder vielmehr noch nicht an seinem Platz ist. Was übersehe ich?

In diesem Augenblick schaltet sich der Mond ein. *„Lucy, du bist die Nummer acht. Sieben Mondkreise und ein Vollmondkind. Das schließt den Kreis."*

„Ich schließe den Kreis", wiederhole ich laut. Auf die überraschten Blicke von Josh und Alexander ergänze ich die Information des Mondes. „Sieben Mondkreise und ein Vollmondkind. Ich schließe den Kreis. Ich verbinde die Gemeinschaft."

KAPiTEL 21

TRISTAN

15. September 1999

„Konntet ihr den Code entschlüsseln?", fragt Lucy an diesem Abend. Gerade hat sie mir von ihrer Entdeckung der Kraftader quer durch Europa erzählt.

„Nein, keine Chance. Ich wünschte, du wärst hier. Du könntest uns bestimmt helfen und dieses Rätsel lösen."

„Du brauchst mich also nur, um das Rätsel zu lösen."

„Tja, wir beide wissen, dass du im Knobeln und Rätseln die Beste bist. Und dass ich dich sowieso jederzeit bei mir haben will, habe ich dir oft genug gesagt."

„Stimmt. Vielleicht kann Jeremy es morgen an Alexander faxen. Dann schaue ich es mir an, wenn ich nachmittags in der Bücherei bin."

„Gute Idee. Wir wissen nicht mehr weiter. Linda und Garric haben das komplette Kapitel von Gälisch auf Englisch übersetzt, Linda hat die Buchseite mit dem Code abgemalt. Aber den eigentlichen Schlüssel scheinen wir übersehen zu haben."

„Gälisch klingt bestimmt cool, wenn man es laut liest, oder?"

„Keine Ahnung."

„Wie, keine Ahnung? Da hast du jemanden bei dir sitzen, der diese Sprache spricht, und lässt dir nicht mal was vorlesen? Also sollte ich Garric jemals kennenlernen, muss er mir mindestens ein Kapitel aus diesem Buch auf Gälisch vorlesen."

„Frau Lu, du bist ein Genie! Ich habe eine Idee. Das will ich mit Garric noch ausprobieren, bevor er schlafen geht."

Im Schlafanzug haste ich die Treppe nach unten. Dort sitzt Garric noch immer vor den Buchseiten. Kurz erkläre ich ihm meinen Plan. Er nickt und sagt: „Lass es uns versuchen."

Ich nehme mir das Blatt mit dem abgezeichneten Code und lasse mir von Garric die wichtigsten gälischen Begriffe und Zeichen erklären. Ich versuche mir zu merken, wie die einzelnen Buchstaben des Alphabets klingen. Zusätzlich lege ich mir Zettel und Stift bereit.

Garric zieht die weißen Handschuhe über und schlägt das Buch auf der ersten Seite des markierten Kapitels auf.

Kurz schließe ich die Augen, konzentriere mich auf meinen Schimmer und lege die Hände wieder etwa eine Handbreit über das Blatt.

Garric beginnt zu lesen. Lucy hat recht. Seine tiefe, brummige Stimme verleiht den Worten einen ruhigen, melodiösen Klang. Selbst ich könnte ihm stundenlang zuhören, wenn ich nicht darauf warten würde, dass ich eine Eingebung für den Code bekäme.

Leider beendet Garric seine Lesung, ohne dass sich mein Schimmer verändert hat. Ich habe immer noch keine Idee, was die wahllos aufgezeichneten Buchstaben und Wörter bedeuten könnten. Einen Moment sitzen wir schweigend mit hängenden Schultern am Tisch.

Dann fällt mir eine andere Möglichkeit ein. „Wenn es auf diese Weise nicht klappt, müssen wir es vielleicht umgekehrt probieren. Du liest von einer Kopie ab und ich habe die Originalseite mit dem Code vor mir."

„Klingt für mich logisch. Wenn die Zeichen auf deine Seher-Fähigkeiten reagieren, kann das eigentlich nur mit dem Original funktionieren. Dann werde ich morgen Vormittag das Kapitel abschreiben, denn ich befürchte, dass wir das Buch nicht unversehrt in einen Kopierer bekommen."

„Das wird auf jeden Fall besser sein, sonst kriegen Jeremy und Gracy die Krise", antworte ich lachend und verabschiede mich zum zweiten Mal in Richtung Bett.

Erwartungsgemäß meldet sich Lucy, kaum dass ich in meinem Zimmer bin.

„Hat es funktioniert?"

„Nein, leider nicht." Ich erkläre ihr, was wir morgen ausprobieren wollen.

„Es kann auch sein, dass du selbst die Worte laut vorlesen oder aufsagen musst. Vielleicht funktioniert das nur beim Seher selbst."

„Möglich. Aber jetzt, wo ich weiß, dass du gerne mal etwas auf Gälisch zu hören bekommen willst, habe ich viel mehr Motivation, die Worte selbst sprechen zu können."

Am nächsten Nachmittag sitze ich mit Garric am Esstisch und er gibt mir einen Schnellkurs in Gälisch. Wieder und wieder muss ich diese fremd klingenden Worte aufsagen, bis er zufrieden nickt.

„Ein letztes Mal, damit die Betonung richtig klappt. Das ist wichtig."

Ich rufe mir in Erinnerung, wie es gestern Abend bei ihm klang, gebe mein Bestes und grinse, als Garric den Daumen in die Höhe reckt. „Du lernst schnell", sagt er. „Wollen wir es direkt probieren oder warten wir auf Linda und Jeremy?"

„Womit wollt ihr auf uns warten?", fragt mein Hüter, der mit Linda den Raum betritt.

„Wollten wir gar nicht, aber jetzt hat es sich erledigt", neckt Garric die beiden, die mit fragenden Gesichtern vor uns stehen.

„Ihr könnt ruhig erst einen Tee trinken und euch umziehen", sage ich. Ich weiß, dass sie gern ein paar Minuten für sich haben, wenn ihr Arbeitstag auf der Anlage vorbei ist.

„Aber nur, wenn ihr wirklich auf uns wartet", fordert Linda. „Mit was auch immer."

In Rekordtempo sind die beiden umgezogen und sitzen mit uns am Tisch. Kurz bringe ich sie auf den neuesten Stand, bevor mir alle mit einem Nicken zu verstehen geben, dass wir startklar sind.

Diesmal befindet sich das antike Buch vor mir. Garric hat die Handschuhe an und hält die Doppelseite mit dem Code aufgeschlagen fest. Ich habe die abgeschriebenen Seiten aus dem Kapitel neben mir liegen. Zur Sicherheit schiebe ich sie so, dass ich gut lesen kann, auch wenn ich meine Hände über dem Code ausgebreitet halte.

„Soll ich die Kopie mit dem Code mal an mich nehmen?", fragt Linda.

Wir nicken.

Sie nimmt sich sowohl das entsprechende Blatt als auch einen Bleistift.

„Okay, dann los", sagt Garric und drückt mir aufmunternd die Schulter.

Tief atme ich ein und konzentriere mich auf meine Fähigkeiten. Ich fokussiere mich auf den Code und auf das Bild, wie Alistair seinen Schutzschild gegenüber James eingesetzt hat. Meine Hände schweben über der Doppelseite. Sofort breitet sich ein leicht schimmernder Nebel aus. Wieder werden einzelne Buchstaben verdeckt und andere hervorgehoben.

Schon bald zeigt sich das gleiche Bild, wie es Linda abgezeichnet hat. Ich nehme allen Mut zusammen und lese die ersten Worte auf Gälisch. Ich hoffe, es gelingt mir genauso gut wie Garric. Wir haben es mittlerweile so oft geübt, dass ich einzelne Passagen auswendig kann. Trotzdem erlaube ich mir nicht, meinen Blick von der Schrift abzuwenden. Zu gerne würde ich prüfen, ob sich auf der Seite mit dem Code schon etwas tut. Aber ich habe Angst, ich könnte den Faden verlieren. Dann wäre alles umsonst.

Unwillkürlich imitiere ich Garrics ruhigen Bariton. Es hört sich auf jeden Fall beeindruckend an, was ich hier rede, obwohl ich keine Ahnung habe, wovon das Kapitel handelt.

Nachdem ich geendet habe, halte ich meinen Schimmer eine Weile aufrecht. Ich riskiere einen Blick auf die Seiten mit dem Code. Es hat sich nichts verändert. „Tut mir leid", sage ich und löse meinen Blick von dem Buch.

„Was meinst du?", fragt Jeremy.

„Das mit dem Vorlesen. Vielleicht fällt uns noch die Lösung ein. Aber ich dachte wirklich, so könnte es klappen."

„Ähm ... T., schau mal auf Lindas Blatt", sagt Garric und schmunzelt. „Ich würde sagen, es hat so was von funktioniert."

Linda grinst und schiebt mir ihren Zettel zu. Tatsächlich finden sich dort Verbindungen zwischen den einzelnen Buchstaben und am unteren Rand stehen vier Worte geschrieben.

„Aber wie ...? Was?"

„Während du gelesen hast, sind einzelne Buchstaben immer heller geworden", erklärt sie. „Die habe ich verbunden und daraus ergeben sich diese vier Worte. Garric kann uns bestimmt sagen, was sie bedeuten. Ich habe zwar eine Vermutung, aber ich denke, wir sollten auf Nummer sicher gehen."

Garric nickt und wirft einen Blick auf das Papier. „Okay, wir haben hier zunächst *sgiath-dìon,* was übersetzt Schutzschild bedeutet. Dann kommt das gälische Wort für Gedanke, s*maoineachadh.* Die letzten beiden Worte sind *talamh* für Erde und noch *daingneach,* das heißt Festung."

„Erde passt nicht", sagt Linda. „Soll die Festung aus Erde gebaut sein? Das macht keinen Sinn."

„Ein Schutzschild aus Erde klingt auch nicht richtig", ergänze ich.

„Die Kammer des Sehers ist aus Erde, na ja, eher Lehm und in der Erde, vielleicht meint es das", sagt Jeremy.

„Das klingt logisch", antworte ich. „Die Erinnerungen von Alistair, als es um das Schutzschild ging, fanden im Inneren der ersten Kammer statt. Vielleicht ist das Wort Erde ein Hinweis darauf, wo man am besten diese Festung in seinen Gedanken erschaffen kann."

„Wir kommen immer wieder auf die Kammer zurück." Linda brummt. Ihr Stirnrunzeln und die zusammengezogenen Augenbrauen zeigen, was sie davon hält.

„Es ist ein mächtiger Ort", bestätigt Jeremy.

„Also muss ich in der Erde, der Kammer, mit meinen Gedanken eine Festung bauen, die dann mein Schutzschild ist", fasse ich zusammen.

Ein Blick in die Runde zeigt zustimmende Gesichter.

Die nächste Zeit sitzen wir schweigend am Tisch und vermeiden den gegenseitigen Blickkontakt. Meine Gedanken überschlagen sich, während ich die einzelnen Fragmente zu einem Bild zusammensetze. Doch ein Puzzleteil fehlt mir. „Kann ich die Übersetzung des Kapitels bitte mal lesen?"

„Klar, warum?", erwidert Linda.

„Na ja, ich denke, dass auch der Inhalt des Kapitels wichtig ist, oder nicht?"

„Um ehrlich zu sein, bin ich mir nicht sicher. Es ist weit entfernt von der Art Anleitung, die du dir sicher erhoffst. Tatsächlich handelt es sich um ein altertümliches Märchen, in dem ein Junge mit dem Geist der Dunkelheit über die wahre Kraft der Gedanken debattiert."

„Ein Märchen?"

„Ja, irgendwie schon. Dieser Junge hat in seinen Träumen wunderschöne Gedanken, die sehr oft in Erfüllung gehen. Darauf ist der Geist der Dunkelheit neidisch und möchte ihm diese Gedanken stehlen. Der Junge erkennt die Gefahr und baut sich in seinem nächsten Traum eine Festung. In diese sperrt er seine Gedankenwelt ein und verwahrt sie dort sicher, sodass ihm die Dunkelheit nichts anhaben kann."

„Ein schönes Märchen", sage ich, „aber kann es nicht sein, dass es eine Art Anleitung ist?"

„Wie meinst du das?", fragt Linda mit großen Augen.

„Na ja, wenn man Junge mit Kind als Synonym für Mondkind ersetzt und davon ausgeht, dass diese Gedanken eher Visionen sind, dann kommen wir einem Seher ziemlich nahe. Ist es nicht auffällig, dass auch der Code das Wort Festung enthält?"

„Absolut."

Garric liest sich noch einmal die Abschrift des Textes durch. Schließlich nickt er mir zu und sagt: „Damit könntest du recht haben, T. Wenn man es mit diesem Hintergrund liest, ist es tatsächlich eine Anleitung, wie ein Seher am besten eine solche Festung bauen kann, um sich vor dem Angriff auf seine Gedanken zu schützen."

„Gut, also wann fangen wir an?", frage ich und blicke erwartungsvoll in die Runde.

„T., das ist gefährlich!", protestiert Linda.

„Aber notwendig", widerspreche ich ihr.

„In neun Tagen ist Vollmond", sagt Jeremy, der in den letzten Minuten erstaunlich schweigsam war. „Wenn überhaupt probieren wir es dann. Tristan, du wirst nicht alleine in die Kammer gehen."

Ich würde zwar am liebsten direkt starten, aber ich sehe ein, dass es nichts bringen würde.

Linda sieht aus, als wolle sie vehement protestieren, aber Jeremy nimmt sie in den Arm. Er flüstert ihr beruhigende Worte ins Ohr und sagt schließlich laut genug, dass wir es alle hören können: „Wir sind da für Tristan. Wir sorgen dafür, dass nichts passiert. Aber zu seiner Ausbildung gehört es auch, dass er manchmal Risiken eingehen muss, damit er lernt, sich zu schützen."

„Ich pass auf", verspreche ich.

KAPiTEL 22

LUCY

18. September 1999

Die Hände voller Kieselsteine betrete ich den Ritualplatz auf dem *Drywon-Beinn*. Einzig der strömende Regen leistet mir Gesellschaft. Bei diesem Wetter verschlägt es freiwillig keinen Besucher auf das Freigelände. Selbst Sato wollte lieber in der warmen, trockenen Küche bleiben. Ich kann es ihr nicht verübeln. Meine Kapuze habe ich mir so tief ins Gesicht gezogen wie möglich. Trotzdem wehen vereinzelte Böen immer wieder Wasser in mein Gesicht. Lange wird es nicht dauern, bis ich vollkommen durchnässt bin.

Nach unserer Entdeckung vor einigen Tagen konnte ich nicht auf besseres Wetter warten. Obwohl die Kraftader unter der Bücherei verläuft, hatte ich das Gefühl, hierherkommen zu müssen. Ich will die genaue Kreuzung finden. Ich muss weiter versuchen, die Energie gleichzeitig in beide Richtungen zu lenken. Meine Intuition sagt mir, dass es zuerst hier funktionieren könnte. Auf unserem Ritualplatz, an der Kreuzung, am Punkt maximaler Energie.

Um diese Kreuzung zu finden, laufe ich nun den Ritualplatz ab und folge der Kraftader. Erst von Norden nach Süden, dann von Osten nach Westen. Von außen betrachte ich die entstandene Spur aus Kieselsteinen und muss lachen. „Natürlich", sage ich zu mir selbst und schüttele den Kopf. Ist es ein Wunder, dass sich die Kreuzung der Kraftader direkt unter meiner Position auf dem Ritualplatz befindet? Muss ich mich noch fragen, was an Lughnasadh der Grund für den Energieüberschuss war?

Ein Schaudern überläuft meinen Rücken. Liegt es an der Erinnerung oder an dem Rinnsal kalter Regentropfen, das sich seinen Weg unter mein Shirt bahnt? Da keine Gefahr besteht, dass Besucher die Position meiner Kieselsteine verändern, wende ich mich ab und kehre ins Besucherzentrum zurück.

Mit trockenen Klamotten am Körper, einer kuscheligen Sato auf meinem Schoß und einer dampfenden Tasse Kakao in der Hand sitze ich wenig später in der kleinen Küche. Alexander hat gerade die letzten Besucher für heute verabschiedet. Er nickt am Ende meiner Erzählung und sagt: „Es macht absolut Sinn, wenn man es weiß. Das ist dasselbe wie mit eurer Entdeckung am Mittwoch. Wenn man weiß, dass es sich um eine einzige, durchgehende Kraftader handelt, ist es vollkommen logisch."

Ich erkläre ihm, was ich gerne ausprobieren möchte. Seine gerunzelte Stirn und die zusammengekniffenen Mundwinkel sind mir Antwort genug. Trotzig recke ich das Kinn, richte mich auf und sage: „Ich weiß, dass du dagegen bist. Aber wenn ich nicht anfange, zu trainieren, wie soll ich es jemals beherrschen? Ich muss lernen, die Energie zu leiten. Ohne dich oder jemand anderes mit den richtigen Elementen."

„Das verstehe ich", entgegnet er. „Aber willst du das wirklich heute ausprobieren, wo der Ritualplatz völlig aufgeweicht ist?"

„Hast du Angst um deine Autositze?" Ich hebe eine Augenbraue.

Alexander lacht und schüttelt den Kopf. „Nein, das ist es nicht. Ich kann nicht genau sagen, warum. Aber ich denke, es wäre besser, dieses Experiment bei trockenem Wetter zu machen. Nächste Woche soll es besser sein."

„Dann fahren wir jetzt und kehren unverrichteter Dinge zurück?"

„Das würde ich so nicht nennen, aber ich kann mir denken, was du fühlst. Ich habe eine andere Idee."

Einen Anruf später sind wir auf dem Weg zum Ritualplatz. Es hat zwar aufgehört zu regnen, aber überall sind Pfützen auf den Wegen und Wiesen. Alexander hatte recht, der Boden ist komplett aufgeweicht. Ich werde meinen Plan verschieben müssen, bis ich nicht mehr mit allen vieren im Matsch versinke. Am Rande der runden Fläche bleiben wir kurz stehen. Sato schnüffelt interessiert und Alexander betrachtet meine Spur aus Steinen.

„Jetzt bin ich mein halbes Leben lang Hüter des *Drywon-Beinn*, davor mein Vater, mein Großvater und so weiter. All die Jahre, ach was, Jahrzehnte, haben wir auf diesem Platz gestanden und wussten nicht, welcher Schatz sich unter uns befindet."

„Ihr konntet es nicht wissen."

„Nein, dafür brauchte es dich. Ich bin beeindruckt, was du in der kurzen Zeit herausgefunden und erreicht hast, Lucy. Beeindruckt und stolz."

Alexanders Worte wärmen mich von innen. Manchmal fühlt es sich an, als käme ich keinen Schritt voran oder als wüsste ich überhaupt nichts. Doch in diesem Moment kann ich sehen, wie stark ich mich von der Lucy unterscheide, die vor einigen Monaten mit Alexander im kleinen Park unserer Burg stand und das erste Mal etwas von den Mondkindern hörte. Das gibt mir Vertrauen, das ich dringend benötige. Vertrauen in mich und Vertrauen in unseren Versuch, den wir gleich starten.

Langsam betrete ich den Ritualplatz und gehe auf meine Position. Alexander bleibt mit Sato außerhalb stehen und leitet mich mit seiner Stimme. „Okay, wende dich in Richtung Süden. Nimm die Energie von der Kraftader wahr. Ich habe keine Ahnung, wie du sie leiten kannst. Das weißt du selbst am besten. Schick sie los. Aber Lucy, versprich mir: Geh kein Risiko ein. Achte auf dich und wenn es zu viel wird, brechen wir das Ganze ab. Du stehst noch ganz am Anfang, auch bei dieser Sache."

Ich nicke und beiße mir auf die Unterlippe. Alexander kennt mich viel zu gut. Er weiß, dass ich nicht mit leeren Händen nach Hause fahren will. Ich möchte zumindest einen Erfolg verbuchen, auch wenn ich meine ursprüngliche Idee nicht umsetzen kann.

Mit geschlossenen Augen spüre ich den Herzschlag der Kraftader. Innerhalb kürzester Zeit sind wir eine Einheit. In meinen Gedanken forme ich einen Teil der Energie zu einem kleinen Ball. Diesen lege ich vorsichtig in den zähflüssigen Strom, der sich unter meinen Füßen bewegt. Mit einem kleinen, mentalen Schubs schicke ich die Energie auf die Reise.

Ich weiß, in Hirschlanden steht Rudi in diesem Moment auf seinem Ritualplatz. Mit den Füßen hat er sich ebenso im Boden verankert wie ich hier. Er kann die Energie der Kraftader spüren, sie aufnehmen und leiten. Letzteres wird er nicht brauchen. Alexanders Idee ist, die Energie bis zu Rudi zu schicken. Mein Ziel für heute wäre erreicht, wenn er zumindest einen kleinen Impuls spüren könnte, der von der normalen Energiemenge abweicht. Wir haben vereinbart, unserem Versuch ungefähr eine halbe Stunde zu geben. Keiner weiß, mit welcher Geschwindigkeit die Kraftader meine Energie transportieren wird. Alexander achtet also nicht nur auf mich und mein Wohlbefinden, sondern hat auch die Uhr im Blick.

Innerlich folge ich meinem kleinen Ball auf seinem Weg. Dabei lasse ich sein Tempo unverändert, obwohl ich fühle, dass ich ihn auch beschleunigen könnte. Allerdings weiß ich nicht, wie viel Kraft es mir rauben würde. Also bin ich vorsichtig und beobachte nur, statt zu beeinflussen. Sämtliches Zeitgefühl ist mir abhandengekommen. Ich rechne fast damit, dass Alexander unseren Versuch beendet, als er sich räuspert.

Mein Energiebündel leuchtet leicht auf. Es wird schneller, obwohl der Fluss der Kraftader unverändert ist. Als würde er magisch angezogen, saust mein Ball los. Ich muss mich anstrengen, um nicht den Kontakt zu verlieren. Mein Atem beschleunigt sich, genauso wie mein Puls. Damit erhöht sich jedoch auch die Geschwindigkeit der Energie in der Kraftader.

Gegenseitig schrauben wir unser Tempo immer weiter in die Höhe. Ich muss das unterbrechen, sonst trifft viel zu viel Energie auf Rudi! Er kann sich nicht darauf vorbereiten. Er sieht nicht, welche Macht gerade auf ihn zudonnert. Ich kann ihn nicht erreichen.

Ich zwinge mich, die Luft anzuhalten und versuche, mein rasendes Herz zu kontrollieren. Und tatsächlich: Es wirkt. Auch die Kraftader kommt zur Ruhe. Mein leuchtender Ball verharrt auf der Stelle. Erst als ich mir einen langen, tiefen Atemzug erlaube, bewegt er sich wieder. Zum Glück deutlich langsamer. Doch sein Leuchten wird heller. Mit einem Sprung verlässt der Energieball mein Sichtfeld und die Kraftader. An der Stelle, wo ich ihn zuletzt sehen konnte, erscheinen zwei längliche, helle Flecken. Ich spüre, dass wir Rudi erreicht haben. Wir haben es geschafft!

Mit einem Jubelschrei öffne ich meine Augen genau in dem Moment, als Alexander ruft: „Stopp, Lucy, die Zeit ist um!"

KAPiTEL 23

LUCY

19. September 1999

Ich laufe durch mein Zimmer und kann mir meine eigene Stimmung nicht erklären. Ziellos räume ich Stapel mit Büchern von einem Ort an den anderen. Die Musik aus dem Radio nervt mich, doch Stille ist unerträglich. Mein Buch habe ich nach einer halben Seite hinter meine Kissen auf der Couch geworfen. Tausend verschiedene Gedanken rasen durcheinander.

Ich freue mich für Tristan wegen seines Durchbruchs bei der Entschlüsselung des Codes und bin stolz darauf, wie er seine Fähigkeiten verbessert. Seine Erfolge rechtfertigen die Entscheidung, dass er nach Maiden Castle gegangen ist.

Doch seit einiger Zeit wächst in mir eine Unzufriedenheit, die nicht nur mit der räumlichen Trennung zu tun hat. Ich fühle mich wie eine Statistin in einem Theaterstück, in dem mir die Hauptrolle zugewiesen wurde. Unfreiwillig, aber trotzdem.

Tristan verbringt jede freie Minute damit, zu lernen und seine Fähigkeit zu verbessern. Nun plant er anhand des Buches, wie er für sich einen Schutz aufbauen kann. Josh trainiert mehrmals die Woche mit meiner Mutter und wird zusätzlich von Alexander mit Lektüren überhäuft. Mein gesamtes Umfeld ist damit beschäftigt, für meinen Schutz zu sorgen. Ihre Aktivitäten stehen in krassem Gegensatz zu meiner eigenen Passivität, was dieses Thema angeht. Außerdem sind gerade keine Anzeichen irgendeiner Gefahr zu erkennen.

Ich kümmere mich derzeit um alles Mögliche, nur nicht um meinen Schutz. Die Entdeckung, dass eine durchgängige Kraftader alle Mondkreise miteinander verbindet, war ein Highlight. Aber das kann sich eher Josh auf die Fahne schreiben als ich. Der Erfolg von gestern, dass ich Rudi mit meiner Energie erreichen konnte, fühlte sich im ersten Moment großartig an, aber es war Alexanders Idee. Bei allen Fortschritten in diesem Bereich bleibt die Frage, wofür ich das anwenden könnte. Es ist zum Verzweifeln.

Mir ist klar, dass die Dunkelheit nicht abwarten und zusehen wird, wie die Hüter uns weiter stärken. Aber in diesem Moment will einfach nichts zusammenpassen. Mit der Bedeutung dieser Doppelstern-Konstellation für Sam und mich konnte ich mich auch noch nicht weiter auseinandersetzen.

Stöhnend sinke ich auf meine Couch und trommele mit den Fäusten gegen die kleinen Kissen.

„LucyLu, bist du da?"

Ich halte inne. *„Sam?"*

„Ja, hey. Sorry, dass ich mich so lange nicht gemeldet habe."

„Es war stressig, schon klar." Bei meinem verbitterten Tonfall zucke ich selbst zusammen. *„Sorry, war nicht so gemeint. Ich bin gerade wütend auf das Universum und mich selbst."*

„Kein Problem, du hast ja recht. Es war stressig, wie eigentlich immer. Aber ich wollte mich längst bei dir melden. Sag mal, war Claire schon bei dir?"

„Was? Nein, warum?"

Mein Herz hämmert so laut, dass ich kurz die Hoffnung habe, ich hätte mich verhört.

„Sie tauchte hier vor ein paar Tagen unangekündigt auf. Alois war ziemlich überrascht. Als sie plötzlich vor uns stand, war er total überfordert. Ich wurde von ihm nach Hause geschickt. Von einer Sekunde auf die andere war er schroff und abweisend. So kenne ich ihn gar nicht."

Sams Erzählung erinnert mich an den Tag, als ich Vincent das erste Mal bei Alexander in der Bücherei gesehen hatte. Mein sonst so freundlicher Hüter hatte mich vor die Tür gesetzt. Erst im Nachhinein wurde mir klar, dass er mich damit aus Vincents Blickfeld gebracht hatte. Ich erzähle Sam von dieser Begegnung.

Er bestätigt: *„Ja, den Eindruck hatte ich auch. Alois hat immer viel von Claire gehalten und hatte in der Vergangenheit viel Kontakt mit ihr. Als er von ihrem Diebstahl erfuhr, war er zunächst fest von ihrer Unschuld überzeugt. Doch dann fielen ihm nach und nach Ereignisse ein, auf die er sich zuvor keinen Reim machen konnte. Mit dem Wissen allerdings, dass sie sich an die Dunkelheit gebunden hat, ergaben diese Begebenheiten plötzlich einen Sinn. Er war so enttäuscht von Claire und wütend auf sich selbst, dass man es fast zwei Wochen kaum mit ihm aushalten konnte. Er hatte sich gerade erst einigermaßen beruhigt. Da steht sie auf einmal bei uns."*

„Wie ging es weiter?"

„Also, ich wurde, wie gesagt, ziemlich abrupt nach Hause geschickt. Bevor ich ging, habe ich noch mitbekommen, wie Alois sie auf den Diebstahl angesprochen hat. Sie hat es nicht geleugnet."

„Unglaublich."

„Ja, finde ich auch. Am nächsten Tag hat Alois unser Treffen kurzfristig abgesagt. Ich war auf dem Rückweg von der Schule, da sah ich die beiden in einem Café sitzen. Claire hatte ihre Hand auf Alois' Unterarm gelegt und er sah merkwürdig weggetreten aus."

Mich überläuft eine Gänsehaut. Diese Geste erinnert mich an die Art, wie Natascha jahrelang ihre rechte Hand auf meinem linken Unterarm ruhen ließ – als Zeichen unserer innigen Verbundenheit. Unwillkürlich streiche ich mir über diesen Arm. Meine Stimme zittert, als ich frage: *„Was hast du gemacht?"*

„Es sah so seltsam aus, so falsch. Weißt du, was ich meine?"

Obwohl er es nicht sehen kann, nicke ich. Dass Sams Intuition zuverlässig genug ist, um ihn vor Claire und ihren Intrigen zu warnen, beruhigt mich.

„Ich bin zu ihnen ins Café und habe mich einfach dazugesetzt. Dabei habe ich extra laut gesprochen. Beim Hinsetzen bin ich seitlich an Alois gerempelt, sodass sein Arm unter Claires Hand weggerutscht ist. Vollkommen unabsichtlich natürlich."

Ich grinse. „Klar. Was ist dann passiert?"

„Es war, als würde er aus einem Tagtraum aufwachen. Er hat mehrfach geblinzelt und den Kopf geschüttelt. Als er gesehen hat, dass ich neben ihm sitze, war sein Gesichtsausdruck zuerst überrascht, fast schockiert, und dann wütend. Er hat mich beschimpft und wieder weggeschickt."

„Oje. Und er ist geblieben?"

„Nein. Ich habe mich geweigert, zu gehen. Ich hatte kein gutes Gefühl dabei, ihn dort mit Claire alleine zu lassen. Also habe ich ihm keine andere Wahl gelassen, als mit mir das Café zu verlassen. Sonst wäre ich nicht gegangen."

„Mutig. Wie ging es weiter?"

„Die nächsten Tage hat Claire immer wieder den Kontakt gesucht. Mit Alois und mit mir auch. Gestern hat sie mich sogar an der Schule abgepasst. Aber ich habe sie rechtzeitig entdeckt und bin einen anderen Ausgang raus. Zum Glück weiß sie nicht, wo ich wohne."

„Hast du das Alois erzählt?"

„Ja, hab ich. Das war letzten Endes der Tropfen, der das Fass bei ihm zum Überlaufen gebracht hat. Als sie heute wieder in der Tür stand, hat er sie vor meinen Augen angeschrien. Er hat ihr jeden Umgang mit mir verboten. Alois hat ihr seine Loyalität und Freundschaft gekündigt und sie weggejagt. Seine Ansage war deutlich: Sollte sie noch einmal Kontakt zu ihm oder zu mir suchen, zeigt er sie an wegen Belästigung."

„Wie hat sie reagiert?"

„Zuerst war sie sprachlos. Doch als sie sich gefangen hatte, meinte sie nur, wir wären erst der Beginn ihrer Reise. Sie hätte zwar gehofft, dass ihre erste Etappe erfreulicher verlaufen würde, aber das würde sie nicht von ihrem Plan abbringen. Zuletzt sagte sie noch, es wäre eine Verschwendung meiner Fähigkeiten, wenn ich mich weiterhin *von Alois kleinhalten lassen würde. Da ist er vollkommen ausgerastet. Er hat sie so lange beschimpft, bis sie endlich in ihrem Auto saß und wir nur noch die Rücklichter sehen konnten."*

„Was meinst du, ist ihr Plan?"

„Alois und ich denken, dass sie auf dem Weg zu euch ist. Deshalb wollte ich dich warnen. Alois telefoniert später mit Alexander. Tristan und du, ihr steht bestimmt als Nächstes auf ihrer Liste."

Ich sage Sam nicht, dass Tristan derzeit in England ist. Hoffentlich hat es sich nicht bis zu Claire herumgesprochen und mein Freund ist sicher in Maiden Castle. Aber die Vorstellung, dass die Verräterin von Vix, wie ich sie mittlerweile nenne, auf dem Weg zu mir ist, lässt mich die Fäuste ballen.

Während unserer Freistunden am Montag sitzen wir auf einer Bank im Park. Der warme Sonnenschein steht in krassem Gegensatz zu unserem düsteren Gesprächsthema. Josh blättert aufmerksam durch meinen Ordner mit den Steckbriefen der einzelnen Hüter, den ich als Vorbereitung für Lughnasadh von Alexander bekommen hatte. Ich habe ihm von allen Hütern das Wichtigste erzählt. Nun hält er der Seite von Claire aufgeschlagen vor sich und saugt jedes Detail in sich auf.

„Sie sieht sehr sympathisch aus. Aber das ist wahrscheinlich ein Teil ihres Erfolgs, oder?"

Ich zucke missmutig mit den Schultern. Noch immer habe ich es mir nicht verziehen, ihr ohne Zögern vertraut zu haben.

Josh wirft mir einen Seitenblick zu. Sein Grinsen zeigt mir, dass er mich durschaut. Sachte rempelt er mich mit der Schulter an und fragt: „Bringen dir deine Selbstvorwürfe irgendwas? Als Lerneffekt, meine ich?"

„Klar." Mein sarkastischer Tonfall sorgt dafür, dass sich Joshs Grinsen in ein Lachen steigert. „Ich vertraue einfach niemandem mehr."

„Das heißt, du vertraust mir nicht?", fragt er und zieht eine Augenbraue hoch.

„Doofe Frage. Natürlich vertraue ich dir, du bist mein Wächter. Du kannst mir gar nicht schaden wollen. Das ist gegen das Gesetz."

„Aber bevor du wusstest, dass ich dein Wächter bin. Hast du mir da vertraut?" Das Spielerische ist aus seiner Miene verschwunden. Er hat sich aufgerichtet. Seine Schultern sind starr nach hinten gezogen. Sein Blick sucht meinen und er fixiert mich, ohne zu blinzeln.

„Ja." Selbst mir reicht dieses kleine Wort nicht aus. Kurz überlege ich und erkläre: „Ich weiß nicht, woran es liegt, aber dir habe ich von der ersten Sekunde an vertraut. Sonst hätte ich dir zum Beispiel niemals die ganze Geschichte rund um Noel und Natascha erzählt. Ich wusste immer tief in mir drin, dass ich vor dir keine Geheimnisse haben muss und du mich verstehen wirst. Da war nie auch nur der Hauch eines Zweifels daran, dass ich bei dir sicher bin und dir vertrauen kann."

„Selbst als ich dich gefragt habe, ob du mir Aufräumen hilfst?"

Joshs Grinsen ist zurück. Ich muss ebenfalls schmunzeln bei der Erinnerung an diesen Tag.

„Da habe ich mehr an mir gezweifelt. Für mich war sofort klar, dass ich dir immer helfen werde, egal, um was es geht. Ich wusste, dass ich nichts zu befürchten hatte. Außer Chaos vielleicht. Aber ich hatte nicht genug Vertrauen in mich selbst. In meine Entscheidung, dir zu vertrauen. Weißt du, was ich meine?"

„Klar. Das geht jedem von uns so, wenn man enttäuscht wurde. Nachdem die erste Wut verraucht ist, bleibt der Selbstzweifel übrig. Nur haben alle anderen den Vorteil, dass es genug Ablenkung im Alltag gibt und man solche Situationen schnell vergisst. Du bist total fokussiert auf dieses Vertrauen, weil es für dich eine zentrale Rolle spielt."

„Du meinst, ich sollte mich mehr ablenken?"

„Einerseits ja. Andererseits kann es für dich überlebenswichtig werden, den richtigen Personen zu vertrauen. Aber das geht nur, wenn du dir selbst und deiner Intuition vertraust."

„Was, wenn es schiefgeht? Wenn ich mich wieder irre?"

„Dann gibt es zum Glück ja jetzt mich."

Dem kann ich nicht widersprechen.

Während sich Josh erneut in die Lektüre von Claires Steckbrief vertieft, hänge ich meinen Gedanken nach. Wie viele Enttäuschungen werde ich noch durchstehen müssen? Wann werde ich erfahren genug sein, um die Menschen in meinem Umfeld zu durchschauen? Wie werde ich reagieren, sollte Claire mir plötzlich gegenüberstehen?

Als hätte ich den letzten Gedanken laut ausgesprochen, sagt Josh in diesem Moment: „Okay, wir halten also ab sofort die Augen offen nach dieser Claire. Alexander weiß Bescheid, nehme ich an?"

„Ja. Genau wie alle in Maiden Castle, sollte es sich doch herumgesprochen haben, dass Tristan dort ist. Meiner Mutter habe ich es auch gesagt. Sie kennt Claire von früher und war bis Lughnasadh der Ansicht, man könne ihr vertrauen. Sie meinte, sollte Claire so mutig sein, sich uns zu nähern, wird sie diesen Entschluss bitter bereuen."

Claire Lacroix

An Alexander Wilhelm

20. September 1999

Cher Alexander,

du kannst mich ignorieren und meine Briefe weiterhin unbeantwortet lassen. Das ändert nichts an der Situation.

Zum Glück sind nicht alle Hüter so standhaft wie du. Ich habe
Alois bereits zu seinem Schützling, Sam, gratuliert. Ein ansehnli-
cher junger Mann mit einigem Potenzial und kaum zu stillendem
Wissensdurst.
　Welch eine Generation von außergewöhnlichen Mondkindern
wächst gerade heran. Auch Lucy und Tristan werden in die
Geschichte eingehen. Da sind wir uns alle einig. Die Frage ist
jedoch, wie. Werden sie ein langes, gesundes Leben haben, große
Dinge vollbringen und für ihre Verdienste unvergessen bleiben?
Oder reihen sie sich in die Liste derer ein, denen viel zu früh ein
furchtbares Unglück widerfuhr, weil sie sich nicht ausreichend
zu schützen wussten?

Alexander, sei nicht naiv. Du kannst als einzelner Hüter nicht für
das Wohlergehen zweier Mondkinder garantieren. Bei normalen
Mondkindern nicht und erst recht nicht bei diesen beiden.

Noch einmal möchte ich mein Angebot wiederholen, mich Lucys
Schicksal persönlich anzunehmen. Gib mir schnellstmöglich Bescheid, wann ich sie unter meine Fittiche nehmen kann. Konzentriere dich auf die Sicherheit und die Ausbildung deines Neffen.

Denk darüber nach. Aber nicht zu lange – die Zeit drängt.

Cordialement
Claire

KAPiTEL 24

LUCY

22. September 1999

Bei meinem Eintreffen in der Bücherei ist mein Hüter nicht allein. Er unterhält sich mit einem anderen Mädchen, das ich noch nie gesehen habe.

Neue Leute in der Bücherei, zu „meiner Zeit", machen mich seit meiner ersten Begegnung an dieser Stelle mit Vincent stutzig. Daher halte ich mich vorsichtshalber im Hintergrund und beobachte das Ganze aus der Ferne. Noch hat mich keiner der beiden bemerkt.

Das Mädchen ist etwa einen halben Kopf kleiner als ich. Sie hat eine wilde blonde, dauergewellte Lockenmähne und ein ansteckendes Lachen, das durch die Bücherei schallt. Alexander wirkt entspannt, als er in ihr Gelächter einstimmt.

Da es nicht nach einer Gefahr aussieht, verlasse ich meinen Beobachtungsposten. Fast augenblicklich sieht mich Alexander und winkt mich zu sich. Das Mädchen dreht sich um und blickt mir erwartungsvoll entgegen.

Jetzt, wo ich ihr Gesicht sehe, ist klar, dass es sich eher um eine junge Frau als um ein Mädchen handelt. Ich erwidere ihren neugierigen Blick und bin gespannt, was es mit ihr auf sich hat.

„Lucy, schön, dass du da bist. Darf ich dir Holly vorstellen?" Alexander lächelt. „Holly, das ist Lucy."

So, wie er das sagt, gehe ich davon aus, dass ich für sie keine Unbekannte bin. Ich nicke ihr zu und will gerade die Hand zur Begrüßung ausstrecken, als Holly mich ohne Vorwarnung umarmt.

„Es ist so schön, dich endlich kennenzulernen", sagt sie und lacht. „Ich habe schon sehr viel von dir gehört."

Hilfesuchend schaue ich zu Alexander, der das Schauspiel mit einem breiten Grinsen beobachtet. Ich kann jetzt schlecht sagen, dass ich keine Ahnung habe, wer sie ist, oder? Mich würde brennend interessieren, von wem sie schon so viel über mich gehört hat. Hatte Alexander nicht immer betont, wie wichtig absolute Diskretion ist? Ich runzele die Stirn und schaue ihn streng an.

Er schüttelt lachend den Kopf und hebt beide Hände. „Ich bin unschuldig."

Holly löst sich von mir, schaut von einem zum anderen und erklärt: „Nein, nicht von Alexander. Tristan redet seit einiger Zeit von niemand anderem als von dir."

„Aha …" Sie kennt Tristan? Seltsam, auch er hat den Namen Holly bislang nie erwähnt. Ich beschließe, mich lieber rückzuversichern. Ich wende mich an die beiden und frage: „Ich mache uns Tee. Holly, möchtest du auch eine Tasse?"

„Oh, ja, sehr gerne."

Alexander hat durchschaut, was ich vorhabe, und nickt leicht. Stumm formt er die Worte „Grüße an Tristan" mit den Lippen, bevor er Holly erneut in ein Gespräch verwickelt.

Kaum bin ich in der kleinen Küche angekommen, nehme ich Kontakt mit meinem Freund auf. Meine Hände hantieren automatisch mit Tassen, Teebeuteln und den Wasserkocher. Zum Glück reagiert Tristan direkt.

„Hey, Frau Lu, alles okay?"

„Ja, alles gut. Ich habe nur eine Frage: Kennst du eine gewisse Holly?"

„Holly? Klar. Warum?"

„Na ja, sie ist gerade hier in der Bücherei und behauptet, sie habe

von dir schon so viel über mich gehört. Da ich bislang von dir über sie noch nichts gehört hatte, wollte ich auf Nummer sicher gehen."

Tristan druckst ein wenig herum, dann erzählt er: *„Sei nicht böse, okay? Hollys Eltern sind mit meinen Eltern eng befreundet. Wir sind miteinander aufgewachsen. Sie ist zehn Jahre älter als ich und für mich wie eine große Schwester. Man kann mit ihr viel Blödsinn anstellen und sie ist eine super Zuhörerin. Kann also sein, dass ich in den letzten Jahren bei ihr das ein oder andere Mal deinen Namen erwähnt habe."*

„Soso."

„Aber man kann ihr absolut vertrauen, ehrlich."

„Na gut. Wenn du das sagst."

„Gib ihr eine Chance. Du wirst sehen, sie ist echt toll."

Ich willige zunächst ein, weil Holly eine sympathische Person ist. Doch innerlich nehme ich mir vor, mir selbst ein Bild von dieser jungen Frau zu machen. Auch wenn Tristan und Alexander ihre Hand für Holly ins Feuer legen, werde ich es sein, die Verbrennungen davonträgt, sollten sie sich irren. Damit ich ihr eine faire Chance geben kann, muss ich aber noch eine wichtige Frage stellen: *„Was weiß sie über die Mondkinder?"*

„Das kann ich dir nicht genau sagen. Wir haben nie darüber gesprochen und bei unseren Eltern habe ich kein Gespräch zu diesem Thema mitbekommen. Frag am besten Alexander, er kennt Holly auch gut und weiß, inwieweit sie involviert ist oder nicht. Aber es gibt ja noch andere Themen in unserem Leben, oder?"

„Da hast du recht."

„Also, dann genieße den Nachmittag mit Holly und lass dich auf sie ein, okay?"

Mittlerweile ist der Tee durchgezogen. Ich kehre zu den anderen zurück, die munter miteinander plaudern. Ihr Lachen schallt durch die Bücherei.

„Tristan in England, ich kann es nicht glauben", sagt Holly und schüttelt schmunzelnd den Kopf, sodass ihre Locken fliegen.

„Wieso?", frage ich und zucke leicht zusammen, als ich meinen scharfen Tonfall höre.

Holly kichert und antwortet: „Na ja, er war noch nie alleine von zu Hause weg. Und dann fährt er erst auf ein Feriencamp und verschwindet direkt im Anschluss ins Ausland? Das ist für Tristan sehr verwunderlich. Was hast du mit ihm angestellt, liebe Lucy?"

Ich atme kurz durch, bevor ich möglichst freundlich erwidere: „Ich habe ihn nicht in die Flucht geschlagen, aber frag mal Alexander."

Dieser lacht und hebt erneut beide Hände. „Hier hat keiner etwas mit Tristan angestellt, das hat er selbst entschieden."

„Na, wenn ihr das sagt, dann will ich das mal glauben. Was ist mit seinem Heimweh?"

„Heimweh?", frage ich. „Tristan hat Heimweh?"

„Aber so was von", entgegnet Holly. „Der Gute ist nie länger als zwei oder drei Tage von zu Hause weggeblieben. Dafür war er immer sehr kreativ, was seine Ausreden anging. Von vorgetäuschter Blinddarmentzündung bis zu verstorbenen Haustieren, die er nie hatte, war alles dabei."

„Ich kann mich nicht erinnern, dass er jemals bei unseren Klassenfahrten abgeholt werden musste", sage ich. Warum erzählt Holly solche seltsamen Geschichten über Tristan? Das kann nicht stimmen. Was bezweckt sie damit? Will sie mich testen? Kurz habe ich Angst, dass mir auch das bei meinem Freund all die Jahre entgangen sein könnte.

„Natürlich nicht. Da hatte er ja einen Grund zu bleiben."

„Echt? Welchen denn?"

„Na, dich."

Alexander lacht mit Holly über mein verdutztes Gesicht. Wieder habe ich eine Facette von Tristan kennengelernt, die mir bislang entgangen ist.

Holly nimmt einen großen Schluck aus ihrer Tasse, steht auf und klopft leicht auf den kleinen Beistelltisch. „So, ihr Lieben, ich muss mal wieder. Es war nett, mit euch zu plaudern, das können wir ruhig öfter machen. Jetzt bin ich zurück und gehe so schnell nicht wieder weg." Sie umarmt erst Alexander und dann mich. Im Rausgehen ruft sie uns zu: „Grüßt Tristan von mir. Er soll da drüben keinen Blödsinn anstellen, sonst leg ich ihn übers Knie."

Blinzelnd schaue ich auf die Tür, durch die Holly eben verschwunden ist, und versuche, meine Gedanken zu sortieren. „Was meint sie damit, dass sie Tristan übers Knie legen will?"

„Das stammt aus der Zeit, als Tristan ein kleiner, frecher Dreikäsehoch war. Holly war gelegentlich zum Babysitten bei ihm. Das war immer ihre Drohung, aber ich bin sicher, sie musste es nie wahr machen."

„Ach so. Sie ist also eine sehr gute Freundin von Tristan?"

„Ja, das stimmt. Wobei, eigentlich ist sie eher so etwas wie eine große Schwester für ihn. Hollys Eltern sind gut mit Tristans Eltern und auch mit mir befreundet, wir kennen uns schon sehr lange. Holly hat gerade ihre Ausbildung zur Arzthelferin beendet und war für eine längere Fortbildung in Berlin. Sie möchte sich später als Heilpraktikerin niederlassen. Da gibt es wohl eine Menge zu beachten. Sie musste noch eine Zusatzausbildung dranhängen. Die letzten sechs Monate war sie nicht zu Hause und ist erst seit ein paar Tagen zurück."

Das erklärt ihre Bemerkung und warum ich sie in der Zeit mit Tristan nicht kennengelernt habe.

„Übrigens, Lucy: Nein, sie ist kein Mondkind und noch nicht komplett in unsere Themen eingeweiht. Ihre Interessen liegen im Bereich von Heilkräutern, Homöopathie und diesem leicht esoterischen Kram. Allerdings spüre ich bei Holly ähnliche Schwingungen wie bei deiner Mutter, wenn ich ehrlich bin."

„Ein Wächter erkennt einen anderen Wächter, so wie meine Mutter Josh erkannt hat. Vielleicht erkennt ein Hüter andere Menschen mit Fähigkeiten, die dem Mondkind hilfreich sein könnten?"

„Schon möglich."

Holly hat mir keinen Anlass gegeben, ihr zu misstrauen. Sie war durchweg freundlich, herzlich und offen. Selbst als ich ihr gegenüber distanziert war. Mein Bauchgefühl hat keinen Alarm geschlagen. Doch mein Kopf mahnt zur Vorsicht.

Alexander erkennt mein Dilemma. „Nimm dir die Zeit, die du brauchst, um für dich eine Entscheidung zu treffen, was Holly betrifft. Ja, der erste Eindruck ist hilfreich. Aber wirklich tiefes Vertrauen muss sich mit der Zeit aufbauen. Keiner ist dir böse, wenn du es langsam angehst. Auch das gehört dazu, wenn es darum geht, seine Fähigkeit zu schulen. Man muss lernen, nichts zu überstürzen."

Am nächsten Tag sind Josh und ich auf dem Weg zur Bücherei. Auf Anweisung meiner Mutter trainieren wir gemeinsam. Obwohl ich mir das erst neulich gewünscht habe, bin ich nervös. Ich hänge meinen Gedanken nach und ignoriere den Knoten in meinem Bauch, der mich seit Stunden quält. Damit ich nicht ziellos mit meinen Händen umherwedele, habe ich sie zu Fäusten geballt und in meiner Jackentasche vergraben.

Josh ist auffallend still an meiner Seite. Ich habe ihm von meiner Begegnung mit Holly erzählt. Auch er ist skeptisch wegen ihres unerwarteten Auftauchens. Seiner Meinung nach sollte ich nicht so ungeduldig mit mir sein und keine Entscheidung erzwingen. Er hat versprochen, sich bei nächster Gelegenheit selbst einen Eindruck von Holly zu verschaffen.

„Weißt du, was uns heute erwartet?", frage ich ihn.

„Nein. Aber schlimmer als diese blöde Englischlektüre kann es kaum sein."

Ich grinse. Er spielt auf unsere Doppelstunde an, in der wir uns mit Shakespeares *Hamlet* herumgequält haben. Selbst mir hat die ungewohnte Sprache zu schaffen gemacht, aber Josh und Felix neben mir waren der Verzweiflung nahe.

In der Bücherei werden wir von Alexander und meiner Mutter erwartet. Ohne Vorwarnung bekommen wir zwei kleine, dunkle Kugeln um die Ohren geschossen. Josh schiebt mich sofort zur Seite. Er steht halb vor mir. Sein silberner Nebel ist in den letzten Wochen um einiges stärker geworden. Die Bälle prallen unverrichteter Dinge daran ab.

Doch es bleibt keine Zeit, sich zu freuen. Sie kommen direkt zurück. Meine Mutter hat zwei weitere Geschosse in die Luft gebracht. Diese rasen von links auf uns zu. Joshs Nebel kann sie abwehren.

Ich halte mein Silberlicht bereit, aber mein Wächter kommt sehr gut allein klar. Ich staune, welche Fortschritte er in der kurzen Zeit gemacht hat. Ohne das kleinste Zeichen von Erschöpfung nimmt er es mit den Geschossen meiner Mutter auf. Mittlerweile sind es acht.

Ich versuche, die Flugbahnen der Kugeln im Blick zu behalten. Sie verstreuen sich in der ganzen Bücherei. Aus den unterschiedlichsten Richtungen fliegen sie auf uns zu.

Dank einer leichten Drehung erkenne ich, dass eine von hinten an mich heransaust. Ich wehre sie ab.

Nun stehe ich Rücken an Rücken mit Josh. Er macht nach wie vor den Großteil der Arbeit. Ich blocke einzelne Querschläger ab. Dazwischen versichere ich mich immer wieder, dass er noch bei Kräften ist.

Ich habe keine Ahnung, wie lange wir unter dem Dauerbeschuss meiner Mutter stehen. Wie viele dunkle Kugeln schwirren um uns herum?

Irgendwann werden meine Bewegungen langsamer. Josh ist schon schweißgebadet.

Eines der Geschosse trifft ihn am Oberkörper. Die Erschütterung ist so stark, dass ich sie durch unsere sich berührenden

Rücken bis in meine Magengrube spüre. Ich hebe den Arm und rufe: „Stopp! Genug!"

Augenblicklich lösen sich die dunklen Kugeln in schwarze Wölkchen auf.

Josh ist völlig erschöpft. Auch meine Mutter sinkt auf den nächsten Sessel und atmet schwer.

Alexander mustert uns mit zusammengekniffenen Lippen und gerunzelter Stirn. Er ist blass und sein Blick wandert zwischen uns dreien hin und her. Kurz nicke ich ihm zu als Bestätigung, dass es mir gut geht. Dann wende ich mich zu Josh. Ich will ihn gerade nach seinem Befinden fragen, als mich eine Stimme am Eingang der Bücherei herumfahren lässt.

„Wow, das war ja eine krasse Vorstellung! Was ist das für eine abgefahrene Art des Schattenboxens?"

Holly.

Wie viel hat sie gesehen? Wie mag das Ganze auf einen Außenstehenden gewirkt haben? Zum Glück redet Holly auch heute wie ein Wasserfall.

„Wisst ihr, mein Verlobter macht diese chinesische Kampfkunst. Das sieht schon toll aus, aber die Show, die ihr beiden geboten habt, stellt das noch mal in den Schatten. Wie heißt dieser Stil, den ihr kämpft?"

Alexander fängt sich als Erster. Er richtet sich auf, hebt das Kinn und sagt: „Was du gerade gesehen hast, nennt sich *Bataireacht*. Das ist eine alte irische Kampfkunst, wie sie bereits in der Spätbronzezeit im nördlichen Großbritannien von den Kelten kultiviert wurde. Normalerweise gehört dazu noch ein kurzer Stock oder ein Schwert, aber das können wir aufgrund der engen Räumlichkeiten hier nicht machen."

Ich bin sprachlos, ganz im Gegensatz zu Holly. „Ich wusste gar nicht, dass du auch was von Kampfkunst verstehst, Alexander."

„Verstehe ich auch nicht, dafür gibt es eine andere Expertin. Darf ich vorstellen? Das ist Lucys Mutter."

Die kurze Ablenkung hat ausgereicht, dass sowohl Josh als auch meine Mutter sich erholt haben. Letztere steht aus ihrem Stuhl auf und geht auf Holly zu. „Ich bin Risa, freut mich." Sie streckt ihr die Hand entgegen.

Erneut ignoriert Holly geflissentlich die dargebotene Hand und umarmt meine Mutter. Kurz wundere ich mich, dass sich meine Mutter mit der von Alexander verwendeten Kurzform ihres Zweitnamens Amarissa vorgestellt hat. Doch schnell überwiegt Belustigung angesichts ihrer überraschten Miene bei Hollys Begrüßung. Diese wendet sich nun meinem Wächter zu.

„Wer bist du?", fragt sie neugierig und mustert ihn von oben bis unten.

„Josh." Diese knappe Antwort ist genauso untypisch für ihn wie die Tatsache, dass er stur in seinem Stuhl sitzen bleibt. Entweder ist er erschöpfter als ich dachte, oder er will Holly provozieren. Ich bin froh, dass ich ihm schon von ihr erzählt hatte. Allerdings habe ich nicht damit gerechnet, dass wir sie so schnell wiedersehen würden.

Mit einem undurchdringlichen Gesichtsausdruck erwidert er Hollys forschenden Blick. Bevor die Situation unangenehm wird, beschließe ich, ihm eine kurze Verschnaufpause zu gönnen. „Holly, ich wollte uns gerade einen Tee kochen. Magst du mir helfen?"

„Klar, gerne."

Ich gehe mit ihr in Richtung der kleinen Küche. Kaum sind wir mit der Zubereitung einer großen Kanne Tee beschäftigt, nimmt mich Holly ins Kreuzverhör.

„Also, wer ist dieser Josh?"

„Ich bin mit ihm in der Schule und wir sind sehr gut befreundet."

„Sehr gut befreundet, soso. Das gefällt Tristan bestimmt nicht."

„Meine Freundschaft mit Josh ist überhaupt nicht mit dem vergleichbar, was mich mit Tristan verbindet." Mein scharfer

Tonfall ist diesmal beabsichtigt, denn sie hat kein Recht, über Josh zu urteilen. Schließlich kennen wir uns kaum.

Sie hebt die Hände. „Sorry, so war das nicht gemeint. Ich kenne Tristan sehr lange und weiß, was er für dich empfindet. Weil er so weit weg ist, kann ich mir vorstellen, wie eifersüchtig er auf jedes männliche Wesen in deiner Nähe reagiert."

„Josh und Tristan kennen sich", stelle ich klar. „Josh ist wie gesagt mit mir in der Schule und die beiden kennen sich vom Sehen. Ich habe Tristan von unserer Freundschaft erzählt und habe den Eindruck, es ist okay für ihn. Jedenfalls schien er nicht übertrieben eifersüchtig." Nicht so wie bei Sam, füge ich insgeheim hinzu, verbiete mir allerdings jeden weiteren Gedanken an ihn. Ich brauche meine gesamte Konzentration, um Holly nichts zu verraten, was sie nicht wissen sollte. „Josh weiß, dass ich mit Tristan zusammen bin", ergänze ich, um jede Spekulation ihrerseits in diese Richtung zu unterbinden.

„Dann ist alles in Ordnung", antwortet sie. „Nichts für ungut, aber Tristan ist wie ein kleiner Bruder für mich. Da habe ich ab und zu das Bedürfnis, ihn zu beschützen. Geht nicht gegen dich."

Mittlerweile ist der Tee fertig und wir kehren in den großen Raum zurück.

„Jetzt erzählt mal, wie ihr darauf kommt, in einer Bücherei eure Kampfkunst zu trainieren?", fragt Holly, kaum dass jeder eine Tasse in den Händen hält.

„Das hat sich so ergeben." Mir ist klar, dass ihr diese Antwort nicht reichen wird. Wie lang hat sie uns beobachtet? Konnte sie die dunklen Kugeln sehen, mit denen meine Mutter uns beschossen hat? War unsere silberne Abwehr sichtbar? Ich habe keine Ahnung, was ich ihr erzählen soll. Daher bin ich dankbar, als Alexander einspringt.

„Ja, Risa unterrichtet Josh und Lucy normalerweise getrennt. Heute waren zufällig alle hier. Da hatten wir die Idee, mal auszuprobieren, wie die beiden gemeinsam im Kampf harmonieren."

„Der Kampf als Team ist eine wenig bekannte Unterart des *Bataireacht*, das üblicherweise als Einzelsport ausgeübt wird", ergänzt meine Mutter.

„Genau wie das Shaolin Kung Fu von Andrès", sagt Holly.

„Du bist also noch mit Andrès zusammen?", fragt Alexander.

„Wir sind verlobt." Hollys Lächeln bringt den ganzen Raum förmlich zum Strahlen. „Er trainiert immer freitagabends in der großen Halle. Kommt doch mal vorbei. Dann könnt ihr auch mit Stöcken üben, da ist genug Platz."

„Ich habe das ein paar Mal gesehen, wenn ich mit den Jungs draußen Basketball gespielt habe", sagt Josh. „Das sieht ziemlich cool aus, was die da machen."

„Also, auf jeden Fall ist es cooler, als mit bloßen Händen gegen unsichtbare Gegner zu kämpfen."

Damit hat Holly meine drängendsten Fragen beantwortet. Mein erleichtertes Lächeln spiegelt sich in Alexanders Miene wider. Holly deutet unser Schweigen jedoch auf ihre eigene Art.

„Gut, dann ist das beschlossen", sagt sie und klatscht. „Ich gebe Andrès Bescheid, dass ihr kommt. Das wird so toll! Na dann, machts gut, wir sehen uns morgen."

KAPiTEL 25

LUCY

Alexander fährt meine Mutter nach Hause und ich nutze die Zeit allein mit Josh. Während wir in der Dämmerung nebeneinander laufen, lasse ich meinen Blick schweifen. Alles, was uns an diesem Tag noch fehlen würde, wäre eine Begegnung mit Claire.

Aus dem Augenwinkel sehe ich, dass Josh unsere Umgebung ebenfalls intensiv mustert. Er hat also den gleichen Gedanken.

„Da bereiten wir uns mental auf Claire vor und dann treffen wir Holly", sage ich. „Fast so, als hätte sie gewusst, dass wir vorher über sie gesprochen haben. Was hältst du von ihr?"

„Zu laut, zu gut gelaunt, zu sprunghaft." Josh schüttelt den Kopf.

„Mir ist fast das Herz stehengeblieben, als sie plötzlich in der Bücherei stand."

Mein Wächter nickt. „Das war knapp. Zum Glück konnten wir ihr eine plausible Erklärung liefern, was wir da veranstaltet haben."

„Ja, sie hat es ziemlich gut aufgenommen, dass wir Kampfsport in einer Bücherei veranstalten. Alexander war sehr überzeugend."

„Entweder das oder …"

„Was?"

„Oder sie weiß mehr, als wir denken und als sie zugibt."

Joshs harsche Worte lassen mich zweifeln. Irgendetwas passt nicht zusammen. Angefangen bei Hollys spontanem Auftauchen über ihre übertrieben herzliche Art bis hin zu ihrer gelassenen Reaktion vorhin. Das Puzzle namens Holly will sich für mich nicht zu einem stimmigen Bild zusammensetzen.

Ich bin froh, dass Josh meiner Meinung ist. Andererseits verunsichert es mich zusätzlich, da Tristan und Alexander in den höchsten Tönen von ihr schwärmen. Auch meine Mutter hat sich Holly gegenüber freundlich und offen verhalten. Dass sie mit dem Shaolin Kung Fu einverstanden ist, sollte mich beruhigen. Trotzdem.

„Hast du bei ihr etwas von diesen Schwingungen gespürt, die Alexander erwähnt hat?", frage ich.

„Gespürt nicht direkt, aber ich kann mir vorstellen, was er meint." Josh reibt sich den Nacken.

Ich sehe ihm an, dass ihn etwas beschäftigt. Obwohl ich neugierig bin, versuche ich, ihn nicht zu drängen. Irgendwann zuckt er mit dem Schultern und seufzt: „Ich bin echt ratlos. Man müsste das Wächterlicht einsetzen können, um bei anderen Personen nach Dunkelheit zu suchen. Wie eine Art Röntgengerät oder so."

„Das wäre praktisch", sage ich. „Ich kann meine Mutter mal fragen, ob das möglich ist."

„Wenn es das gibt, bin ich sicher, sie hat Holly bereits auf Herz und Nieren durchleuchtet."

„Stimmt. Also meinst du, wir können davon ausgehen, dass uns von ihrer Seite aus keine Gefahr droht?"

„Sollte man meinen. Wenn wirklich Dunkelheit in ihr ist, tarnt sie es mit so viel buntem Glitzer, dass wir keine Chance haben, es zu erkennen."

Ich muss lachen. Das Bild von einer in allen Regenbogenfarben glitzernden Holly taucht vor meinem inneren Auge auf. Es ist so treffend, dass ich mir in diesem Augenblick nicht vorstellen kann, Holly sei auf Vincents Seite. Joshs nächste Bemerkung beendet die Heiterkeit jedoch schlagartig.

„Oder deine Mutter und ich waren zu erschöpft, um es wahrzunehmen."

Eine Weile laufen wir schweigend nebeneinanderher. Wir sind fast bei mir zu Hause, ohne in unserer Überlegung weitergekommen zu sein. Alexander wartet dort auf uns und bringt Josh heim. Ich kann sein Auto schon sehen. Doch ich bin noch nicht bereit, mich von meinem Wächter zu verabschieden. Unwillkürlich werde ich langsamer, bis wir stehenbleiben.

„Ich versuche die ganze Zeit, es mit unserem Kennenlernen zu vergleichen", sage ich. „Bei dir war ich keine Sekunde am Zweifeln. Dir habe ich von Anfang an komplett vertraut, weil es sich einfach richtig angefühlt hat. Irgendetwas lässt mich bei Holly zögern, aber ich weiß nicht, was es ist."

„Es hilft nichts, wir werden das heute nicht lösen können", entgegnet Josh und seufzt. „Wir beobachten sie weiter und machen uns ganz in Ruhe ein Bild von ihr. Wir finden heraus, was es mit Holly auf sich hat. Gemeinsam."

„Guter Plan. Schließlich sieht es so aus, als würden wir ihr jetzt öfter über den Weg laufen."

Als Antwort verzieht Josh das Gesicht und ich muss lachen.

„Jetzt hab dich nicht so", sage ich. „Sei froh, solange du es nicht mit der Dunkelheit aufnehmen musst, sondern nur mit einer fröhlich glitzernden Holly. Auch das gehört zum Job eines Wächters."

„Ehrlich? Wo steht das? Das habe ich nicht gelesen."

„Ganz unten im Kleingedruckten bestimmt."

„Da lernt man kämpfen und perfektioniert mühsam sein Silberlicht, und dann kommt so eine Holly daher und strahlt plötzlich heller als jedes Wächterlicht. Von wegen Dunkelheit ist der ultimative Gegner. Ich weiß nicht, was schlimmer ist." Er stöhnt theatralisch.

„Ich schon."

Abends hat mir Tristan endlich reinen Wein eingeschenkt, was es mit Hollys plötzlichem Auftauchen auf sich hat. Ich verstehe, dass Alexander und er mir nicht direkt davon erzählt haben, solange nicht klar war, ob und wann Holly aus Berlin zurückkommen kann. Aber spätestens nach unserem ersten Kennenlernen hätte ich mir gewünscht, eingeweiht zu werden. Das hätte Josh und mir viel Grübelei erspart.

Da ich mich nicht mit Tristan streiten wollte, habe ich unsere Unterhaltung schnell beendet. Morgen werde ich mir von Alexander die Kopie der Zeichnung geben lassen und sie mir gemeinsam mit Josh anschauen. Er bewahrt einen kühlen Kopf. Bei mir kämpfen gerade die verschiedensten Eindrücke und Emotionen miteinander. Egal, ob es sich um Wächterfähigkeiten oder pure Freundschaft handelt. Joshs ruhige, bedachte Art und seine kritischen Fragen sind mein Anker in der jetzigen Situation. Sonst wäre ich längst in meinem inneren Chaos ertrunken.

Auch jetzt liege ich wach und starre in die Nacht, während meine Gedanken wieder einmal verrücktspielen. Mir fällt auf, dass sich einer bislang zu diesem Thema verdächtig wenig gemeldet hat.

„Mond, was hast du dazu zu sagen?"

„Es war keine böse Absicht von Tristan und Alexander. Sie wollten dich nur schützen."

„Das ist mir mittlerweile klar, trotzdem bin ich sauer. Ich fühle mich zeitweise eh schon wie auf dem Abstellgleis. Zum Nichtstun verurteilt. Wie ein Prinzesschen in Watte gepackt. Ich kann nichts aktiv machen, um für meinen Schutz zu sorgen. Da will ich wenigstens alles wissen, was wichtig für mich ist. Oder ist das zu viel verlangt?"

„Nein, das ist es nicht. Aber es hätte nichts gebracht, dir Holly anzukündigen und dann kann sie vielleicht gar nicht kommen."

Widerwillig muss ich ihm recht geben. Das erklärt jedoch nicht, warum Holly auf diesem Gruppenbild von Tristan zu sehen ist.

„Ich kann dir sagen, was sie alles nicht ist. Sie ist kein Mondkind und auch keine Wächterin. Trotzdem wird sie zu deinem engeren Kreis zählen, wenn du es zulässt."

„Habe ich eine Wahl?"

„Natürlich. Du kannst sie aus deinem Leben fernhalten, wenn dir das richtig erscheint. Aber sie ist so eng mit Tristan und Alexander verbunden, dass ihr immer miteinander in Berührung kommen werdet."

„Was sollte ich also deiner Meinung nach unternehmen?"

„Es spricht nichts dagegen, dass du dir Zeit lässt mit deiner Entscheidung. Stell Holly ruhig auf die Probe. Obwohl – oder weil – Alexander und Tristan so vehement für sie plädieren. Natürlich ist es hilfreich, wenn man auf die Empfehlungen von anderen hören kann. Aber es verpflichtet dich keiner, diesen auch zu folgen."

„Ehrlich gesagt fällt die Bilanz mit den Empfehlungen anderer eher gemischt aus."

Verzweifelt reibe ich mir mit den Händen übers Gesicht. Ich will nicht mehr in den Erinnerungen an all die schlechten Erfahrungen gefangen sein. Es wird Zeit für Fortschritte und Erfolgserlebnisse. Aber dafür müsste ich mir selbst vertrauen.

„Deswegen ist es gut, wenn du entscheidest, diesmal nur auf dein eigenes Urteil zu hören. Das braucht Zeit. Verschiedene Faktoren müssen gegeneinander abgewogen werden. Lass dich nicht unter Druck setzen. Auch das gehört dazu, wenn man seine Fähigkeit schulen will."

„Josh sagt, ich muss erst lernen, mir wieder zu vertrauen."

„Ein sehr schlauer Rat. Dem kann ich mich nur anschließen. Warte mit einer Entscheidung, bis du dich sicher genug fühlst, sie zu treffen."

„Sollte ich mich für Holly entscheiden, was ist ihre Rolle? Was weiß sie über die Mondkinder?"

Unwillkürlich richte ich mich auf. Das ist die alles entscheidende Frage. Ich bin so gespannt auf die Antwort, dass ich die Luft anhalte.

„Sie kennt die Mondkinder bereits aus Erzählungen von Alexander. Allerdings eher in historischer Hinsicht, wenn er von seinen Forschungen berichtet hat. Dass es existierende Mondkinder in ihrer direkten Umgebung gibt, dürfte ihr noch nicht bekannt sein. Aber wie ich Holly einschätze, wird es sie nicht sonderlich überraschen. Während ihrer Fortbildung zur Heilpraktikerin hat sie einiges aus der Heilkunde der Mondkinder gelernt. Die Kenntnisse und Rezepturen der Hüter mit Fähigkeit Heilung bilden bis heute die Basis renommierter Naturheilkunde."

„Also wird Holly unsere Heilerin?"

„So ähnlich. Es wird immer Situationen geben, in denen die Schulmedizin einem Mondkind nicht helfen kann."

„Kennt sie sich mit Dunkelheit aus?"

„Sie kann die Symptome behandeln."

„Hat sie auch so etwas wie das Silberlicht?"

„Nein, das nicht. Aber sie kennt Heilmittel und Therapien, um die Selbstheilungskräfte des Körpers zu unterstützen. Das geht bei einer normalen Krankheit, funktioniert aber auch mit Dunkelheit, wenn man weiß, was man tut."

„Okay, also Wächter nehmen die Dunkelheit auf und bauen sie in ihrem eigenen Körper ab. Holly dagegen hilft, den Körper zu heilen."

„Körper, Seele und Geist", ergänzt der Mond. „Die Dunkelheit greift alles an."

„Kann sie Dunkelheit erkennen? Konnte sie unser Wächterlicht sehen?"

„Nein. Sie konnte euer Wächterlicht nicht sehen. Genauso wird sie die Dunkelheit weder sehen noch aktiv bekämpfen können."

KAPiTEL 26

LUCY

24. September 1999

Es dämmert bereits, als ich am Freitagabend das Schulgelände betrete. Meine Mutter hat spontan beschlossen, ebenfalls mitzukommen. Sie plaudert entspannt mit Alexander. Ich laufe etwas schneller, als ich Josh mit seinen Freunden entdecke. Der Basketball-Platz liegt seitlich neben der Turnhalle, die aufgrund des abschüssigen Geländes nach unten versetzt ist. So kommt es, dass man vom Spielfeld aus durch die obere Reihe der Fenster das Geschehen in der Halle beobachten kann.

Die sechs Jungs sind in ihrem Element, lachen, blödeln herum und klatschen einander ab, sobald einer einen Korb geworfen hat. Während ich noch überlege, wie ich Josh auf uns aufmerksam machen soll, fällt sein Blick auf mich. Mit einem knappen Winken verabschiedet er sich von seinen Freunden. Dann hebt er am Spielfeldrand einen Rucksack und seine Wasserflasche auf und steht wenig später neben mir.

„Bereit?", fragt er und trocknet sich kurz mit einem Handtuch das Gesicht ab.

„Klar", antworte ich und klinge zuversichtlicher, als ich mich fühle. Über seine Schulter sehe ich, dass uns die anderen beobachten. „Was hast du deinen Freunden gesagt, weshalb wir uns treffen?"

Kurz schaut er zu ihnen zurück und winkt noch einmal. Dann wendet er sich mit uns in Richtung Turnhalle. Die neugierigen

Blicke der anderen Jungs brennen in meinem Rücken und unwillkürlich richte ich mich ein Stück weiter auf.

„Ich habe ihnen erzählt, dass du dort ein Schnuppertraining machen willst, aber dich alleine nicht traust." Er zuckt mit den Schultern.

„Was?" Ich schnappe nach Luft. „Jetzt denken deine Freunde alle, du gehst aus Mitleid mit mir da hin?"

„Nein, Spaß." Er zwinkert entschuldigend.

Erst jetzt dringt Alexanders Lachen zu mir durch. Nach dem ersten Schock dauert es einen Moment, bis mir auch Joshs schelmisches Grinsen auffällt.

„Um ehrlich zu sein, habe ich ihnen gesagt, dass ich das schon lange ausprobieren wollte und mich einfach zu deiner Schnupperstunde mit eingeladen habe", sagt er. „Streng genommen bist es also du, die mich aus Mitleid mitnimmt."

„Aha", antworte ich kopfschüttelnd. Das erklärt zumindest die interessierten Blicke, mit denen mich seine Freunde gemustert haben.

Mittlerweile haben wir die Turnhalle umrundet. Holly steht neben einem hochgewachsenen jungen Mann vor dem Eingang. Beide blicken uns entgegen.

„Sag nicht, dass sie auch mitmacht." Josh stöhnt und ich muss grinsen.

Alexander lacht schon wieder und setzt sich mit einigen großen Schritten an unsere Spitze. Er übernimmt die Begrüßung und verschafft uns ein paar Sekunden Zeit, bevor Holly uns ihrem Verlobten Andrès vorstellt.

„Maus, das ist Risa, die Trainerin der beiden. Das ist Josh." Sie deutet auf meinen Wächter, der angesichts des Kosenamens sein Lachen kaum unterdrücken kann. „Und das hier ist Tristans Lucy."

Als würde das alles erklären, nickt uns Andrès knapp zu. Er öffnet die Tür zu den Umkleiden, schiebt Holly vor sich hinein und deutet auf den Zugang zu den Zuschauertribünen.

„Da könnt ihr euch hinsetzen, dann seid ihr nicht im Weg."

Charmant. Ein kurzer Blickwechsel mit Josh bestätigt, dass wir einer Meinung sind. Kaum sind die drei außer Hörweite, dreht sich Andrès zu uns um. Mit zusammengezogenen Augenbrauen fixiert er uns. Kurz bekomme ich Angst, dass er uns direkt hier angreift. Seine breitbeinige Haltung mit den Händen in die Hüften gestemmt ist jedenfalls alles andere als ein herzliches Willkommen.

„Damit das klar ist: Ihr beiden seid nur hier, weil Holly mich darum gebeten hat. Ich kenne keine irische Kampfkunst mit einem so albernen Namen. Keine Ahnung, was ihr beiden meiner Verlobten für einen Unsinn aufgetischt habt. Wir sind kein Kindergarten. Hier trainieren Profis."

Ich bin sprachlos. Auch Josh verharrt stumm neben mir. Reglos erwidern wir das Starren unseres Gegenübers. Nach einer Weile seufzt Andrès laut und deutet mit einer knappen Geste neben sich. „Ihr habt zwei Minuten, dann startet das Training."

In der Damenumkleide bin ich mutterseelenallein. Aus dem Inneren der Turnhalle höre ich bereits verschiedene Stimmen, Gelächter und gelegentlich zwei aufeinandertreffende Stöcke. Ich versuche, das aufsteigende Lampenfieber zu unterdrücken, indem ich mir die Tipps meiner Mutter in Erinnerung rufe. „Mach den Stock zur Verlängerung deiner Hände. Stell dir vor, es wäre dein Silberlicht. Vernachlässige niemals deine Deckung." Halblaut wiederhole ich dieses Mantra und betrete die Halle. Ich suche Josh, der zum Glück bereits in der Nähe auf mich wartet.

Wir stellen uns neben Andrès, der sich mit zwei anderen Sportlern unterhält. Als er uns bemerkt, pfeift er und vergewissert sich, dass er die volle Aufmerksamkeit hat.

„Alle mal herhören, wir haben zwei Gäste. Das sind Lucy und Josh. Die beiden trainieren eine alte irische Kampfkunst namens *Bataireacht* und wollen mal schauen, wie man richtig kämpft. Bislang haben sie ohne Stock trainiert, also nehmt ein bisschen Rücksicht. Zumindest am Anfang."

Ich kann nicht fassen, wie arrogant dieser Andrès klingt. Neben mir spannt sich Josh an. Seine mahlenden Kiefer verraten mir, dass er den hämischen Unterton genauso wahrgenommen hat.

Hat Alexander diese Ansprache gehört? Doch ein Blick auf meinen Hüter zeigt, dass er in ein Gespräch mit Holly und meiner Mutter vertieft ist. Ich schnaube leise. Ich hasse es, wenn man mich wie ein dummes, kleines Mädchen behandelt. Andrès macht keinen Hehl daraus, dass er uns weder ernst nimmt noch hier haben möchte und unsere Anwesenheit lediglich ein Gefallen für Holly ist. „Na warte", flüstere ich und Josh nickt mir zu.

„Okay, allgemeines Aufwärmen!"

Josh und ich reihen uns in die etwa fünfzehn jungen, sportlichen Männer ein. Alle sind so ungefähr Mitte zwanzig und damit zehn Jahre älter als wir. Jeder von ihnen ist durchtrainiert, muskulös und kommt während der folgenden Minuten kaum außer Atem. Josh sieht man trotz des vorherigen Basketballspiels ebenfalls keine Anstrengung an.

Nur meine mangelnde Kondition meldet sich mit aller Macht. Mein Kopf glüht, ich bin jetzt schon aus der Puste und schweißgebadet. Niemals glaubt mir einer der Anwesenden, dass ich regelmäßig Sport mache, und dann noch diese Art von Kampfkunst. In meinem Hinterkopf formt sich gerade der Entschluss, bereits jetzt das Handtuch zu werfen und die Stunde für beendet zu erklären. Da trifft mich ein triumphierender, herablassender Blick von Andrès. Mein Stolz übernimmt, verbietet mir jeden Gedanken ans Aufgeben und sorgt dafür, dass ich mich trotzig aufrichte. Meine schnellen, flachen Atemzüge und meine bestimmt tiefrote Gesichtsfarbe werden die einzigen Zeichen meiner Schwäche sein.

Josh stellt sich neben mich. Ein Blick in sein gespanntes Gesicht bekräftigt meinen Entschluss, diese Trainingseinheit durchzustehen, was auch immer passiert.

„Gut, wir üben erst ein paar Flows, bevor es ernst wird", sagt Andrès. „Josh, du trainierst mit Mike dort drüben."

Er deutet auf den größten, kräftigsten und bedrohlichsten Typ, den ich je gesehen habe. Meine Erleichterung, dass dies nicht mein Trainingspartner ist, wird verdrängt von der Sorge um den mehr als einen Kopf kleineren Josh. Doch mein Wächter geht zu diesem Riesen, begrüßt ihn mit einem freundschaftlichen Handschlag und sieht vollkommen entspannt aus.

„Lucy, du trainierst mit mir." Mit seiner knappen Ansage reißt mich Andrès aus meinen Gedanken.

Josh dreht sich zu mir herum. Seine entsetzte Miene spiegelt mein Empfinden.

Immerhin macht sich dieser Typ selbst die Hände schmutzig und überlässt das nicht einem der anderen.

Kurz fixiere ich Josh, nicke ihm beruhigend zu und drehe mich mit dem falschesten Lächeln der Geschichte zu Hollys Verlobtem um. „Wow, ich fühle mich geehrt", säusele ich und gehe langsam zu ihm.

„Nur keine falschen Hoffnungen", raunt er mir zu.

„Nur kein falsches Mitleid", kontere ich.

„Niemals." Mit seinem breiten Grinsen sieht er aus wie eine große, gemeine Katze, die gleich eine unschuldige Maus verspeisen wird. Da fällt mir ein, dass Hollys Spitzname für ihn ja „Maus" ist. Mir entwischt ein kurzes Lachen.

Er deutet das vollkommen falsch, schnaubt grimmig und flüstert mir zu: „Letzte Chance, diese Farce zu beenden."

„Niemals."

Mit einem fremdartigen Kommando startet er seinen ersten Angriff. Ich wäre von der Eleganz, der Schnelligkeit und vor allem der Präzision fasziniert, würde er es nicht darauf anlegen, mich zu entwaffnen und zu demütigen. Ich versuche, mich

bestmöglich zu verteidigen. Allerdings gelingt mir das mehr schlecht als recht.

Die nächsten Minuten finde ich mich öfter auf meinem Rücken wieder, als mir lieb ist. Mit jedem gelungenen Angriff wird das Grinsen auf Andrès' Gesicht verachtender. Ich habe keine Sekunde Zeit, um mich zwischen den Angriffen nach Josh oder Alexander umzusehen. Alle anderen kämpfen ebenfalls mit ihren Partnern. So bleibt mir lediglich die Hoffnung, dass meine kommende Niederlage von den meisten unbemerkt bleibt.

Natürlich ist Andrès weder außer Atem noch auf irgendeine andere Art gefordert. Er wirkt geradezu gelangweilt, als er nach einem weiteren erfolgreichen Angriff klatscht und verkündet: „Kurze Pause und dann kämpfen wir."

Ich gehe an die Seite, trockne mein Gesicht mit einem Handtuch ab und trinke einen Schluck Wasser. Dabei erhasche ich einen Blick auf einen glückseligen Josh, der vollkommen in seinem Element ist. Immerhin ist er der Wächter.

Mein Stolz meldet sich zu Wort. Ich werde diesem Wichtigtuer Andrès nicht den Triumph gönnen, mich hier vorzuführen.

Aus den Augenwinkeln sehe ich Holly, die mit einem grimmigen Gesichtsausdruck aufsteht und sich auf den Weg zu ihrem Verlobten machen möchte. Alexanders Blick findet meinen. Ich signalisiere ihm mit einem Kopfschütteln, dass sich die Erwachsenen nicht einmischen dürfen. Das wäre der letzte Sargnagel für mein Selbstwertgefühl. Da lasse ich mich lieber von jedem dieser Kampfsportler vermöbeln, als dass Holly ein gutes Wort für mich einlegen muss. Zum Glück versteht Alexander mein Zeichen und legt ihr eine Hand auf den Arm.

Meine Mutter hat einen Block auf den Knien und macht sich Notizen. Sie hebt nur kurz den Kopf und erwidert meinen Blick. Ihr zusammengekniffener Mund und die gerunzelte Stirn treffen mich bis ins Mark. Ich bin zwar keine reine Wächterin, aber ich will meine Mutter stolz machen. Ich straffe die Schultern und erwidere ihr Nicken. Ich gebe nicht auf.

Niemals.

Nur Sekunden später ist die Pause vorbei.

Wir treffen uns im Mittelkreis und zwei der Sportler verteilen die Kampfstöcke. Diese sind aus warmem, glatt geschliffenem Holz. Sie liegen angenehm in der Hand und erinnern mich an einen geraden Hockeyschläger. Ich lasse meine Hände über das polierte Holz gleiten, tariere den Stock aus und schwinge ihn ein paar Mal probeweise um mich herum. Dabei versuche ich, die Blicke der anderen zu ignorieren.

Josh hat sich mit seinem Trainingspartner bereits angefreundet. Dieser erklärt ihm die wichtigsten Punkte, die es bei Shaolin Kung Fu zu beachten gibt. Ich spitze die Ohren, versuche, ein paar wertvolle Tipps zu erhaschen und rufe mir gleichzeitig die Ratschläge meiner Mutter in Erinnerung.

Viel zu schnell kommt das Kommando von Andrès: „Weiter gehts! Zeit, zu kämpfen!"

Aus den Augenwinkeln sehe ich, dass die Trainingspartner unverändert bleiben, womit alle einverstanden zu sein scheinen. Ob die Anzahl meiner blauen Flecke morgen die Zahl meiner Sommersprossen übersteigt? Nicht, wenn es nur den Hauch einer Chance gibt, das zu verhindern.

Genug gejammert, Lucy. Es ist Zeit, mich zu wehren und auf meine Fähigkeiten zu vertrauen.

„Gib mir einen Moment", bitte ich Andrès und ignoriere sein süffisantes Grinsen. Ich schließe die Augen, atme tief durch und aktiviere etwas von meinem Silberlicht. Wenn das funktionieren soll, muss ich mich an den Rat meiner Mutter halten und den Stock zur Verkörperung meines Lichtes machen. Ich lenke das Licht in meine Hand und fühle, wie sich der Stock noch mehr erwärmt. Ich öffne meine Augen, um zu kontrollieren, dass nicht aus Versehen irgendetwas silbern leuchtet. Als das nicht der Fall ist, fixiere ich Andrès und nicke ihm zu. Innerlich wappne ich mich für den Angriff.

Beflügelt durch meine mangelnde Gegenwehr in der ersten Runde geht Andrès blindlings auf mich los. Instinktiv hebe ich meine Arme. Ich schwinge meine Waffe und wehre seinen Angriff ab.

Unser beider Verblüffung ist der erste Moment, in dem wir uns einig sind. Dann fokussiert sich Andrès erneut und startet seinen zweiten Angriff.

Ich folge meinem Instinkt. Mein Silberlicht führt meine Hände und schwingt meine Waffe. Es wehrt für mich Schlag um Schlag ab und schützt mich vor allen Hieben.

Ich habe jegliches Zeitgefühl verloren und habe keine Ahnung, wo ich mich in der Turnhalle befinde. Doch ich traue mich nicht, in meiner Konzentration nur eine Sekunde nachzulassen.

Meine Füße tänzeln über den Boden. Meine Augen fixieren die meines Gegenübers. Ich blende meine Umgebung vollständig aus. Dabei weiche ich erneut Hieben, Schlägen und Stichen aus. Das Gesicht meines Gegners verändert sich von Verwunderung immer mehr zu Wut. Noch kann ich den Triumph nicht auskosten. Mit unveränderter Wucht prasseln seine Angriffe auf mich ein.

An meinem Rücken spüre ich einen Verbündeten. Josh! Aus den Augenwinkeln bemerke ich Spuren seines Silbernebels, die sich mit meinem Licht verbinden. Nun kämpfen wir Rücken an Rücken als Einheit. Es fühlt sich an, als wären wir erst jetzt komplett und würden unsere Kräfte vervielfachen.

Leider vervielfachen sich auch unsere Gegner, ähnlich wie die Kugeln meiner Mutter in der Bücherei. Auf ein weiteres gebrülltes Kommando von Andrès reihen sich andere Sportler ein. Wir müssen es gleichzeitig mit mehreren der durchtrainierten Kämpfer aufnehmen. Diese wechseln sich ab. Nur Josh und ich schwingen ohne Unterlass unsere Stöcke.

Meine zunehmende Erschöpfung wird von einem gewissen Triumph überlagert. Dieser steigert sich mit jedem Gegner, der aufgibt und einem seiner Mitstreiter das Feld überlässt. Dennoch dauert es eine gefühlte Ewigkeit, bis ein gellender Pfiff ertönt. Wir lassen alle unsere Waffen sinken.

Kurz befürchte ich, meine Beine könnten mir ihren Dienst versagen. Ich bin zutiefst dankbar, als sich Josh gegen mich lehnt und mich mit seinem Rücken stützt. Erst jetzt bemerke ich, dass auch unsere zahlreichen Gegner schwer atmen. Haben sie uns zu Beginn der Trainingseinheit belächelt und als harmlose Kinder abgetan, so findet sich in ihren Gesichtern nun etwas anderes: Respekt.

Langsam komme ich wieder zu Atem und drehe mich zu meinem Wächter um. Sein wildes, übermütiges Grinsen überträgt sich auf mich. Wir schlagen ein und umarmen uns trotz unser schweißgetränkten Shirts.

„Gut gemacht“, flüstert er mir ins Ohr.

„Denen haben wir's gezeigt.“

Nacheinander kommen die Kämpfer zu uns. Sie reichen uns die Hand und sparen nicht mit Komplimenten. Obwohl mir jede Faser meines Körpers wehtut, verdrängt das Hochgefühl den Schmerz. Josh und ich grinsen um die Wette und nehmen die Glückwünsche dankbar entgegen.

Als Letztes tritt Andrès mit undurchdringlicher Miene zu uns. Unwillkürlich spanne ich mich an und auch Josh blickt ihm ernst entgegen. Wieder kommt mir in den Sinn, wie unpassend „Maus“ als Kosename für diesen großen, düsteren Mann ist, der noch keinen Funken Freundlichkeit gezeigt hat.

Ich richte mich zu meiner vollen Größe auf, recke das Kinn und wappne mich für eine weitere Beleidigung. Neben mir verhält sich Josh genauso. In diesem Moment stehen wir als Einheit gegen den Kämpfer, der mir in den letzten eineinhalb Stunden eine schmerzhafte Lektion in Sachen Schwerkraft und Kampfkunst gegeben hat. Und der dabei anscheinend großen Spaß hatte.

Statt die Gelegenheit für eine weitere verbale Attacke zu nutzen, steht er zunächst einige Sekunden vor uns. Er mustert uns und lässt durch keine Regung erkennen, was er denkt. Schließlich streckt er mir die Hand entgegen und sagt laut: „Gut gemacht. Wann immer ihr mit uns trainieren wollt, ihr seid herzlich willkommen."

Das erste echte Lächeln erscheint auf seinem Gesicht. Endlich kann ich erkennen, warum eine Frohnatur wie Holly sich in ihn verliebt hat. Das Lächeln vertreibt seine düstere, arrogante Aura und zaubert einige Lachfältchen rund um seine dunklen Augen, die mich nach wie vor durchdringend mustern. Nach unserem Handschlag wendet er sich an Josh, wechselt auch mit ihm ein paar Worte und verabschiedet uns mit einem freundschaftlichen Schlag auf die Schultern.

Josh und ich grinsen uns zufrieden an, bevor wir uns in Richtung der Umkleiden abwenden. Nur meinem Stolz und dem übersprudelnden Glücksgefühl nach dieser Wendung ist es zu verdanken, dass ich es aufrecht gehend aus der Halle schaffe.

Kaum hat sich die Tür hinter mir geschlossen und ich bin aus dem Sichtfeld der anderen, verlässt mich der Rest meiner Kraft. Ich sinke auf eine der abgenutzten Holzbänke, stöhne leise und versuche eine Position zu finden, in der zumindest eine Stelle meines Körpers nicht schmerzt. Leider erfolglos.

Keine Ahnung, wie lange ich hier liege. Mit zitternden Beinen, krampfenden Muskeln und ohne den Hauch einer Chance, mich jemals wieder zu bewegen. Irgendwann höre ich, wie sich die Tür zum Eingangsbereich der Halle öffnet und direkt wieder zufällt. Ich hoffe, das war nicht nur ein kurzer Kontrollblick, bevor jemand die Turnhalle abschließt. Dann müsste ich die Nacht, wenn nicht das ganze Wochenende, hier verbringen.

Diese erschreckende Vorstellung bringt Bewegung in meinen geschundenen Körper. Doch ehe ich es schaffe, mich hinzusetzen, kniet sich jemand neben mich.

„Meinst du, du kannst dich ein wenig aufrichten?"

„Holly?"

„Ja, wer denn sonst? Die versammelte Testosteron-Herde traut sich nicht rein nach deiner Vorstellung da draußen. Die haben Angst vor dir." Sie kichert.

„Hahaha." Mühsam schaffe ich es, mich in eine halbwegs sitzende Position zu verlagern.

„Nein, im Ernst, so was habe ich noch nie erlebt", sagt sie. „Ihr zwei seid echt zu krass."

„Krass k.o.", antworte ich und ernte einen mitleidigen Blick von ihr.

„Bist du verletzt? Tut dir was weh?"

„Nein und alles." Ich stöhne, was sie mal wieder zum Lachen bringt.

„Ich habe was für dich." Holly reicht mir eine Flasche. „Trink das in kleinen Schlucken, aber am besten die ganze Flasche. Das sollte dich nicht nur wieder auf die Beine und aus diesem Turnhallen-Mief rausbringen, sondern auch vor dem größten Muskelkalter bewahren."

„Danke."

Ich öffne die Flasche und nehme einen Schluck, in der Annahme, dass es sich um eine normale Limonade oder ein Iso-Sport-Getränk handelt. Der Geschmack zieht mir sämtliche Gesichtsmuskeln zusammen, dabei waren das bislang die, die noch nicht schmerzlich protestiert haben. „Boah, Holly, was ist das denn?", frage ich, als ich wieder Luft bekomme. Es hat mich große Überwindung gekostet, dass ich die Flüssigkeit geschluckt habe. Ich nehme mir innerlich vor, auf keinen Fall mehr davon freiwillig zu trinken.

„Das, meine Liebe, ist meine ganz spezielle Elektrolyt-Kräuter-Limonade", entgegnet sie lächelnd. „Andrès liebt sie und hat bei jedem Training eine große Flasche dabei."

„Andrès liebt dich. Wie sehr, zeigt sich dadurch, dass er sogar dieses Getränk in Kauf nimmt." Ich bezweifle stark, dass er tatsächlich nur einen Milliliter davon trinkt.

„Aber natürlich", sagt sie ernst, tätschelt mir das Knie und richtet sich auf. „Also, wenn du meinst, dass du ohne klarkommst, nehme ich die Flasche wieder mit und sichere mir einen Platz in der ersten Reihe, wenn du versuchst, hier auf allen vieren rauszukriechen."

„Bist du ehrlich so gemein?", frage ich verwundert. Zur Sicherheit nehme ich einen weiteren Schluck und bemühe mich, das Gesicht nicht allzu sehr zu verziehen.

„Das hat mit gemein gar nichts zu tun", sagt sie. „Na komm, lass uns deine Sachen packen und verschwinden, bevor wir noch aus Versehen eingeschlossen werden."

Zur gleichen Zeit bei
TRISTAN

Seit über einer Woche habe ich Linda und Jeremy kaum gesehen. Lediglich morgens zu einem kurzen Frühstück sind sie im Cottage. Die restlichen Tage verbringen sie neben ihrer regulären Arbeit auf der Anlage damit, den Zugang und die unterirdische Kammer zu sichern, sodass wir dort gefahrlos ein Feuer anzünden können.

Linda ist nach wie vor dagegen, dass Jeremy und ich uns über eine längere Zeit unter der Erde aufhalten. Als Argument führt sie die Bedenken von James Sheerwood an, dass die Kammer nicht sicher sei. Jedes Mal entgegnet Jeremy, dass sie bei der Entdeckung und Erschließung des Tunnelsystems vor einigen Jahren besonders auf Sicherheit geachtet hätten und kein Grund zur Sorge besteht.

Dennoch hat er zugestimmt, gemeinsam mit Linda die Örtlichkeiten zu sichten, zu prüfen und beim geringsten Anlass

zur Sorge das ganze Projekt auf den Bereich oberhalb der Kammer zu verlegen. Auf die Frage, warum ich nicht direkt an der Oberfläche bleiben kann, hat er geantwortet, dass Kieran als erfahrener, mächtiger Seher problemlos oberhalb der Kammer arbeiten konnte. Ich hingegen stehe mit meiner Ausbildung erst am Anfang. Zudem erfordert unser Vorhaben morgen eine Menge Mondenergie. Daher hat Jeremy darauf bestanden, dass wir es in der Kammer probieren.

Die beiden überprüfen bis spät in den Abend die Stützpfeiler, legen die Frischluftzufuhr frei und testen das Abluftsystem. Ich sitze vormittags in der Schule beziehungsweise an den Arbeitsaufträgen für zu Hause.

Nachmittags bin ich mit Garric im Wohnbereich des Cottage. Dort verbessern wir mein Gälisch, bis ich das Kapitel auswendig und richtig aufsagen kann. Wir besprechen die Bedeutung des Märchens. Beim Übersetzen kommen wir zu der Überzeugung, dass es sich tatsächlich um eine Anleitung für Seher handelt.

Ich übe mit meinem Schimmer, feste Formen zu erzeugen. Wir sichten Bilder von alten Bollwerken und Festungen. Ich möchte ein Vorbild haben, an dem ich mich orientieren kann, wenn es darum geht, einen Schutzschild zu bauen. Bald habe ich einen Favoriten gefunden und verbringe viel Zeit damit, mir anhand der Bilder in einem von Jeremys Büchern jedes Detail der Festung einzuprägen.

„Mit Dover Castle hast du eine gute Wahl getroffen", sagt Garric. „Schließlich ist es Englands unbesiegbare Festung. Sie liegt hoch über den Weißen Klippen, besteht aus mehreren, unbezwingbar massiven Mauern, einer strategischen Meisterleistung an verschiedenen Wachtürmen und kaum zu bewältigenden Toranlagen. Der Bergfried ist der uneinnehmbare Kern der Anlage und für sich alleine schon ein Meisterwerk mittelalterlicher Baukunst. Wenn du es schaffst, mit deinem Geist die mehr als sechs Meter dicken Mauern des Bergfrieds zu simulieren, wird dein Schutzschild unüberwindbar sein. Da bin ich mir sicher."

Abends liege ich in meinem Bett und versuche, gegen das Lampenfieber anzukämpfen. Zum Glück dauert es nicht lange und ich spüre Lucys Nähe in meinen Gedanken.

„*Mein Tristan, wie geht es dir?*"

„*Du fehlst mir, Frau Lu.*"

„*Ja, du fehlst mir auch, aber das meinte ich nicht.*"

„*Das weiß ich, aber du fehlst mir rund um die Uhr, und für unseren Plan morgen fehlst du mir noch mal zusätzlich.*"

„*Puh, das ist aber viel Fehlen. Was machen wir da?*"

„*Komm her.*"

„*Das würde ich gern, aber selbst, wenn es von der Entfernung machbar wäre, für einen Tag würde es keinen Sinn machen. Aber ich frage mal Alexander bei nächster Gelegenheit, ob er einen Plan für die Herbstferien hat.*"

„*Bis zu den Herbstferien sind es zwei Wochen, nein, drei. Weißt du, wie lang das noch ist?*"

„*Ja, das weiß ich. Stell dir vor, drei Wochen dauern bei mir genauso lang wie bei dir.*"

„*Schon gut. Ich hätte dich halt morgen gerne dabei, nur zur Sicherheit, weißt du?*"

„*Kann ich verstehen. Ich wäre auch gerne dabei, aber ... mal abgesehen von der Entfernung und der Zeit, glaube ich, dass es gar nicht so gut wäre, wenn Alexander und ich ebenfalls in Maiden Castle wären.*"

„*Wieso?*"

„*Na ja, ich habe mich mit einem Experten über euren Plan unterhalten und wollte von ihm wissen, was es für Risiken gibt. Du magst es vielleicht nicht glauben, aber auch ich mache mir Sorgen um dich.*"

„*Was für ein Experte? Welche Sorgen?*"

„*Ich mache mir Sorgen, dass es dir ähnlich geht wie mir an Lughnasadh und die Energie zu viel wird. Du weißt, dass ich es fast nicht in den Griff bekommen hätte.*"

Obwohl sie es nicht sehen kann, nicke ich knapp. Meine Kiefer mahlen aufeinander und ich balle meine Hände zu Fäusten. Ich muss mich zwingen, meine Eifersucht auf Sam zu beherrschen. Sonst verpasse ich noch, was Lucy mir gerade erklärt.

„Jedenfalls sagte er, dass verschiedene Faktoren den Energiefluss beeinträchtigen. Daher wäre es besser, wenn nicht zu viele Mondkinder und Hüter an diesem Abend auf einem Fleck sind."

„Und woher weiß Sam so was?"

„Wie kommst du denn jetzt auf Sam?"

Mist, habe ich also doch mit meiner Grübelei den Anschluss verpasst. Fieberhaft überlege ich, wie ich die Kurve kriegen kann, und antworte: *„Na, du hast mit jemandem darüber geredet, dachte ich."*

„Ja, aber nicht mit Sam."

Sie klingt ärgerlich. Ich konzentriere mich darauf, unser Gespräch wieder auf sicheres Terrain zu bringen. Ich zwinge mich, meinen Tonfall neutral zu halten und mir meine Erleichterung nicht anmerken zu lassen.

„Ach so, okay. Dann habe ich da was falsch verstanden. Mit wem hast du geredet? Wer ist dieser Experte?"

„Ach Tristan, der Mond natürlich."

So abwegig diese Antwort für alle Menschen dieser Welt ist, so offensichtlich ist sie für Lucy. Mir ist klar, dass es keinen besseren Ratgeber gibt, wenn es um solche Fragen geht.

„Was sagt der Experte?"

„Zum einen, dass die Energie an Lughnasadh nur so explodiert ist, weil es sich um ein Ritual gehandelt hat. Dazu noch die Sache mit der Kraftader. Außerdem zählt, wie mächtig die beteiligten Mondkinder sind. Auf dem Drywon-Beinn waren ja bekanntermaßen sechs Hüter und drei Mondkinder."

„Davon ein Seher und ein Vollmondkind."

„Genau. Es war zu befürchten, dass sich die Energie massiv verstärken würde. Aber von der letztendlichen Macht war auch er überrascht."

„Das freut mich doch, wenn es uns gelungen ist, selbst den Mond zu beeindrucken."

Lucy lacht lauthals los. „Ja, da haben wir wohl ganze Arbeit geleistet. Der Gute hat schließlich schon einiges gesehen in den letzten paar Millionen Jahren. Damit hat er nicht gerechnet."

Erneut kommt mir in den Sinn, wie gefährlich das Ganze für Lucy gewesen ist. Ich werde schlagartig ernst. „Okay, und womit rechnet er für morgen?"

„Das habe ich ihn auch gefragt und er hatte ein paar wertvolle Tipps." Lucy klingt ebenfalls wieder hochkonzentriert. Die Leichtigkeit von eben ist verschwunden, als sie sich räuspert. „Erstens handelt es sich morgen nicht um ein Ritual, sondern um eine Zeremonie. Dabei wird weniger Energie freigesetzt. Wenn zudem noch die anwesenden Mondkinder zählen, sollte es bei einem Hüter und einem Seher überschaubar bleiben."

„Deshalb ist es besser, wenn kein zweiter Hüter und vor allem kein Vollmondkind in der Nähe sind?"

„Genau. Außerdem kannst du es schon kurz nach Mondaufgang probieren. Da ist das Licht noch nicht so kräftig, als wenn der Mond im Zenit steht."

„Gute Idee, das wird Jeremy freuen. Am nächsten Tag ist zwar Sonntag und ich muss nicht in die Schule, aber die anderen müssen arbeiten."

„Stimmt. Wenn es mit dem ersten Mondlicht nicht funktioniert, kannst du so lange warten, bis es genug Kraft hat."

„Sehr gut."

„Wirst du alleine dort unten sein?"

„Nein, Jeremy will mit in der Kammer bleiben. Garric sichert den Tunnel und Linda hält oben am Zugang die Stellung."

„Klingt nach einem Plan. Allerdings solltet ihr darauf achten, dass sich Jeremy nicht zu nah bei dir aufhält, sonst wird seine Energie eingebunden. Dann funktioniert der Schutz nur, wenn er in der Nähe ist."

„Okay, ich werde ihm sagen, dass er sich weiter in Richtung Tunnel zurückziehen soll. Von dort aus hat er mich im Blick, aber sollte außerhalb des Einflussbereiches sein."

„Wenn ihr ungefähr wisst, wann es losgeht, gib mir Bescheid. Dann bleibe ich auf Abruf, falls ihr meine Hilfe braucht. Dasselbe gilt für Alexander, soll ich dir ausrichten. Er würde sich über eine kurze Nachricht freuen, wenn ihr fertig seid. Er macht sich auch Sorgen."

Claire Lacroix

An Vincent von Grafenstein

24. September 1999

Geehrter Vincent,

mein Besuch in Manching hat mir gezeigt, dass Alexander an Lughnasadh einen robusten Grundstein gelegt hat für die neue Generation der Mondkinder. Lucy bringt bereits einen erstarkten Gemeinschaftssinn in den Kreis der Hüter.

Auch meine zweite Station, Hirschlanden, stellt sich mir wie ein Bollwerk entgegen. Eigentlich wollte ich noch zu Urs, aber nach meinem Erlebnis mit Rudi kann ich mir diesen Weg sparen. Mehr dazu persönlich. Doch ich lasse mich nicht entmutigen.

Ich reise noch heute weiter und werde bald in deiner Nähe sein. Wir werden unsere gebündelten Kräfte brauchen, um erfolgreich zu sein. Ich melde mich bei dir, sobald ich eine Unterkunft habe.

Wie schreitet dein Plan voran? Ich hoffe, der Experte an deiner Seite erfüllt deine Erwartung. Ich bin gespannt und freue mich auf ein Kennenlernen. Sei versichert, ich stehe immer an deiner Seite.

Deine dir stets ergebene
Claire

KAPiTEL 27

LUCY

25. September 1999

Ich liege reglos auf dem Boden der Bücherei. An meinem Ohr kitzelt mich Satos Atem. Sie liegt schräg neben mir und stupst mich immer wieder leicht an, doch ich kann nicht mit ihr spielen. Arme und Beine habe ich von mir weggestreckt. Meine komplette Körperrückseite ist von einem tröstenden Kribbeln erfüllt. Es überlagert den Muskelkater, der jede meiner Bewegungen mit Schmerzen erfüllt. Mit den Augen folge ich dem Muster, das die Maserung der Deckenbalken über mir malt. Die Sonne scheint durch die schmalen Oberlichter herein. Auf ihren Strahlen tanzen kleine Staubkörner. Die Stille um mich herum wird nur vom Ticken der großen Standuhr unterbrochen.

„Klappt's?", fragt Josh. Er schiebt seinen Kopf über mich.

Ich zucke leicht zusammen und verziehe das Gesicht.

„Sieht nicht danach aus", stellt er fest.

Es ist ihm zu verdanken, dass ich mich überhaupt aus dem Bett gequält habe. Er hat mich überredet, in die Bücherei zu gehen und weiter zur Energie der Kraftader zu forschen. Allerdings kam meine jetzige Forschung in seiner Planung so nicht vor.

„Doch, bis eben hat es gewirkt", entgegne ich. „Warum erschreckst du mich?"

„Ich habe mir Sorgen gemacht. Du hast dich seit einer Ewigkeit nicht bewegt."

„Erstens tut jede Bewegung weh." Sein Lachen quittiere ich mit einem Augenrollen und strecke ihm die Zunge raus. Keine Ahnung, wie Josh nach unserem gestrigen Kampftraining vollkommen fit sein kann. Ich würde sogar freiwillig noch mehr von Hollys Zauberlimonade trinken, nur um den Muskelkater schneller loszuwerden. Stattdessen hatte ich die Idee, die Kraftader zu verwenden, um mich zu regenerieren. Tatsächlich sind die Schmerzen weniger geworden, seitdem ich hier liege. Daher sage ich: „Zweitens hast du genau das vorgeschlagen. Ich soll zur Energie der Kraftader forschen. Ich will mich hinlegen und ausspannen. Das kombiniere ich gerade. Forscher brauchen Ruhe, geistig und körperlich."

„Guter Punkt. Aber ich dachte nicht, dass es so lange dauert."

„Ich kann die Menge an Energie steigern."

„Kinder, geht kein Risiko ein", sagt Alexander. Er schiebt seinen Kopf neben Joshs Gesicht. Mein Wächter sitzt in meinem Lieblingssessel und grinst auf mich herab. Mein Hüter steht auf meiner anderen Seite und mustert mich mit gerunzelter Stirn. Selbst Sato legt den Kopf schief und richtet sich leicht auf.

„Ihr seid doch da", antworte ich. „Josh passt auf mich auf. Sollte die Energie zu viel werden, gebe ich sie an dich ab."

Alexander zieht seine Augenbrauen noch enger zusammen. Bevor er protestieren kann, rudere ich zurück. „Ich verspreche, ich bin vorsichtig. Gerade ist es nur ein leichtes Kribbeln. Eher ein Kitzeln, um ehrlich zu sein. Aber ich spüre, dass meine Muskeln entspannen und sich die Krämpfe lösen. Ich hatte die richtige Eingebung. Das hier wirkt Wunder."

Alexander schüttelt den Kopf. Dann tritt er einige Schritte zurück und verschwindet gemeinsam mit seinem Cockerspaniel aus meinem Blickfeld.

Joshs Grinsen ist einem ernsten Gesichtsausdruck gewichen. „Vielleicht ist das keine gute Idee."

„Doch." Ich hebe meinen linken Arm. Dabei versuche ich, nicht vor Schmerzen das Gesicht zu verziehen, obwohl sich jede

Faser gegen die Bewegung wehrt. Behutsam nehme ich Joshs Hand, drücke sie leicht und schaue ihm fest in die Augen. „Es hilft wirklich. Ich habe es unter Kontrolle. Versprochen.“

„Du wirst es ausprobieren, oder?“

„Natürlich. Sonst schimpft mein Wächter, weil ich mich zu lange nicht bewege.“ Ich zwinkere ihm zu, lasse den Arm sinken und kehre zurück in meine ursprüngliche Position. Damit es nicht zu viel Energie wird, konzentriere ich mich auf meine Hände. Dort intensiviere ich die Verbindung zur Kraftader. Wärme durchflutet meine Finger. Sie bahnt sich ihren Weg über meine Unterarme. Verweilt am Oberarm und in der Schulter. Ich halte sie dort und genieße ihre Wirkung. Als sich eine Verspannung nach der anderen löst, lächle ich.

„Du leuchtest“, flüstert Josh. Er steht nun neben mir und beobachtet ganz genau, was passiert. Keine Ahnung, wo Alexander ist, aber mein Wächter ist in Alarmbereitschaft.

Ich neige den Kopf und sehe, dass mein rechter Arm von einem leichten, silbernen Licht umhüllt ist. „Die Energie der Kraftader“, erkläre ich ebenso leise. Mit einem tiefen Atemzug reduziere ich die Menge, die ich über meine Hände aufnehme. Das Leuchten wird weniger. Die Wärme auch, was mich bedauernd seufzen lässt. Überrascht stelle ich fest, dass es meinen Armen deutlich besser geht. Da kommt mir eine Idee. „Warte, ich möchte noch etwas ausprobieren.“

Josh runzelt die Stirn und geht neben mir in die Knie. „Bist du sicher?“

„Ja, bin ich.“ Ich erkläre ihm meinen Plan und ende mit den Worten: „Ich lasse das Leuchten zu, damit du sehen kannst, ob es funktioniert.“

„Ich weiß nicht“, sagt Josh. Er reibt sich die Stirn und schaut sich hilfesuchend um.

„Jetzt siehst du, wie es mir immer mit Lucy geht.“ Alexander tritt neben Josh und klopft ihm auf die Schulter. „Keine Sorge, ich bin da. Die Bücherei ist abgeschlossen. Ich kann dir helfen.“

Er nickt mir aufmunternd zu und setzt sich auf den Stuhl, auf dem Josh bis eben saß. Auch Sato nimmt ihren Platz neben meinem Kopf wieder ein.

Mit einem kleinen Lächeln schließe ich die Augen. Die Kraftader vibriert unter meinen Fingerspitzen. Unser Puls schlägt schon länger im Gleichtakt. Mein gesamter Körper ist mit ihr verbunden. Die kleine, kribbelnde Energiemenge hält mich warm. Doch es ist die zusätzliche Macht, ihr Leuchten, was meinen Armmuskeln so gutgetan hat.

Vorsichtig öffne ich mich wieder ein wenig mehr. Selbst durch die geschlossenen Augen kann ich das Leuchten wahrnehmen. Joshs zischendes Einatmen ist der Beweis, dass es klappt. Über meine Arme führe ich die beiden Energiestränge an meinem Rücken zusammen. Zur Sicherheit reduziere ich die Menge. Eine warme, wogende Welle heilender Energie wandert von meinem Nacken abwärts. An meinen Beinen teile ich den Strom auf. Es fordert all meine Konzentration.

Ich unterdrücke einen Schmerzenslaut, als ich meine Beine aufstelle. Meine Füße brauchen den Kontakt zur Erde. Zur Kraftader. Sie wehrt sich dagegen. Genau wie an Lughnasadh will die Energie nicht von mir zurück in die Erde fließen.

„Mond, was soll ich tun?"

„Gib nicht auf, Lucy. Es ist lange her, dass jemand mit ihr gesprochen hat."

„Was meinst du damit? Kann ich mich jetzt auch noch mit der Kraftader unterhalten?"

Instinktiv will ich den Kontakt unterbrechen. Tristan, Sam und der Mond. Sie sind schon in meinem Kopf. Mit allen kann ich sprechen. Noch mehr innere Gesprächspartner verkrafte ich nicht.

„Keine Sorge. Eure Kommunikation läuft eher intuitiv. Ohne Worte. Auf einer emotionalen Ebene."

„Wie soll ich ihr dann vermitteln, was ich möchte?"

„Du musst es fühlen."

„*Das hilft mir ja mal wieder unglaublich weiter.*" Ich schnaube.

Sofort fragt Josh: „Lucy? Ist alles okay?"

Ich nicke und recke meine Daumen in die Höhe. Weder Alexander noch Josh können mir dabei helfen, das Richtige zu empfinden. Wie vermittele ich über Emotionen, dass ich der Kraftader ihre Energie zurückgeben möchte? Was ist das Gefühl für einen Kreislauf? Je länger ich nachdenke, desto mehr fühle ich Ratlosigkeit, Verzweiflung und Resignation. So wird das nichts.

Mir kommt die Idee, dass sich die Kraftader schützt. Sie kann nicht wissen, ob ich ihr wirklich nur ihre eigene Energie zurückgebe. Könnte ich ihr theoretisch auch etwas Schädliches zufügen? Dunkelheit zum Beispiel?

Eine Gänsehaut überläuft mich, obwohl ich noch immer von wärmender Macht erfüllt bin. Bevor Josh sich Sorgen macht, hebe ich erneut meine Daumen. Ich nehme mir vor, diesen Gedanken später mit ihm und Alexander zu besprechen.

Wie kann ich der Kraftader vermitteln, dass ich ihr nicht schaden will? Ich atme tief durch. Genieße ihre Wärme. Entspanne in ihrer Energie. Plötzlich weiß ich es.

„*Du kannst mir vertrauen.*"

Kaum habe ich den Gedanken formuliert, fühlt es sich an, als sei unter meinen Füßen ein Ventil geöffnet.

Josh stößt einen Jubelschrei aus. Sato bellt und Alexander murmelt zufrieden.

Mit geschlossenen Augen genieße ich das Gefühl, die Energie durch mich fließen zu lassen. Von den Fingerspitzen geht es die Arme hinauf über den Rücken, durch die Beine und über die Füße wieder in den Boden. Zu gerne würde ich den Fluss umdrehen. Doch ich weiß, dafür reicht heute meine Kraft nicht mehr. Gerade sind alle meine Muskeln entspannt. Ich will mein Glück nicht herausfordern. Ich reduziere die Energie schrittweise. Mit einem Seufzer kappe ich die Verbindung.

„Kann sich Vincent einen Zugang zur Kraftader verschaffen?", frage ich. Mittlerweile sitze ich wieder in meinem Lieblingssessel. Sato hat sich zu meinen Füßen zusammengerollt und schnarcht leise vor sich hin. Anscheinend war es sehr anstrengend, mich zu beobachten.

Josh ist auf den Stuhl neben mir ausgewichen. Alexander hat uns gegenüber Platz genommen. Beide ziehen scharf die Luft ein. Mein Hüter wird blass. Er schlägt die Hände vorm Gesicht zusammen. Es dauert eine Weile, bis er sagt: „Ich hoffe nicht."

„Wie sollte er das machen?", fragt Josh.

Alexander sucht meinen Blick. Er legt den Kopf schräg. Sorgenfalten stehen auf seiner Stirn, Bedauern in seinen Augen. Wir beide kennen die Antwort.

Josh verfolgt unseren Blickwechsel. „Oh." Er lehnt sich zu mir, legt seine Hand auf meinen Arm und wartet, bis ich ihn anschaue. „Das werden wir verhindern, hörst du? Ich schütze dich. Alle anderen beschützen dich. Wir lassen nicht zu, dass die Dunkelheit dich bekommt."

„Tja, aber es ist ziemlich genial, nicht wahr?", entgegne ich. „Alle Mondkinder auf einen Streich. Schnapp dir das Vollmondkind. Lass es die Kraftader vergiften. Wunderbar. Sieg für die Dunkelheit."

„Das wird nicht passieren", antwortet Josh. „Hast du nicht eben gesagt, dass die Kraftader ihren eigenen Schutzmechanismus hat? Sie wird erkennen, wenn du ihr schaden würdest."

„Meinst du?"

„Ja. Außerdem hast du dein Silberlicht. Du wirst die Dunkelheit niemals zulassen. Nicht in dir. Und schon gar nicht in der Kraftader."

Seine Worte geben mir Mut. Ich habe die Hoffnung, dass Claire bislang nie die Verbindung von Vollmondkind und Kraftader erforscht hat. Wenn ich Glück habe, weiß Vincent nichts davon. Dann wird es ihm reichen, nur an mich herankommen zu wollen. Solange das sein Ziel ist, sind die anderen Mondkinder sicher. Hoffe ich.

Um mich abzulenken, steige ich vorsichtig über meine schlafende Fellfreundin hinweg und hole ein Buch über Astronomie aus dem Regal. So gut es geht mache ich es mir in meinem Sessel bequem. Josh und Alexander sind ins Obergeschoss gegangen. Ich höre das Murmeln ihrer Stimmen und es wirkt beruhigend auf mein Chaos im Kopf. Ich bin nicht allein. Mein Wächter und mein Hüter werden einen Weg finden, um mich zu schützen. Nach dem Erfolg mit der Kraftader ist es an der Zeit, mich mit dem zweiten großen Rätsel zu beschäftigen: die Doppelstern-Konstellation mit Sam.

Einige Zeit später setzt sich Josh wieder neben mich. Er schaut mir über die Schulter und fragt: „Was machst du?"

„Ich versuche, das Rätsel um die Doppelsterne zu lösen."

„Und?"

„Na ja. Die gute Nachricht ist, beide sind voneinander abhängig. Sie werden immer dafür sorgen, dass es dem anderen gut geht."

„Sam würde dir also nie bewusst schaden wollen, richtig?"

„Genau. Das bedeutet für mich in erster Linie, dass ich ihm vertrauen kann. Unabhängig davon, ob er von dieser Konstellation weiß oder nicht."

„Doppelsterne am Firmament liegen so nah beieinander, dass sie oft als Einheit wahrgenommen werden", ergänzt Josh und deutet auf den entsprechenden Abschnitt im Buch.

Ich nicke und sage: „Das zeigt sich auch in ihrem Verhältnis zueinander. Sie haben oft ihr eigenes Gravitationsfeld, umkreisen einander, brauchen sich gegenseitig zum Überleben."

„Das heißt ..." Josh schaut mich mit weit aufgerissenen Augen an.

Ich beiße mir auf die Lippen, um die aufsteigende Angst zu unterdrücken. Für eine Weile sagt keiner von uns beiden ein

Wort. Doch lesen wir in den Augen des anderen die bittere Erkenntnis: Bekommt die Dunkelheit Sam, hat sie auch mich.

KAPiTEL 28

TRISTAN

25. September 1999

Das Cottage vibriert vor angestauter Nervosität und emsiger Betriebsamkeit. Linda hat nach Jeremys Anweisung eine lange Liste erstellt, welche Aufgaben jeder von uns zu erledigen hat. Wieder fühle ich mich in unser Camp auf dem *Drywon-Beinn* zurückversetzt. Der Tag des Rituals war gefüllt mit zahlreichen Punkten, die alle Anwesenden beschäftigt hielten.

Im Backofen trocknen seit dem frühen Morgen langsam einige Wacholderzweige. Ihr Duft strömt durch das Cottage und bestätigt mir, dass wir den Geruch aus meiner Vision richtig zugeordnet haben.

Zum Glück haben sich die Wolken und Sturmböen der letzten Woche verzogen und wir haben seit zwei Tagen wolkenlosen Himmel. Das Tunnelsystem ist gesichert. Jeremy und Linda haben alles für ein Zeremonienfeuer in die Kammer gebracht und in den vergangenen Tagen das Belüftungssystem mehrmals getestet.

Ich zeichne meine eigene Version von Dover Castle, um mein Lampenfieber in den Griff zu bekommen. So kann ich mir jedes Detail noch mehr einprägen und lenke mich gleichzeitig ab. In meinem Unterbewusstsein spüre ich die ganze Zeit Lucys Silberlicht. Zu wissen, dass sie an mich denkt und mir ihre Unterstützung schickt, noch bevor es richtig ernst wird, beruhigt mich.

Wir werden am späten Nachmittag aufbrechen, um noch bei Tageslicht in die Kammer hinunterzusteigen. Der Mondaufgang ist für kurz vor sechs Uhr angekündigt. Bis dahin soll bereits das Feuer brennen. Linda will mir höchstpersönlich eine Einweisung in die Sicherheitsregeln für die Grabkammer geben, bevor ich einen Fuß in die Tunnel setze.

Wir wissen, dass wir besser noch etwas essen sollten. Aber keiner von uns bekommt einen Bissen hinunter. So packt Linda zusätzlich zur technischen Ausrüstung noch einen Rucksack mit Verpflegung, da niemand genau voraussagen kann, wie lange wir dort draußen brauchen werden. Ein Vorrat mit Mineralwasser und Decken befindet sich bereits in dem Geräteschuppen, der nicht nur technisches Zubehör, sondern auch den Eingang in den Tunnel beherbergt. Die Tarnung ist so simpel wie perfekt, denn die Tür ist von außen mit allerlei Geräten behangen. Sie sieht für jeden, der nicht weiß, was sich dahinter verbirgt, nach einem einfachen Werkzeugschrank aus.

Bislang habe ich nur kurz einen Blick auf den Abstieg erhaschen können. Es sah eng, dunkel und bedrohlich aus. Ich weiß, Lucy ist bei mir und kann mir Kraft schicken. Dennoch möchte ich vermeiden, dass sie ihre Energie bereits zu Beginn der ganzen Sache erschöpft.

Ich wende eine entspannende Atemtechnik an, die Garric mir bei seinem ersten Besuch gezeigt hat. Es kratzt an meinem Stolz, dass ich so ängstlich werde, wenn es um enge, unterirdische Räume geht. Ich will es ohne Unterstützung schaffen. Doch heute sind andere Dinge wichtiger, als mir selbst etwas zu beweisen.

Jeremy gibt das Zeichen zum Aufbruch.

Linda steht vor einer Reihe mit vier prall gefüllten Rucksäcken und vergleicht diese halblaut mit ihrer Liste. „Garric, du nimmst die Thermoskanne mit warmem Tee und ein paar belegte Brote. Ich habe die Taschenlampen, neue Batterien, Funkgeräte, Leuchtraketen. Jeremy für dich ist der hier mit Kohlenmonoxid-Messgerät, Erste-Hilfe-Kasten, zwei kleinen Sauerstoffflaschen mit Mundstück, Schutzbrillen. Für T.: das Buch, der Code, Handschuhe, die Wacholderzweige, Block und Stift."

Jeder schultert den Rucksack, den er von Linda ausgehändigt bekommt. Ich bin beeindruckt, wie sie unsere Ausrüstung zusammengestellt und verteilt hat. Zwar ist mein Gepäck mit Abstand das leichteste, aber Linda zuckt bei meinem Protest lediglich mit den Schultern.

Gemeinsam machen wir uns auf den Weg über das verlassene Gelände. Die Sonne steht niedrig und blendet mich. Aber wir alle kennen uns gut genug aus, um trotzdem sicher voranzukommen.

Wie geplant erreichen wir im Hellen den Versorgungsschuppen, den Linda mit leicht zitternden Fingern öffnet. „Okay", sagt sie und atmet tief durch. „Jeremy und ich machen einen allerletzten Kontrollgang. Garric, könntest du T. auf die Zeremonie vorbereiten? Hat dir Kieran dazu vielleicht etwas beigebracht?"

„Klar, kein Problem", antwortet dieser und zwinkert mir zu.

Wir entfernen uns ein paar Schritte. Zuerst kommen die Atemübungen, die ich schon den ganzen Tag mache. Garric trägt mir mit tiefer, ruhiger Stimme auf, meinen Geist zu öffnen. Ich lasse meine anderen Gedanken, Sorgen und Ängste ziehen und konzentriere mich auf das Hier und Jetzt. Ich fokussiere mich auf die Weite meines Geistes und auf die Stärke meines eigenen Dover Castle, das ich gleich errichten werde.

„T., öffne die Augen." Dies ist das letzte Kommando von Garric, nachdem wir einige Minuten gemeinsam meditiert haben. Wir stehen nebeneinander auf der weiten Ebene von Maiden Castle. In diesem Moment hebt sich der volle Mond über den Horizont. Als wolle er mich begrüßen, wie er es sonst nur bei Lucy tut. Mich trifft ein heller Strahl seines silbernen Lichts und mein Körper kribbelt.

„Bereit?", fragt Garric.

„Bereit." Ich drehe mich zum Versorgungsschuppen um, wo Linda und Jeremy auf uns warten.

Während sie für mich die wichtigsten Sicherheitsregeln wiederholt, händigt Linda uns die gelben Schutzhelme aus. Bevor wir in die Tiefe verschwinden, umarmt sie mich kurz, aber sehr fest. „Pass auf dich auf."

Ich nicke und folge Jeremy in den durch eine kleine, elektrische Baustellenlampe erleuchteten Schuppen. Der Abstieg in das Tunnelsystem erfolgt über eine stabile Metallleiter. Aus dem Augenwinkel sehe ich den oberhalb installierten Seilzug, an dem ein dickes Kletterseil mit einem Karabinerhaken baumelt. Damit erklärt sich der Klettergurt, den wir alle bei unserem Aufbruch im Cottage angezogen haben.

Jeremy steigt die Leiter hinab, ohne sich zu sichern. Vorsichtig trete ich an den Einstieg und werfe einen Blick nach unten. Es sieht nicht allzu tief aus. Ich nehme dennoch Sprosse für Sprosse.

Auf dem lehmigen Boden angekommen, trete ich ein paar Schritte zur Seite, damit mir Garric folgen kann. Zu dritt betreten wir den schmalen Tunnel, der zu meiner Erleichterung ebenfalls von Baustellenleuchten in konstantes, gelbes Licht getaucht ist.

Nach einigen Schritten bleibt Garric wie vereinbart stehen. Er testet seine Funkverbindung mit Linda, die uns oben im Versorgungsschuppen erwartet. Ich zwinge mich, meinen Weg fortzusetzen und nicht an die Erdmasse zu denken, die sich rund um mich befindet. Ich hefte meinen Blick auf Jeremys breiten, starken Rücken und erinnere mich an den Mondaufgang. Fast fühlt es sich an, als würden mir die silbernen Strahlen bis hier folgen und mir Mut machen wollen.

In diesem Moment leuchtet mein Eulenanhänger. Ich höre Lucys Stimme, die mir aufmunternde Worte zuflüstert. Ich bin beruhigt, dass unsere Verbindung auch unter der Erde funktioniert. Die letzten Meter bis zur Kammer des Sehers bringe ich gut hinter mich.

Jeremy betritt mit mir den Raum und schaut sich um. Ich drehe mich einmal, um das Gesamtbild in mich aufzunehmen. Die eingezogenen stählernen Stützpfeiler erscheinen mir fehl am Platz in diesem antiken, rudimentären Umfeld. Auch hier hängen statt der Fackeln aus meiner Vision zwei der Baustellenlampen. Allerdings reicht deren Licht nicht aus, um den Raum komplett zu erhellen.

Trotz der einzelnen modernen Elemente erkenne ich eindeutig den Raum aus den Erinnerungen der Seher wieder. Mich überläuft ein Schauder.

In der Mitte des etwa vier mal vier Meter großen Raumes brennt ein Lagerfeuer und wirft tanzende Schatten auf die unebenen Lehmwände. Ich trete näher an die Wand neben mir. Fasziniert betrachte ich die Zeichnungen, Runen und Symbole, die in den Lehm eingearbeitet sind. Irgendwann will ich in Ruhe mit Jeremy und Linda herkommen, damit sie mir die Bedeutung der Wandmalereien erklären.

Die Zeit, in der ich mich umsehe, nutzt Jeremy, um seinen Rucksack am Übergang zum Tunnel zu platzieren. Dann bringt er das Kohlenmonoxid-Messgerät an und tritt neben mich. „Alles klar?"

„Ja, alles gut."

„Sehr gut, dann wollen wir mal. Am besten richtest du dich zuerst in der Nähe des Feuers ein. Linda und ich haben den Bereich rund um die Feuerstelle untersucht, konnten aber keinen Hinweis darauf finden, dass es einen zugewiesenen Platz für einen Seher gibt."

Ich nicke ihm zu und rufe mir die früheste Erinnerung des Sehers noch einmal ins Gedächtnis, da man dort die Inschriften auf den Wänden am besten erkennen konnte. Wenn überhaupt, kann ich so zumindest die Richtung bestimmen, in die der Seher gesessen hat.

Mit einem ungefähren Bild vor Augen gehe ich die Wände ab und finde einen Bereich, der meiner Erinnerung nahe kommt. Ich lasse ein wenig Schimmer in meine kribbelnden Finger wandern, knie mich nieder und schnappe nach Luft. Auf dem Boden finden sich ähnliche Symbole wie an den Wänden, die mit der Zeit allerdings von Staub und Dreck verdeckt wurden. Ich hätte sie mit Sicherheit übersehen, würden sie nicht meinen Schimmer reflektieren. „Ich glaube, hier bin ich richtig."

„Offensichtlich", bestätigt ein staunender Jeremy.

Ich betrachte die Zeichen um mich herum. Aus meinem Rucksack nehme ich zuerst den Block und einen Bleistift. Beides lege ich neben mich. Das historische Buch und die Abschrift mit dem Code lasse ich noch im geöffneten Rucksack. Ich reiche stattdessen die gebündelten Wacholderzweige an Jeremy.

Dieser wirft einen Blick auf seine Armbanduhr, die einen kleinen Kompass enthält, wie er mir neulich erklärt hat. Die vier Bündel mit den getrockneten Zweigen werden nach den Himmelsrichtungen an den Rand des Feuers gelegt. Allerdings lässt Jeremy zunächst noch etwas Platz zwischen den Zweigen und dem Feuer. Er setzt sich neben mich und sieht mich ernst an. „Okay, Tristan. Bist du bereit?"

„Ja, ich denke schon."

„Gut. Also, das Wichtigste: Ich werde mich gleich in den Tunnel zurückziehen, aber so, dass ich dich sehen kann. Wir können jederzeit Blickkontakt halten, denn praktischerweise sitzt du direkt gegenüber vom Eingang. Sollte der Kohlenmonoxid-Melder ausschlagen oder sollte es dir aus einem anderen Grund nicht mehr gut gehen, brechen wir sofort ab. Kein falscher Ehrgeiz, kein Übermut, keine Kamikaze-Aktionen. Hast du mich verstanden?"

„Auf jeden Fall, sonst bekommen wir Ärger mit Linda."

„Genau, und das wollen wir nicht. Du lässt bitte außerdem die ganze Zeit den Helm auf. Trink immer mal wieder was und solltest du Hunger bekommen, hole ich bei Garric etwas von der Verpflegung."

„Okay."

„Setz dich nicht unter Druck. Es kann sein, dass unser Plan heute nicht funktioniert. Dann nehmen wir uns noch einen Monat Zeit und probieren es beim nächsten Vollmond wieder."

„Verstanden."

„Alles klar, mein Junge. Dann lass ich dich jetzt in Ruhe. Wenn ich draußen bin, schiebst du die Bündel mit den getrockneten Wacholderzweigen vorsichtig an den Rand der Glut. Gerade so weit, dass sie anfangen zu glimmen. Beginne mit den Zweigen links von dir und gehe im Uhrzeigersinn vor. Du schaust Richtung Südosten, in den aufgehenden Vollmond hinein, und sitzt im Mondkreis an der Position von Lughnasadh. Nur für dich zur Orientierung, falls du bei deiner Runde ums Feuer herum die einzelnen Mondfeste aufsagen willst."

„Okay."

„Ansonsten weißt du, was du zu tun hast?"

„Klar", antworte ich und Jeremys Grinsen sagt mir, dass er mich durchschaut.

„Du schaffst das, ich vertraue dir." Im Aufstehen drückt er mir die Schulter und verlässt das Innere der Kammer. Wie versprochen geht er ein paar Schritte in den Tunnel zurück, bleibt aber in Sichtweite und nickt mir zu.

Ich stehe auf und ziehe meine Sachen etwas weiter vom Feuer weg. Nach seiner Anweisung schiebe ich das erste Bündel Zweige in die Glut des Feuers. Dabei murmele ich die Namen der einzelnen Mondfeste. „Alban Elued ... erster Zweig ... Samhain, Alban Arthan ... zweiter Zweig ... Imbolc, Alban Eiler ... dritter Zweig ... Beltaine ..."

Natürlich denke ich bei diesem Mondfest an Lucy. Sofort höre ich ihre beruhigende Stimme: *Ich bin hier.*

„Ich weiß."

Noch ein Schritt zum nächsten Mondfest und zum letzten Zweig. „Alban Heruin ... Lughnasadh."

Nach meiner kleinen Runde um das Feuer glimmen alle vier Bündel vor sich hin. Ein leichter Duft nach Wacholder erfüllt die Luft. Jetzt stimmt der Geruch in der Kammer mit dem Luftzug überein, den ich in den Erinnerungen der Seher wahrgenommen habe.

Ich setze mich auf meinen Platz. Ein leichter Schimmer der eingeritzten Symbole begrüßt mich. Um meine Konzentration neu zu fokussieren, nehme ich mir Block und Stift und zeichne die leuchtenden Symbole. Mit jedem Bleistiftstrich fließt mein Atem ruhiger, meine Konzentration steigt und das Kribbeln in meinen Fingern nimmt zu.

Ich beende meine Zeichnung und lege Block und Stift wieder auf die Seite. Nachdem ich die Baumwollhandschuhe übergezogen habe, nehme ich mir das Buch. Mittlerweile kann ich die Geschichte auswendig. Dennoch gibt es mir ein Gefühl der Sicherheit, die aufgeschlagenen Seiten vor mir liegen zu haben. Ich achte darauf, dass ich es weit genug vom Feuer weghalte. Ich könnte es mir nicht verzeihen, wenn zu den Spuren des Wasserschadens auch noch Brandflecken kämen.

Der Rauch von den glimmenden Wacholderzweigen hat mittlerweile die Kammer gefüllt. Während ich die Augen schließe, habe ich den Eindruck, als scheine das Mondlicht durch die Erde bis zu mir. Als ich meinen Schimmer heller werden lasse, verbinden sich die beiden Silberstrahlen. Das Kribbeln aus meinen Fingerspitzen erfasst meinen Körper.

Ich nehme ein paar tiefe Atemzüge und spreche mir die Geschichte aus dem Buch halblaut vor. Dabei entstehen aus einzelnen Fragmenten die passenden Bilder vor meinem geistigen Auge.

„In längst vergangenen Tagen lebte ein Kind mit einem Geist strahlend hell und klar. [...] Des Nachts, wenn alle irdischen Augen ruhten, erwachte seine Gabe und zeigte dem Kind Welten, die nie ein Lebender zu Gesicht bekäme. [...] Wann immer die Zeit gekommen war, wurden jene Welten wahr. [...] Der böse Geist der Dunkelheit [...] bot dem Kind all seinen Reichtum, all seine Macht und all sein Gold, wenn es dafür Sorge trüge, dass sich seine Welten und Gedanken erschaffen ließen. [...] In der nächsten hellen Nacht reiste das Kind an einen fernen Ort und baute dort eine Festung. [...] Kein Mensch, kein Geist und erst recht keine Dunkelheit sollte je in diesen hellen, sicheren Ort eindringen können. [...] Die Festung war uneinnehmbar. Ein Schutzschild gebaut aus Nachtlicht, in sicherer Erde, umhüllt mit reinigendem Feuer und verwahrt in Gedanken."

Am Ende der Erzählung fühle ich mich, als wäre ich von Energie durchflutet. Das silberne Licht verdichtet sich zu einer dicken, zähflüssigen Masse, die ich fast greifen kann. In den ersten Sekunden bin ich ratlos, wie ich weitermachen könnte. Dann bewege ich meine Hände und lasse in Gedanken die Masse aus Licht fester werden.

Tatsächlich kann ich wie aus Knete oder Mörtelmasse verschiedenste Formen erschaffen. Ich rufe mir meine gezeichnete Festung, Dover Castle, in Erinnerung. Von innen nach außen, von unten nach oben baue ich meine Zeichnung nach. Leider hatte ich nur Außenansichten als Vorlage. Aber nun übernimmt meine Fantasie den Innenausbau. Zusätzlich zu den dicken Mauern, den hohen Wehrtürmen und den uneinnehmbaren Toren erschafft mein Geist zahlreiche Gänge, Falltüren, Verliese und Schutzmechanismen.

Schließlich kehre ich ins Innerste der Festung zurück. Dort, wo kein Eindringling jemals hinkommen darf. Ich betrete einen hohen, leeren Raum. Hier werde ich meinen Geist, meine Gedanken und mein Wissen verwahren. Meine Erinnerungen gepaart mit dem Wissen der Seher vor mir in Maiden Castle finden hier ein Zuhause.

Eigentlich müsste es im Inneren einer unbezwingbaren Festungsanlage eher dämmrig sein, doch der Raum ist von Sonnenlicht durchflutet. Je länger sich meine Gedanken hier aufhalten, umso mehr verändert sich sein Aussehen. Am Ende stehe ich in einer weitläufigen, lichtdurchfluteten Bibliothek mit Bücherregalen bis an die Decke und bequemen Leseecken.

Hier würde sich Lucy auch wohlfühlen. Ich habe diesen Raum für uns beide gestaltet.

Ich schaue mich noch einmal um, ob irgendetwas fehlt. Dann verlasse ich meine Festung über einen geheimen Gang, den ich zuvor angelegt habe. Als Letztes sichere ich den einzig funktionierenden Zugang mit einem Codewort, das ich mir im Vorfeld überlegt und von Garric auf Gälisch habe übersetzen lassen. In der Hoffnung, dass niemand auf die Idee käme, dieses Wort auch noch rückwärts aufzusagen, verschließe ich die dicke Holztür, die der Tür zu Alexanders Bücherei nachgebildet ist.

Noch einmal betrachte ich meine Festungsanlage aus der Vogelperspektive. Sie hat erstaunliche Ähnlichkeit mit den Bildern von Dover Castle. Ich kreise meine Schultern und lockere meinen verspannten Oberkörper. Innerlich klopfe ich mir selbst auf die Schulter. Ein Lächeln bahnt sich seinen Weg auf meine Lippen. Dann atme ich ein paar Mal tief durch, richte mich auf und öffne die Augen.

KAPITEL 29

TRISTAN

Kaum bin ich zurück in meinem Zimmer, nehme ich Kontakt zu Lucy auf. Wie erwartet überhäuft sie mich mit Fragen. Ich höre ihr die Anspannung an und beruhige sie, so gut es geht.

„Alles gut, Frau Lu. Bis auf die Tatsache, dass mir von der langen Zeit im Schneidersitz die Füße eingeschlafen waren. Linda und Jeremy mussten mich quasi nach Hause tragen."

„Puh, dann bin ich beruhigt. Magst du mir erzählen, wie es war, oder bist du zu müde?"

Ich berichte ihr, wie ich den Abend erlebt habe. Beschreibe ihr mein Dover Castle und muss ihr genau erklären, wie ich den zentralen Raum der Festung gestaltet habe.

„Diesen Raum würde ich zu gerne einmal sehen."

„Ich habe ihn für uns beide gebaut und mir vorgestellt, du wärst dabei."

„Wer weiß, vielleicht war ich das ja in dem Moment tatsächlich. Ich habe dir die ganze Zeit mein Silberlicht geschickt. Plötzlich habe ich gespürt, dass die Verbindung intensiver wurde. Ich dachte, du brauchst meine Unterstützung, deshalb habe ich es zugelassen."

„Lass es uns irgendwann einmal ausprobieren."

„Ich kann es kaum erwarten."

Wir reden eine Weile, dann übermannt mich die Müdigkeit. Ich verspreche, mich morgen bei ihr zu melden, und bin in der nächsten Minute bereits eingeschlafen.

In meinem Traum laufe ich mit einem uralten Gelehrten durch meine erschaffene Festung. Erneut kontrolliere ich alle Tore,

Gänge und Räume und erkläre ihm meine eingebauten Sicherungsmaßnahmen. Am Ende des Rundgangs stehen wir in der großen Bibliothek und er schaut sich zufrieden um. Zum Abschied legt er mir seine starken Hände auf die Schultern und sagt: *„Du hast sehr gute Arbeit geleistet, Tristan. Die Festung wird allen Angriffen standhalten. Dieser Raum ist außergewöhnlich."*

„Danke. Ich wünschte nur, Lucy könnte ihn sehen."

„Das kann sie und das wird sie."

Von einer Sekunde auf die nächste ist der alte Gelehrte verschwunden und ich stehe allein mitten in der großen Bibliothek.

Am nächsten Tag erzähle ich den drei Erwachsenen von meiner Zeit in der Kammer. Die Details für das Innere der Burg, meine Sicherungen und vor allem die große Bibliothek behalte ich für mich. Um die eventuell aufkommenden Fragen nicht abwürgen zu müssen, stehe ich direkt nach Ende meines Berichts auf. „Tut mir leid. Meine Hausaufgaben der letzten Woche müssen unbedingt erledigt werden. Sonst fehlt mir noch mehr Schulstoff und ich verliere den Anschluss."

Bevor ich mich jedoch an meinen Schreibtisch setze, erzähle ich Lucy von meinem bisherigen Tag. Anschließend herrscht kurz Schweigen zwischen uns, dann fällt mir eine Sache ein.

„Ich hatte gestern Nacht einen merkwürdigen Traum."

„Was denn?"

„Ich war noch einmal in meiner Festung. Ich bin jeden Gang, jeden Raum und jeden Wachturm abgelaufen und habe kontrolliert, ob ich alles richtig gemacht habe."

„War alles in Ordnung?"

„Ja, aber das an sich war noch nicht das Seltsame. Ich war nicht alleine dort. Neben mir lief ein uralter Gelehrter, dem ich alles erklärt und gezeigt habe."

„Ein Gelehrter? Woher weißt du das?"

„Was meinst du?"

„Hat er dir gesagt, er sei ein Gelehrter?"

„Nein ... aber ich wusste das einfach. Macht das Sinn?"

„Klar. Wie sah er aus?"

„Alt."

Lucy steckt mich mit ihrem Lachen an. Dabei vergesse ich beinahe, was ich ihr erzählen will.

„Also, pass auf: Am Ende unseres Rundgangs waren wir in der Bibliothek ..."

„Die will ich unbedingt mal sehen."

„Jetzt unterbrich mich doch nicht dauernd."

„Sorry, aber ich würde diesen Raum wirklich so gerne sehen. Kannst du ihn für mich zeichnen?"

„Frau Lu!"

„'Tschuldigung."

„Also, am Ende hat er mich gelobt und gesagt, dass ich gute Arbeit geleistet habe und meine Festung sicher sei. Als ich ihm erzählte, dass du die Bibliothek gerne sehen würdest, meinte er, das würdest du eines Tages."

„Er hat mit dir geredet?"

„Ja, er hatte eine ganz tiefe, beruhigende Stimme. Irgendwie uralt."

„Ein interessanter Traum. Sehr gut zu wissen, dass deine Festung sicher ist."

„Na ja, bloß weil ich das träume, heißt das ja nicht, dass es so ist."

„Ich würde mit Sicherheit davon ausgehen. Erstens war Vollmond. Zweitens bist du nicht nur ein fantastischer Seher, sondern auch ein talentierter Zeichner. Drittens klingt das alles perfekt durchdacht und viertens wollen wir einfach hoffen, dass deine Festung unter Alexanders berühmtes Regenschirm-Prinzip fällt."

„Wenn man ihn dabeihat, braucht man ihn nicht?"

„Genau."

„Na ja, das mag in Deutschland stimmen. In England braucht man ihn immer."

KAPiTEL 30

LUCY

Noch Minuten nach unserem Gespräch sitze ich an meinem geöffneten Dachfenster und versuche, mir einen Reim auf Tristans Erzählung zu machen. Schließlich gebe ich meine Grübelei auf.

„Mond?"

„Ja, mein Kind?"

„Kann es sein, dass du gestern Nacht in Tristans Traum warst?"

„Wie kommst du darauf?"

„Ein uralter Gelehrter, der mit ihm durch seine Festung geht und eine tiefe, beruhigende Stimme hat? Klingt mir sehr nach dir."

„Erwischt. Ich war neugierig und habe die Gunst der Vollmondnacht genutzt."

„Also kannst du jetzt auch mit Tristan sprechen?"

„Nein, dieses Privileg bleibt dir vorbehalten. Aber wenn in Vollmondnächten eine Zeremonie durchgeführt wird, bei der ein Mondkind seinen Geist öffnet und ihn mit meiner Energie vermischt, dann entsteht für diese Nacht eine Verbindung zwischen ihm und mir."

„Und da hast du dich einfach mal in seine Festung eingeladen?" Lachend schüttele ich den Kopf.

„Nicht ganz. Er war in seinem Unterbewusstsein dort und kontrollierte noch einmal alle Bereiche der Festung. Da habe ich mich zu ihm gesellt und ihn begleitet. Ein weniger guter Seher oder ein anderes Mondkind hätte mich gar nicht bemerkt. Ich hatte den Eindruck, er war dankbar für meine Gesellschaft. Und für meine Bestätigung."

„Dann ist die Festung gelungen?"

„Sie ist nicht nur gelungen und absolut sicher. Sie ist ein Meister-werk."

Ich ziehe meine Knie an den Oberkörper und umschlinge sie mit meinen Armen. Langsam wird es kalt am offenen Fenster. Leise gebe ich zu: „Ich würde sie gerne sehen."

„Wie ich Tristan schon sagte, das wirst du. Zumindest die Bibliothek kannst du betreten. Dort wirst du oder vielmehr dein Geist im Notfall eine sichere Zuflucht finden. Ob das für den gesamten Festungsbereich gilt, kann ich nicht sagen. Aber die Bibliothek ist ein Raum für euch beide geworden."

„Wie kann das sein?"

„Nun, ich nehme an, dass Tristan in seinen Gedanken oder mit einem Stück seines Herzens immer bei dir ist und dass sich das auch während der Zeremonie nicht geändert hat."

„Aber du sagtest doch, es soll kein anderes Mondkind im Bereich des Sehers sein, damit der Schutz nicht auf die Anwesenheit einer weiteren Person angewiesen ist."

Ich lege meine Stirn auf die Knie. Habe ich mit meinem Silberlicht den Erfolg der Zeremonie zunichtegemacht? Das würde ich mir nie verzeihen.

„Das stimmt, was die körperliche Anwesenheit eines weiteren Mondkindes, während einer solchen Zeremonie betrifft. Aber dich hat Tristan fest in seinem Herz, du bist nicht mehr wegzudenken. Daher ist es nur natürlich, dass du auch in seiner Festung Schutz finden kannst."

„Aber funktioniert der Schutz nur, wenn ich in der Nähe bin?"

„Versteh doch, Lucy, du bist immer bei Tristan. In seinem Herz, in seinen Gedanken. Durch eure Verbindung seid ihr unzertrennlich, auch wenn ihr euch körperlich nicht am selben Ort befindet."

„Okay, aber was ist, wenn mir etwas passiert? Funktioniert die Festung dann für Tristan alleine?"

„Ja, das wird sie. Seine Festung wird ihm Schutz gewähren, solange er lebt."

Das Klingeln des Telefons reißt mich aus meinen Gedanken. Die eiligen Schritte meiner Mutter, die sich meinem Zimmer nähern, verheißen nichts Gutes.

Ich bin bereits aus meinem Hochbett nach unten geklettert, als sie meine Tür öffnet. Eine Sekunde verharrt sie mit beiden Händen am Griff, die Schultern angespannt, und atmet tief durch. Ihr Blick huscht umher, sie verknotet die Finger und macht einen Schritt in meine Richtung.

„Mama, was ist los? Ist etwas passiert?"

„Zieh dir was Ordentliches an. Alexander ist auf dem Weg und holt dich in 5 Minuten ab."

„Was? Wieso?"

„Es gibt Neuigkeiten."

„Schlechte."

„Ja. Er muss mit dir und Josh sprechen."

„Das heißt, wir fahren zu ihm?"

„Ich weiß nicht genau, was Alexander plant. Aber es ist gut, dass dein Vater gerade unterwegs ist."

„Kommst du mit?"

„Nein, ich sollte hierbleiben. Alles andere wäre zu auffällig. Ich werde ihm sagen, dass du zum Lernen verabredet bist, wenn er zurückkommt."

„Um was geht es denn?"

„Claire."

In Windeseile ziehe ich mich um. Ich bin gerade fertig, als Alexander klingelt. Er schaut sich ununterbrochen um, so als ob er einen Beobachter befürchten würde. Ist Claire hier?

Innerhalb kürzester Zeit sind wir unterwegs zu Josh. Wie in einem Spionagefilm biegt mein Hüter immer wieder ab, wechselt die Richtung und fährt überall entlang außer dem direkten Weg. Über meinen Rückspiegel behalte ich die Autos hinter uns im Blick, doch ich kann keine Verfolger entdecken.

Josh erwartet uns auf der Straße, etwas entfernt von seinem Haus. Wortlos steigt er ein und Alexander gibt Gas, kaum dass die Autotür zu ist.

Wieder fahren wir scheinbar planlos durch die Gegend. Irgendwann lenkt Alexander das Auto in eine Tiefgarage unter einem Mehrfamilienhaus. Ich staune nicht schlecht, als uns Andrès direkt hinter dem stählernen Rolltor erwartet. Ein Blick in sein düsteres Gesicht bringt die Erinnerungen an unser Kampftraining von Freitag zurück. Ist das tatsächlich erst zwei Tage her?

„Kämpfen wir?", fragt Josh.

Ich kann die freudige Erwartung in seiner Stimme nicht teilen. Meine Muskeln protestieren bei jeder Bewegung. Jetzt zu trainieren würde meine Schmerzgrenze überschreiten.

„Nein", antwortet Alexander. Ich will schon beruhigt aufatmen, als er ergänzt: „Aber ich wollte einen erfahrenen Kämpfer in der Nähe haben, sollten wir ihn brauchen. Ich erkläre euch alles in Ruhe oben."

Andrès zeigt uns, wo wir parken können. Alexander holt Sato aus ihrer Transportbox im Kofferraum. Wir folgen Andrès in ein kahles Treppenhaus. Meine Beine schmerzen bei jeder Stufe, die wir uns in den dritten Stock quälen. Hollys strahlendes Lächeln und ihre herzliche Umarmung machen die Anstrengung jedoch wieder wett.

Wenig später sitzen wir im Wohnzimmer. Die gemütliche Einrichtung ist eine gelungene Mischung aus bunter, blumiger Dekoration und asiatischen Elementen. An den Wänden hängen große Fotos von einem lachenden Paar. Sie stehen in krassem Gegensatz zu den besorgten Gesichtern, mit denen Holly und Andrès uns gerade mustern.

Jeder von uns hat eine Tasse mit heißer Schokolade vor sich stehen. Der süßliche, tröstende Duft füllt den Raum, doch auch er kann das Gefühl drohender Gefahr nicht vertreiben.

Holly sitzt neben Alexander auf der Couch. Sato erkundet die Wohnung und legt sich schließlich vor ihr Herrchen. Ich habe mich in einen Sessel fallen lassen, auf dessen breiter Armlehne Josh Platz genommen hat. Seine Nähe hält mich davon ab, vor Sorge durchzudrehen. Instinktiv rutsche ich näher an ihn heran, sodass sich unsere Arme berühren. Wir geben uns gegenseitig Halt, um die schier unerträgliche Stille zu überstehen.

Andrès lehnt mit einer Schulter an der Wand neben dem Panoramafenster. Scheinbar entspannt hat er die Hände verschränkt und die Fußgelenke überkreuzt. Vor weniger als 48 Stunden stand ich ihm in einem Kampf gegenüber. Ich kann sehen, dass jede Faser seines Körpers angespannt ist. Ihm entgeht nicht die kleinste Bewegung in seiner Umgebung oder unten auf der Straße.

Fröstelnd schlinge ich die Arme um meinen Oberkörper. Josh wirft mir einen Blick zu und steht auf. Sofort vermisse ich ihn an meiner Seite. Er ist innerhalb kürzester Zeit zurück und legt mir seine Jacke als Decke auf die Beine. „Darf ich?", fragt er, bevor er sich wieder neben mich setzt und diesmal seinen Arm um mich legt.

Holly wirft ihm einen strengen Blick zu, aber protestiert nicht.

Bevor ich etwas sagen kann, meldet sich Andrès zu Wort: „Schatz, fahr die Krallen ein. Sie sind eine Einheit. Das gilt für den Kampf gegen äußere, sichtbare Gegner genauso wie bei unsichtbaren Bedrohungen. Du musst keine Angst haben und Tristan auch nicht. Das hier sind zwei Kämpfer, die sich gegenseitig stützen und auf eine Gefahr vorbereiten."

Holly zieht eine Schulter hoch und schenkt uns ein schiefes Lächeln. „Tut mir leid."

„Ist okay", sage ich und erwidere ihr Lächeln, bevor ich mich an meinen Hüter wende. „Also, was ist hier los? Warum sind wir hier?"

„Ich brauchte einen neutralen Ort, um mit euch zu reden. Sollten wir verfolgt werden, wollte ich so wenig Zeit wie möglich bei euch und bei mir zu Hause verbringen. Da ist mir Hollys Wohnung als Erstes eingefallen."

„Um was geht es denn?", fragt Josh. Ich höre ihm seine Anspannung an.

„Ich hatte heute einen Anruf von Rudi aus Hirschlanden. Claire war bei ihm. Zuvor hat sie bereits Alois und Sam einen Besuch in Manching abgestattet. Anscheinend will sie herausfinden, wie groß der Schaden ist, den sie mit ihrem Diebstahl angerichtet hat."

„Alois hat sie weggeschickt, nachdem sie zu aufdringlich wurde", entfährt es mir.

Alexander nickt. „Das stimmt. Alois war immer derjenige, der Claire in unserem Kreis haben wollte. Die beiden hatten eine tiefere Verbindung zueinander, als der Rest von uns mit ihr aufbauen konnte."

Mir fällt ein, dass Claire mir auf dem *Drywon-Beinn* erzählt hat, dass Alois ebenfalls zu den Vollmondkindern geforscht hat. Gemeinsam mit Sam waren sie für die Übersetzung der alten Runen zuständig, die wir für unser Ritual brauchten. Ich verstehe, warum Claire zuerst nach Manching gefahren ist. Dennoch bin ich froh, dass sie nicht bekommen hat, was sie wollte. Die Vorstellung, dass Alois auch auf Vincents Seite stehen könnte, jagt mir eine Gänsehaut über den Rücken. Ich hoffe, Sam ist sicher.

Als hätte er meine Gedanken gelesen, wendet sich Alexander zu mir und sagt: „Alois plant bereits das Ritual für Sam. Er will ihn so schnell wie möglich unter dem Schutz der Mondkinder wissen. Die Enttäuschung über Claire sitzt tief. So grüblerisch Alois manchmal ist, seine Schützlinge verteidigt er mit seinem Leben. Bei ihm hat die Dunkelheit keine Chance. Er wird Sam nicht mehr aus den Augen lassen."

Beruhigt nicke ich und bringe ein zaghaftes Lächeln zustande. Josh weiß zwar nicht viel über Sam, aber er scheint meine Sorge zu spüren. Sanft drückt er meine Schulter. Ich könnte schwören, ich fühle einen Hauch seines Wächterlichts. Als Dank greife ich nach oben, lege meine Hand auf seine und sende ebenfalls eine Spur meines Silberlichts zu ihm.

Andrès hat meine Bewegung mit seinem Blick verfolgt. Ich bin sicher, dass er das silberne Licht nicht sehen kann. Aber was auch immer er an der Verbindung zwischen Josh und mir erkennt entlockt ihm ein Grinsen und ein Zwinkern.

Holly bringt meine Aufmerksamkeit zurück zu unserem eigentlichen Thema. „Jetzt ist Claire in Hirschlanden gewesen?"

„Genau. Rudi rief mich vorhin an und erzählte, dass sie vorgestern vor seiner Tür stand. Sein erster Impuls war, sie direkt wegzuschicken. Doch sie sah wohl sehr erschöpft aus und er hatte Mitleid. Also bat er sie herein. Im folgenden Gespräch war er, gemäß seinen Schilderungen, zerrissen zwischen der Wut über ihren Diebstahl und der Neugier nach ihren Motiven. Er wollte herausfinden, was sie plant, und ob sie mit Vincent in Kontakt steht."

„War er erfolgreich?", fragt Andrès. Er hat uns den Rücken zugewandt und beobachtet die Straße. Aber er hat den Kopf leicht in unsere Richtung geneigt.

„Nein, eher nicht. Er hat mir nicht jedes Detail des Gesprächs wiedergegeben. Als absehbar war, dass er nicht auf ihr falsches Spiel eingehen wird, wurde Claire laut. Zunächst hat sie ihn angefleht, sie zu unterstützen, weil sie sich bei Vincent nicht mehr sicher fühlt. Das hat er abgelehnt mit der Begründung, dass sie ihre Wahl freiwillig getroffen hat und nun damit klarkommen muss. Daraufhin schlug ihre Stimmung schlagartig um in Wut. Sie drohte Rudi, dass er selbst und alle anderen Mondkinder zu Schaden kommen werden."

„Wie hat Rudi reagiert?", fragt Holly.

„Er hat sie vor die Tür gesetzt und ihr gesagt, dass sie niemals wieder Kontakt zu ihm aufnehmen soll. Sie hat nur gelacht. Im Weggehen hat sie wohl gerufen, dass wir alle gegen die Dun-

kelheit keine Chance hätten. Je eher wir das einsehen, umso besser für uns."

Unwillkürlich erschaudere ich. Josh drückt meine Hand und schickt mehr Wächterlicht. Doch auch das kann das ungute Gefühl nicht vertreiben, das sich in mir ausbreitet.

„Ihr denkt, sie ist auf dem Weg zu uns?", fragt Josh.

„Sie hat sowohl in Manching als auch bei Rudi gesagt, es seien nur Etappen auf ihrer Reise. Selbst wenn sie sich die Mühe macht und zu Urs in die Schweiz fährt. Früher oder später wird sie hier auftauchen."

Der Mond hatte vermutet, dass es Holly nicht überraschen wird, von der Existenz lebender Mondkinder zu erfahren. Anscheinend hat Alexander Andrès und sie bereits auf den aktuellen Stand gebracht, da er bei seiner Erzählung weder Mondkinder noch Hüter erklären muss. Beide hören ihm zu, als wäre es das Normalste der Welt. Das ist für mich das letzte Zeichen, dass wir Holly und auch Andrès vertrauen können. Ich wechsele kurz einen Blick mit Josh und sehe die gleiche Zustimmung in seinen Augen. „Es war einfach zu ruhig die letzten Wochen. Wir konnten das Ritual abhalten. Vincent ist wie von Erdboden verschluckt. Es gab keinen Angriff der Dunkelheit mehr, seitdem wir vom *Drywon-Beinn* zurück sind. Meine Mutter kann Josh ausbilden und wir trainieren mit Andrès."

Josh nickt beifällig und ergänzt: „Selbst Natascha lässt dich mittlerweile in der Schule in Ruhe. Ich frage mich gerade, ob du mich überhaupt brauchst."

„Ich brauche dich", sage ich. „Mir sind Vincent, Claire und die Dunkelheit egal. Natascha kann mir gestohlen bleiben. Aber dich brauche ich als besten Freund. Ich habe keine Ahnung, was ich ohne dich machen sollte. Hör auf, dir solche merkwürdigen Gedanken zu machen."

Die nächste Zeit diskutieren Alexander, Andrès und Josh darüber, wie wir uns verhalten sollten, wenn wir Claire gegenüberstehen. Holly ist in die Küche gegangen und kocht neuen Kakao, nachdem die erste Füllung in den Tassen kalt geworden ist.

Dass sich Alois schützend vor Sam stellt, hat mich überrascht. Ich dachte, seine Loyalität gehöre eher Claire. Es ist gut, dass wir Sam und Alois über den Diebstahl informiert hatten. Wer weiß, wie die Sache sonst ausgegangen wäre. Ich bin froh, dass Tristan in Maiden Castle ebenfalls eine Gruppe an Beschützern um sich geschart hat. Die Zeremonie und seine innere Festung kamen genau zur richtigen Zeit.

Ob Claire mittlerweile weiß, dass Tristan nicht mehr bei Alexander ist? Wird sie nach England reisen? Ich kann mir kaum vorstellen, dass sie so dreist sein wird, uns gegenüberzutreten.

KAPiTEL 31

TRISTAN

27. September 1999

Linda hat entschieden, mich einen weiteren Tag von der Schule zu befreien. Ich glaube, so ganz vertraut sie nicht darauf, dass ich die Aktion in der Kammer des Sehers unbeschadet überstanden habe. Oder sie sind zu neugierig.

Sie, Garric und Jeremy geben sich Mühe, eine unbeteiligte Miene zu bewahren, als ich in die Küche komme, aber mittlerweile kennen wir uns einfach zu gut. Dennoch genieße ich es, die Spannung noch etwas zu steigern. Betont langsam mache ich mir ein Müsli und einen frischen Tee, obwohl ich die große Kanne auf dem Tisch ganz genau gesehen habe. Ich grinse, als ich Jeremy fluchen höre, und muss mich zusammenreißen, um meine Verzögerungstaktik nicht vorzeitig zu beenden. Dann drehe ich mich um, gehe gemächlich an den großen Esstisch und verkünde im Hinsetzen: „Okay, ihr habt gewonnen. Lasst es uns nach dem Frühstück testen."

Lindas unterdrückter Jubel wird von einem lauten „Yes!" von Jeremy übertönt. Garric grinst mich nur kopfschüttelnd an. Es ist ihnen hoch anzurechnen, dass ich in Ruhe frühstücken kann. Aber kaum habe ich den letzten Löffel Müsli im Mund, springen sie auf, räumen das Geschirr in die Spülmaschine und drängen zum Aufbruch.

„Wo gehen wir hin?" Ich war der Meinung, dass mein Schutz überall funktionieren sollte. Daher verstehe ich nicht, warum wir das nicht im Cottage testen können.

„Falls du die Unterstützung der Energie in der Grabkammer brauchst, dachten wir, es sei besser, wenn wir uns oberhalb davon befinden", erklärt Jeremy.

„Okay." Ganz einverstanden bin ich nicht. Ich kann im Ernstfall nicht immer nach Maiden Castle kommen und zur Kammer rennen, wenn ich mich schützen muss. Dann fällt mir ein, dass die Verbindung zwischen Lucy und mir anfangs Unterstützung vom Mond benötigte, bis sie stark genug war, um allein zu bestehen. Vielleicht ist das bei meinem Schutz auch so.

Zu viert machen wir uns auf den Weg über die Wallanlagen, auf denen der herbstliche Wind schon ordentlich weht. Immerhin ist es trocken, obwohl dicke Wolken über den Himmel jagen. Ich weiß nicht, ob ich mich jemals an das englische Wetter gewöhnen werde, aber es ist definitiv besser als sein Ruf.

Ich nutze die kurze Wegstrecke, um mir zu überlegen, wie wir meinen Schutz am besten überprüfen könnten. Bevor ich die Gelegenheit habe, den anderen von meiner Idee zu erzählen, ergreift Jeremy das Wort.

„Wir haben uns gedacht, du machst am besten deinen Schimmer sichtbar. Einer von uns versucht, darin einzugreifen. Du blockst es ab und im Idealfall haben wir keine Chance. Was meinst du?"

„Klingt gut." Ich bin beruhigt, dass Jeremys Vorschlag mit meinem eigenen Plan übereinstimmt. „Ich würde den Schimmer zu einer Kugel formen. Das ist am ehesten greifbar für euch."

„Gute Idee", sagt er. „Wer sollte es deiner Meinung nach zuerst probieren? Oder ist es dir egal?"

„Im Grunde ist es mir vollkommen egal. Ich denke aber, mit Linda sind die Erfolgschancen am größten."

„Warum?", fragt Garric und schmollt.

„Ich vermute, dass Jeremy als mein Hüter wahrscheinlich am ehesten meinen Schutz durchbrechen kann. Dicht gefolgt von dir, Garric, da du das Wissen der Seher in dir trägst. Also würde ich es mit Linda probieren, obwohl du die am wenigsten furcht-einflößende Person bist, die ich kenne." Ich grinse.

„Warte nur ab, ich kann sehr furchteinflößend sein", sagt sie und zieht die Augenbrauen zusammen.

„Absolut", antwortet Jeremy.

Garric bricht den Bann mit seinem lauten Lachen und auch ich kann nicht ernst bleiben. Lediglich Jeremy sieht etwas ein-geschüchtert aus, weil seine Frau ihn drohend anfunkelt.

„Okay, konzentriere dich, T.", sagt Garric.

Ich schließe kurz die Augen und wenig später schwebt ein kleiner leuchtender Ball über meiner rechten Hand. Ich verge-wissere mich, dass die anderen die Kugel ebenfalls sehen kön-nen Dann rufe ich mir meine Festung und den geheimen Ein-gang in Erinnerung. Das geht so schnell, dass ich fast glaube, das Bild der von mir geschaffenen Burg wurde zeitgleich mit dem Schimmer aktiviert. Was Sinn ergibt, sonst verliere ich im Notfall wertvolle Zeit.

Linda steht mir gegenüber. Sie beobachtet meinen schim-mernden Ball und mich.

„Denk daran, T., dass du nicht ausweichst, sondern fest im Boden verankert bist und Lindas Angriff abblockst, ohne dich zu bewegen", sagt Garric.

Ich nicke und halte meinen Blick auf Linda gerichtet. Ein win-ziges Zucken im rechten Augenlid verrät ihre Bewegung, bevor sie sichtbar wird. Mein Geist zieht instinktiv eine Schutzmauer hoch, noch bevor ich bewusst darüber nachdenken kann. Sie macht einen Schritt auf mich zu und streckt ihre Hände nach meiner Lichtkugel aus. Ich zwinge mich, reglos zu bleiben.

Als würde Linda gegen ein unsichtbares Hindernis stoßen, stoppen ihre Arme mitten in der Bewegung. Sie schaut sich nach allen Seiten um. „Hey, T., den Schimmer unsichtbar ma-chen gilt nicht."

„Ich habe den Schimmer nicht verändert." Damit lasse ich die Schutzmauer verschwinden und deute auf den Ball über meiner rechten Hand.

„*Yes!*", ruft Garric und reckt die Faust in die Luft. Er klopft mir auf die Schultern. Dabei versucht er, mit einer wischenden Bewegung meinen schimmernden Ball zu stehlen. Wieder schießen starke Schutzmauern aus dem Boden. Sie lenken seine Hand ab. Für einen Moment mustert er seine immer noch leere, linke Hand. Dann hebt er den Blick zu mir und begegnet meinem triumphierenden Grinsen mit einem anerkennenden Nicken.

Linda amüsiert sich königlich. Jeremy schmollt und besteht darauf, dass er jetzt eine Chance haben will. Nachdem auch sein Versuch gescheitert ist, kann ich endlich akzeptieren, dass der uralte Gelehrte in meinem Traum recht hatte und meine Festung wirklich standhält.

„Ein wenig Dunkelheit zum Testen wäre noch sinnvoll", sagt Linda.

„Du kannst doch die Dunkelheit nicht auf Tristan loslassen!", protestiert Jeremy. „Wie stellst du dir das vor? Laden wir diesen Vincent ein und sagen: Hey, probier mal, ob du durch die Schutzmauern unseres Sehers kommst?"

„Nein. So stelle ich mir das natürlich nicht vor!"

Bevor die beiden sich ernstlich streiten, melde ich mich vorsichtig zu Wort: „Also, Lucys Mutter ist ja Wächterin. Lucy hat erzählt, dass sie beim Training mit Josh immer kleine Portionen Dunkelheit freisetzen kann. Keine Ahnung, ob das auch bei mir zum Üben reichen würde, aber ..."

„Kennt ihr einen Wächter, der näher wohnt als Lucys Mutter?", fragt Garric.

„Auf Anhieb fällt mir keiner ein", antwortet Jeremy. Aber er verspricht, sein Verzeichnis der aktuellen Mondkinder durchzusehen in der Hoffnung, vielleicht einen Hinweis auf einen aktiven Wächter zu finden.

Mit einer Entschuldigung und einer langen Umarmung schafft er es anschließend, Linda zu beruhigen. Bis zum Cottage kann sie schon wieder lachen und ich atme erleichtert auf.

Eine äußerst gespannte Lucy begrüßt mich bei unserer abendlichen Unterhaltung.

„*Na, hat es funktioniert?*"

„*Ich wusste gar nicht, dass du so neugierig bist.*"

„*Meine Mutter sagt immer, Neugier sei mein zweiter Vorname.*"

„*Gut zu wissen. Aber ja, es hat geklappt.*"

Kurz erzähle ich ihr von den erfolglosen Versuchen der Erwachsenen, mir meinen Schimmer zu stehlen, und beende meinen Bericht mit dem Fazit: „*Der uralte Gelehrte aus meinem Traum hatte also recht.*"

„*Natürlich hatte er recht.*"

„*Was heißt hier natürlich?*"

„*Habe ich dir das noch nicht gesagt? Dein uralter Gelehrter war niemand anderes als der Mond.*"

„*Wie, der Mond? Woher weißt du das?*"

Lucy lacht und erklärt: „*Na, ich habe ihn gefragt.*"

„*Klar. Aber wie kommt er bitte schön in meinen Traum? Wieso konnte ich mich mit ihm unterhalten? Ist das jetzt auch bei mir so wie bei dir?*"

„*Er hat gesagt, dass es in Vollmondnächten nach einer Zeremonie möglich ist, über den offenen Geist eines Sehers eine solchen Verbindung aufzubauen. Aber nur dann, keine Angst.*"

„*Sehr gut. Das wären sonst ein paar viele Stimmen in meinem Kopf, mit denen ich mich unterhalten kann.*"

Zu spät fällt mir das Fettnäpfchen auf, in das ich gerade mit voller Wucht gestampft bin. Schließlich hat Lucy nicht nur eine Verbindung zum Mond und zu mir, sondern auch zu Sam. Um es nicht schlimmer zu machen, bin ich die nächste Zeit still.

Es dauert eine Weile, bis Lucy mit ruhiger, sanfter Stimme sagt: „*Auch wenn mein Kopf anscheinend groß genug für mehrere ist, der Platz in meinem Herz ist begrenzt.*"

„*Tut mir leid.*"

„*Ist okay.*"

Sie klingt angespannt, daher versuche ich den wenig eleganten Themenwechsel.

„Jetzt müssen wir nur noch herausfinden, wie wir dich in meine Bibliothek bekommen."

„Ich kann den Mond fragen. Schließlich ist er derjenige, der darauf beharrt, dass ich ebenfalls Zutritt in diesen Raum habe."

„Ja, mach das. Vielleicht kann er uns helfen. Ach so, apropos helfen: Kannst du deine Mutter mal fragen, ob sie einen Wächter hier in England kennt?"

„Wieso das?"

„Tja, die Erkenntnis von Jeremys Recherche heute Nachmittag ist, dass es außer ihm gerade noch fünf lebende Mondkinder in Großbritannien gibt. Da er als Hüter derzeit das mächtigste unter ihnen ist und keinen Wächter hat, stehen die Chancen, dass die anderen einen Wächter an ihrer Seite haben, ziemlich schlecht."

„Wollt ihr das wirklich ausprobieren mit der Dunkelheit?"

„Linda hat schon recht, finde ich. Das ist noch mal ein anderes Kaliber als ein rein körperlicher Angriff. Da ich nur ungern zum Versuchskaninchen von Vincent werden möchte ..."

„Auf gar keinen Fall!"

„Eben. Also müssen wir schauen, ob es eine Alternative gibt."

„Verstanden. Ich frage mal nach und gebe dir Bescheid."

KAPiTEL 32

TRISTAN

28. September 1999

Jeremy wartet mit dem Jeep vor der Schule auf mich. Garric hat sich bereit erklärt, Linda und den anderen Mitarbeitern auf dem Gelände zu helfen, damit sich mein Hüter den Nachmittag freinehmen kann.

Während wir auf dem Weg ins Dorf sind, ist die Spannung beinahe mit Händen greifbar, obwohl keiner von uns etwas sagt. Ich weiß nicht, wer am überraschtesten war, als uns Lucys Mutter informierte, dass die einzige ihr bekannte Wächterin in ganz Großbritannien eine gewisse Grace Monroe sei. Bei der es sich um niemand Geringeren als die Archivarin des Dorfes und Inhaberin von *Gracy's Goodies* handelt.

Ich habe Lucy versprochen, ihr mit meinem nächsten Brief ein Porträt von Gracy zu schicken, damit sie unsere Verwunderung versteht. Ich bin zwar im Zeichnen von Personen außerhalb meiner Visionen nicht sehr gut, aber ich gebe mein Bestes. Andererseits hat Lucy wohl recht, wenn sie sagt, dass ihre Mutter auch nicht das ist, was man sich unter einem Wächter vorstellt. Vielleicht ist gerade das die beste Tarnung.

Ich muss grinsen, als ich an das ungläubige Gesicht von Garric denke. Er hatte von uns allen die meisten Probleme damit, sich an diese Information zu gewöhnen. „Meinst du, Garric war nur so gerne bereit, deine Schicht mit der Besuchergruppe zu übernehmen, weil er Gracy nicht begegnen wollte?", frage ich und stimme in Jeremys Lachen ein.

„Ich glaube, er hatte die schwere Wahl zwischen live dabei zu sein, wenn ein Wächter seine Fähigkeiten demonstriert, und nicht mehr Zeit als nötig mit Gracy zu verbringen. Ich wäre in jedem Fall mitgefahren, um als dein Hüter auf dich aufzupassen. Linda wäre aber nicht alleine mit der ganzen Arbeit in Maiden Castle fertig geworden. Also hat er aus verschiedenen Gründen die richtige Entscheidung getroffen."

„Stimmt. Wer weiß, vielleicht wäre die arme Gracy von seiner Anwesenheit zu sehr abgelenkt worden." Ich ernte ein neuerliches lautes Lachen.

„Die zwei wären ein spektakuläres Pärchen", sagt Jeremy.

„Apropos Pärchen. Ich weiß, wir haben schon darüber gesprochen, aber hast du inzwischen eine Idee, für welches Mondkind Gracy eine Wächterin ist? Vielleicht für dich?"

„Oder für dich?" Jeremy bekommt bei meinem fassungslosen Gesicht gleich den nächsten Lachanfall.

„Nicht lustig."

„Doch, eigentlich schon", sagt er. „Nein, aber jetzt mal im Ernst, ich habe keine Ahnung."

„Meinst du, sie darf es uns sagen?"

„Wir werden sie einfach fragen. Mehr als ablehnen kann sie nicht."

„Und du hattest wirklich keine Ahnung?" Diese Frage musste sich Jeremy bestimmt schon Dutzende Male anhören.

„Nein, nein und noch mal nein", antwortet er. „Denkst du, ich hätte all die Jahre um den heißen Brei herumgeredet, warum ich bestimmte Dinge ins Archiv bringe, dort suche oder kurz ausleihe, wenn ich das gewusst hätte? Mein Leben wäre um so vieles einfacher gewesen mit dieser Information."

„Okay, ich habe es verstanden. Tut mir leid."

„Muss es nicht. Ich habe mich seit dem Anruf von Lucys Mutter selbst mehrfach gefragt, welche Zeichen ich übersehen habe und ob ich es hätte merken müssen. Aber da die Wächter keine Mondkinder sind, haben die Hüter nicht die Möglichkeit, sie zu erkennen. Was absolut Sinn ergibt. Sonst könnte im schlimmsten Fall ein Hüter einen Wächter bedrängen, ihn zu schützen, obwohl die beiden nicht füreinander vorgesehen sind."

„Das ist mir zu kompliziert. Ich hoffe einfach, dass es bei mir so läuft wie bei Lucy und Josh."

„Ich hoffe, dass du überhaupt keinen Wächter brauchst", fügt Jeremy mit ernster Miene hinzu, bevor er den Jeep vor *Gracy's Goodies* parkt. „Bereit?"

„Ich bin ein wenig aufgeregt."

„Frag mich mal. Ich kenne Gracy gefühlt mein ganzes Leben und sie war immer … Gracy eben."

Hat Jeremy einen Plan, wie wir Gracy auf ihre Eigenschaft als Wächterin ansprechen?

Schon stehen wir inmitten von Kitsch und Krempel und werden von einer begeisterten Gracy umarmt, die sich vor Freude über unseren Besuch gar nicht einkriegen will.

„Oh, wie schön, dass ihr hier seid", flötet sie. „So oft wie in den letzten drei Wochen hast du mich die letzten drei Jahre nicht besucht, Jeremy White."

Mein Hüter zieht die Schultern hoch und lächelt.

„Ich glaube, das ist meine Schuld", sage ich.

„Oh, wir wollen bei so etwas Tollem nicht von Schuld sprechen", antwortet Gracy und strahlt über das ganze Gesicht. „Was führt euch zu mir? Wollt ihr wieder ins Archiv?"

„Nein, bitte nicht."

„Oh, was kann ich sonst für euch tun?" Gracys Blick huscht zwischen uns hin und her.

„Wir sind hier, weil wir dir Grüße ausrichten wollen", antwortet Jeremy. „Grüße von …" Sein hilfesuchender Blick erwischt mich.

„Viele Grüße von Hannah Amarissa Livius, genannt Risa, aus Deutschland", ergänze ich.

„Oh." Gracy ist innerhalb von Sekunden sehr ernst. Ihre sonst rosigen Wangen werden blass und sie tritt einen Schritt von uns weg. Ich sehe ihr an, dass sie mit sich hadert. Soll sie leugnen, eine Risa aus Deutschland zu kennen? Soll sie sich bedanken und uns unter einem fadenscheinigen Vorwand hinauskomplimentieren? Soll sie eine Ausrede erfinden, woher sie diese Person kennt?

Zum Glück ergreift Jeremy wieder die Initiative. Er nimmt vorsichtig Gracys Arm und führt sie zu einem der bequemen Plüschsessel, die im ganzen Laden verteilt sind. Sie setzt sich mit zitternden Gliedern und er kniet sich vor ihr nieder. Mit beruhigender Stimme spricht er mit ihr. „Es tut uns leid, dass wir dich so überfallen. Aber wir brauchen deine Hilfe. Wir würden dich nicht damit belästigen, wenn es nicht wichtig wäre."

Gracy ist immer noch blass, aber sie lächelt gezwungen und streicht über Jeremys Schultern. „Oh, Jeremy, ich kenne dich schon, seitdem du hier als Student das erste Mal in meinen Laden kamst auf der Suche nach einem Geschenk für deine Herzensdame. Auch wenn ich wusste, dass dieser Tag kommen würde, habe ich fast nicht mehr damit gerechnet." Ihre Stimme ist ganz sanft. Mit schief gelegtem Kopf sieht sie Jeremy an, als wäre er ein kleiner Rotzlöffel, der sich gerade beim Raufen das Knie aufgeschlagen hat.

Ich komme mir völlig fehl am Platz vor.

„Oh, ich habe dich von einem Mondkind zu einem Hüter heranwachsen sehen. All die Zeit habe ich gespürt, dass du zu etwas Größeren bestimmt bist. Doch als du mir diesen außergewöhnlichen Jungen in den Laden gebracht hast, wusste ich, dass die Stunde der Wahrheit naht."

Ihr Blick trifft mich und ich weiche instinktiv zurück. Sie wusste die ganze Zeit, was los ist? Sie wusste, dass Jeremy ein Mondkind, ein Hüter, ist? Dass ich ein Mondkind bin? Die Erkenntnis, dass ich diese überschwängliche ältere Dame bislang als verschrobenen Royal-Fan, Kitsch-Liebhaberin und exzentrische Lady abgestempelt habe, trifft mich mit voller Wucht.

Die ganze Zeit wusste Grace Monroe, genannt Gracy, genau, was sich vor ihrer rosa gepuderten Nase abspielt.

Mittlerweile hat Gracy wieder Farbe im Gesicht und sitzt aufrecht in ihrem Sessel. Unsere verblüfften Gesichter wecken zusätzliche Lebensgeister, denn sie kichert vor sich hin. „Oh, ihr zwei müsstet euch sehen. Die Augen weit aufgerissen, der Mund offenstehend und dieses leichte Kopfschütteln. Ja, die tatterige, verschrobene Gracy mit ihren geliebten Royals ist eine Wächterin. Damit ihr beiden das verarbeiten könnt, mache ich uns einen Tee."

Flink erhebt sie sich und verschwindet in der kleinen Küche hinten im Laden. Dort hören wir sie hantieren und lachen.

Jeremy steht wie vom Donner gerührt vor dem jetzt leeren Sessel. Er reibt sich über den Nacken.

Ich lasse meinen Blick durch den überfüllten, chaotischen Verkaufsraum schweifen und suche nach Hinweisen darauf, dass man hier auf einen Wächter trifft. Natürlich durchschaut mich Gracy bei ihrer Rückkehr und beginnt aufs Neue zu lachen.

„Oh, Tristan, ich weiß, was du suchst. Aber überleg mal: Wir kämpfen mit unserem Geist. Hier wirst du keine Waffenkammer finden, keine Rüstungen oder sonst etwas in dieser Richtung. Das Wichtigste ist, dass ich meinen Geist und meinen Körper bei Kräften halte. Das kann ich unauffällig machen, ohne dass ich mich dabei von allen anderen um mich herum unterscheide."

„Erwischt", murmele ich und versuche mich mit einem Lächeln zu entschuldigen.

„Oh, alles gut mein Junge", sagt Gracy. „Das passiert jedem, wenn er das erste Mal mit einem Wächter zusammentrifft. Aber jetzt erzählt mal, woher kennt ihr Risa? Ich habe eine Ewigkeit nichts mehr von ihr gehört."

„Sie ist die Mutter meiner Freundin." Mit einem Mal wird mir bewusst, dass ich meine Worte genau abwägen muss. Ich darf nicht zu viel über Lucy verraten, trotzdem genug, damit Gracy uns unterstützen wird. Zum Glück ist Jeremy dabei und wird mir helfen, sollte ich in Schwierigkeiten geraten. Aber im Augenblick ist Gracy mit ihren Fragen noch nicht beim wahren Grund unseres Besuches angekommen.

„Oh, du hast eine Freundin? Sie ist ein sehr glückliches Mädchen, wenn ihr dein Herz gehört. Behandelt sie dich gut?"

„Ähm ... ja." Meine Wangen werden warm.

Jeremy tarnt sein Lachen mit einem Hüsteln. Meinen bösen Blick ignoriert er und amüsiert sich köstlich, bis Gracy ihm einen gutmütigen Klaps auf den Hinterkopf gibt.

„Oh, hör auf, so schadenfroh zu lachen, Jeremy White. Junge Liebe ist etwas Großartiges und gehört mit Respekt behandelt. Erst recht von jemandem wie dir, der das Glück hat, dass seine Liebe von einer bewundernswerten Frau erwidert wird."

„Ja, Ma'am, es tut mir leid." Jeremy besitzt den Anstand, kleinlaut dreinzuschauen.

„Oh, jetzt hast du mich abgelenkt, Jeremy. Also, wo waren wir? Ach ja, Risa. Wie kam es dazu, dass ihr sie nach einem Wächter gefragt habt?"

Ich bin dankbar, dass nun Jeremy übernimmt. Er legt Gracy dar, warum wir bei ihr sind. Dabei findet er genau das Mittelmaß aus notwendigen Informationen. Er gibt ihr ein umfassendes Bild der Situation, ohne zu viel über meine Fähigkeiten oder über Lucy zu verraten.

Während seiner Erzählung ist Gracys Miene unbeweglich. Ihr Lächeln ist nur minimal verrutscht und sie blinzelt etwas häufiger als sonst. Würde uns ein Außenstehender beobachten, ginge dieser mit Sicherheit davon aus, dass wir uns über etwas Belangloses unterhalten.

Als Jeremy seinen Monolog beendet, stellt Gracy vorsichtig die Tasse ab. Die ganze Zeit hatte sie diese in bester Königshausetikette mit abgespreiztem kleinem Finger umklammert gehalten. Sie atmet mehrmals tief durch. Langsam steht sie auf und geht zu ihrer Ladentür. Dort dreht sie das rosa glitzernde Schild von *Open* auf *Closed*. Sie verschließt die Tür und kehrt zu uns zurück.

Keiner von uns beiden traut sich, auch nur einen Mucks von sich zu geben.

Schließlich bleibt Gracy ein paar Schritte vor Jeremy stehen und richtet sich auf. Sie holt tief Luft und stemmt die Hände in die Hüften. „Oh, Jeremy White, ich kann es nicht fassen! Bittest du mich allen Ernstes, diesen Jungen in Gefahr zu bringen? Tristan steht unter deinem Schutz. Du sollst ihn vor der Dunkelheit und allen anderen Gefahren bewahren. Doch was machst du stattdessen? Bringst ihn hierher und verlangst von mir, dass ich etwas tue, das allen Wächtern zutiefst widerstrebt. Hast du gar nichts verstanden? Wir bekämpfen die Dunkelheit. Wir stehen für das Licht, die Hoffnung und die Sicherheit. Wir bringen keine Gefahr. Erst recht greifen wir kein junges Mondkind an! Was hast du dir dabei gedacht?"

Einige Momente bleibt sie wortlos vor Jeremy stehen. Wie sie dort vor ihm aufragt, die Hände in die Hüfte gestemmt, die Schultern breit und starr, die Augenbrauen zusammengezogen und der Blick funkelnd, dringt aus jeder Pore ihres kleinen Körpers die Empörung über unsere Bitte.

Jeremy dagegen sitzt wie vom Donner gerührt in seinem Sessel.

Fieberhaft überlege ich, wie ich diese unangenehme Situation beenden kann. Doch mir fällt nichts ein. „Gracy?", frage ich irgendwann zögerlich.

„Oh, ja, mein Junge?" Gracy wendet sich lächelnd zu mir. Die Verwandlung von zorniger Wächterin zu fürsorglicher Dame geht so schnell, dass ich einige Sekunden brauche, um das zu verarbeiten.

„Es tut uns leid."

„Oh, das muss es nicht", antwortet sie und setzt sich wieder in ihren Sessel. Sie ignoriert Jeremy, während sie erklärt: „Es stimmt, dass die Wächter mit den Jahren immer Spuren der Dunkelheit in sich behalten. Es stimmt auch, dass sie diese Spuren bei Bedarf freisetzen können. Zum Beispiel, wenn sie mit einem neuen Wächter trainieren. Man kann schließlich schlecht die Dunkelheit anrufen und zu einem Rendezvous bitten, nicht wahr?"

Obwohl es eine rhetorische Frage ist, nicke ich.

Gracy dankt es mir mit einem Lächeln, bevor sie fortfährt. „Oh, also. Der Unterschied zwischen Wächter und Mondkind ist, dass Wächter von Beginn an mit der Dunkelheit umgehen können. Selbst wenn sie nicht darin ausgebildet sind, diese zu bekämpfen, können sie Spuren davon instinktiv abbauen. Deshalb ist es nicht verwerflich, einen Wächter zu Übungszwecken mit Dunkelheit zu konfrontieren. Bei einem Mondkind jedoch kann selbst die geringste Dosis einen immensen Schaden anrichten. Es ist unverantwortlich, einen Wächter um so eine Ungeheuerlichkeit zu bitten."

Jeremy zuckt zusammen und verkriecht sich wieder in seinem Sessel.

„Aber Lucy ...", rutscht es mir heraus, bevor ich mich beherrschen kann.

Jeremy signalisiert mir, dass wir darüber später unter vier Augen sprechen. Mit seiner nächsten Frage lenkt er Gracys Aufmerksamkeit auf sich. „Gracy, sagt dir das Märchen vom silbernen Jungen etwas?"

Die Erzählung des Sehers, der sich eine Festung baut, hat einen Namen?

„Oh, Jeremy, willst du es dir heute komplett mit mir verderben?", ruft sie und funkelt meinen Hüter schon wieder an. „Ich bin die Archivarin dieses beschaulichen Örtchens, natürlich kenne ich das Märchen."

„Nun, dann ist ja gut." Souverän lächelnd steht Jeremy auf. Mit einer knappen Geste bedeutet er mir, ihm zu folgen. „Ich dachte nur, die Lektüre so eines alten Märchens könnte eine beruhigende Wirkung haben." Er öffnet die Tür und dreht das Ladenschild wieder auf *Open* und steht schneller auf der Straße, als ich mich von Gracy verabschieden kann. „*Come on, Silverboy!*", ruft Jeremy mir zu. „Linda wartet mit dem Essen auf uns."

Ich muss mich beeilen, ihn vor seinem Jeep einzuholen. Keiner von uns dreht sich noch einmal zu Gracy um, doch ich spüre ihre Blicke in meinem Rücken. Ohne zu zögern, startet Jeremy den Wagen und Sekunden später brausen wir durch die engen Gassen in Richtung Maiden Castle.

„Was sollte das?", frage ich, obwohl ich einen gewissen Verdacht habe.

Er zwinkert mir zu. „Gracy mag zwar eine strenge Wächterin mit Prinzipien, Lebenserfahrung und Regeln sein. Sie ist aber vor allen Dingen noch etwas ganz anderes."

„Was denn?"

„Neugierig."

KAPiTEL 33

TRISTAN

29. September 1999

Keine vierundzwanzig Stunden später lädt sich Gracy zu einem Besuch auf Maiden Castle ein. Linda ist begeistert, dass sie nun doch miterleben wird, was auch immer Gracy mit mir vorhat. Garric sieht zunächst aus, als hätte ihn Jeremy einer Wurzelbehandlung ohne Narkose unterzogen. Ich bin gespannt, was später überwiegen wird: seine Neugier oder die Angst vor Gracys Charme-Offensive.

Als der Nachmittag voranschreitet, sitzt Garric im Lesesessel, der in den letzten Tagen sein Lieblingsort geworden ist, und macht keine Anstalten eines Fluchtversuchs. Auf meine Frage antwortet er lediglich: „Ich kann dich ja schlecht alleine lassen. Wer weiß, was die sonst mit dir anstellt?"

„Schon klar." Ich grinse, wofür ich einen bösen Blick ernte.

Bis zu Gracys Eintreffen widme ich mich meinen Schulaufgaben. Garric liest. Linda ist mit Jeremy auf der Anlage unterwegs, da gestern trotz Garrics Hilfe einiges liegengeblieben ist. Jeder von uns ist beschäftigt. Dennoch lässt sich eine nervöse Anspannung nicht leugnen. Wird Gracy nur kommen, um mehr über mich und meine Fähigkeiten zu erfahren? Wird sie mit mir üben wollen und wenn ja, wie? Oder wird sie es sich in letzter Minute anders überlegen und den Termin absagen?

Zumindest die letzte Frage klärt sich in diesem Moment, denn ein Auto nähert sich unserem Cottage. „Gracy kommt!", rufe ich auf meinem Weg nach unten.

Garric stellt sich neben mich ans Fenster. Gemeinsam schauen wir unserem Besuch entgegen. „Unglaublich", murmelt er, als sich immer mehr Einzelheiten des Wagens erkennen lassen. Gracy hat nicht irgendein Auto. Nein, sie fährt einen alten Pick-up, der in einem leuchtenden Pink lackiert ist und in glitzernder Schrift das Firmenlogo von *Gracy's Goodies* trägt.

„Lust auf eine Spritztour?" Ich grinse. „Frag sie, dich nimmt sie bestimmt gerne mal mit."

Jeremy und Linda kehren von der Anlage zurück. Auch sie können es nicht lassen, Garric mit ein paar frechen Sprüchen aufzuziehen. Die gelöste Stimmung hält sich allerdings nur so lange, bis Gracy ihren Wagen parkt und kurz darauf vor unserer Haustür steht.

„Oh, wie schön habt ihr es hier", flötet sie und umarmt jeden von uns in Rekordtempo. „Da sieht man die Hand einer Frau. Wirklich, Linda, mein Kompliment, was du aus diesem abbruchreifen Trümmerhaufen gemacht hast."

„Danke." Linda übernimmt in den nächsten Minuten die Konversation mit Gracy. Garric hat den Tisch für eine typisch englische *Teatime* gedeckt und hilft mir in der Küche, den Tee zuzubereiten. Jeremy steht verloren in seinem eigenen Wohnzimmer, wird aber bald von Gracy erlöst.

„Oh, Jeremy, nun zu dir." Ihr Blick verdunkelt sich. „Wenn du mich noch ein einziges Mal derart überfällst, muss ich dir nicht nur die Freundschaft kündigen, sondern zukünftig auch den Zutritt ins Archiv verweigern. Was hast du dir dabei gedacht, von mir eine solche Ungeheuerlichkeit zu verlangen?"

Erneut zieht Jeremy die Schultern hoch und wiederholt seine Entschuldigung.

Bei mir schwindet die Hoffnung, dass sich Gracy dazu bereit erklären wird, mit mir zu testen, ob meine Festung auch Dunkelheit abwehren kann. Ich schaue hilfesuchend zu Garric, der meine Befürchtung anscheinend teilt, mir aber dennoch aufmunternd die Schulter drückt.

„Wenn sie es nicht macht, finden wir eine andere Lösung", flüstert er mir zu.

Dankbar nicke ich und zwinge mich zu einem Lächeln, als wir Tee, Scones und Clotted Cream an den Tisch bringen. Wie es der Zufall will, sitzt Gracy mir gegenüber. Selbst der Anblick des neben mir sitzenden Garric kann sie heute nicht ablenken. Die ganze Zeit ruht ihr prüfender Blick auf mir. Aus Anstand zwinge ich mich, einen der Scones zu essen und meinen Tee zu trinken.

Die Erwachsenen plaudern über dies und jenes. Kein Außenstehender käme auf die Idee, dass das hier etwas anderes ist als ein ungezwungenes Teestündchen. Innerlich sind meine Nerven zum Zerreißen gespannt. Irgendwann halte ich es nicht mehr aus. „Gracy, bist du meine Wächterin?"

„Oh, Tristan." Gracy sieht mich ernst an und schüttelt den Kopf. „Nein, das bin ich nicht. Leider. Es wäre mir eine Ehre gewesen, deine Wächterin zu sein."

„Okay, kein Problem." Das ist die einzige Antwort, zu der ich fähig bin.

Jeremy schaut hilfesuchend zu Linda und hüstelt.

„Oh, Jeremy, frag ruhig", sagt Gracy lächelnd und scheint nicht mehr sauer auf meinen Hüter zu sein. „Aber ich will mal nicht so sein. Das Mondkind, dessen Wächterin ich war, hieß Erin MacCarlisle. Du wirst sie in deinen Aufzeichnungen eventuell nicht finden."

„Warum?", fragt Linda.

„Nun, Erin machte ihrem Namen alle Ehre. Sie war eine ,kleine Elfe'. Die Familie besuchte Maiden Castle und kam zu mir in den Laden. Ich habe es sofort gespürt. Wie zur Bestätigung erzählte mir das kleine Mädchen bei einer Tasse Tee, sie habe hier auf einem der Hügel eine seltsame Energie wahrgenommen. Als würde ein silbernes Schimmern sie umhüllen und auf eine Wolke heben. Ihr Vater kanzelte das als Fantasiegeschichte eines kleinen Mädchens ab. Aber wir alle wissen, dass es das nicht war." Sie schaut in die Runde und lächelt, als sie unsere gespannten Gesichter sieht. Nach einem kleinen Schluck Tee fährt sie in ihrer Geschichte fort. „Wir tauschten Adressen aus und blieben in Kontakt. Erin wuchs heran und kurz vor ihrem sechzehnten Geburtstag war die Mondenergie deutlich spürbar. Ich wusste, ein solches Licht zieht die Dunkelheit unweigerlich an. Ich nahm Kontakt zu deinem Hüter-Vorgänger auf, Jeremy, um mit ihm über ein Ritual für Erin zu sprechen. Ich glaube, ihr Vater dachte nach wie vor, dass wir hier eine Fantasie seiner Tochter ausleben. Aber immerhin ließ er uns gewähren."

„Ihre Eltern waren keine Mondkinder?", fragt Jeremy.

„Erin war das erste und einzige. Sie hatte das Glück, dass ihre Familie sie unterstützte und ihre Gesundheit an oberste Stelle setzte. Aber es kam, wie es kommen musste. Je näher wir an das Ritual herankamen, desto mehr häuften sich Anzeichen der Dunkelheit in unserer Umgebung. Wir hatten den Pakt zwischen Wächter und Mondkind noch nicht geschlossen. Dennoch habe ich versucht, sie nach Möglichkeit zu schützen."

„Warum hattet ihr den Pakt noch nicht geschlossen?", frage ich.

„Das geht erst, wenn das Mondkind sein Ritual hatte, weißt du. Ich hatte dem Hüter von der aufkommenden Bedrohung berichtet und er teilte meine Sorge. Die Tage bis zum Ritual vergingen. Die Dunkelheit nahm zu. Ich bekämpfte sie so gut es ging."

„Wusste Erin, dass sie in Gefahr schwebte?", fragt Linda.

„Nein, ich habe es ihr nicht gesagt. Ich dachte, ich hätte es im Griff. Außerdem befürchtete ich, dass ihre Eltern sich zur Abreise entschließen würden, wenn es Zweifel an Erins Sicherheit gäbe. Also intensivierte ich meinen Schutz. Ich sorgte dafür, dass Erin nicht mit der Dunkelheit in Berührung kam. Ich tat alles in meiner Macht Stehende, um sie zu schützen."

„Was ist passiert?", frage ich. Mittlerweile glitzern Tränen in

Gracys Augen. Eine schlimme Vorahnung schickt Gänsehaut über meinen kompletten Körper.

„Es war der Abend ihres Rituals", sagt Gracy. „Wir waren spät dran. Aber ich wollte unbedingt einen Schutz auf unserem Haus lassen, damit wir bei unserer Rückkehr keine böse Überraschung erleben würden. Denn ein Mondkind mit Ritual ist für die Dunkelheit noch um ein Vielfaches interessanter als eines ohne. Also schickte ich Erin mit ihren Eltern schon mal los. Ich sagte, ich würde in ein paar Minuten nachkommen. Kaum hatte ich das Dorf verlassen, wurde ich von der Feuerwehr und einem Rettungswagen überholt. Bereits in diesem Augenblick wusste ich es. Ich wusste, sie fuhren zu Erin. Ich wusste, ich hatte versagt. Dennoch gab ich Gas und raste hinter den Einsatzfahrzeugen her. Bis die Polizei mich stoppte."

„Was ist passiert?", wiederhole ich.

Linda umarmt die schluchzende Gracy und reicht ihr ein Taschentuch nach dem anderen.

„Sie hatten einen Unfall auf der Landstraße, gleich hier nach Maiden Castle. Die Polizei sagte, es sei ein Reifen geplatzt. Da sie zu schnell unterwegs waren, sind sie von der Straße abgekommen. Sie haben sich überschlagen und das Auto fing augenblicklich Feuer. Sie hatten keine Chance. Alle drei."

„Meinst du, es war wirklich ein Unfall oder hatte die Dunkelheit ihre Finger im Spiel?", fragt Garric. Seine Stimme ist ungewohnt sanft. Auch in seinen Augen glänzen Tränen.

„Ich kannte einen der Polizisten ziemlich gut", erklärt sie. Ihr zaghaftes Lächeln ist ein willkommener Anblick nach den ganzen Tränen, die in den letzten Minuten ihr Gesicht gezeichnet haben. „Ich konnte ihn überreden, mich in die Nähe des Autos zu lassen. Die Einsatzkräfte hatten erklärt, dass sie nicht mehr tun konnten, als das Feuer zu löschen und auf die Ermittler zu warten. Ich stand lange neben dem Fahrzeug an Erins Seite und habe alles versucht, aber ich konnte keine Dunkelheit spüren. Es war ein tragischer Unfall."

Sie spricht es nicht aus, aber ich kann mir vorstellen, was sie denkt und fühlt. Die Vernunft sagt ihr, sie hätte es nicht verhindern können. Es handelte sich um eine Verkettung unglücklicher Umstände. Sie hätte den Reifen nicht am Platzen hindern können. Hätte weder die Geschwindigkeit drosseln noch Erin vor dem Feuer beschützen können. Wahrscheinlich wäre sie ebenfalls gestorben, hätte sie wie geplant mit in diesem Auto gesessen. Aber das Herz lässt sich in so einem Fall nicht von der Vernunft überstimmen. Und das Herz sagt ihr, sie war für Erin verantwortlich und hat sie verloren. Sie hat als Wächterin versagt und konnte ihr Mondkind nicht beschützen.

Lange Zeit ist es still.

„Welches Mondfest war an dem Tag von Erins Ritual?", frage ich.

„Lughnasadh", antwortet Gracy. „Aber da sie das Ritual nie hatte, kann ich dir nicht sagen, ob sie in die Aufzeichnungen der Mondkinder aufgenommen wurde. Ich muss gestehen, ich war seit diesem Tag nicht mehr hier draußen. Bis heute war der Schmerz zu groß, als dass ich mich dem Ort hätte stellen können, an den es Erin nicht mehr geschafft hat."

„Wäre Erin eine Seherin geworden?"

„Ja, das wäre sie. Ihre Fähigkeiten standen ganz am Anfang. Was sie intuitiv bereits mit ihren Visionen sah, war beachtlich. Mir war klar, dass wir nicht nur ihren Körper schützen mussten, sondern vor allem ihren Geist. Die Vorbereitung auf das Ritual war das letzte Mal, dass ich mich mit dem Märchen des silbernen Kindes beschäftigt hatte. Bis gestern."

Sie hat den Namen des Märchens geändert. Aber das ergibt Sinn, da Erin ein Mädchen war. Außerdem fällt mir auf, dass Gracy während ihrer Erzählung auf ihren obligatorischen Satzanfang verzichtet hat. Doch bei ihrer nächsten Ansage nimmt sie ihn wieder auf.

„Oh, schon so spät? Also Tristan, ich bin aus zweierlei Gründen hier. Ihr habt ein Anrecht auf Erins Geschichte. Und ich will dir meine Unterstützung anbieten. Ich kann zwar nicht deine Wächterin sein, aber ich will helfen. Bei dir spüre ich noch größere Fähigkeiten, als es bei Erin der Fall war. Du musst geschützt werden und lernen, dich selbst zu schützen. Je eher, desto besser."

„Ist jetzt Dunkelheit in der Nähe?", fragt Garric. Zum ersten Mal, wenn er mit Gracy spricht, ist weder seine Stirn gerunzelt noch sind seine Schultern hochgezogen. Stattdessen schaut er sie direkt an und beugt sich leicht nach vorne. Sein Tonfall ist freundlich. Seine Skepsis, die er sonst in Bezug auf Gracy zeigt, ist anscheinend etwas anderem gewichen, was ich ebenfalls empfinde: Respekt. „Oder würdest du das nur bei dem Mondkind spüren, für das du als Wächter zuständig bist?"

„Oh nein, ein Wächter spürt die Dunkelheit zu jeder Zeit und wird sie immer bekämpfen. Der Schutz aller Mondkinder ist oberste Priorität. Allerdings sind unsere Kräfte stärker, wenn es um unser eigenes Mondkind geht, sobald der Pakt geschlossen ist. Momentan kann ich keine Dunkelheit spüren. Aber ich gebe euch selbstverständlich Bescheid, sollte sich das ändern."

„Wie kann das sein", fragt Linda, „wenn T. mächtiger ist als Erin? Er hatte sein Ritual bereits und lebt ohne Wächter. Wieso ist die Dunkelheit nicht längst auf der Bildfläche erschienen?"

„Oh, das kann nur einen Grund haben", antwortet Gracy. „Es gibt irgendwo ein Mondkind, das mächtiger ist. Damit ist es interessanter als Tristan. Die Dunkelheit konzentriert sich darauf."

Lucy. Der Gedanke spiegelt sich auf unseren schockierten Gesichtern.

„Oh. Hat dieses Mondkind einen Wächter?"

„Ja", sage ich krächzend. Ich würde am liebsten aufspringen und mit Lucy reden. Oder besser noch, zu ihr fahren.

Garric legt mir die Hand auf den Arm. „Du kannst ihr am besten helfen, T., wenn du dich darauf konzentrierst, dich zu schützen. Nur so kannst du sie unterstützen, wenn sie deine

Hilfe braucht. Lerne, die Zeichen zu deuten, um sie im Ernstfall rechtzeitig warnen zu können. Mehr kannst du momentan nicht tun."

Die anderen nicken. Ich seufze. Dennoch kann ich nicht umhin, eine kurze Frage an Lucy zu schicken. Dank ihrer sofortigen Antwort, dass alles in Ordnung ist, entspanne ich mich vorerst.

„Okay." Ich wende mich an Gracy. „Was schlägst du vor?"

„Oh, wir können entweder hierbleiben oder von mir aus auch raus aufs Gelände gehen. Ganz, wie du magst. Die Dunkelheit schlägt an jedem beliebigen Ort zu."

„Es dämmert zwar schon, aber ich würde draußen bevorzugen. Das Cottage sollte ein Ort des Lichts, der Wärme und der Sicherheit bleiben und nicht mit Dunkelheit in Berührung kommen müssen."

„Zumindest solange wir es verhindern können", ergänzt Linda und lächelt mich an.

Gemeinsam gehen wir wenig später in Richtung der Grabkammer. Garric und ich laufen vorweg. Linda und Jeremy flankieren Gracy. Sie unterhalten sich mit ihr über die Veränderungen in der Anlage seit ihrem letzten Besuch.

„Grübel nicht zu viel über Gracys Erzählung, T.", flüstert mir Garric zu. „Ich bin überzeugt, es war Schicksal. Erin war als Seherin nicht vorhergesehen."

„Wie meinst du das?"

„Erinnerst du dich an die letzte Vision meines Urgroßvaters?"

Ich denke an die Zeichnung. Erinnere mich an meine Reaktion darauf, als ich das Bild zum ersten Mal sah. Mich überläuft erneut eine Gänsehaut und meine Fingerspitzen kribbeln.

„Kieran hat gesagt, du gibst das Wissen an den nächsten Seher weiter."

„Exakt. Auf der Zeichnung ist eindeutig kein Mädchen, sondern du." Garric sieht mir fest in die Augen und drückt mir leicht die Schultern.

Ich will mich zu Gracy umdrehen und fragen, wie wir am besten vorgehen. Doch meine Beine wiegen plötzlich Tonnen. Meine Füße verweigern ihren Dienst. Verblüfft schaue ich an mir herunter. Meine Schuhe sehen aus wie immer und stecken nicht in einem Betonklotz fest. Die seltsame Schwere wandert von meinen Fußgelenken über die Waden aufwärts. Sie kriecht in die Knie bis hoch zu den Oberschenkeln. Gleichzeitig wabert ein grauer Nebel in meinem Kopf.

Ich werfe Garric einen Blick zu. Er beobachtet mich mit hochgezogenen Augenbrauen, ist aber sonst unversehrt. Auch Linda und Jeremy reden nach wie vor miteinander. Allerdings nimmt Gracy nicht mehr am Gespräch teil. Sie ist merkwürdig in sich gekehrt. Sie schaut mich nicht direkt an. Doch ich könnte schwören, ihre komplette Aufmerksamkeit gilt mir.

Ich kann kaum noch klar denken, geschweige denn mich bewegen.

Dunkelheit.

Ich richte mich auf, straffe die Schultern und ziehe innerlich meine Festung hoch. Es geht nicht so leicht wie bei den Übungen mit den anderen, aber es funktioniert. Kaum sehe ich mein Dover Castle vor meinem inneren Auge, verschwindet der Nebel in meinem Kopf. Auch meine Beine gehorchen mir wieder. Instinktiv weiche ich einige Schritte zurück und bringe Abstand zwischen Gracy und mich.

„Oh, gut gemacht", sagt sie und lächelt.

„Eine kleine Warnung wäre nett gewesen."

„Oh, aber Tristan, die Dunkelheit gibt dir auch keine Vorwarnung."

„Da hast du recht. Danke für die Lektion."

„Oh, gerne."

Die anderen drei mustern uns mit verwirrten Blicken.

„Müsste ich die Dunkelheit nicht sehen?" Zumindest hat Lucy berichtet, gegen dunkle Schwaden oder Kugeln zu kämpfen.

„Oh, nein. Die Dunkelheit zu sehen, ist den Wächtern überlassen. Das können Mondkinder nicht."

„Aber ..."

„Es wäre hilfreich, wenn die Mondkinder die Bedrohung sehen könnten, nicht wahr?", unterbricht Garric mich. Gerade noch rechtzeitig.

„Oh, auf jeden Fall. Auch wenn ich diesen Satz hasse: Das war schon immer so. Es hat noch nie ein Mondkind gegeben, das die Dunkelheit sehen konnte. Deshalb sind die wertvollsten unter ihnen auf einen Wächter angewiesen."

„Denkst du, Tristan wird einen Wächter finden?", fragt Linda.

„Oh, ich bin ganz sicher", antwortet Gracy und schaut mich ernst an, „sollte es notwendig werden. Wie gesagt, ich war für Erin vorgesehen. Doch was ich bei Tristan an Energie spüre, übertrifft ihre um ein Vielfaches."

„Was denkst du, ist er sicher?", fragt Linda.

„Oh, na ja, darauf würde ich mich nicht verlassen. Aber mit euch an seiner Seite ist er so sicher, wie es nur möglich ist ohne einen Wächter. Wie versprochen werde ich meine Augen und Ohren offen halten, um eine mögliche Gefahr rechtzeitig zu erkennen." Gracy dreht sich um. Sie schlingt ihre Jacke enger um den Körper und macht sich auf den Rückweg zum Cottage. Wieder leisten ihr Linda und Jeremy Gesellschaft, während Garric an meiner Seite bleibt.

Den Heimweg legen wir zum großen Teil schweigend zurück. Gracy testet noch mehrmals meine Reaktion. Es gelingt mir immer besser, meine Festung instinktiv einzusetzen. Zufrieden wendet sie sich zu mir, als wir ihren pinken Pick-up erreicht haben.

„Oh, das war anstrengender als gedacht, aber es hat auch Spaß gemacht. Du machst das sehr gut, Tristan. Mit jedem Mal wirst du schneller und stärker. Dennoch sollten wir es nicht übertreiben. Vor allem, weil wir beide mit unseren Kräften haushalten müssen. Eines möchte ich dir sagen: Die Spuren Dunkelheit, die ich eingesetzt habe, waren sehr alt. Sie sind nicht mehr so intensiv wie es ein direkter Angriff sein würde. Aber mehr ist nicht möglich. Tut mir leid."

„Das muss es nicht", sage ich. „Ich danke dir. Für alles."

Zum Abschied umarmt sie jeden von uns noch einmal. Ich habe den Eindruck, mich drückt sie etwas länger und fester als zur Begrüßung. Wenig später fährt sie hupend und winkend vom Gelände.

Lucy ist fassungslos, als ich ihr alles berichte.

„Diese Erin ist tatsächlich nicht als Mondkind erfasst?"

„Nein, Jeremy hat es sofort überprüft. Sag mal, Frau Lu, wieso kannst du die Dunkelheit sehen? Gracy meinte, das können Mondkinder normalerweise nicht."

„Bei mir ist schließlich nichts normal, nicht wahr? Ich nehme an, dass es mit dem Anteil Wächtererbe zu tun hat. Normalerweise können Mondkinder die Dunkelheit auch nicht mit Silberlicht abwehren. Die Einzigen mit Licht sind außer den Wächtern noch die Seher."

„Tja, ich bin halt ein helles Köpfchen."

„Klar, und ein leuchtendes Beispiel noch dazu. Ich kann mal beim Mond fragen. Aber ich fürchte, es lässt sich bei mir nicht eindeutig herausfinden, welche Fähigkeiten von den Wächtern sind und welche von den Mondkindern. Oder was davon nur bei mir so ist, weil ich ein Vollmondkind bin."

„Die Hauptsache ist ja, dass du die Dunkelheit siehst und dich wehren kannst."

„Stimmt. Weißt du, was ich mich frage? Wenn Erin auf dem Weg vom Dorf nach Maiden Castle ums Leben kam, bist du bestimmt schon an der Stelle vorbeigekommen, oder?"

„Was meinst du?"

„Na, manchmal sieht man ja Kreuze oder Blumen am Straßenrand, *wo jemand verunglückt ist. Weißt du, wie bei uns in der Nähe der Autobahnauffahrt, wo es vor zwei Jahren diesen Unfall gab?"*

„Klar, da ist immer noch ein Blumenmeer und es brennen seitdem mindestens ein Dutzend Kerzen. Egal, bei welchem Wetter und zu welcher Jahreszeit."

„Genau. Hast du bei euch schon mal eine solche Stelle gesehen?"

„Nein, vielleicht habe ich sie aber nicht bemerkt."

„Spürst du denn eine Verbindung zu Erin? Schließlich war sie eine Seherin."

„Nicht so direkt. Als Gracy die Geschichte erzählt hat, hat es gekribbelt. Aber das kann die Aufregung gewesen sein oder die tragische Wendung. Keine Ahnung."

„Kein Problem, es war auch viel heute. Du hast bestimmt eine Menge zu verarbeiten."

Dennoch lassen mich Lucys Worte nicht mehr los.

KAPiTEL 34

TRISTAN

30. September 1999

Gleich am nächsten Tag schaue ich bei Gracy vorbei. Ihre Freude über meinen Besuch ist groß. Doch heute spüre ich auch Unsicherheit darüber, was ich von ihr will. Daher rede ich nicht lange um den heißen Brei herum. „Gracy, sieht man die Stelle, wo Erin gestorben ist?"

„Oh, nein, mein Junge." Ihre Schultern sinken nach unten. Kurz schließt sie die Augen. „Es hatte im Laufe der Jahre an gleicher Stelle mehrere schwere Unfälle gegeben, wenn auch keinen weiteren mit Todesfällen. Dennoch wurde der Straßenverlauf verändert. Auf der heutigen Strecke kommt man nicht mehr an der Stelle vorbei."

Das erklärt, weshalb die anderen bei ihrer Erzählung am Dienstag so unvorbereitet schienen.

„Kannst du mir die Stelle zeigen? Oder beschreiben, wie ich dorthin komme?"

Einige Sekunden lang mustert mich Gracy intensiv. Dann steht sie auf, verschließt den Laden und winkt mir zu, ich solle ihr folgen. „Oh, leg dein Fahrrad hinten auf die Ladefläche", sagt sie mit ruhiger Stimme. „Ich fahre dich." Ihre leicht zitternden Hände beweisen, dass es in ihrem Inneren nicht so gelassen zugeht.

Schnell hole ich mein Fahrrad und verstaue es vorsichtig auf der Ladefläche des pinken Wagens. Kurz darauf befinden wir uns auf dem Weg in Richtung Maiden Castle. Etwa auf halber

Strecke verlässt Gracy die Landstraße und lenkt das Auto behutsam über die Feldwege.

„Siehst du die Baumreihe dort hinten?", fragt sie.

„Ja."

„Das ist der frühere Straßenverlauf. Erst die lange Allee und dann einige scharfe Kurven. Selbst für uns Einheimische war es nicht einfach, die Straßenverhältnisse richtig einzuordnen und die passende Geschwindigkeit zu finden. Wie gesagt, es gab im Laufe der Jahre zahlreiche Unfälle am Ende der Allee."

„Die Autos hatten noch nicht die Sicherheitsvorkehrungen wie heutzutage."

„Genau."

„Ist dir schon mal aufgefallen, dass deine Sätze nicht mit ‚Oh' anfangen, wenn wir über Erin reden?"

„Oh, ehrlich?" Gracy fängt zeitgleich mit mir an zu lachen. „Das mag sein. Erins Tod hat viel verändert."

Jetzt klingt sie unendlich traurig. Ich bereue es, sie nach der Unfallstelle gefragt zu haben. Bevor ich ihr anbieten kann, das Ganze abzubrechen, parkt sie das Auto am Wegesrand und verkündet, dass wir die restliche Strecke zu Fuß bewältigen müssen. Ich bleibe an ihrer Seite. Was könnte ich sagen, um die Stimmung zu heben? Andererseits ist unser Ziel ein sehr emotionaler, trauriger Ort. Vielleicht ist aus diesem Grund unser Schweigen in Ordnung.

Ich spüre, dass wir die Stelle erreicht haben, noch bevor Gracy leise sagt: „Hier ist es."

Meine Finger kribbeln. Ich erkenne die Energie des Ortes, wie es sonst nur direkt in Maiden Castle passiert. Aber hier ist noch etwas anderes. Ich kann es nicht benennen. Instinktiv vertraue ich auf mein Bauchgefühl und improvisiere. „Gracy, könntest du mir meinen Rucksack holen? Ich habe ihn im Auto gelassen."

Sie hebt zwar die Augenbrauen, kommt meiner Bitte aber nach.

Noch kann ich meine Wahrnehmung nicht einordnen. Kurz überlege ich, Lucy zu kontaktieren. Doch eine innere Stimme, ein Gefühl, das ich von meinen Visionen kenne, hält mich davon ab. Was auch immer ich hier spüre, ist nur für mich bestimmt.

Kaum hat sich Gracy einige Meter entfernt, aktiviere ich meinen Schimmer zwischen den Fingern. Ich achte darauf, dass das Licht unsichtbar bleibt. Die Kraft, mit der mich die Energie überrollt, lässt mich taumeln. Ich sichere meinen Stand. Vorsichtig lasse ich zu, dass mein Schimmer sich mit dem verbindet, was hier im Boden wartet. Auf einmal höre ich eine Stimme.

„Ein Seher! Es ist also wahr. Ein Seher findet mich."

„Erin?"

„Ja, das bin ich. Wie heißt du?"

„Tristan."

„Ein sehr schöner Name. Endlich bist du hier."

„Was meinst du mit endlich?"

„Die Energie, meine Energie, wurde zum Zeitpunkt meines Todes im Boden verwahrt. Bis der nächste Seher von Maiden Castle sie benötigen würde."

„Wie, verwahrt?"

„Zufälligerweise befinden wir uns über einer Kraftader. Sie führt mächtige Energie an Orte wie Maiden Castle. Nur an einer solchen Stelle kann die Energie eines Mondkindes aufbewahrt werden. Hier ist sie sicher vor der Dunkelheit und allem Bösen. Ich hatte Glück, genau hier zu sterben."

„Na ja, Glück ..."

„Du hast recht. Das wahre Glück ist, dass Grace nicht mit im Auto saß."

„Sie macht sich deswegen große Vorwürfe."

„Nein! Das muss sie nicht. Kannst du ihr das sagen?"

„Ich versuche es."

„Gut. Bist du bereit, meine Energie zu übernehmen?"

„Was muss ich tun?"
„Lass es einfach zu."

Das klingt auffallend simpel. Zu verdächtig und zu einfach, um wahr zu sein. Ich zögere. Versuche abzuwägen, ob es sich um eine Falle handelt. Denke an Risiken und Gefahren für mich, aber auch für die Menschen um mich herum. Was passiert, wenn ich etwas falsch mache? Schade ich damit Erins Energie oder auch mir? Kann durch unsere Verbindung selbst Lucy in Gefahr kommen? Vielleicht wäre es besser gewesen, Gracy nicht wegzuschicken. Dann könnte sie mich warnen, wenn Dunkelheit im Spiel ist.

Wenn es bislang eine Situation gab, in der ich mir eine spontane Vision zu meiner eigenen Person gewünscht hätte, dann jetzt. Wie kann es sein, dass ich völlig unvorbereitet hier stehe? Die Zeit zerrinnt mir zwischen den Fingern. Lange wird es nicht mehr dauern, bis Gracy zurück ist. Instinktiv weiß ich, dass dies eine einmalige Gelegenheit ist. Ich habe nur diese eine Chance, mit Erin in Kontakt zu treten. Also braucht es eine Entscheidung. Jetzt.

Ich bin kurz davor, die sichere Alternative zu wählen. Wenn man den Aussagen meines Umfeldes glaubt, habe ich bereits enorme Fähigkeiten. Brauche ich Erins Energie überhaupt? Ist es das Risiko wert?

Dann fällt mir ein, was Gracy über Erin erzählt hat. Dass sie von ihr wirkungsvoll vor der Dunkelheit geschützt wurde. Ich muss darauf vertrauen, dass die Kraftader ein sicherer Ort für Erins Energie ist. Wie würde ich mich fühlen, wäre ich – oder meine Fähigkeit – über Jahrzehnte im Erdboden eingesperrt? Sichere Kraftader hin oder her. Keine Seherfähigkeit hat es verdient, ungenutzt eingekerkert zu sein.

Zuletzt fällt mir Garrics Bemerkung zur Vision seines Urgroßvaters ein. Ich vertraue auf meine Intuition. Unbewusst auch darauf, dass mich Gracy als Wächterin retten wird, sollte doch etwas schiefgehen.

Mit einem tiefen Atemzug schließe ich die Augen. Ich öffne meinen Geist. Unverzüglich baut sich ein Bild meiner Festung auf. Auch wenn keine Gefahr droht, aber man kann nie wissen. Mein Schimmer wird heller. Das Kribbeln breitet sich aus, ausgehend von meinen Fußsohlen über meinen ganzen Körper. Instinktiv lenke ich die Energie im Geist zu meiner Festung. Dort habe ich einen Bereich, von dem ich bislang nicht wusste, wofür ich diese Räume geschaffen habe. Nun fühlt es sich an, als würde Erins Erbe hier einziehen und wäre damit am richtigen Platz angekommen.

„Schön hast du es hier."

„Gefällt es dir?"

„Ja. Danke, Tristan. Leb wohl und pass auf dich auf."

„Danke, Erin."

Kaum sind mein Schimmer und Erins Stimme verschwunden, taucht Gracy mit meinem Rucksack neben mir auf. Sie sieht mir dabei zu, wie ich hastig nach meinem Zeichenblock und dem Bleistift greife. Noch immer kribbeln meine Finger und kündigen eine nahende Vision an.

Während ich zeichne, schaut sie auf die Stelle, an der Erin starb. Sie gibt mir meinen Freiraum, bleibt aber trotzdem an meiner Seite. Ich kann mir vorstellen, dass das für sie genauso tröstend ist wie für mich.

Obwohl ich unbewusst zeichne, habe ich das Gefühl, als würde dieses Mal jemand anderes meine Finger lenken. Darum erstaunt es mich nicht, dass sich die fertige Zeichnung von meinen vorherigen Bildern unterscheidet. Kurz nehme ich die Details in mich auf, bevor ich aufstehe und auf die kleine Wächterin zugehe. „Gracy?"

„Oh, Tristan. Was kann ich für dich tun?"

„Ist Erin hier begraben?"

„Nein, ihre Familie wurde in ihrem Heimatort beigesetzt. Dort gibt es eine Grabstätte, die seit mehreren Generationen genutzt wird."

„Sie ist also im Kreise ihrer Familie", sage ich und schenke Gracy ein Lächeln.

„Ja, das ist sie." Wieder ziehen dunkle Wolken der Trauer und Schuldgefühle über ihr sonst so fröhliches Gesicht. Daher halte ich ihr meine Zeichnung hin.

„Das ist für dich. Von Erin."

„Oh! O mein Gott!" Eine wahre Tränenflut strömt ihr übers Gesicht.

Ich hoffe, dass sie die wahre Nachricht versteht. Mein Blick war zuerst gefesselt von einer lachenden Gracy etwa Mitte zwanzig, die ein lächelndes Mädchen umarmt, das nur Erin sein kann. Beide strahlen vor Zuneigung, Lebensfreude und Liebe, dass es einem auch dann zu Herzen ginge, wenn man das tragische Ende nicht kennen würde. Aber das Wichtigste sind die beiden Sätze, die das Mädchen zu Gracy sagt: „Es ist nicht deine Schuld. Danke, dass du immer für mich da warst."

„Ist es üblich, dass die Energie des Sehers nach seinem Tod irgendwo gespeichert wird?", frage ich zu Hause.

Die Erwachsenen sind zunächst sprachlos, nachdem ich mit meiner Erzählung geendet habe. Mein Kopf hatte auf dem Heimweg ausreichend Zeit, die Erlebnisse der letzten Stunde zu analysieren. Jetzt habe ich Fragen. Viele Fragen.

„Nein", sagt Jeremy. „Zumindest nicht, dass ich wüsste. Aber ich wusste bislang auch nicht, dass die Erinnerungen der Seher untereinander weitergegeben werden. Also bin ich vielleicht nicht der richtige Ansprechpartner."

Auch Garric schüttelt den Kopf. „Wenn es das gibt, dann hat mir mein Urgroßvater nichts davon erzählt. Für mich ergibt es wie folgt Sinn: Da Erin so jung starb, konnte sie ihre Energie nicht vollständig ausleben. Der Zufall wollte es, dass sie über der Kraftader verunglückte. So wurde ihre Lebensenergie dort gespeichert, in der Hoffnung, dass irgendwann ein anderer Seher kommt, um sie aufzunehmen."

„So weit, so klar." Ich nicke.

„Bei den alten Sehern, wie Kieran zum Beispiel, ist die Lebensenergie aufgebraucht", antwortet Garric. „Sie können nur Erinnerungen und Wissen weitergeben."

„Dafür brauchen sie keine Kraftadern, sondern jemanden wie dich", ergänze ich.

„Genau. Wobei man mal prüfen müsste, ob auch Erinnerungen in den Kraftadern gespeichert werden konnten, wenn weder der nächste Seher noch jemand wie ich zur Stelle war."

„Verstanden. Aber wenn ich Erins Lebensenergie übernommen habe, lebe ich jetzt länger?"

„Nun, das kann keiner so genau sagen, nicht wahr?", entgegnet Jeremy. „Schließlich weiß niemand, wie lange man lebt. Was gut so ist. Ich würde vermuten, dass du entweder deine seherischen Fähigkeiten erweitert hast oder vielleicht etwas besser geschützt bist."

„Letzteres probierst du bitte nicht so schnell aus, verstanden?" Linda droht mir mit dem Zeigefinger.

Am nächsten Abend richte ich es mir gemütlich in meinem Bett ein und warte auf Lucy. Wir haben uns verabredet, um ihren Zugang zu meiner Bibliothek auszuprobieren. Als sie sich meldet, sage ich: *„Okay, ich habe mir Folgendes überlegt: Ich gehe in die Bibliothek und beschreibe sie dir so gut ich kann. Dann schauen wir, wie wir dich auch reinbekommen."*

„Das klingt gut."

Wir verstärken unsere Verbindung. Ein normales Gespräch können wir mittlerweile nebenbei miteinander führen. Aber wir sind uns einig, dass wir für die kommenden Minuten unsere ganze Konzentration brauchen.

Anschließend betrete ich in Gedanken meine Festung. Zwar geht es nur um die Bibliothek, doch kann ich es mir nicht ver-

kneifen, durch die Gänge meiner Burg zu streifen und nach dem Rechten zu sehen. Als ich an dem Flügel vorbeikomme, in den Erins Mondenergie eingezogen ist, weht mir ein sanfter Blumenduft um die Nase. Ich erkenne den Geruch von Margeriten, Rosen und Lavendel. Ich bin mir sicher, dass Gracy mir bei meinem nächsten Besuch bestätigen wird, dass es sich hierbei um Erins Lieblingsblumen handelt.

„Riechst du das?"

„Ähm, nein. Was meinst du?"

„Ach, ich hatte kurz den Eindruck, dass es hier nach Sommerblumen riecht."

Wird Lucy sauer sein, dass sich Erins Energie irgendwo in mir befindet und deutliche Spuren hinterlässt?

„Sommerblumen? Bist du gerade bei Erin in der Nähe? Kann das von ihr sein? Oder bist du schon in der Bibliothek?"

„Bei Erin."

„Wie schön. Weißt du, welche Blumen das sind? Wir könnten ihr nächsten Sommer ein Beet anlegen. Meinst du, sie würde sich darüber freuen?"

„Da sich das Licht gerade verstärkt, werte ich das als Zustimmung."

„Super, dann machen wir das. Wenn wir damit Erin ein Stück weit bei uns behalten und sichtbar machen können, sollten wir das tun."

„Weißt du was, Frau Lu? Du bist toll."

Mir ist bewusst, wie ich auf Lucys Verbindung mit Sam reagiere. Daher bin ich umso überraschter, dass sie die Anwesenheit von Erin so liebevoll aufnimmt. Andererseits ist Erin keine lebende Konkurrenz, ganz im Gegenteil zu Sam.

Lucys Lachen holt mich aus meinen Überlegungen.

„Ja, ich gewöhne mich langsam an den Gedanken, dass du damit recht hast. Können wir jetzt aber bitte in die Bibliothek gehen? Ich platze vor Neugier."

„Klar, machen wir."

Nachdem in meiner Festung alles in Ordnung ist, wende ich mich in Gedanken zum Inneren der Burg und betrete meine

Bibliothek. Ungeachtet der Tageszeit und der aktuellen Wetterbedingungen scheint konstant sanftes Sonnenlicht durch die hohen Fenster und durchflutet den Raum mit Wärme. Ich stelle mich in die Mitte, lasse den Blick schweifen und beschreibe Lucy jedes Detail.

„Man betritt die Bibliothek durch eine Eichenholztür, die genauso aussieht wie bei uns zu Hause in der Bücherei. Der Raum hat hohe Wände, die vom Boden bis zur Decke aus Bücherregalen bestehen. Sie sind lediglich von der Tür sowie von einem alten Sekretär an der Wand zu deiner Linken unterbrochen. Natürlich haben die Regale diese Leitern auf Rollen, die du so schön findest. Obwohl alle vier Wände deckenhohe Bücherwände haben, ist der Raum durchflutet von Sonnenlicht. Wenn man ein paar Minuten an einer Stelle steht, sieht man kleine Staubteilchen durch die Sonnenstrahlen tanzen."

„Bücherfeenstaub." Lucy flüstert und ich höre an ihrer Stimme, dass sie lächelt.

„Im Raum verteilt stehen gemütliche Sessel und kleine Sofas, alle mit Leselampen und niedrigen Beistelltischen. Im Gegensatz zu den alten Bibliotheken ist hier nur helles, warmes Holz verbaut. Der Parkettboden ist von einzelnen bunten Teppichen unterbrochen. In der einen Wand verbirgt sich eine geheime Tür zu einer kleinen Teeküche. Man muss also den Raum nicht verlassen, bloß weil man Hunger oder Durst hat. Und in der Ecke gegenüber der Eingangstür steht ... ähm ... Frau Lu?"

„Dort steht ein schwarzer Flügel, damit du Musik machen kannst, wenn dir langweilig ist."

Ich höre ihre Stimme direkt neben mir und frage entgeistert: *„Warst du das?"*

„Tut mir leid. Ich dachte nur, dass Musik der einzige Bestandteil ist, der noch fehlt. Ansonsten ist der Raum perfekt. Aber wenn es dir nicht gefällt ..."

„Nein, der Flügel bleibt. Du hast recht. Jetzt ist der Raum perfekt. Du bist hier."

„Och, du darfst so was nicht sagen, wenn ich dich nicht richtig umarmen kann." Sie schimpft und lacht gleichzeitig.

„Wie hat es mit dem Zugang geklappt? Seit wann bist du hier?"

„Ich kann es dir nicht sagen. Ich habe deiner Beschreibung zugehört. Mit jedem Detail hat sich ein Bild vor meinem inneren Auge kristallisiert. Irgendwann war es so real, dass ich das Gefühl hatte, mitten im Raum zu stehen. Neben dir. Da kam mir die Idee mit dem Flügel in der Ecke dort hinten. Kaum hatte ich mir vorgestellt, wie es aussähe, war er schon da. Verrückt!"

„Ja, ein bisschen. Hauptsache, du bist hier und der Mond hatte recht."

„Das hat er doch meistens."

„Stimmt. Aber magst du ausprobieren, ob du auch Zutritt in die anderen Bereiche der Festung hast, jetzt, wo du schon in ihrem Innersten, sozusagen dem Herz, bist? Oder willst du lieber testen, ob und wie du hier reinkommst, ohne dass ich dabei bin?"

„Logistisch ist es wahrscheinlich am einfachsten, wenn wir eines nach dem anderen machen. Nimm mich an die Hand und wir probieren, die Bibliothek gemeinsam zu verlassen."

Sie an die Hand zu nehmen funktioniert problemlos, obwohl wir nur im Geiste verbunden sind. Das Gefühl, Lucy zu berühren, ist so präsent, dass man meinen könnte, wir stünden tatsächlich nebeneinander. Allerdings habe ich den Raum kaum durch die Eichentür verlassen, da fehlt sie an meiner Seite. Testweise rufe ich nach ihr und beschreibe ihr auch den Gang vor der Bibliothek. Doch ihr bleibt der Zugang verwehrt. Schnell kehre ich zurück.

„Das war wohl nichts."

„Schade."

„Einerseits ja, aber andererseits finde ich die Bibliothek so wunderschön, dass ich eh nirgendwo anders sein möchte, um ehrlich zu sein."

„Okay, nächster Versuch: Du betrittst die Bibliothek ohne mich. Ich schlage vor, wir verlassen den Raum gemeinsam und du versuchst,

alleine zurückzukehren. Wahrscheinlich funktioniert es am besten, wenn du dir den Raum vor deinem inneren Auge vorstellst."

„Okay. Klingt wahrscheinlich einfacher, als es ist. Zumindest wenn man nicht Tristan der Seher ist."

„Du schaffst das. Ach ja: Es gibt ein Losungswort, das die Festung zusätzlich schützen soll. Keine Ahnung, ob du es brauchen wirst, aber nur zur Sicherheit. Das Losungswort ist Nannael."

„Was ist denn das für ein komisches Wort? Versteh mich nicht falsch, je abwegiger, desto sicherer. Aber wie bist du darauf gekommen?"

„Nannael ist das Wort Leannan rückwärts gesprochen, und das ist das gälische Wort für Liebe."

„Oh, wow! Danke."

„Alles gut. Wollen wir?"

„Auf jeden Fall."

Gemeinsam verlassen wir den Raum. Wir haben vereinbart, dass ich eine Minute warte. Erst dann betrete ich erneut die Bibliothek, um zu sehen, ob Lucy der Zutritt gelungen ist. Wieder einmal stelle ich fest, wie lange so eine Minute ist, wenn es darauf ankommt.

Als ich schließlich zurückkomme, spüre ich Lucys Anwesenheit sofort und werde lächelnd von ihr begrüßt.

„Willkommen zurück."

„Dito. Hat es gut funktioniert oder gab es Probleme?"

„Es ging ganz gut. Ich habe mir beim ersten Mal vorgestellt, mit dir in der Bibliothek zu sein, genau wie du es mir geraten hast. Das war erst schwierig. Aber ich denke, das wird einfacher mit der Zeit, wenn man es öfter mal geübt hat."

„Beim ersten Mal?"

„Na ja, so eine Minute ist ganz schön lang. Als Zeit übrig war, bin ich noch mal raus und habe es mit dem Losungswort probiert. Das ist der Turbo. Ich musste nur Nannael denken und war schon in der Bibliothek."

„Cool."

Tatsächlich habe ich bislang nie ausprobiert, ob das Losungswort funktioniert, geschweige denn wo man landet. Dass es bei Lucy funktioniert, beruhigt mich sehr.

„Ja, finde ich auch. Aber ich verspreche dir, ich werde die Bibliothek nur betreten, wenn du dabei bist."

„Warum?"

„Na ja, irgendwie dringe ich dabei in deinen Geist ein, das muss ja nicht sein."

„Ach, Frau Lu, du bist doch schon in meinem Herz, in meiner Seele und überall. Da kannst du auch meinen Geist haben. Außerdem solltest du mal üben, in die Bibliothek zu kommen, wenn du sicher weißt, dass ich gerade abgelenkt bin, in der Schule oder so. Nur, um es zu testen, ja?"

„Wird gemacht."

Vincent von Grafenstein

An Claire Lacroix

1. Oktober 1999

Guten Tag Claire,

deinen letzten Briefen entnehme ich, dass du nicht untätig bist. Bislang vermisse ich Erfolge. Hast du endlich etwas bewirken können?

Mein Plan nimmt konkrete Formen an. Ich bin zufrieden mit den Fortschritten, die wir verzeichnen können. Bald bin ich am Ziel.

Bevor du weiter plan- und erfolglos durch die Gegend reist oder im schlimmsten Fall noch schlafende Hunde weckst, teile ich dir auf der Rückseite meinen Aufenthaltsort mit. Ich lasse alles für deine Ankunft vorbereiten und gebe dir die einmalige Chance, Profis bei der Arbeit zu unterstützen.

Ich erwarte deine Rückmeldung in den nächsten Tagen.
Vincent

KAPiTEL 35

LUCY

4. Oktober 1999

„Müsste Claire nicht mittlerweile hier sein?", frage ich in die Runde.

Josh und ich verbringen unsere Freistunden in der Schulbibliothek bei Alexander. Mehr als eine Woche ist vergangen, seit wir uns bei Holly und Andrès getroffen haben. Die ersten Tage danach habe ich jede Bewegung und jede Person in meiner Umgebung genau gemustert. Bis ich überall eine Bedrohung gesehen habe und kurz vorm Verzweifeln war.

Auch an Josh ist die dauerhafte Anspannung nicht spurlos vorbei gegangen. Ich weiß, dass er sich noch zweimal mit Andrès zum Trainieren getroffen hat. Vergangenen Freitag hat uns Hollys Verlobter erneut von seiner Truppe durch die Halle jagen und bekämpfen lassen. Ich war so erledigt, dass ich noch auf dem Hallenboden einen Liter von Hollys Zauberbräu getrunken habe. Sonst hätte ich es nicht mal auf allen vieren in die Umkleide geschafft.

Doch aller Vorsichtsmaßnahmen zum Trotz verliefen die letzten Tage ereignislos und ruhig.

„Vielleicht war es falscher Alarm", sagt Josh.

Seine Augenringe sind übers Wochenende etwas blasser geworden. Ich habe ihm verboten, weiterhin nachts mehrfach an meinem Haus vorbeizufahren und dort nach einer Gefahr zu suchen. Er war kurz vor der körperlichen Erschöpfung. Aber er hat erst klein beigegeben, als meine Mutter ihm nachdrücklich klarmachte, dass nur ein ausgeruhter Wächter ein guter Wächter ist. Sie haben vereinbart, dass ich nachts unter dem Schutz meiner Mutter stehe. So kann Josh wieder Kraft tanken und sich auf seine Ausbildung konzentrieren.

„Nein, es war kein falscher Alarm", sagt Alexander. „Ich habe gestern einen Anruf von Alois erhalten. Claire ist wieder nach Manching gefahren."

„Was? Geht es Sam gut?"

„Ja, Lucy, keine Sorge. Sam hat Claire letzte Woche entdeckt, wie sie erneut vor seiner Schule stand. Sie wollte ihn wohl abpassen, ohne dass Alois in der Nähe ist. Zum Glück hat er sie vom Fenster seines Klassenraumes sehen können. Er hat Alois angerufen und in der Schule auf ihn gewartet."

„Und dann?"

„Alois kam zur Schule, aber er war nicht alleine. Sein Bruder ist Polizist und hatte zufällig Dienst. Man hat Claire ein Kontaktverbot ausgesprochen für Sam und Alois. Sollte sie sich ihnen noch mal nähern, wird Alois sie verklagen."

„Wie dreist, dort ein zweites Mal aufzutauchen", sagt Josh. „Alois hatte ihr davor deutlich gesagt, dass er sich nicht auf ihre Seite ziehen lässt, oder?"

„Dreist oder verzweifelt", antwortet Alexander. „Wer weiß, was sie Vincent versprochen hat oder was sie selbst mit diesen Besuchen bezweckt. Auf jeden Fall wurde sie von der Polizei bis hinter die Stadtgrenze eskortiert. Sie stand unter Beobachtung, damit man sichergehen konnte, dass sie wirklich fährt. Man hat das Kennzeichen ihres Autos an alle Polizeidienststellen in der Umgebung weitergegeben. Sollte sie sich nicht an das Verbot halten, wird man es hoffentlich rechtzeitig bemerken. Allerdings ist sie wohl mit einem Mietwagen unterwegs. Das heißt, sie kann längst das Auto getauscht haben."

„Wo will sie jetzt hin? Doch in die Schweiz?", fragt Josh.

„Nein, ich denke, sie kommt entweder zu uns oder versucht tatsächlich, nach Maiden Castle zu gelangen. Dort sind alle gewarnt. Alois hat diesmal nicht nur mich angerufen, sondern danach alle anderen Hüter persönlich informiert."

„Dann hat Claire mit ihrer Aktion genau das Gegenteil erreicht", sage ich und kann mir ein Lächeln nicht verkneifen. „Anstatt Alois und Sam auf ihre Seite zu bekommen, hat sie die beiden uns anderen nähergebracht."

Alexander erwidert mein Lächeln und nickt. „Das stimmt. Nicht immer bringt es das gewünschte Ergebnis, wenn man jemanden zwingt, sich für eine Seite zu entscheiden."

„Was bedeutet das für uns?", fragt Josh. Er hat sich auf seinem Stuhl nach vorne gelehnt. Seine Unterarme liegen auf den Knien und sein Blick wandert durch den Raum.

Mein Hüter strafft sich und mustert uns mit ernster Miene. „Wir halten weiterhin Augen und Ohren offen. Ich bin sicher, dass Claire früher oder später hier auftauchen wird. Aber ich habe keine Ahnung, was genau sie plant. Wenn sie nur reden möchte wie bei Rudi und Alois, ist das kein Problem. Wir machen ihr klar, dass sie nicht willkommen ist. Sollte sie nicht freiwillig verschwinden, können auch wir ein Kontaktverbot erwirken."

„Meinst du, sie wird uns angreifen?", frage ich. „Kann sie das überhaupt?"

„Ich weiß nicht", sagt Alexander und reibt sich über die gerunzelte Stirn. „Ihr muss klar sein, dass sie dir körperlich nicht gewachsen ist. Selbst ohne Wächter und Kampftraining bist du mehr als zwanzig Jahre jünger als sie. Das Risiko wird sie nicht eingehen."

Ich will erleichtert aufatmen, als Alexander ergänzt: „Inwieweit sie aber Dunkelheit einsetzen oder weitergeben kann, kann ich dir nicht sagen. Das kommt wohl darauf an, wie nah sie und Vincent sich stehen."

„Dafür gibt es ja mich", entgegnet Josh. Die Zuversicht in seiner Stimme spiegelt sich in seiner jetzt stolzen, aufgerichteten Körperhaltung. „Gemeinsam kommen wir dagegen an."

In diesem Moment wird die Tür geöffnet und Natascha betritt die Bibliothek. Ohne uns zu beachten, geht sie in den hinteren Bereich und verschwindet zwischen den Regalen. Wie auf ein stummes Signal lösen wir unsere Runde auf. Alexander greift sich einige herumliegende Bücher und bringt sie zu seinem Schreibtisch. Josh und ich ziehen unsere Jacken an. Wir verlassen nicht nur die Bibliothek, sondern direkt das Schulgelände.

„Ich brauche eine heiße Schokolade", sage ich.

Kurz darauf sitzen wir bei Josh in der Küche, jeder mit einer Tasse dampfendem Kakao in der Hand.

Josh mustert mich. „Wie geht es dir mit den neuen Infos?"

„Es würde mir besser gehen, wenn wir uns weder um Claire noch um Vincent Sorgen machen müssten", sage ich. „Aber ehrlich gesagt, solange sie mir nicht gegenübersteht, will ich mir nicht mehr den Kopf zerbrechen. Das laugt nur aus."

„Vielleicht ist genau das der Plan. Uns erst in Alarmbereitschaft versetzen, dann in trügerischer Sicherheit wiegen und abwarten, bis wir mit den Nerven am Ende sind."

„Kann sein. Wenn ich auf unsere letzten zehn Tage schaue, hat das super funktioniert. Bis auf das Training mit Andrès sind wir wie kopflose Hühner durch die Gegend gerannt. Außer Erschöpfung haben wir nichts erreicht."

„Also meinst du, wir sollten uns zurücklehnen und abwarten?"

„Ich denke, wir sollten wachsam sein, ohne uns verrückt zu machen. Aber selbst Natascha ist mittlerweile handzahm. Sie geht mir aus dem Weg und schaut nicht mehr so giftig wie noch vor ein paar Wochen. Vielleicht beruhigt sich die Sache mit Claire, genau wie bei Natascha. Und irgendwann lachen wir darüber, dass wir uns völlig unnötig solche Gedanken gemacht haben."

„Wollen wir es hoffen", sagt Josh. Er seufzt und runzelt die Stirn. „Wissen wir eigentlich, wo sich Vincent derzeit aufhält?"

Die Informationen rund um Claire haben mich den ganzen Nachmittag beschäftigt. Was führt sie im Schilde? Warum ist sie zurück nach Manching gefahren? Alois hat ihr bei ihrem ersten Besuch deutlich gesagt, dass er und Sam sich nicht auf ihre Seite schlagen werden. Irgendetwas passt nicht zusammen. Das letzte Mal hat Sam mich kontaktiert, um mir von Claires Besuch zu berichten. Warum dieses Mal nicht?

Wie so oft, wenn es um Sam geht, toben unterschiedliche Gefühle in mir. Ich mache mir Sorgen, ob es ihm gut geht. Zudem frage ich mich, warum er sich nicht bei mir gemeldet hat. Entgegen meiner sonst eher abwartenden Art suche ich nun den Kontakt. Ich habe keine Geduld mehr, auf jemanden zu warten. Oder darauf zu hoffen, dass ich die Informationen bekomme, die ich für meinen Schutz brauche. Also schließe ich meine Augen und öffne meinen Geist in Richtung Manching.

„Sam?"

„Hey, Lucy. Wie gehts dir? Alles in Ordnung?" Sam klingt völlig entspannt und gut gelaunt.

„Das wollte ich eigentlich von dir wissen. Ich habe gehört, Claire war noch einmal bei euch?"

„Ja. Unglaublich, oder? Ich dachte, ich traue meinen Augen nicht, als ich sie vor meiner Schule entdeckt habe."

„Ich finde es erschreckend, dass sie dir auflauert. Woher weiß sie, wo sie dich findet?"

„Sie stand das letzte Mal schon vor meiner Schule. Manching ist eine überschaubare Kleinstadt. Da ist es kein Problem, die paar Schulen abzufahren und nach mir zu suchen."

„Tja, das ist der Nachteil, wenn man so groß ist wie du. Du stichst überall heraus."

Sams Lachen tut gut. Es ist eine willkommene Abwechslung zu unserem ernsten Thema.

„Gut, dass du sie rechtzeitig gesehen hast. So konntest du Alois Bescheid geben."

„Stimmt. So wütend habe ich ihn noch nie erlebt. Selbst sein Bruder kam zeitweise nicht an ihn heran. Er hatte zwar die Polizei mitgebracht als Unterstützung, aber es gab Momente, da mussten sie eher Claire vor Alois schützen als mich vor ihr."

„Wie hat Claire reagiert?"

„Je aufgebrachter Alois wurde, desto ruhiger wurde sie. Für Außenstehende sah es danach aus, dass Alois der Übeltäter ist und eine harmlose, freundliche Dame auf das Wildeste beschimpft. Erst als sie mich befragten, wendete sich das Blatt."

„Wieso?"

„Ich hatte seit zwei bis drei Tagen das merkwürdige Gefühl, beobachtet zu werden. Ich habe dir erzählt, dass sich Claires letzter Besuch merkwürdig angefühlt hatte, nicht wahr?"

„Du sagtest, es fühlt sich seltsam falsch an, wenn sie in der Nähe ist", antworte ich.

„Genau. Dieses Gefühl hatte ich wieder. Auf dem Heimweg von der Schule oder von Alois. Wenn ich mich mit Freunden getroffen habe. Selbst zu Hause hatte ich am Abend vorher den Eindruck, dass jemand an unserem Garten steht und hereinschaut."

Mich überläuft eine Gänsehaut. Claire weiß, wo Sam wohnt. Sie hätte ihm dort auflauern können, wo er am wenigsten geschützt ist. Ob sie weiß, wo ich wohne? Mit Sicherheit. Schließlich war Vincent bei uns im Haus, vor meinem Fenster und in der Bücherei. Wenn er sie auf mich ansetzt, kann er ihr alle Orte nennen, an denen man mich finden kann.

Mir wird klar, dass meine Gelassenheit eine Illusion war. Doch im Gegensatz zu Sam habe ich Josh, meine Mutter und den Mond. Nicht auszudenken, wenn ich mich Claire allein entgegenstellen müsste.

„Ich bin froh, dass sie mit ihrem Plan gescheitert ist", sage ich. „Was auch immer genau ihr Plan ist." Ich seufze.

„Sie hat etwas sehr Seltsames gesagt, als Alois so getobt hat."

„Was denn?"

„Sie meinte, ihr Einfluss würde schon wirken. Alois hätte das Potenzial, ein wertvoller Unterstützer ihrer Mission zu werden. Es wäre eine Schande, dass wir uns für die falsche Seite entschieden hätten. Aber wir könnten jederzeit unsere Meinung ändern. Doch das wird nicht passieren. Das verspreche ich dir, LucyLu. Alois und ich sind auf deiner Seite."

KAPiTEL 36

TRISTAN

An diesem Abend sitzen wir am Tisch und die Laune aller ist gelinde gesagt unterirdisch. Nach den ereignisreichen letzten Tagen macht sich eine gewisse Katerstimmung breit. Wir können uns nicht einigen, wie wir weitermachen wollen. Forschen wir weiter zu Erins Unfall? Können wir herausfinden, wo sich Vincent zu dieser Zeit aufgehalten hat? Falls ja, was fangen wir mit dieser Information an?

Linda lässt ihre flachen Hände auf die Tischplatte sausen und schreckt uns alle hoch. „Schluss mit den trübsinnigen Gedanken! Wir müssen einsehen, dass wir nicht weiterkommen. Wir sind in einer Sackgasse und sollten dieses Thema abhaken. Wir haben herausgefunden, dass Gracy eine Wächterin ist. Wir haben von Erin erfahren und ihre Energie gerettet. Selbst wenn wir herausfinden, von wem die Dunkelheit damals ausging, bringt es uns nichts. Auf uns hat das keinen Einfluss."

„Da hast du recht", sagt Garric.

„Danke, ich weiß. Schaut, was wir erreicht haben. T. hat sich eine Festung errichtet und ist nun besser geschützt. Seine Fähigkeiten werden mit jedem Tag stärker und seine Energie nimmt zu. So langsam spricht er sogar ein gutes Englisch."

„Hahaha." Ich ziehe einen gespielten Schmollmund.

„Aber bei allem, was wir in den letzten Wochen herausgefunden, gelernt und ausprobiert haben, haben wir unser eigentliches Ziel aus den Augen verloren", sagt sie. „Nämlich aus T. einen Seher zu machen und ihn darin zu unterrichten."

Jeremy öffnet den Mund, doch Linda hebt den Zeigefinger und bringt ihn zum Schweigen. „Ich weiß, was du sagen willst. Wissen gehört zur Ausbildung dazu und das sehe ich genauso. Aber langsam sollten wir uns wieder auf das Sehen konzentrieren. Zumal wir mit dem Punkt Wissen gerade nicht weiterkommen und uns meiner Ansicht nach verrannt haben."

Nach ihrem Ausbruch herrscht einige Sekunden verblüfftes Schweigen. Schließlich nickt Garric und sagt zu Jeremy: „Eine schlaue Frau hast du da."

„Ich weiß", sagt mein Hüter. „Eigentlich sollte sie meinen Job machen. Sie ist viel besser dafür geeignet."

„Das ist Teamarbeit." Linda lächelt endlich wieder.

„Also dann?", frage ich und schaue unschlüssig in die Runde.

Linda begegnet meinem Blick. „Wir gehen jetzt ins Bett, tanken Energie und ab morgen Nachmittag läuft wieder das Programm zur Ausbildung neugieriger Seher."

„Okay, bevor wir starten, besprechen wir noch einmal die wichtigsten Regeln", sagt Garric zu Beginn unserer Unterrichtseinheit am kommenden Nachmittag.

„Man kann es nicht erzwingen", antworte ich. „Wenn man zu sehr versucht zu lenken, erreicht man nur eine Blockade. Was man in der Zukunft sieht, ist noch nicht passiert. Man kann einzelne Variablen beeinflussen, um das Ergebnis zu verändern. Was nicht garantiert, dass es für die Beteiligten besser ausgeht."

„Genau. Was ist deshalb die wichtigste Regel von allen?"

„Das Eingreifen, eine Warnung oder eine Änderung der Variablen ist nur zulässig, wenn das Leben eines Menschen bedroht ist und man das in der Vision eindeutig sieht."

„Richtig."

„Können wir anfangen?", frage ich und ernte dafür einen verwunderten Blick von Garric.

„Was ist los mit dir?"

„Mir ist klar geworden, dass wir wertvolle Zeit damit vergeudet haben, Geheimnissen hinterherzujagen, die uns und vor allem Lucy nichts nützen."

„Ich verstehe deine Bedenken und gebe zu, dass Linda recht hat. Es ist wichtig, unseren Fokus wieder auf deine Ausbildung zu legen. Aber die Erkenntnisse aus den letzten Wochen waren auch wichtig. Die Fragestellungen, die uns dahin geführt haben, waren allesamt relevant für deine Sicherheit."

Ich will protestieren, aber er bringt mich mit einem Kopfschütteln zum Schweigen. „Du hast die Erinnerungen der Seher gefunden und sie für die Errichtung deiner Festung genutzt. Das ist wichtig, um dich und deinen Geist zu schützen. Du hast eine Zeremonie in der Kammer des Sehers durchgeführt. Die von dir geschaffene Festung ist voll funktionsfähig, sogar bei Angriffen der Dunkelheit. Wir haben herausgefunden, dass Gracy eine Wächterin ist. Auch wenn sie nicht deine persönliche Wächterin sein wird, so kann und wird sie dich mit allen Mitteln beschützen. Dafür sind Wächter nun einmal da. Nicht zuletzt hast du Erins Energie befreit und in dir aufgenommen, was sowohl für Erin als auch für dich bedeutungsvoll ist. Also ich würde sagen, wir haben die letzte Zeit sinnvoll genutzt. Wenn wir manchmal vom geraden Weg abgekommen sind, so hatte alles seinen tieferen Sinn und diente deiner Ausbildung. Selbst wenn du in den vergangenen Tagen keine Visionen hattest, so bist du innerlich gereift und hast dich weiterentwickelt."

Es fühlt sich gut an, wie Garric die Dinge in ein anderes Licht rückt. Er vertreibt meine Schuldgefühle und mindert den Druck, der mich seit gestern Abend zu ersticken droht.

„Also, bist du bereit, deinen Geist fließen zu lassen und zu sehen, ob es was zu sehen gibt?"

Ich hole tief Luft und nicke.

„Dann lass uns rausgehen, wo uns der Wind um die Nase pustet. Das macht den Kopf frei."

Wir wenden uns in Richtung der Grabkammer. Ich bin immer noch ziemlich aufgewühlt. Daher besteht Garric darauf, dass wir mentales Training machen, damit ich mich besser fokussieren kann. Auch wenn ich anfangs nicht an solche Übungen geglaubt habe, muss ich mittlerweile gestehen, dass es funktioniert.

Nach einiger Zeit nickt er zufrieden. „Schick deinen Schimmer auf die Reise."

Da wir keine Besucher mehr auf der Anlage befürchten müssen, lasse ich den silbernen Ball sichtbar und schleudere ihn von mir. Fast scheint es, als würde die Energie sich freuen, endlich wieder frei zu sein. Die kleine Kugel hüpft auf und ab, anstatt gerade durch die Gegend zu schießen. Sie bleibt deutlich länger in der Luft als sonst.

Garric ermuntert mich, den Schimmer mehrfach in verschiedene Richtungen zu schicken und einzufangen. Mit einem fragenden Blick hält er mir Block und Stift hin. Meine Finger kribbeln zwar, aber es fühlt sich nicht so an, als hätte ich eine Vision. „Zum Warmwerden war das nicht schlecht", sagt er lächelnd und klopft mir auf die Schulter. „Denk dran, man kann es nicht erzwingen. Nicht einmal du."

„Ich weiß." Ich schnaube.

„Vielleicht heißt es auch einfach, dass es nicht zu sehen gibt. Es besteht keine Gefahr."

„Ja, vielleicht."

„Na komm, wir machen Schluss für heute."

Mein Kopf sagt, dass Garric recht hat. Wir könnten noch Stunden hier stehen und meinem Schimmer beim Fliegen zusehen, aber eine Vision käme nicht. Doch mein Herz sorgt sich um Lucy und drängt darauf, nicht vorschnell aufzugeben. Schließlich entscheidet mein Bauch, dass er Hunger hat, was den Ausschlag für unsere Heimkehr gibt.

„Mein Tristan, mach dir nicht so viele Sorgen."

„Das sagst du so leicht."

„Momentan ist es wirklich ruhig und friedlich. Fast ein wenig langweilig. Selbst Natascha ist derzeit auf Harmonie aus."

„Wie, Natascha?" Sofort schrillen bei mir sämtliche Alarmglocken.

„Ja, die kam während der Pause zu mir. Sie war total freundlich. Okay, Josh saß neben mir und hat sie die ganze Zeit böse angesehen. Das hat sie mächtig aus dem Konzept gebracht. Aber was sie auch versucht hat, er ließ sich nicht verscheuchen."

„Was wollte sie denn?"

„An sich war es ganz banal. Sie hat letzte Woche ein paar Tage gefehlt und wollte fragen, ob sie für bestimmte Fächer meine Unterlagen haben kann, um den Stoff nachzuarbeiten."

„Hast du sie ihr gegeben?"

„Nur die Arbeitsblätter, nicht meine Notizen."

„Aber sie muss doch wissen, dass deine Notizen Gold wert sind. Schließlich schreibst du fast den kompletten Unterricht mit."

„Klar, das weiß sie nur zu gut. Sie hat in den letzten Jahren keine Gelegenheit ausgelassen, mich in den Stunden damit aufzuziehen. Später hat sie nach diesen Notizen gefragt, wenn es ums Lernen ging. Sie hat nie verstanden, dass Mitschreiben meine Art des Lernens ist. Aber egal."

„Du hast ihr die Notizen hoffentlich nicht gegeben?"

„Nein. Ich habe gesagt, mein Block war voll und ich hätte seit gestern einen neuen dabei. In dem sind die Mitschriften der vergangenen Woche nicht drin."

„Frau Lu! Du bist ja ein Biest."

„Na ja, eigentlich nicht. Aber ich merke gerade, was das für einen Spaß macht bei bestimmten Personen."

„Was hat Josh dazu gesagt?"

„Er meinte, ich solle ihn ab und zu daran erinnern, es sich nie mit mir zu verderben." Lucy lacht, wird aber gleich wieder ernst. „Er hatte die ganze Zeit seinen Silbernebel einsatzbereit. Ich habe es gemerkt, obwohl er es im Nachhinein geleugnet hat."

„Hat er Dunkelheit bei Natascha gespürt?"

„Er sagt nein. Wahrscheinlich hatte er einfach das Bedürfnis, mich zu schützen, und hat nicht gemerkt, dass er seine Wächterkraft aktiviert hat. Oder die Aufregung rund um Claire hat mehr Spuren hinterlassen, als uns lieb ist. Keine Ahnung. Ich habe jedenfalls nichts Verdächtiges bei Natascha gemerkt. Aber ich vertraue Joshs Instinkt. Vielleicht war da was, ganz unterschwellig oder so."

„Pass bitte auf dich auf."

„Das mache ich. Du aber auch."

„Klar. Gute Nacht, meine Frau Lu."

„Gute Nacht, mein Tristan. Tha gràdh agam dhut."

„Was?"

„Na, wer ist hier das Genie mit Gälisch? Das heißt ich liebe dich."

Ich grinse breit. „Ich liebe dich auch, meine Frau Lu."

Nach unserem Gespräch liege ich noch lange wach, obwohl ich müde sein müsste. Mich lässt die Sorge nicht los, dass Natascha etwas im Schilde führt.

Claire Lacroix

An Vincent von Grafenstein

5. Oktober 1999

Geehrter Vincent,

endlich hast du dich gemeldet. Was auch immer du planst, ich
bin dabei.

Ich habe meinen Aufenthaltsort geändert und befinde mich
nun in Lucys unmittelbarer Nähe. Auf dem beigefügten Zettel
habe ich dir meine Zimmernummer und die Durchwahl notiert.
Melde dich bitte, sobald du meine Dienste benötigst. Ich stehe
bereit, um an deiner Seite zu sein. Jetzt und für immer.

Deine
Claire

KAPiTEL 37

TRISTAN

9. Oktober 1999

Jeden Nachmittag hat mich Garric unterrichtet. Wir haben einiges unternommen, damit ich eine Vision habe. Vergeblich. Entsprechend unruhig bin ich mittlerweile. Garric lässt meine Laune unkommentiert. Aber es hätte mir klar sein sollen, dass Linda mir das nicht auf Dauer durchgehen lässt. Ich habe gerade den letzten Bissen meines Frühstücks im Mund, als sie den anderen beiden zunickt und von ihrem Stuhl aufsteht.

„T., ich brauche dich draußen."

Bevor ich nachfragen kann, hat sie das Zimmer verlassen und ich höre, dass sie an der Garderobe ihre Schuhe anzieht. Mein irritierter Blick wird von Jeremy und Garric ignoriert, also folge ich Linda. Diese steht schon draußen vor der Tür und erwartet mich mit grimmiger Miene.

„Was ist los?", frage ich.

„Das will ich von dir wissen", sagt sie mit verkniffenen Mundwinkeln.

„Nichts, alles gut."

„Netter Versuch, T., aber das zieht bei mir nicht. Also, soll ich raten oder sparen wir uns die Zeit und du rückst direkt mit der Sprache raus?"

„Lass uns ein Stück laufen." Ich wende mich in Richtung der Anlage und überlege fieberhaft, wie ich Linda meine widersprüchlichen Gefühle am besten erklären kann.

Sie klopft mir auf die Schulter. „Immer raus damit, einfach so, wie es dir in den Kopf kommt. Später sortieren wir es gemeinsam."

Ich atme noch einmal tief durch. „Ich fühle mich so unnütz. Seit Tagen versuchen Garric und ich alles Mögliche, aber ich habe einfach keine Vision. Dabei sagt mir mein Bauchgefühl, dass irgendetwas im Gange ist. Doch ich sehe nichts, nur ein großes schwarzes, stilles Loch. Egal, was ich mache, an was ich denke und wie sehr ich mich fokussiere, nichts!"

„Denkst du, Lucy ist in Gefahr?"

„Wann ist sie das nicht? Mal im Ernst. Lughnasadh ist fast drei Monate her. Seitdem hatten Claire und Vincent genug Zeit, um unsere Aufzeichnungen zu sichten und sich einen Plan zu überlegen. Es kann nicht in ihrem Interesse sein, dass wir uns ganz in Ruhe ausbilden lassen."

„Vielleicht haben sie noch keinen guten Plan", sagt Linda. „Oder sie warten ab, damit ihr euch in Sicherheit wiegt. Oder sie sind anderweitig beschäftigt. Was ist zum Beispiel mit diesem Sam?"

„Was soll mit ihm sein?"

„Na ja, schließlich war Claire schon zweimal dort, statt hier oder bei Lucy. Wer weiß, was seine Fähigkeit ist. Vielleicht ist er für Vincent nützlicher oder interessanter als ihr beide."

„Was, bitte schön, ist interessanter als ein Vollmondkind?"

„Für dich nichts", neckt mich Linda.

„Stimmt. Ich weiß, dass alle von Sam ganz angetan waren. Mag sein, dass er tatsächlich irgendetwas Tolles kann oder was Besonderes ist. Ich glaube dennoch, dass er gegen ein Vollmondkind nicht ankommt. Außerdem hatte er meines Wissens noch kein Ritual."

Eine Weile laufen wir schweigend nebeneinander.

„Warum sehe ich nichts?", frage ich und balle die Fäuste.

Linda seufzt und dirigiert mich zu der Bank, auf der ich mit Garric bei unserem Kennenlernen saß. Es fühlt sich an, als sei

dieser Tag eine Ewigkeit her, so sehr hat sich Garric in unseren Alltag integriert. Ich kann mir Maiden Castle nicht mehr ohne ihn vorstellen.

„Vielleicht zwingst du dich zu sehr?", fragt Linda. „Wie sehr setzt du dich unter Druck?"

„Mit jedem Tag mehr."

„Siehst du."

„Nein, eben nicht, darum geht es ja", sage ich. „Es fühlt sich jeden Tag an, als würde ich es endlich schaffen, aber ..."

„Okay, wir haben jetzt also zwei Möglichkeiten", sagt sie. „Du kannst es auf diese Art weiter probieren, immer frustrierter werden und noch mehr blockieren."

„Oder?"

„Wir unternehmen heute was. Wir fahren weg und beschäftigen uns zur Abwechslung einmal mit etwas, das nichts mit Mondkindern, Sehern und der Dunkelheit zu tun hat. Später oder morgen nehmen wir uns deine Zeichnungen mit Lucy sozusagen als Anregung. Wir stellen uns eine konkrete Frage und probieren es gemeinsam."

„In der Kammer?"

„Nur in der allergrößten Not. Ich denke, es sollte auch im warmen, trockenen und sicheren Cottage funktionieren, wenn die anderen Rahmenbedingungen passen."

„Okay. Das klingt gut."

„Hast du einen Wunsch, was wir unternehmen könnten?"

„Nein, ich lass mich überraschen."

„Ich hatte gehofft, dass du das sagst!", ruft Linda und grinst breit.

Wir haben uns einen erholsamen Tag auf der Isle of Portland gegönnt. Der frische Seewind ist mir ordentlich um die Ohren geweht und ich habe den Kopf freibekommen. Am Abend fühle ich mich so erholt wie schon lange nicht mehr. Daher verkünde ich auch mit neu gewonnenem Optimismus: „Okay, lasst es uns noch einmal probieren."

„Bist du sicher?", fragt Linda und wechselt mit Garric und Jeremy besorgte Blicke.

„Ja, ich bin sicher." Gerade spüre ich mehr Energie als die letzten Tage zusammen. Wenn es jetzt nicht funktioniert, weiß ich auch nicht.

Gemeinsam räumen wir die letzten Reste des Abendessens weg und machen Platz auf dem Tisch. Zwar hat Garric vorgeschlagen, ich solle mal andere Orte ausprobieren, aber ich fühle mich hier am wohlsten. Nachdem ich mir einen Block und Stift hingelegt habe, schließe ich die Augen und konzentriere mich. Das Kribbeln nimmt zu und in kürzester Zeit bin ich in meinen Gedanken versunken.

Meine Finger zucken. Instinktiv greife ich nach meinem Stift. Normalerweise interessiert es mich nicht sonderlich, was ich sehe. Ich kann sicher sein, meine Vision später als Zeichnung vor Augen zu haben. Dieses Mal ist es anders. Die langen Tage des Wartens haben ihre Spuren hinterlassen. Ich will mit aller Macht schon jetzt erkennen, was ich sehe.

Ohne Erfolg.

Ich spüre, dass ich zeichne. Trotzdem erkenne ich nichts. Nur dunkles, undurchdringliches Schwarz.

Kalte Klauen krampfen sich um mein wild pochendes Herz. Mich durchfährt ein stechender Schmerz. Irgendwo aus weiter Ferne höre ich Lucys Stimme nach mir rufen. Aber ich kann nicht antworten. Ein Knall katapultiert mich zurück ins Hier und Jetzt.

Wieder einmal mustern mich Jeremy, Linda und Garric mit intensiven Blicken.

„Was ist passiert?", frage ich und muss einige Male blinzeln, um mich an das helle Licht zu gewöhnen.

„Sorry, T.", murmelt Linda und senkt den Blick.

„Sie dachte, es sei besser, dich zurückzuholen", erklärt Jeremy, „Du hast seit einigen Minuten nichts mehr gezeichnet. Wir hatten den Eindruck, dass du deinem Bild nichts hinzuzufügen hast. Dennoch bist du nicht aufgewacht."

„Ich war wohl mal wieder zu fürsorglich", sagt Linda.

„Ich habe gar nichts gesehen. Wie kann ich da etwas gezeichnet haben?"

Garric drucksst herum. Er hat das Blatt an sich genommen. „Im Vergleich mit deinen anderen Zeichnungen ist diese etwas ..." Er blickt hilfesuchend zu Linda und Jeremy, die nur mit den Schultern zucken. „Anders."

„Ich habe gar nichts gesehen", wiederhole ich.

„Das kann nicht sein", sagt Jeremy. „Du sahst genauso aus wie immer bei einer Vision. Du hast gezeichnet und alles andere passt auch."

„Aber ..."

„Hey, jetzt streitet euch nicht." entgegnet Linda. „Ich bin sicher, es gibt eine Erklärung. Vielleicht kannst du uns zuerst beschreiben, wie es dir ging, T. War es diesmal anders als sonst? Wie hast du dich gefühlt? Was hast du gesehen?"

Ich hole tief Luft und zwinge mich, meine Emotionen in Schach zu halten. Meine Stimme klingt ruhiger, als ich mich fühle. Ich erzähle von meiner Vision und lasse auch meine Gefühle nicht aus. „Es kann doch nicht sein, dass ich auf einmal nichts mehr sehe!"

Garric ergreift als Erster das Wort. „Ich glaube, du hast sehr wohl etwas gesehen. In Kombination mit deiner Erzählung ergibt nämlich deine Zeichnung absolut Sinn." Nach einem kurzen Blickwechsel mit den anderen legt er mir meine Zeichnung vor die Nase.

Zunächst sehe ich nur wilde dunkle Bleistiftstriche. Sie füllen in einem heillosen Durcheinander fast die komplette Seite. An einigen Stellen sind die Striche beinahe schwarz, an anderen hellgrau. In der linken oberen Ecke habe ich so fest aufgedrückt, dass das Blatt zerrissen ist. Garric hat recht: Verglichen mit meinen anderen, detailgetreuen, lebendigen Zeichnungen von Visionen hat dieses Blatt eher etwas vom Wutanfall eines Dreijährigen. Wäre da nicht diese eine Stelle inmitten des Chaos.

Eine Augenpartie fleht mich aus dem Bild heraus an. Ich würde diese Augen jederzeit unter Millionen anderen erkennen. „Lucy", flüstere ich und streiche mit meinem Zeigefinger über die Zeichnung. Ich höre, wie sie nach mir ruft. Eine Gänsehaut überläuft meinen Rücken. Mein Herz setzt einen Moment aus, um dann in rasender Geschwindigkeit zu pochen.

Das letzte Puzzleteil findet seinen Platz in meinem Kopf. Die Erkenntnis erschüttert mich bis ins Mark.

Ich schlucke schwer und kämpfe gegen den Kloß in meiner Kehle an. Ein einziges Wort gleitet mir über die Lippen. „Dunkelheit."

Ich habe sie die ganze Zeit gesehen, aber nicht als das erkannt, was sie ist.

„Du konntest das nicht ahnen", sagt Linda.

„Stimmt", antwortet Jeremy. „Ich habe noch von keinem Seher gehört oder gelesen, der die Dunkelheit in seinen Visionen sehen konnte."

„Vielleicht hat er nur nicht danach gesucht und sie deshalb genauso wenig erkannt wie ich."

„Das kann sein", sagt Garric. „Vielleicht liegt es an deiner besonders großen seherischen Fähigkeit. Vielleicht liegt es daran, dass du bewusst nach der Dunkelheit gesucht hast. Vielleicht war es auch Zufall. Fakt ist aber, du hast die Dunkelheit in deiner Vision gesehen."

„Was bedeutet das?"

„Nun, zuallererst bedeutet es, dass du nach wie vor sehen kannst. Du brauchst dir also keine Sorgen zu machen, dass du deine Fähigkeit verloren hast."

„Immerhin."

„Es bedeutet außerdem, dass wir jetzt wissen, dass sich etwas anbahnt", fährt Garric fort. „Darauf können wir in den nächsten Tagen aufbauen. Womöglich schaffen wir es, das Ganze ein wenig einzugrenzen, damit wir Lucy rechtzeitig warnen können."

„Ich werde sie auf jeden Fall jetzt schon warnen", sage ich. „Sie muss wissen, dass sie sich in Acht nehmen muss."

Bei unserem anschließenden Gespräch ist Lucy erstaunlich ruhig. Sie verspricht mir, in der nächsten Zeit besonders wachsam zu sein. Auch wenn sie betont, dass Natascha momentan äußerst freundlich und zuvorkommend ist. Doch wissen wir, dass man ihr nicht vertrauen kann.

Claire ist nicht bei ihr aufgetaucht. Auch von Vincent fehlt jede Spur. Wir sind einer Meinung, dass er sich sehr gut zu verbergen weiß. Mit Josh hat sie zwar einen Wächter in ihrer Nähe und Alexander weiß ebenfalls Bescheid. Aber all das reicht nicht aus, um mich zu beruhigen. Daher wundert es mich nicht, dass ich in dieser Nacht wieder davon träume, durch eine mir unbekannte, düstere, einsame Gegend zu streifen und nach Lucy zu suchen.

Am nächsten Morgen muss ich mich zwingen, zu meinem Training mit Garric aufzustehen. Wie so oft schafft er es schnell, meine düsteren Gedanken in ruhige Bahnen zu lenken, indem er mir eine Geschichte über seinen Urgroßvater erzählt.

„Gestern, als wir auf der Isle of Portland standen, ist mir eine Begebenheit eingefallen, die ich dir unbedingt erzählen wollte." Er dirigiert uns zu der steinernen Bank, auf der wir schon so viele Male gesessen haben.

„Meinst du nicht, wir haben keine Zeit für Geschichten?"

„Doch, die haben wir", antwortet er und schaut mich strafend an, „besonders für diese Geschichte. Du wirst sehen."

„Schön wärs", murmele ich.

„Ich weiß nicht mehr genau, in welchem Sommer es war. Ich war gerade angekommen, als ich von einer Frau über den Haufen gerannt wurde. Sie trug feste Stiefel und Arbeiterhosen, was zu der damaligen Zeit ungewöhnlich war. Ihr vormals ordentlich geflochtenes, langes Haar hatte sich teilweise aus dem Zopf gelöst. In der schräg stehenden Sonne sah es aus, als würde ein lodernder Feuerkranz ihren Kopf umrahmen. Sie war vollkommen aufgelöst, ich merkte ihr an, dass sie ihre Gefühle kaum noch unter Kontrolle hatte. Noch bevor ich sie ansprechen konnte, kam mein Urgroßvater ebenfalls aus dem Haus. Er versuchte, mit ihr zu sprechen. Je beschwichtigender seine Worte wurden, umso aufgebrachter reagierte sie. Ich schwöre dir, ab diesem Moment hatte ich immer das Bild dieser Frau vor Augen, wenn jemand über eine Kriegsgöttin redete."

Ich spüre ihre Anspannung förmlich in der flirrenden Luft.

„Sie stieß einen Fluch aus, den man sonst nur bei den Männern am Hafen zu hören bekam. Noch bevor mein Urgroßvater die Chance einer weiteren Erwiderung bekam, drehte sie sich um. Sie stieg in einen alten Lieferwagen und fuhr mit quietschenden Reifen davon. Kieran blickte ihr lange nach, in seinem Gesicht eine Mischung aus Mitleid und Ratlosigkeit. Er erzählte mir, dass diese Frau von der Isle of Portland kam, wo sie mit ihrer Familie einen kleinen Fischereibetrieb hatte. Sie war zu meinem Urgroßvater gekommen, da sie seit einiger Zeit die düstere Vorahnung hatte, ihrem ältesten Sohn würde etwas zustoßen. Sie wollte, dass er herausfindet, wie man ihn schützen könnte."

„Lass mich raten, Kieran hat sie weggeschickt? Er war gegen private Auftragsarbeiten, sagtest du."

„Das stimmt. Wenn sie mit den falschen Motiven zu ihm kamen. Aber bei solchen Sachen half er immer, um den Menschen Leid zu ersparen."

„Was hat sie dann so wütend gemacht?"

„Nun, es war ähnlich wie bei dir. Mein Urgroßvater sagte, er habe alles versucht, aber es gab nichts zu sehen. Doch sie wollte das nicht akzeptieren. Sie behauptete, sie habe sich immer auf ihre Vorahnung verlassen können, und unterstellte Kieran unlautere Motive."

„Inwiefern?"

„Nun, sie sagte, er würde mehr Geld von ihr haben wollen. Er hätte keine Lust, einfachen Arbeiterfamilien zu helfen, und habe sich nicht genug angestrengt. Dabei nahm Kieran niemals Geld, half am liebsten den einfachen Familien, statt den Reichen, und gab immer sein Bestes."

„Man kann es nicht erzwingen."

„Genau. Doch ausgerechnet das wollte ihm diese Frau nicht glauben. Klar, sie hatte Angst um ihren Sohn. Das verstand niemand besser als Kieran. Aber er versicherte immer wieder, dass er trotz mehrerer Versuche nichts Außergewöhnliches sehen konnte."

„Und dann?"

„Ich überredete ihn, es noch einmal zu probieren und dieses Mal alles zu zeichnen, was er sah. Dann sollte er die Zeichnungen zu dieser Frau bringen. So könnte sie mit ihren eigenen Augen betrachten, was es zu sehen gab. Bereits nach kurzer Zeit hatte mein Urgroßvater ein halbes Dutzend Blätter gefüllt. Am gleichen Nachmittag fuhren wir zur Isle of Portland und übergaben die Zeichnungen an die Frau. Sie war immer noch sauer auf meinen Urgroßvater. Aber auch in Sorge um ihren Sohn, der vor ein paar Tagen auf einem anderen Schiff angeheuert hatte. Dieses sollte am darauffolgenden Morgen auslaufen. Man sah ihr an, dass sie dabei kein gutes Gefühl hatte. Sie sah sich die Zeichnungen an. Bei einem Bild wurde sie stutzig und sagte, weder die Küste noch der abgebildete Leuchtturm kämen ihr bekannt vor. Wir fuhren mit dem Gefühl nach Hause, etwas übersehen zu haben. Ungefähr eine Woche nach unserem Besuch kam diese Frau erneut zu uns. Sie erzählte, dass ihr Sohn die Heuer auf dem neuen Schiff nicht antreten konnte. Er hatte sehr mit dem Schicksal gehadert. Bis zu diesem Morgen. Da erreichte sie über den Hafenmeister die Nachricht, dass besagtes Schiff von der geplanten Route abgewichen war, dort in einen Sturm geriet und sank. Es gab keine Überlebenden."

„Lass mich raten, in der Nähe der Unglücksstelle befindet sich der unbekannte Leuchtturm vom letzten Bild?"

„Genau."

„Okay, eindrucksvolle Geschichte. Aber was willst du mir damit sagen? Kieran hat etwas gesehen und das Unglück zumindest für den Sohn der Fischerin verhindern können. Ich habe aber nichts gesehen, was Unglück verhindern und Lucy schützen könnte."

„Das weißt du doch gar nicht. Denn was für dich nach einem harmlosen Bild oder nach einem unbekannten Ort aussieht, kann in Wahrheit der Schlüssel zur Lösung sein."

„Aber merkt man das nicht erst, wenn es zu spät ist? So wie in diesem Fall, wo das Schiff erst sinken musste, um die Bedeutung des letzten Bildes zu erklären?"

„In diesem Fall ja. Doch mein Urgroßvater hatte daraus eine wichtige Lehre gezogen. Von da an zeichnete er jede seiner Visionen. Er hob die Bilder auf, auch wenn ihm das Gesehene banal vorkam. Wenn er es sich zu einem späteren Zeitpunkt noch einmal anschaute, entdeckte er oft ein Detail, das zuvor seiner Aufmerksamkeit entgangen war und auf dem er aufbauen konnte. Ich muss noch einmal ins Archiv. Dort sollte sich ein Ordner befinden, in dem er solche Abfolgen gesammelt hat. Dann kann ich dir anhand der Zeichnungen erklären, was ich meine."

„Ich glaube, ich habe es schon verstanden. Ich schaue mir also meine Zeichnung von gestern an. Dann suche ich nach einem

Detail, auf das ich mich bei der nächsten Vision konzentriere, und lasse mich überraschen, wohin mich das führt?"

„So kann man es ausdrücken, ja. Das sollte helfen, um Licht ins Dunkel zu bekommen."

„Im wahrsten Sinn des Wortes." Ich kann es kaum erwarten, ins Cottage zurückzukehren. Dort angekommen betrachten wir gemeinsam die Zeichnung. Nach wie vor besteht das Bild aus grauen Schlieren in verschiedenen Schattierungen. Das einzige Detail sind Lucys Augen, sodass es logisch erscheint, sich darauf zu konzentrieren. Allerdings hat Garric eine andere Idee.

„Ich bin mir sicher, dass du dich sehr gerne mit Lucys Augen beschäftigen willst", sagt er und grinst, „aber ich hätte die Bitte, dass du dir einen der anderen Bereiche aussuchst. Vielleicht kannst du hinter den Nebel kommen und erkennen, was die Zeichnung vor uns verbirgt."

Bei näherem Hinsehen erkenne ich, dass die grauen Striche nicht willkürlich über das Blatt verteilt sind, sondern verschieden große Flecken ergeben.

„Nimm zu Anfang eines der helleren Felder", sagt Garric. Wir entscheiden uns für den Bereich direkt neben Lucys Augen.

„Und was, wenn ich nur den Rest ihres Gesichts sehe?"

„Dann arbeiten wir uns Schritt für Schritt in die dunkleren Felder vor und schauen, was dort zum Vorschein kommt."

Garrics ruhige Antwort gibt mir die nötige Sicherheit zurück. Egal, was ich sehen werde, es bringt uns der Lösung ein Stück näher und ist keinesfalls vergeudete Zeit. Also schließe ich die Augen, begrüße das wohlbekannte Kribbeln in meinen Fingerspitzen und lasse meinen Stift übers Papier tanzen.

Einige Minuten später betrachten wir meine neueste Zeichnung. Inzwischen haben sich auch Linda und Jeremy zu uns gesellt.

„Das ist Josh, oder?", fragt mein Hüter.

„Ja."

„Es sieht aus, als würden die beiden kämpfen." Linda bringt es auf den Punkt.

Lucy und Josh stehen Rücken an Rücken. Jede Faser ihrer Körper ist in Alarmbereitschaft. Die Hände sind zur Abwehr erhoben. Auch dieses Bild ist dominiert von Grau und Schwarz. Die beiden Kämpfer befinden sich mittig in einem kleineren Bildausschnitt. Sie sind umgeben von Dunkelheit. Mich schaudert bei dem Gedanken, dass es sich tatsächlich so ergeben könnte. Ich werde meine Anstrengungen in den nächsten Tagen vervielfachen. Ich muss möglichst schnell das gesamte Bild bekommen, um Lucy zu warnen.

KAPiTEL 38

TRISTAN

11. Oktober 1999

Mittlerweile ist es Montagabend. Ich habe mich in jeder freien Minute auf die Visionen konzentriert. Ohne Erfolg. Gerade hat Linda damit gedroht, mich bis zur körperlichen Erschöpfung über die Anlage von Maiden Castle zu jagen, wenn ich mich nicht beruhige. Aber sie sagt das so einfach.

Ich spüre, dass Lucy in Gefahr ist, und befürchte, dass ich es nicht rechtzeitig schaffe, sie zu warnen. Der Gedanke daran lässt mich die Wände hochgehen. Der Druck steigt jedes Mal, wenn ich ein weiteres kleines Puzzleteil zu unserem ursprünglichen Bild hinzugefügt habe. Langsam ergibt sich ein Gesamtbild. Trotzdem sind wir noch genauso schlau wie am Wochenende. Lucy schwebt in Gefahr. Sie kämpft mit Josh an ihrer Seite gegen die Dunkelheit. Aber wo? Wann? Gegen wie viele Gegner?

Meine letzte Zeichnung zeigt Lucys Eltern. Ihr Vater ist umgeben von Dunkelheit. Risa mit angestrengtem Gesicht unter Einsatz ihres Silbernebels. Hinweise auf Ort, Zeit und den genauen Ablauf? Fehlanzeige.

Am liebsten würde ich sofort aus England abreisen, um in Lucys Nähe sein zu können. Doch Jeremy hat zurecht angemerkt, dass ich von zu Hause aus auch nicht hilfreicher bin. Trotzdem treibt mich diese ganze Situation an meine Grenzen.

Wie versprochen hat Garric die Unterlagen seines Urgroßvaters aus dem Archiv geholt. Es war beeindruckend, zu sehen, wie dieser es geschafft hat, mit jeder Zeichnung ein klareres Bild zu erschaffen. Ich weiß, dass ich im Gegensatz zu Kieran noch jung und unerfahren bin. Mir ist klar, dass ich mich selbst viel zu sehr unter Druck setze. Womit ich Lucy am allerwenigsten helfe. Aber ich kann nun mal nicht aus meiner Haut.

Seufzend greife ich zu meinen bisherigen Zeichnungen. Ich lege sie neben eine besonders eindrucksvolle Serie aus dem Nachlass von Kieran. Gegen seine präzisen Ausarbeitungen sehen meine Zeichnungen aus wie die ersten Malversuche eines Kleinkindes. Ich raufe mir die Haare, bis sie genauso wild von meinem Kopf abstehen, wie meine Gedanken darin toben.

„Oje." Linda tritt neben mich und mustert mich. Wie immer sehen ihre Augen viel mehr, als ich bereit bin, preiszugeben.

„Ich weiß nicht mehr weiter."

„Vielleicht müssen wir doch in die Kammer des Sehers", sagt Jeremy und gesellt sich zu uns.

„Auf keinen Fall!", ruft Linda. „Das sollte unser allerletztes Mittel sein."

„Aber ..."

„Kein Aber, Jeremy. Wir bringen niemanden unnötig in Gefahr. Du bist auf einem guten Weg, T. Alles, was du brauchst, ist Geduld. Nimm dir mehr Zeit."

„Wir haben aber keine Zeit!" Mein Herz rast.

„Wer sagt das?"

„Mein Gefühl."

Einige Sekunden liefern wir uns ein erbittertes Duell aus funkelnden Blicken und tiefen Emotionen. Schließlich senkt Linda den Kopf, hebt die Hände und seufzt. „Okay. Wenn bis zum Wochenende der entscheidende Durchbruch immer noch auf sich warten lässt, gehen wir Samstag in die Kammer."

„Am 24. Oktober ist Vollmond", sagt Jeremy. „Wahrscheinlich wird es umso besser klappen, je näher wir an diesem Tag dran sind."

Mein Bauchgefühl sagt mir, dass es bis dahin zu spät sein könnte. Doch ich schlucke meine Einwände runter und nicke, bevor ich das Cottage verlasse. Ich brauche frische Luft und etwas Abstand zu den Zeichnungen, den Visionen und dem selbst erschaffenen Druck. Kaum bin ich einige Schritte gegangen, überkommt mich eine fast vergessene Ruhe. Im selben Moment höre ich Lucys Stimme.

„Hey, was ist denn bei dir los?"

„Alles gut."

„Netter Versuch. Probiers mal mit der Wahrheit. Was beschäftigt dich so sehr, dass ich es bis zu mir spüre?"

„Ich mache mir Sorgen um dich."

„Das hatten wir doch schon. Hier ist alles gut. Keine Anzeichen von drohender Gefahr. Der letzte Brief von Claire kam vor mehr als zwei Wochen. Wir sind uns einig, dass sie keinen konkreten Plan hat. Sie möchte uns nur aufscheuchen und verunsichern. Weder sie noch Vincent sind gesehen worden. In der Schule ist alles ruhig. Josh weicht mir vormittags nicht von der Seite. Alexander hütet mich nachmittags wie seinen Augapfel. Gestern ist meine Mutter am Tennisplatz vorbeigekommen, während ich mein letztes Training für diese Saison hatte. Und nachts passt der Mond auf mich auf. Du siehst, es kann nichts passieren."

„Nimm das nicht auf die leichte Schulter."

Ihre Argumente hören sich alle vernünftig an. Nichtsdestotrotz bleiben meine innere Unruhe und die Vorahnung einer lauernden Gefahr unverändert stark.

„Versprochen. Aber du darfst dich nicht so unter Druck setzen. Wenn du dich zu sehr verausgabst, bringt das nichts. Pass bitte auf dich auf, Tristan."

„Du musst auf dich aufpassen."

„Das mache ich. Aber es hilft mir nichts, wenn ich mir dabei ständig Sorgen um dich machen muss. Also versprich mir, dass du vorsichtig bist und auf dich achtest."

„Ich verspreche es."

Eine Weile ist es still. Ich spüre, dass Lucy die Verbindung nicht unterbrochen hat. Als sie wieder zu mir spricht, kommen ihre Worte sehr zögerlich, als würde sie jede einzelne Silbe genau abwägen.

„Ich habe mich gefragt, ob du vielleicht etwas ausprobieren möchtest. Keine Ahnung, ob es klappt oder hilft oder ob du überhaupt willst …"

„An was denkst du?"

„Na ja, der Mond meinte, es könnte helfen, wenn du versuchst, deine bisherigen Zeichnungen zu einem Ganzen zusammenzufügen."

„Das versuche ich ja, aber es gibt noch zu viele dunkle Flecken."

„Nein. Ich meine, wenn du nur mit dem arbeitest, was du schon hast."

„Wie soll das gehen?"

„Wir könnten probieren, dass du mir die Bilder ganz detailliert beschreibst. So wie unsere Bibliothek in deiner Festung. Wenn ich sozusagen vor Augen habe, was du gezeichnet hast. Vielleicht fügt sich das Bild für dich besser zusammen. Weißt du, was ich meine?"

„Gute Idee. Aber dafür muss ich zurück ins Cottage." Ich drehe auf der Stelle um und laufe zurück zum Haus.

„Damit du die Zeichnungen vor Augen hast?"

„Nein, die kenne ich auswendig. Nur falls dein Plan funktioniert und ich währenddessen eine neue Vision habe oder etwas zeichnen möchte, sollte ich Block und Stift parat haben."

Wenig später sitze ich Garric gegenüber. Er war skeptisch, dass ich mich weiter verrenne, sollte es nicht funktionieren. Letztendlich hat er aber zugestimmt. Nun mustert er mich mit interessierter Miene, denn zum ersten Mal wird er bewusst Zeuge der Verbindung zwischen Lucy und mir.

„Frau Lu, bist du bereit?"

„Na, die Frage ist doch viel eher, ob du bereit bist. Ich muss ja nichts anderes machen als zuhören und meine Fantasie einschalten."

„Das ist eine wichtige Aufgabe."

Innerlich lächele ich und atme tief durch. Ich habe vorab mit Garric besprochen, welche die richtige Reihenfolge sein könnte. Wir haben uns geeinigt, dass ich die Bilder in der Abfolge beschreibe, in der ich sie gezeichnet habe. Wenn alles funktioniert, sollte auf diesem Weg ein deutlicheres Bild entstehen. Im Idealfall bringt eine weitere Vision nähere Informationen.

Mit ruhiger Stimme beschreibe ich das erste Bild, wobei ich mich auf den jeweiligen Bildausschnitt konzentriere. Dass der Rest grau schattiert ist, weiß Lucy bereits.

„Man sieht nur deine Augen. Sie sind weit aufgerissen, die Pupille ganz klein. Du fixierst einen Punkt etwas weiter entfernt. Man erkennt in deinem Blick eine Mischung aus Überraschung, Ratlosigkeit, Schock und Kampfgeist. Deine Augen sind auf ein bestimmtes Ziel gerichtet. Aber man kann trotzdem spüren, dass du nach einem Ausweg, einer Fluchtmöglichkeit oder etwas in der Art suchst.“

„Okay.“

Lucy klingt sehr angespannt. Ich frage mich, ob ich es ihr gut genug beschreibe. Leider habe ich keine Ahnung, wie ich es besser machen könnte. Daher erkläre ich ihr das nächste Bild.

„Du stehst mit Josh in Kampfhaltung Rücken an Rücken. Ihr habt die Hände erhoben, um etwas oder jemanden abzuwehren. Man sieht, dass ihr mit den Füßen fest im Boden verankert seid. Gleichzeitig scheint es so, dass ihr auf dem Sprung seid – entweder für einen Gegenangriff oder für eine Flucht. Ihr kämpft mit bloßen Händen. Keine Waffen oder Ähnliches, nur euer Silberlicht. Jede Faser, jeder Muskel steht unter Hochspannung. Man sieht eure Gesichter nicht. Eure Körpersprache spiegelt jedoch zahlreiche Gefühle, wie zum Beispiel Wut, Entschlossenheit und höchste Konzentration.“

„Irgendwelche Hinweise auf die Gegner?“

„Nein, ihr seid umgeben von Dunkelheit.“

Ich kann ihr Schaudern so deutlich spüren, als säße sie neben mir.

„Aber das kann auch nur das Bild sein, weil ich nicht das große Ganze sehe.“

„Ja, gut."

Ich höre ihrer Stimme an, dass sie kein Stück überzeugt ist. Wenn ich ehrlich bin, geht es mir genauso.

„Dann beschreibe ich dir das dritte Bild. Man sieht deine Eltern. Dein Vater steht im Vordergrund, ebenfalls angespannt. Er hat sich hoch aufgerichtet. Auch wenn ich ihn nicht kenne, macht es den Eindruck, als würde er ein Machtwort sprechen. So stelle ich es mir vor, wenn er mit dir schimpft, weil du was ausgefressen hast."

„Schon gut, ich weiß, was du meinst."

„Okay, aber seine Augen sind seltsam. Ich habe den Eindruck, die Pupillen tanzen zwischen zwei oder mehreren Personen hin und her. Keine Ahnung, wie ich das gezeichnet habe. Aber so starr er körperlich ausgerichtet ist, so unruhig ist sein Blick. Es sieht aus, als denke er gerade auf Hochtouren. Sein ganzes Wesen ist umgeben von Dunkelheit, die allerdings auf ihn zuströmt, anstatt von ihm auszugehen."

„Ich hatte nie den Eindruck, dass er selbst Dunkelheit freisetzt. Vielmehr scheint es bei ihm so, als wäre er der Dunkelheit zu lange ausgesetzt gewesen, sodass sie ihm in Fleisch und Blut übergegangen ist. Weißt du, was ich meine?"

„Ja, aber es ist eine andere Art der Dunkelheit, die ihn umgibt. Eine böse, aggressive, drohende Macht, wie sie von deinem Vater nicht ausgehen kann."

„Vincent."

„Denke ich auch. Aber man kann es nicht sehen, zumindest noch nicht."

„Okay, mach weiter."

„Deine Mutter steht schräg hinter ihm. Auch ihr Blick scheint zwischen zwei Personen zu wechseln, zumindest streut sie ihren Silbernebel. Eine große Portion geht an deinen Vater. Aber es teilt sich ein schmaler Streifen ab und wandert ins Zentrum des Bildes. Dort, wo auf der anderen Zeichnung Josh und du gestanden habt."

„Du meinst, die beiden befinden sich am gleichen Ort wie Josh und ich?"

„Danach sieht es aus."

„Wir haben also einen Kampf, an dem nicht nur Josh und ich, sondern auch meine Eltern beteiligt sind? Einen Kampf, in dem drei Leute mit Silberlicht gegen eine Dunkelheit angehen. Dabei sehen sie so angestrengt aus, dass es fraglich ist, ob sie als Sieger hervorgehen?"

„Genau."

„Wow."

Es hört sich an, als würde ihr erst jetzt die Tragweite der Gefahr bewusst, vor der ich sie seit Tagen zu warnen versuche. Auch ich muss schlucken und mich zusammenreißen, um annähernd so optimistisch zu klingen, wie ich das gerne hätte.

„Frau Lu, ich bin dran. Ich versuche alles, um so schnell wie möglich so viel wie möglich herauszufinden. Das musst du mir glauben."

„Die Frage ist nur, ob es nicht egal ist, was du herausfindest. Wenn uns eine solche Macht an Dunkelheit gegenübersteht, haben wir – habe ich – keine Chance."

„Frau Lu ..."

„Nein, Tristan. Das müssen wir nicht beschönigen. Aber egal, was sich Vincent einfallen lässt, er wird mich nicht kampflos kriegen. Ich gehe am Freitag ins Training. Dann soll mich Andrès unterrichten, bis ich nicht mehr aufrecht stehen kann. Danach sind zwei Wochen Herbstferien. Vielleicht kann er mir ein paar zusätzliche Trainingseinheiten geben. Gemeinsam mit Josh."

„Frau Lu ..."

„Nein, wirklich. Ich danke dir und verspreche, ich passe auf mich auf. Hat es dir denn weitergeholfen? Irgendwelche neuen Visionen oder Erkenntnisse?"

Ich höre die Hoffnung in ihrer Stimme. Sie spiegelt sich auf Garrics Gesicht, obwohl dieser unsere Unterhaltung nicht hören kann. Doch ich muss beide enttäuschen.

„Nein."

Vier Tage ist es her, dass wir versucht haben, Details herauszubekommen.

Vier Tage, in denen sich meine Unruhe konsequent gesteigert hat.

Vier Tage, in denen ich alles versucht habe, um eine erneute Vision auszulösen.

Vier Tage ohne Erfolg.

Drei Nächte ohne Schlaf.

Drei Nächte voll unruhiger Träume, unheilvoller Vorahnungen und undefinierbarer Bilder.

Drei Nächte und noch immer keine klare Vision.

Zwei Morgen, an denen ich wie gerädert aufgewacht bin.

Zwei Morgen, an denen ich mich durch die Schule quälen musste.

Ein Traum, der alles verändert.

Ich dämmere in einem halbwachen Zustand vor mich hin. Gerade will ich meine Gedanken daran hindern, wild zu kreisen, da überfällt mich eine Vision. Und vielleicht, weil ich nichts zum Zeichnen zur Hand habe, nehme ich zum ersten Mal in meinem Leben ganz bewusst wahr, welche Bilder vor meinem geistigen Auge erscheinen.

So klar.

So eindeutig.

So erschreckend.

Noch im Schlafanzug springe ich aus dem Bett und reiße meine Tür auf. „Jeremy!"

Keine Reaktion. Sind sie schon unterwegs? Bin ich zu spät?

„Jeremy!" Ich kann die Panik in meiner Stimme kaum unterdrücken. „Linda! Garric!" Verdammt, irgendwer muss doch hier sein und mich hören!

Ich bin im Erdgeschoss angekommen. Es liegt verlassen vor mir. In meiner Aufregung habe ich nicht darauf geachtet, welche Schuhe und Jacken noch an der Garderobe hängen. Ich fluche leise, als ich mich umdrehe, um das nachzuholen. Gleichzeitig wiederhole ich die Namen der drei immer lauter.

Als ich realisiere, dass alle noch im Haus sein müssen, rennen Jeremy und Linda die Treppe herunter. Ihnen folgt Garric, den ich offensichtlich aus dem Bett geholt habe.

„Was ist denn los, T.?", fragt Linda. Ihr Blick wandert im Erdgeschoß hin und her.

„Lucy ... heute ... Vincent ... schnell ..." Ich atme hektisch. Plötzlich tanzen kleine schwarze Punkte vor meinen Augen. Jetzt bloß nicht in Ohnmacht fallen! Ich muss es ihnen sagen. Ich muss Lucy warnen. Sie müssen Alexander warnen.

„T., aufhören! Beruhige dich und atme durch." Linda packt mich an beiden Oberarmen.

Wild schüttele ich den Kopf und versuche es noch mal mit einer Erklärung. Ich scheitere erneut. Die schwarzen Punkte werden immer größer und der Schwindel nimmt zu.

Garric hat sich an uns vorbeigeschoben und hält mir nun eine kleine Papiertüte vor die Nase. „Atme hier rein, so tief und langsam, wie es geht."

Seine ruhigen Kommandos holen mich zurück in die Realität. Den Rest erledigen ein paar tiefe Atemzüge mit der Papiertüte vor Mund und Nase.

Als ich mich ein wenig beruhigt habe, nimmt Garric meinen Arm und führt mich zu dem großen Sessel im Wohnzimmer. Dort drückt er mich in die Kissen und geht vor mir in die Knie. „Kannst du wieder ruhig atmen?"

Ich nicke.

„Kannst du langsam und klar reden?"

Ich zucke mit den Schultern. Was das angeht, kann ich nichts versprechen.

„Sollen wir warten?"

Vehement schüttele ich den Kopf. Wir haben keine Zeit! Apropos Zeit ... „Wie spät ist es?"

„Kurz vor halb neun", antwortet Jeremy nach einem Blick auf die Uhr. „Wieso?"

„Mist!" Weil ich später zur Schule muss, konnte ich länger schlafen. Das rächt sich jetzt.

„Was ist los?" Garric signalisiert den anderen beiden, sich ebenfalls zu setzen.

„Wir müssen Lucy erreichen", sage ich.

„Aber wir sind eine Stunde hinter Deutschland. Dort ist es bereits halb zehn."

„Mist, Mist, Mist!"

Ich will aufspringen, doch Garric drückt mich erneut in den Sessel und schüttelt den Kopf. „Jetzt erklär uns bitte erst einmal, was hier los ist. Dann finden wir eine Lösung." Er schaut mir fest in die Augen. „Versprochen."

Ich ergebe mich in mein Schicksal. Ich schließe die Augen, atme tief durch und erzähle. Dabei versuche ich, den anderen die Lage zu erklären. Die ganze Zeit probiere ich zusätzlich, Lucy über unsere Verbindung zu warnen. Ich kann sie nicht erreichen.

Wir sind zu spät.

KAPiTEL 39

LUCY

15. Oktober 1999

Es ist das merkwürdige Ende einer seltsamen Woche. Nach den beunruhigenden Informationen von Tristan fühle ich mich wie ein Rockstar oder eine Gefangene. Je nachdem, ob man es positiv oder negativ betrachten will. Denn ich habe immer einen ganz persönlichen Leibwächter um mich herum.

Es grenzt an ein Wunder, dass ich noch allein in meinem Zimmer schlafen darf, so übervorsichtig sind meine Mutter, Alexander und Josh. Niemand lässt mich für eine Sekunde aus den Augen. Ich kann ihre Besorgnis verstehen. Zwar hat sich Vincent seit Monaten nicht blicken lassen. Von Dunkelheit keine Spur. Claire ist entgegen allen Erwartungen bislang nicht aufgetaucht. Selbst Natascha ist seit einiger Zeit harmlos. Doch Tristans Visionen sind ein untrügliches Zeichen. Wir befinden uns in der Ruhe vor dem Sturm. Mittlerweile wittere auch ich hinter jeder Ecke eine Gefahr.

Zum Glück haben wir nur noch eine Stunde Schule. Dann sind Ferien und wir können uns hoffentlich alle erholen. Die letzte Stunde findet in den Tutorengruppen statt, also mit Natascha, aber ohne Sue oder Ella. Und auch ohne Josh, was diesem sichtlich gegen den Strich ging, als er sich vorhin verabschiedete. Wir treffen uns nach dieser Stunde draußen, um gemeinsam das Schulgelände zu verlassen. Ich erinnere mich noch gut an Vincents Erscheinen hier vor den Sommerferien. Innerlich zähle ich die letzten Minuten dieser Stunde.

Beim Verlassen des Klassenraumes ruft mir Natascha hinterher. „Lucy, warte!"

Als ich mich umdrehe, eilt sie auf mich zu. Sie ist außer Atem und blass. Ihr Blick wandert auf dem Gang hin und her. Sie knotet ihre Finger ineinander.

„Was ist los?"

Bevor ich mir einen Reim darauf machen kann, warum sie kurz nach Ende der Stunde so gehetzt aussieht, sagt sie: „Josh! Er ist in Gefahr. Ich habe gerade aus dem Fenster geschaut. Er wurde von einem merkwürdigen Mann bedrängt. Wir müssen ihm helfen!"

„Was? Wo ist er?"

„Ich bring dich hin. Ich habe gesehen, wo sie hin sind."

Ich folge ihr ins Treppenhaus. Josh ist in Gefahr! All meine schlimmsten Befürchtungen brechen über mich herein. Wie egoistisch war ich, mal wieder. Die letzten Tage habe ich mich nur auf meinen eigenen Schutz konzentriert. Dabei sollten mir doch die Geschichten von Vicky und den früheren Mondkindern eine Lehre sein. Zuerst holt sich die Dunkelheit den Wächter. Mein gesamtes Umfeld hatte nur ein Thema: meinen Schutz. Warum habe ich keinen weiteren Gedanken daran verschwendet, dass sich Josh viel mehr schützen muss als ich?

Meine Gedanken rasen. Die kalte Klaue der Angst umklammert mich.

Natascha hat ihre Hand auf meinen Unterarm gelegt. Sie führt mich durch die Gänge unserer Schule. Dabei redet sie ununterbrochen auf mich ein. Doch ich kann ihr nicht folgen. Mein Kopf fühlt sich an, als habe man ihn in Watte gepackt. Was ist hier los? Warum geht das denn nicht schneller? Wo ist Josh? Wir müssen ihm helfen, wenn er in Gefahr ist.

Ich versuche, unauffällig nach meinem Eulenanhänger zu greifen, aber ein forschender Blick von Natascha hindert mich daran. Ich will ihre Aufmerksamkeit nicht auf meine Kette lenken.

Gedanklich versuche ich, mit Tristan Kontakt aufzunehmen. Er ist bestimmt ebenfalls in der Schule. Also gibt es keine Garantie, dass es funktioniert.

„*Tristan?*"

Ich bekomme keine Antwort. Stattdessen habe ich das Gefühl, dass sich der Nebel in meinem Kopf noch verstärkt. Gleichzeitig nimmt die Sorge um meinen Wächter zu.

„Wo ist Josh?"

Natascha stockt kurz. Unbeabsichtigt habe ich die Frage laut gestellt. Für einen Moment lichtet sich meine Denkblockade. Abrupt bleibe ich stehen. „Natascha, was ist hier los? Was willst du von mir?"

„Ach Lucy, ich will doch nur in Ruhe mit dir reden."

„Was ist mit Josh? Du hast gesagt, er ist in Gefahr."

„Ja, na ja, das war eine kleine Notlüge. Ich wusste, du würdest mir sonst nicht zuhören."

„Ich fasse es nicht! Das ist selbst für dich erbärmlich." Warum sollte sie jetzt auf einmal mit mir reden wollen? Meine Zweifel und meine Wut über ihre Täuschung übernehmen die Regie. Meine Hände zittern und mein rasender Herzschlag pocht in meinen Ohren.

Sie senkt den Kopf und zieht die Schultern hoch. „Natürlich nur, wenn du mir noch eine Chance geben willst. Ich weiß, es ist zu spät für unsere Freundschaft. Aber ich würde es dir trotzdem gerne erklären."

„Na dann, schieß los."

„Was, hier?" Sie schaut mich mit großen Augen an. „Mitten in der Schule? Können wir uns dafür nicht einen ruhigeren Ort suchen?"

„Nein. Was du mir zu sagen hast, kannst du auch hier loswerden."

Ihr Blick wandert von links nach rechts. Wir stehen mutterseelenallein in diesem Gang. Aus der Ferne höre ich die Stimmen der anderen Schüler, die das Gebäude verlassen. Bevor wir hier eingeschlossen werden, sollten wir uns besser einen anderen Platz suchen. Wobei ich nur noch zu Josh möchte und mir Nataschas Lügen gar nicht anhören will.

Sie scheint mir meinen Entschluss auf dem Gesicht abzulesen. „Siehst du, ich habe mir gedacht, dass du nicht mit mir reden willst. Deshalb habe ich Josh gefragt, ob er eine Idee hat, wie ich in Ruhe mit dir sprechen kann. Er hat sich erkundigt und einen Ort gefunden, an dem wir ungestört sind."

„Josh weiß davon?"

„Ja."

„Wo ist er?"

„Er erwartet uns dort."

Irgendetwas kommt mir merkwürdig vor, aber ich kann nicht greifen, was. Erst die Lüge, Josh sei in Gefahr. Jetzt soll er auf einmal in ihren Plan eingeweiht sein?

Wieder versuche ich, Tristan zu erreichen. Erneut bekomme ich keine Antwort. Von der Bibliothek sind wir zu weit entfernt, als dass ich kurz zu Alexander gehen könnte. Schließlich hole ich tief Luft und nicke widerwillig. Ich will nicht mehr mit Natascha allein in diesem Gang stehen. Je eher ich bei Josh bin, umso besser. „Okay, lass uns gehen."

Natascha lächelt und legt mir die Hand auf den Unterarm. „Toll! Danke, Lucy."

Wir setzen unseren Weg durch die Schule fort. Natascha redet wieder und dirigiert mich durch verschiedene Gänge. Ich kann ihr gedanklich nicht folgen. Längst habe ich den Überblick verloren, wovon sie spricht und wohin sie mich führt.

Irgendwann stehen wir vor einer mir unbekannten, unscheinbaren Tür. Bevor ich lesen kann, wo wir genau sind, hat mich Natascha hindurchgeschoben. Flackernd erwachen einige Leuchtstoffröhren zum Leben. Es sind nicht genug, um den ganzen Raum zu erhellen.

Hinter uns fällt die Tür mit einem Knall ins Schloss. Ich zucke zusammen. Ratlos schaue ich mich um. Hier war ich noch nie, obwohl ich seit Jahren auf dieser Schule bin. „Wo sind wir?"

„Im Requisitenlager der Theater-AG."

„Warum? Was machen wir hier?"

„Hier haben wir Ruhe." Lächelnd geht sie ein paar Schritte von mir weg.

Der Wattebausch in meinem Kopf lichtet sich. „Wo ist Josh?"

„Verdammt, jetzt hör doch auf, ständig nach deinem Josh zu fragen!", fährt Natascha mich an. „Was willst du bloß mit diesem Verlierer?"

„Josh ist mein Freund."

„Dachte ich es mir doch, dass da mehr läuft, als ihr zugebt."

„Da läuft nichts, wir sind befreundet. Aber das wirst du nie verstehen."

„Ich verstehe mehr, als du denkst."

„Was denn zum Beispiel?" Im gleichen Moment bereue ich die Frage.

Natascha wirft sich in Pose, als hätte sie diesen Auftritt von langer Hand geplant und jeden Satz geprobt. Von daher passt es, dass wir im Lager der Theater-AG sind. „Ich verstehe zum Beispiel, warum du dich für diese sprichwörtliche Stille-Wasser-sind-tief-Nummer entschieden hast. All die Jahre konntest du damit erfolgreich verbergen, was du bist. Ich verstehe außerdem, dass du jetzt, wo du vermeintliche Freunde an deiner Seite hast, denkst, du könntest dich entfalten und müsstest dich nicht verstecken. Ich verstehe, dass du dein Mauerblümchen-Dasein leid bist. Ich verstehe sogar, warum das die letzten Jahre vielleicht nötig und nützlich war. Ich verstehe, was dich zu deinem Trugschluss bringt, du wärst ohne mich etwas wert. Ich verstehe, dass man dich schon immer viel zu leicht beeinflussen konnte. Jetzt, wo andere dir ihre wirren Ideen einreden, fühlst du dich als etwas Besonderes. Ich verstehe, dass du ein naives Blondchen bist. Du möchtest nichts Schlechtes in deinen Mitmenschen sehen. Das alles verstehe ich und es amüsiert mich. Aber *du* verstehst es noch immer nicht, oder?"

Ein Schauder überläuft mich.

„Du hast jahrelang nicht mitbekommen, wie ich dich Stück für Stück zu meiner Marionette gemacht habe. Okay, manches musste ich erst lernen, aber das meiste hat auf Anhieb super funktioniert. Du hast dich nicht gewehrt. Ich glaube, du wolltest es so. Ich hatte dich komplett unter Kontrolle. Alles war bestens, bis Noel aufgetaucht ist. Er hat zunichtegemacht, was ich die ganzen Jahre aufgebaut hatte. Das konnte ich nicht zulassen."

„Was?"

„Noel hat es geschafft, meine ganze Arbeit zu sabotieren. Er ist zu dir durchgedrungen, hat dich aufgeweckt und dein Herz berührt. Auf einmal bist du misstrauisch geworden und hast angefangen, mich zu durchschauen. Zum Glück ließ sich Noel ebenso gut beeinflussen und ich konnte größeres Unheil verhindern."

„Dann hast du dich nur an ihn rangemacht, weil ...?"

„Na ja, dass er gut aussieht, hat natürlich nicht geschadet. Dadurch war das Opfer nicht ganz so groß. Er ist wirklich gut im Bett, aber das weißt du ja, oder?"

Ich starre sie mit offenem Mund an.

Natascha lacht. „Ach Lucy, das tut mir leid. Ich dachte, du machst wenigstens einmal was richtig. Oder wollte Noel dich nicht? Verstehen könnte ich es. Er wollte wohl doch lieber jemanden mit Erfahrung, wenn ich bedenke, wie schnell es bei uns zur Sache ging."

„Genug!", rufe ich.

Jemand tritt aus dem Schatten der Regale.

Vincent grinst mich an.

Natascha hat mich gleich doppelt in die Falle gelockt. Wie konnte ich nur denken, sie würde sich entschuldigen wollen? Jetzt stehe ich hier, in diesem unbekannten Lagerraum irgendwo abseits der Schülermassen, die in Richtung Ferien strömen. Keiner weiß, wo ich bin. Keiner wird mich suchen.

Wo ist Josh? Mir wird klar, dass sie mich auch da belogen hat. Er wird keine Ahnung haben, wo ich bin. Wird er mich suchen? Ich wüsste nicht, wie er mich finden könnte. Schließlich befinde ich mich weit entfernt von unserem eigentlichen Treffpunkt. Wie kann ich meinem Wächter im Notfall Bescheid geben? Das hat mir natürlich keiner erklärt.

Tristan reagiert immer noch nicht. Ich befinde mich in einem Raum mit Natascha und Vincent und bin von der Außenwelt abgeschnitten.

Was soll das? Woher kennen sich die beiden? Was hat Vincent mit mir vor?

„Endlich sind wir mal einer Meinung, liebe Lucy." Vincent kommt auf mich zu. „Natascha hat sich in Rage geredet, bitte entschuldige. Eigentlich sollte sie dich nur herlocken. Aber sie konnte es sich wohl nicht verkneifen, noch ein paar Dinge loszuwerden. Wirklich bedauerlich, dass dieser Noel ihr dazwischengefunkt hat. Beinahe hätte er die jahrelange mühevolle Arbeit zunichtegemacht. Du warst eine so gute, willenlose Marionette. Aber dann kommt dieser Junge. Und ausgerechnet, als deine Mondkräfte erwachen, zerstört er unsere Erfolge."

Ich versuche, das alles zu verstehen. Gleichzeitig suche ich nach einer Fluchtmöglichkeit. Mein Kopf ist leer.

„Plötzlich hatte Natascha keinen Zugang mehr zu dir. Du hast gezweifelt. Ehe wir einschreiten konnten, war Alexander in dein Leben getreten und hat dich geschützt. Claire hat an Lughnasadh ebenso versagt wie alle anderen. Aber wenigstens auf Natascha kann ich mich verlassen. Sie hat Claires Schmach ausgebügelt, indem sie dich heute zu mir gebracht hat. Gut gemacht, Töchterchen."

Er tritt neben Natascha. Die Ähnlichkeit ist deutlich zu sehen.

„Vincent ist ... dein Vater?"

Ich weiß, dass ihre Eltern geschieden sind. Daher war es für mich nicht verwunderlich, dass es bei ihr zu Hause keine Fotos von ihrem leiblichen Vater gibt. Bei meinen wenigen Besuchen habe ich Nataschas Mutter und deren neuen Mann kennengelernt. Um ihren leiblichen Vater habe ich mir nie Gedanken gemacht.

Sie nickt und will etwas sagen, doch Vincent schneidet ihr das Wort ab.

„Ja, Natascha ist meine Tochter. Aber vor allem ist sie eine sehr gute Schülerin, äußerst talentiert. Als es darum ging, deinen Geist einzufangen, ihn für alle anderen zu blockieren und dich an uns zu binden, war sie immer zuverlässig, einfallsreich und beharrlich. Sie hat dich langsam, aber sicher auf unsere Seite gezogen. Du hast es nicht mal ansatzweise bemerkt.“

In diesem Moment trifft mich die Erkenntnis, dass sie mich tatsächlich auf eine gewisse Art verhext hat. Tristan hat gesagt, sie habe mich früher abgeschirmt. Nur dass diese Blockade nicht mit Noel aufhörte zu funktionieren, sondern mit Beginn meiner Mondkräfte. Aber das sage ich lieber nicht. Sollen sie es auf Noel schieben. Er war letzten Endes nur ein Werkzeug für die beiden. Offensichtlich wissen sie nichts von Tristan, der zum Glück außer Gefahr ist. Wenn er sich nur melden würde.

Ich muss hier weg. Aber mir fällt nicht ein, wie ich das schaffen könnte.

Der Mond! Ich versuche, mit ihm eine Verbindung aufzunehmen. Doch auch das funktioniert nicht.

Vincent spricht weiter und erzwingt meine Aufmerksamkeit. Wenn ich herausfinde, was er vorhat, kommt mir vielleicht eine Idee.

„Nun ja, dein Vater ist eine große Hilfe. Er hat seine volle Unterstützung zugesichert, um dich von den Mondkindern wegzubekommen. Er konnte zwar das Ritual nicht verhindern, aber das war nur ein kleiner Rückschlag. Immerhin sind wir heute hier, Ritual hin oder her.“

„Was hast du mit mir vor?" Sollte er seine Dunkelheit gegen mich einsetzen, hätte ich keine Chance. Ich habe keine Ahnung, wie groß Nataschas Kraft ist. Aber wenn er sie seit Jahren unterrichtet, habe ich dem nicht viel entgegenzusetzen.

Bis mich hier einer findet, vergehen mindestens vierzehn Tage, wenn nicht gar mehrere Wochen oder Monate. Wer weiß, wie oft die Theater-AG an ihre Requisiten muss? Klar wird mich meine Mutter suchen. Aber bis dahin sind Vincent und Natascha längst über alle Berge. Die Schule ist über die Ferien geschlossen. Ich bin bis mindestens Montag in zwei Wochen auf mich allein gestellt. Wird Vincent mich umbringen? Oder reicht es ihm, mich zu schwächen, mein Wissen und meine Kraft zu zerstören? Lässt er mich hier zurück? Egal, was er mit mir anstellt, wird es weh tun?

„Nun, du wirst uns begleiten", sagt er zu meiner Überraschung. „Wir fahren auf meinen Hof und dort werde ich dir persönlich zeigen, was die Dunkelheit alles kann."

„Aber ..."

Meinen Protest erstickt er mit einem hämischen Lachen und einer knappen Geste. „Kein Aber, Lucy! Ron ist in alles eingeweiht und er ist einverstanden. Er hat getobt, als er erfuhr, dass du bereits dein Ritual hattest und dich Alexander längst in seinen Fängen hat. Er hat geschworen, dass seine Tochter niemals in den Reihen der Mondkinder verloren gehen wird. Ich werde ihm nach Kräften helfen. Das ist auch in meinem Interesse."

Mein Vater weiß Bescheid? Das kann nicht sein. Andererseits war Vincent bei uns zu Hause und wurde mir als sein Freund vorgestellt. Rudi hat mir auf dem *Drywon-Beinn* erzählt, wie Vincent damals meinen Vater manipuliert hat. Er ist ihm anscheinend genauso hörig, wie ich das lange Zeit war.

Der Stachel des Verrats sitzt tief. Er vergrößert die Wunde, die vorhin durch Nataschas Wutanfall gerissen wurde. Wenn mein Vater nicht nur Bescheid weiß, sondern sogar unterstützt, dass mich Vincent entführt, dann hat meine Mutter kaum eine Chance, mir zu helfen.

Die Dunkelheit, die bislang an den nicht erleuchteten Ecken des Lagers gelauert hat, verdichtet sich. Schwarze Nebelschwaden wabern auf mich zu. Instinktiv greife ich nach meiner Kette.

„Das würde ich lassen", sagt Vincent. „Natascha, nimm ihr die Kette ab."

Meine ehemals beste Freundin lächelt und macht einen Schritt auf mich zu.

KAPiTEL 40

LUCY

„Wag es ja nicht!" Ich richte mich zu voller Größe auf und blicke auf sie hinab.

Sie zögert.

Noch immer habe ich keine Ahnung, was ich machen soll. Mit seinem Plan, mich mitzunehmen, bietet Vincent mir zumindest eine Möglichkeit, aus diesem Raum herauszukommen, der Falle und Gefängnis zugleich ist.

„Also los, gehen wir." Ich drehe mich um. Dabei klinge ich zu meiner eigenen Überraschung forsch und selbstbewusst. Aber ich habe zwei Hintergedanken: Zum einen will ich auf jeden Fall verhindern, dass Natascha an meine Kette kommt. Zum anderen hoffe ich, dass wir draußen auf den Gängen irgendjemandem begegnen, den ich um Hilfe bitten kann.

Dass ich nicht schnell genug wegrennen kann, ist mir klar. Selbst wenn ich flinker wäre als Natascha oder Vincent, habe ich gesehen, welche Macht er mit seiner Dunkelheit hat. Ich bin sicher, er würde mich auf die ein oder andere Weise ausbremsen.

Ich gebe vor, mich seiner Anweisung zu beugen, und wende mich zur Tür. Bevor ich diese jedoch erreichen kann, ist Natascha bei mir. Wieder liegt ihre Hand auf meinem Arm. Sofort umfängt meinen Kopf der schier undurchdringliche Wattebausch, der mich am Denken und Kommunizieren hindern will. Diesmal bin ich darauf eingestellt. Vorsichtig setze ich etwas von meinem Silberlicht dagegen. Gerade genug, dass es mich nicht völlig umnebelt, und so wenig, dass es Natascha nicht merkt.

Hinter uns verlässt Vincent den Lagerraum.

Unauffällig lasse ich meinen Blick nach links und rechts schweifen. Wie immer, wenn man Unterstützung braucht, ist keine Menschenseele zu sehen. Ich habe in dem dämmrigen Raum jedes Zeitgefühl verloren. Wenn es blöd läuft, ist genug Zeit vergangen. Dann können wir unbehelligt das Schulgelände verlassen. Aber wir haben einen längeren Weg durch die Gänge vor uns. Irgendwer sollte uns begegnen. Es kann nicht sein, dass man am helllichten Tag ungestört aus der Schule entführt werden kann. Oder?

Vincent kommandiert uns nach rechts zu einem Seitenausgang. Damit verringert sich die Hoffnung auf eine zufällige Begegnung mit anderen Schülern oder Lehrern. Immerhin weiß ich jetzt, wo wir sind. Wir stehen auf einem kleinen geschotterten Platz hinter einem der Nebengebäude. Im Anschluss daran verwildert seit Jahren der ehemals blühende Schulgarten. Die Fensterfront des naturwissenschaftlichen Bereichs geht in diese Richtung, doch die Klassenräume sind längst leer.

In einiger Entfernung steht ein großes schwarzes Auto mit getönten Fensterscheiben, auf das Vincent zuhält. Eine Gestalt löst sich aus dem Schatten des Autos. Mir gefriert das Blut in den Adern.

Claire.

„*Bonjour,* meine liebe Lucy. Es ist so schön, dich zu sehen. Nach all der Zeit bist du endlich an meiner Seite." Mit lässigen Schritten, einem aufreizenden Hüftschwung und schwingenden Locken kommt sie auf uns zu.

Neben mir verharrt Natascha reglos. Sie löst ihre Hand von meinem Arm und dreht sich zu ihrem Vater um. „Was will die denn hier?"

Damit spricht sie meine Gedanken aus.

Vincent mustert sie mit unbeweglicher Miene. Seine Stimme könnte das Mittelmeer einfrieren, als er antwortet: „Seit wann muss ich meine Entscheidungen vor dir rechtfertigen?"

Natascha setzt zu einer Erwiderung an. Ich schaue mich um. Gibt es eine Fluchtmöglichkeit? Der Weg nach vorne wird mir von Claire abgeschnitten. Sie ist nur noch wenige Meter von uns entfernt.

Vincent und Natascha stehen jeweils auf einer Seite neben mir. Wir sind erst ein paar Schritte aus dem Schulgebäude herausgetreten. Ich bin genauso gefangen wie eben in diesem Lagerraum.

Ein Basketball knallt gegen Nataschas Kopf. Sie stolpert zur Seite.

Ich drehe mich um und renne in Richtung Schulgebäude. Zeitgleich mit dem Ruf: „Lauf, Lucy!"

Josh hat mich gefunden.

Leider komme ich nicht weit. Die Tür zum Gebäude wird geöffnet. Eine mir bekannte Gestalt tritt heraus. Mein Vater.

Abrupt bleibe ich stehen. Er schaut über mich hinweg zu Vincent. Mir stockt der Atem.

Natascha nutzt die Gelegenheit und ist direkt wieder an meiner Seite. Als sie mich berühren möchte, schüttele ich ihre Hand ab. „Fass mich nicht an, du Miststück!"

Sie zuckt mit den Schultern. „Brauche ich gar nicht. Du kommst sowieso mit. Du hast verloren, wie immer."

Wieder wandert mein Blick zu meinem Vater. Sein Gesicht ist blass, angespannt und eine starre, emotionslose Maske. Was ist mit ihm los? Hat Vincent ihn genauso unter Kontrolle, wie Natascha mich manipuliert hat? „Papa?"

„Lucinda, es reicht." Ich zucke zusammen. „Du hast mich hintergangen. Du hast dich den falschen Leuten angeschlossen und dich von ihrem Blödsinn einlullen lassen. Das ist jetzt vorbei. Du gehst mit Vincent. Keine Diskussion."

„Lucy geht nirgendwohin."

Josh biegt um die Ecke. Er hebt seinen Basketball wieder auf und lässt ihn auf seinem linken Zeigefinger tanzen. Kurz wechseln wir einen Blick. Ich versichere ihm, dass ich unversehrt bin. Er signalisiert mir etwas, allerdings verstehe ich seine Zeichen nicht. Ich hoffe, er hatte noch die Zeit, Alexander Bescheid zu geben. Sonst sieht es schlecht aus. Uns beiden stehen vier Leute gegenüber.

Ich höre die Stimme des Mondes. *„Lucy, kämpfe! Ich stehe dir bei so gut ich kann. Hilfe ist auf dem Weg."*

Dass immerhin diese Verbindung zustande gekommen ist, erfüllt mich mit neuer Zuversicht. Vielleicht haben wir eine Chance.

„Ich versuch's. Ist die Kraftader in der Nähe?"

„Nein."

Einerseits ist das eine Erleichterung. Die Dunkelheit wird keinen Zugang zur Kraftader bekommen. Nicht hier, nicht heute. Nicht von mir. Andererseits könnten wir jedes Quäntchen zusätzliche Energie gebrauchen.

Josh ist nahe an mich herangetreten. Er hat sich Rücken an Rücken mit mir gestellt. Vincent, mein Vater, Natascha und Claire bilden ein Viereck um uns herum. Wie viel Kraft von meinem Vater und von Claire ausgeht, weiß ich nicht. Aber Vincent und Natascha sind machtvolle Gegner. Josh versucht es zwar zu verhindern, aber ich drehe mich so, dass ich diese beiden im Blick habe. Von ihnen wird die größere Gefahr drohen.

Natascha ergreift das Wort. „Ach, wie süß. Ihr seid wirklich ein niedliches Paar. Na ja, wenn man nehmen muss, was man kriegen kann. Also ehrlich, Lucy, was für ein Absturz im Vergleich zu Noel. Ich frage mich noch immer, was er an dir fand. Vielleicht warst du einfach leichte Beute. Wobei man in eurem Fall jetzt sagen muss, dass jeder von euch froh sein kann, nicht mehr alleine dazustehen. Immerhin wirst du bei ihm keine Sorgen haben müssen, dass er dir fremdgeht."

„Halt einfach die Klappe." Für eine Sekunde wende ich meine Aufmerksamkeit zu ihr.

Ich erkenne meinen Fehler zu spät.

Eine schwarze Kugel rast auf mich zu. Seinen dunklen, wabernden Nebel kenne ich ja schon. Aber dass Vincent so etwas wie Geschosse einsetzen kann, ist mir neu.

„Runter!" Ich ziehe Josh mit mir in die Hocke. Die Kugel saust über uns hinweg. Sie trifft stattdessen meinen Vater, der einen dumpfen Schmerzenslaut von sich gibt. Oje, das habe ich nicht gewollt.

Die nächste Kugel schießt heran. Sehr hilfreich, dass ich in Völkerball immer gut war. Auch dieser weiche ich instinktiv aus. Dabei bewege ich mich so, dass die Kugeln nicht meinen Vater treffen. Dass damit eher Claire in die Schusslinie gerät, ist mir egal. Sie verdient jeden einzelnen Treffer, wenn es nach mir geht. Ich hoffe nur, dass weder sie noch mein Vater ebenfalls solche Geschosse produzieren können. Sonst haben wir keine Chance.

Josh bleibt an meiner Seite. Wir funktionieren wie eine Einheit trotz der kurzen Zeit, die wir gemeinsam trainieren konnten. Natascha steht unbeweglich am Rand. Sie fixiert mich mit einem starren Blick und murmelt vor sich hin.

Meine Reflexe werden langsamer. Meine Beine fühlen sich schwer an. Meine Arme sind kraftlos. „Josh." Ich keuche und zeige auf Natascha.

Er holt aus und schleudert den Basketball mit voller Wucht.

Der Ball trifft sie auf der Stirn. Zum zweiten Mal geht sie zu Boden und bleibt benommen sitzen.

Ich kann wieder frei atmen und mich ungehindert bewegen. Doch bin ich zu langsam. Oder ich war zu abgelenkt.

Die erste von Vincents Kugeln trifft mich an der Schulter. Es fühlt sich an, als wäre ich in einen Eisblock geraten. Mein Arm ist sofort bewegungsunfähig. Eine unbarmherzige Kälte breitet sich in meinem ganzen Körper aus.

Josh mustert mich besorgt und schirmt mich gegen Vincent ab.

„Vincent von Grafenstein!"

Vor Erleichterung sinke ich auf die Knie. Mit Joshs Hilfe stehe ich jedoch schnell wieder auf.

Alexander betritt den Platz. Hoch aufgerichtet, drohend und beschützend zugleich. Er geht auf unseren Widersacher zu und lässt diesen keine Sekunde aus den Augen.

Kein schwarzes Geschoss zischt mehr durch die Luft. Kurz können wir zu Atem kommen. Ich reibe meine linke Schulter. So unauffällig wie möglich schicke ich wärmendes Silberlicht in diese Richtung.

Ein Blick auf meinen Vater zeigt, dass er weitere Kugeln abbekommen hat. Sein Gesicht ist noch blasser als vorhin und schmerzverzerrt. Natascha sitzt auf dem Boden und hält sich den Kopf. Ich hoffe, dass sie eine Weile außer Gefecht ist.

Claire steht mit unbeweglicher Miene am Rand. Mit hängenden Schultern und einem traurigen Blick sagt sie: „Dazu hätte es nicht kommen müssen. Du hättest es verhindern können, Lucy. Warum hast du mir nicht vertraut?"

Ich will sie anschreien, dass ich ihr vertraut habe. Dass mein Vertrauen zu ihr ein riesiger Fehler war. Dass ich mich noch immer dafür hasse. Dass sie an Lughnasadh so viel mehr gestohlen hat als meine Unterlagen und Tristans Zeichnungen. Sie hat mir mein Vertrauen in mich selbst geraubt. Dieser Diebstahl ist der schwerwiegendste von allen.

Während mein Herz schreit, bleibt meine Stimme stumm. Ich zwinge mich, meinen Blick von ihr zu lösen. Das Risiko ist zu groß, dass auch Claire ein Ablenkungsmanöver startet.

Der Mond kommt mir zu Hilfe. *„Lucy, schirm dich ab mit Silberlicht. Bau dir eine Mauer, solange Natascha nicht einsatzfähig ist. Sie hat nach wie vor Zugang zu deinen Gedanken. Du musst sie aussperren."*

„Was ist mit Josh?"

„Er weiß, was zu tun ist. Vertrau ihm. Er wird dich schützen, so-lange es geht."

Ob das lange genug ist?

Mit aller Macht verdränge ich die Zweifel. Ich muss stark sein. Ich muss kämpfen. Muss mich wehren, so lange und so gut ich kann. Für Tristan, Alexander und Josh. Für meine Mutter. Aber auch für meinen Vater. Er darf nicht sein einziges Kind an die Dunkelheit verlieren.

Also wappne ich mich. Ich sammele Silberlicht in mir und stelle mir eine Mauer um mich herum vor. Statt Stein auf Stein wächst mein Schutz allerdings nicht nach oben. Er bildet einen Zylinder, der immer breiter oder vielmehr dicker wird. Noch versuche ich, mein Licht zu verbergen und nicht zu leuchten.

Ich richte meine Aufmerksamkeit auf meine Mondkraft. Dabei vertraue ich in Josh und Alexander, dass sie mir helfen werden. Vertraue auf mich selbst, dass ich machtvoll genug bin, um mich zu schützen. Ich vermeide jeglichen Blickkontakt. In Gedanken jedoch rufe ich nach Tristan.

„Kämpfe, Frau Lu! Gib nicht auf!"

„Versprochen."

„Du musst dich schützen, hörst du?"

„Sie sind in der Überzahl, Tristan."

„Nein, sie können deine Verbündeten nur nicht sehen."

Da hat er recht. Ich wende mich an meinen mächtigsten Freund: *„Mond?"*

„Ich bin bei dir. Ich schicke dir Licht, wenn deines zu Ende geht. Vertrauen, Lucy. Das wird dich retten!"

In der Zwischenzeit hat Alexander das Wort an Vincent gerichtet. Doch ich konzentriere mich voll auf mein Silberlicht. Ich mobilisiere meine Kräfte und schirme mich nach außen ab. Als würde nebenbei ein Radio laufen, plätschert das Gespräch an mir vorüber.

„Vincent, lass Lucy in Ruhe."

„Alexander, wo kommst du denn so schnell her?"

„Ich bin immer an Lucys Seite."

„Ach, ganz der besorgte Hüter, ich verstehe. Kann die kleine Lucy nicht alleine in die Schule gehen?"

„Das kann sie sehr gut. Aber man sieht ja, dass es nicht verkehrt ist, wenn man im Notfall zur Stelle ist."

„Ja, da hat unsere Lucy aber wirklich ganz mächtigen Schutz", höhnt Vincent. „Ein unsportlicher Bibliothekar und ein Junge mit einem Basketball. Ihr wollt mich aufhalten?" Er lacht hämisch.

„Wenn du meinst", entgegnet Alexander.

Anscheinend hat Vincent noch keine Ahnung, dass Josh mein Wächter ist. Bislang hat er nur mit seinem Basketball geworfen. Allerdings hat es zweimal gut geholfen. Aber das scheint Vincent nicht ernst zu nehmen. Uns kann es nur recht sein, wenn er seine Gegner unterschätzt.

„Alexander, sei nicht albern. Du kannst mich nicht aufhalten. Wenn du es versuchst, schadest du damit nicht nur dir selbst, sondern vor allem Lucy. Du willst doch nicht, dass sie verletzt wird, oder?"

„Ich werde sie dir nicht überlassen."

„Das hast du nicht zu entscheiden. Sieh mal, dort hinten steht ihr Vater. Ihr beiden kennt euch, nicht wahr?"

Vincent zeigt in die Richtung meines Vaters. Dieser steht wieder aufrecht, verzieht aber noch immer das Gesicht.

Alexander kennt Vincent und seine Ablenkungsmanöver besser als ich. Er fällt nicht darauf herein und wendet seinen Blick ab, sondern fixiert seinen Gegner weiterhin.

Ich bin mit ganzer Kraft dabei, mein Silberlicht zu stärken. Meine Knie zittern und mir rinnt der Schweiß über den Rücken. Ich habe ein schrilles Sirren im Ohr, das ich nicht einordnen kann. Aber ich darf in meiner Konzentration nicht nachlassen.

„Ron hat entschieden, mir seine Lucy anzuvertrauen, damit ich ihr alles beibringen kann, was wichtig ist. Du wirst dich

doch nicht erdreisten und dich gegen den Willen von Lucys Vater stellen wollen, oder?"

„Ich glaube nicht, dass Ron seine Entscheidung aus freien Stücken gefällt hat."

„Das ist nebensächlich. Entscheidung ist Entscheidung."

„Nicht ganz", mischt sich plötzlich eine weitere Person ein.

Das alarmierende, hohe Schrillen wird lauter. Doch außer mir scheint es keiner zu hören.

Meine Mutter tritt durch die Tür aus dem Schulgebäude und nähert sich unserer kleinen Gruppe. Vor Überraschung verliere ich meine Konzentration. Ein warnender Blick von ihr lässt mich sofort meine innere Mauer wieder errichten.

Auch mein Vater kann seine Verwunderung kaum verbergen. Er will etwas sagen. Sie bringt ihn mit einer entschlossenen Geste zum Schweigen. Währenddessen hält sie ihren Blick auf unsere Gegner gerichtet. Sie sieht nur kurz zu mir und Josh, um sich zu versichern, wie es uns geht.

Meine Mutter muss in aller Eile von zu Hause aufgebrochen sein. Sie trägt weder festes Schuhwerk noch eine Jacke. Ihrer Kleidung zum Trotz verkörpert sie mit jeder Faser eine stolze, kämpferische, selbstbewusste Wächterin.

Mein Vater wirkt erleichtert, sie zu sehen. Vincent verzieht höhnisch das Gesicht. Auch meine Mutter scheint er nicht ernst zu nehmen.

„Das Hausmütterchen. Wie nett. Wer hat dich aus deiner Küche gezerrt und genötigt, hier deinen unwichtigen Senf dazuzugeben?"

„Lucy wird mit Ihnen keinen Meter weit gehen."

„Ich glaube nicht, dass du da ein Wörtchen mitzureden hast. Ron ist der Herr im Haus und hat entschieden. Ich bin es leid, bereits beschlossene Fakten zu diskutieren. Wir fahren jetzt und Lucy kommt mit. Natascha!"

Sie ist wieder auf den Beinen, schwankt allerdings. Natascha hat einen knallroten Fleck auf der Stirn mit Rillen im Basketball-Muster.

Ich wappne mich innerlich für die nächste Angriffswelle. Bewusst vermeide ich jeglichen Augenkontakt. Ich konzentriere mich auf mein Silberlicht. Die übliche Geräuschkulisse zu Ferienbeginn ist verklungen. Um uns herum herrscht Stille. Bis auf dieses seltsam hohe Schrillen, dem keiner weiter Beachtung schenkt. Vielleicht bilde ich mir das nur ein? Niemand rührt sich. Nicht einmal die Vögel zwitschern um uns herum. Es scheint, als wäre ihnen klar, dass ihr fröhliches Pfeifen völlig unangebracht wäre.

Dunkler Nebel kriecht von Natascha auf mich zu. Gleichzeitig feuert Vincent seine schwarzen Geschosse ab.

Ich weiß nicht, wie stabil meine Mauer ist, wenn ich mich bewege. Also überlasse ich es Josh, gegen die Kugeln anzugehen. Ich richte meine Aufmerksamkeit auf die schleichende Dunkelheit. Mein Licht konzentriert sich auf den Boden. Ich verstärke den Schutz dort und wehre die ersten Berührungen ab.

In der Zwischenzeit tanzt Josh um mich herum. Mit vollem Körpereinsatz fängt er eine Kugel nach der anderen ab. Wenn möglich, leitet er sie um in Richtung Claire oder schlägt sie weg, als seien es Tennisbälle. Unser Training mit Andrès und seinen Jungs hat sich gelohnt. Auch wenn es mir lieber gewesen wäre, wir hätten die Kampftechnik nicht so schnell gebraucht.

Alexander steht in unserer Nähe und weicht nach Kräften den Geschossen aus. Gleichzeitig blendet er Natascha mit reflektiertem Sonnenlicht aus seinem Amulett.

Meine Mutter hat sich vor meinen reglosen Vater gestellt. Sie schirmt ihn vom Geschehen ab. Ihr Silbernebel bildet einen wirksamen Schutz gegen die Dunkelheit. Diese wandert auf ihn zu und wirbelt in Form von unzähligen Kugeln um die beiden herum.

Ich schicke mehr Silberlicht nach außen und verstärke den Schutz. Mittlerweile gebe ich mir keine Mühe mehr, das Licht vor den anderen zu verbergen. Soll Vincent seine Schlüsse daraus ziehen. Hauptsache, er tut das ohne mich.

Josh ist am Ende seiner Kräfte. Er wird langsamer. Die ersten Treffer steckt er noch gut weg. Doch jeder Einschlag einer Kugel bremst ihn weiter aus.

Natascha vergrößert die Wolke aus Dunkelheit, die von ihr ausgeht. Claire kesselt uns von der anderen Seite aus mit schwarzem Nebel ein.

Mir läuft der Schweiß in Strömen von der Stirn. Auch meine Kraftreserven gehen zu Ende.

„Mond?"

Mein Licht gewinnt neue Energie, aber Josh ist erschöpft. Daher kann mich die Dunkelheit öfter treffen. Jedes Mal, wenn eine Kugel in meine Mauer einschlägt, spüre ich das bis ins Mark. Danach muss ich mühsam meine Konzentration und mein Licht wieder aufbauen. Trotz der Unterstützung des Monds verliere ich an Kraft.

Vincent verdoppelt seinen Beschuss. Ihm scheint das alles nichts auszumachen, ganz im Gegenteil. Je ausgelaugter Josh und ich werden, desto mehr Macht gewinnt er.

Mein Wächter taumelt mehr, als dass er steht. Aber er kämpft weiter. Ich will ihm sagen, dass er aufgeben soll. Da fließt aus der anderen Richtung strahlender Silbernebel in meine bröckelnde Mauer. „Mama!", rufe ich und wende mich ihr zu.

Meine Mutter steht zwischen meinem Vater und mir. Sie hat ihren schützenden Silbernebel geteilt und lässt ihr Wächterlicht aus jeder Pore strahlen.

Wenn Vincent das überrascht, so zeigt er es nicht.

Natascha fällt auf die Knie. Das verschafft uns eine kleine Atempause. Doch die hält nicht lange an.

Wieder scheint Vincent ungeahnte Energie zu mobilisieren. Während auch Claire schon schwer atmet, intensiviert er seine Angriffe auf mich.

Er hat Erfolg. Meine Knie sind weich. Ich fühle mich wie nach einem Marathon. Immer härter treffen mich seine Geschosse. Die dunklen Schwaden umfangen meine Füße. Ich zittere. Angst kriecht durch meine Gedanken.

„Lucy, kämpf dagegen an!"

Die Stimme des Mondes dringt wie aus weiter Ferne zu mir.

„Ich kann nicht mehr."

„Doch, du kannst. Du bist stark und wirst es schaffen."

„Frau Lu, du musst kämpfen!"

Tristan schickt mir neue Kraft. Ich reiße mich zusammen.

„LucyLu, gib nicht auf!"

Sam? Wird er mit mir untergehen oder kann er sich schützen?

„Kämpf, mein Kind!", ruft meine Mutter.

Ich wende mich ihr zu. Wir schauen uns tief in die Augen. Meine Mutter zittert am ganzen Körper. Ihr Silbernebel verblasst. Ihre Knie geben nach. „Kämpfe!" Dann bricht sie zusammen.

Ich schnappe nach Luft. Atmet sie? Lebt sie noch?

Josh geht neben mir in die Knie. Verzweifelt schaut er mich an. „Ich kann nicht mehr, Lucy."

„Ich weiß."

„Es tut mir leid."

„Muss es nicht. Ich danke dir für alles, Josh."

Immer weiter kriecht die Dunkelheit an meinen Beinen empor. Jeglicher Mut verlässt mich.

Ich schaue zu Alexander. Nach wie vor versucht er, Vincent zu blenden. Doch das Licht aus seinem Amulett wird ebenfalls schwächer. Es erlischt, als sich eine dunkle Wolke vor die Sonne schiebt.

Wir haben verloren. Ich seufze tief und besiegele damit meine innere Kapitulation.

Ein letztes Mal lasse ich meinen Blick von Alexander zu Josh wandern. Ich lächele ihm zu.

Ich sehe zu meiner Mutter. Sie rührt sich immer noch nicht. Mein Vater steht reglos daneben, leichenblass. Unsere Blicke treffen sich. Ungläubig schüttelt er den Kopf. Doch er kann mir nicht helfen.

„*Leb wohl.*"

Das ist der letzte Gedanke, den ich über meinen Eulenanhänger schicke. An den Mond. An Tristan. Vielleicht auch an Sam, sollte ich mir seine Stimme vorhin nicht nur eingebildet haben.

Ich schließe die Augen und ergebe mich in mein Schicksal.

EPiLOG

„Du kannst dir nicht vorstellen, welche Angst ich damals um dich hatte." Seine Stimme bricht bei der Erinnerung an diesen Moment.

„Nein, das kann ich nicht", gebe ich zu und nehme ihn fest in den Arm.

Seit jenem Tag haben wir unzählige Male darüber gesprochen. Aber noch immer kann ich das Grauen nicht erfassen, das ihn ergriffen hat, als unsere Verbindung erstarb. Ich kann nicht nachfühlen, wie sehr er gelitten hat, weil er nicht an meiner Seite kämpfen konnte. Zu weit war die Entfernung, zu lang der Weg und zu ungewiss der Ausgang dieses Kampfes auf Leben und Tod. Wir haben uns jede Einzelheit erzählt, jede Sekunde gemeinsam im Nachhinein durchlitten, jede Träne zusammen geweint. Dennoch kann ich das Ausmaß seiner Angst nur erahnen und in keiner Weise erfassen.

Genauso wenig wie er diese undurchdringliche, unbarmherzige Dunkelheit begreifen kann. Sie hielt mich gnadenlos gefangen.

Ich sah sofort, welche Schuldgefühle meine Schilderungen ihm bereitet haben. Daher verlor ich nie wieder ein Wort darüber. Die Erinnerung an diese Dunkelheit wird mich immer verfolgen. Sie war der erste Riss in unserer unverwüstlich geglaubten Verbindung. Daran wird sich nichts ändern, egal, wie sehr ich mich bemühe. Doch ich muss nach vorne schauen, in die Zukunft.

„Ich habe alle informiert", sage ich und löse mich aus der Umarmung. „Die Mondkreise werden heute Nacht nicht leuchten."

Er richtet sich auf und fährt sich mit den Händen durch die Haare. Sein ernster Blick ruht auf mir. Vorsichtig streckt er eine Hand aus. Ich weiche zurück. Leise entgegnet er: „Ausgerechnet zum 20-jährigen Jubiläum."

„Kein Jubiläum ist es wert, alle Beteiligten zu gefährden. Es ist nicht das erste und auch nicht das letzte Jubiläum, das zurzeit verschoben wird. Das Risiko für die anderen und für die Kraftader ist zu hoch."

„Vielleicht an Samhain ...", beginnt er, doch ein Blick in mein verzogenes Gesicht lässt ihn stocken. Ich kann und will keine Versprechen machen. Das Monster in mir interessiert sich nicht für Feiertage oder Jubiläen. Es hat seinen eigenen Zeitplan. Sein eigenes, immer schneller werdendes Tempo.

Die Verzweiflung überrollt mich. „Die Entscheidung für Samhain treffen wir an Samhain. Entweder strahlen die Mondkreise heller als je zuvor oder sie bleiben dunkel. Für immer."

Denn hier und jetzt hält mich eine andere, hinterhältige und endgültige Art der Dunkelheit in Schach. Sollte sie gewinnen, ist es das Ende aller Mondkinder.

Zum Glück habe ich tatkräftige Unterstützung. Erfahrene Weggefährten, hochqualifizierte Experten ihres Fachs und unermüdlich in ihren Bemühungen, mir wertvolle Zeit zu verschaffen.

Zeit, meine Verbündeten zusammenzurufen und eine Strategie zu entwickeln.

Zeit, für die größtmögliche Sicherheit aller zu sorgen. Für ihn, für mich und für unsere Töchter.

Zeit, sich für den alles entscheidenden Kampf zu wappnen.

DANKSAGUNG

Es fühlt sich surreal an, schon die zweite Danksagung zu schreiben. Während ich über diese Zeilen nachdenke, steht die Veröffentlichung von „Vollmondkind – Vertrauen finden" kurz bevor. Noch haben Lucy und Tristan den spektakulärsten Schritt erst vor sich: hinaus in die Bücherwelt.

Zeitgleich findet eine weitere Etappe meiner Geschichte ein Ende. Der zweite Teil ist fertig. Rückblickend war „Vollmond-kind – Schutz suchen" eine Achterbahn der Gefühle. Ähnlich wie Lucy nach Claires Diebstahl grundlegend an sich zweifelt, habe ich anfangs mit dem Konstrukt dieses Buches gehadert.

Daher möchte ich an dieser Stelle zuerst Katrin danken. Das Lektorat Heimathafen ist eine unverzichtbare Anlaufstelle geworden. Für mich – meine Zweifel, neue Ideen und spontane Umbauten im Manuskript. Und für Lucy – ihre Reise zu sich selbst, ihren Fähigkeiten und ihren Verbündeten. Liebe Katrin, vielen Dank für deine Kommentare. Ich danke dir für deine akribische Fehlersuche und alle Hinweise auf Unklarheiten, Logikfehler oder meine geliebten Füllwörter. Dein Lob und dein Enthusiasmus sind immer neue Motivation für mich. Ohne dich hätte Lucy nicht so schnell zu sich zurückgefunden.

Juliana hat auch für dieses Buch ein sensationelles Cover entworfen und den Text in ein würdiges Design gekleidet. Vielen Dank für jeden Tipp, für deine Expertise und deine Geduld mit mir – und meinen Bindestrichen.

Lieber Thomas, ohne dich gäbe es Josh nicht. Genauso wie den ein oder anderen Handlungsstrang in dieser Geschichte. Ich danke dir für jede Kritik, jede Fragerunde und jedes Feedback. Ich hoffe, du bist stolz auf Josh. Er ist ein toller Wächter und der beste Freund, den man sich wünschen kann.

Meine liebe Familie, ich danke euch, dass ihr mit mir in den letzten Monaten gemeinsam diese Achterbahn namens *Vollmondkind* durchlebt habt. Mädels, ihr gebt mir die positive Energie und den Rückhalt, um jeden Looping gut zu überstehen. Gemeinsam bewältigen wir jedes Tief und holen neuen Schwung, wann immer nötig. Danke, Tim, dass du immer an meiner Seite bist, um meinen Traum wahr werden zu lassen. Danke für deine bedingungslose Unterstützung, deinen unerschütterlichen Glauben an mich und deine überzeugenden Argumente, wann immer meine Zweifel zu groß werden.

Zuletzt danke ich wieder dir. Ich freue mich unglaublich, dass du Lucy weiter auf ihrer Reise begleitest. Ich hoffe, du bist schon gespannt auf „Vollmondkind – Gemeinsam bleiben".

DiE AUTORiN

Üblicherweise beginnen solche Vorstellungen in etwa so: „Kerry McKilroy schreibt schon, seitdem sie sich Geschichten ausdenken kann." Obwohl das wahr ist, verläuft meine Laufbahn als Autorin weniger klischeehaft.

Die Wahrheit sieht vielmehr so aus: „Im Jahr 2020 ergab sich die Gelegenheit, eine vor vielen Jahren begonnene Erzählung hervorzuholen, zu überarbeiten und weiterzuschreiben. Einige Wochen später war eine lose Zettelsammlung aus einem Urlaub im Elsass zum Grundgerüst der *Vollmondkind*-Saga geworden. Es sollte zwar noch dauern, bis aus der Idee zu einer Geschichte der Plan zur Veröffentlichung wurde, aber jetzt ist es geschafft. Manche Dinge brauchen Zeit, andere warten auf den perfekten Moment. Für diesen Roman gilt beides. Mit der *Vollmondkind*-Saga erfüllt sich Kerry McKilroy ihren Lebenstraum."

Foto © Claudia Rothenberger Fotografie